首席代表

中国第一部海外商战小说

Chief Representative

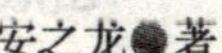
安之龙 著

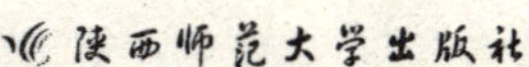
陕西师范大学出版社

图书在版编目（CIP）数据

首席代表/安之龙著．—西安：陕西师范大学出版社，2008.6

ISBN 978-7-5613-4134-6

Ⅰ．首…　Ⅱ．安…　Ⅲ．长篇小说—中国—当代　Ⅳ．I247.5

中国版本图书馆 CIP 数据核字（2008）第 067545 号

图书代号：SK8N0368

首席代表

著　　者：安之龙
责任编辑：周　宏
特约编辑：蔡明菲
装帧设计：利　锐　李　洁
出版发行：陕西师范大学出版社
（西安市陕西师大 120 信箱　邮编：710062）
印　　刷：北京京都六环印刷厂
开　　本：787×1092　1/16
印　　张：18.5
字　　数：300 千字
版　　次：2008 年 7 月第 1 版
印　　次：2008 年 7 月第 1 次印刷
ISBN 978-7-5613-4134-6
定　　价：28.00 元

谨以此书献给

那些为中国企业开拓海外市场而奋斗过和正在奋斗中的人们。

㊀ 正在崛起中的“中国制造”

如果中国只有一个值得骄傲的行业，那这个行业无疑就是通讯制造行业。在这个高科技、高附加值、关系国家安全又和全体人民的生活息息相关的行业中，中国的通讯制造企业现在已跻身世界一流企业的行列。无论是在销售额、市场份额、利润率，还是在品牌、影响力以及自主创新等方面，中国的通讯制造企业都已可和有百年历史的西方跨国企业巨头相提并论，而且大有赶超之势。这一切，都是在短短的二十年时间之内完成的。

可这一历程却是充满艰辛的，为了达成这一目标，一代又一代的业内人士前仆后继，奉献了汗水、泪水甚至鲜血，牺牲了家庭、健康、尊严，甚至生命。本书攫取了中国民族通讯制造企业进军海上市场初期的一段令人难忘的历史时刻，那是一段可歌可泣令人热血沸腾的时刻，可那也是一段残酷血腥令人忏悔反思的时刻。

在这部小说中，销售人员可以从中学习借鉴实用的商战法则，普通读者则可对中国通讯企业走过的这一艰辛的历程有一个全景的了解。

编　者

序

某大名鼎鼎的民族高科技企业的老总曾经对即将奔赴海外开拓市场的员工说过一段鼓舞人心的话：“你们的作为将来一定会被写入历史，那将是一段辉煌的历史。”我有幸成为该企业第一批开赴海外的先锋，而这段话一直激励着我，伴着我在海外的艰苦环境中坚韧不拔地奋斗。

多年以后，回想在海外奋斗的日子，我总有一种抑制不住的冲动想把它记录下来，可涌向笔端的却不是海外市场的开疆拓土和竞争的厮杀争斗，项目成败的欣喜和痛苦都如过眼云烟，积淀在心底的却是当地人民的友谊、苦难和勇敢。历史的主轴线从来都是苦难、压迫、反抗、战争和变革，而历史的主角注定是人民。商业的成败或公司的兴衰无疑只是点缀历史的无足轻重的一笔。

当然，历史也是缺不了爱情的，不敢想象，没有这人类感情的最高升华，世界会变成什么样子，而历史又该怎么样来书写？爱情是美好而又高贵的，可爱情又经常会和悲剧联系在一起，因为高贵而又脆弱的爱情经常在人性的丑陋面前碰得头破血流。正是在海外，我有了一段一生中最刻骨铭心的爱情。我想记录的正是这铭刻在心底的真正的历史和纯真的爱情，也许它不是辉煌的，也许它不是快乐的，但却一定是真实和厚重的。

可在那一段不堪回首的往事里我有太多的悔恨。有时我会问自己，如果时间可以倒流，如果我可以重新选择，我会勇敢地做出不同的选择吗？我无法回答。岁月已逝，物是人非，我现在能做的只是揭开那已快好的伤疤，让那痛再次烧灼我的记忆，拿起笔真实地记录下那段岁月。

——摘自中国某著名通信企业海外办事处首席代表给编辑的信

目　录

人 物 表

罗　涛：龙腾通讯公司驻科拉坦首席代表及龙腾通讯公司科拉坦分公司总经理

侯赛因：龙腾通讯公司在科拉坦的当地代理，科拉坦通讯交通部长的亲信

老　张：龙腾通讯公司科拉坦分公司办公室主任

林小凡：巨华技术公司驻科拉坦首席代表

萨达姆：罗涛在科拉坦雇用的司机

克拉夫人：科拉坦总理，政府一号人物，为科拉坦国父克拉元帅之遗孀

张天叶：中国驻科拉坦大使

吕贝尔：科拉坦陆军将军，陆军二号人物，负责情报、后勤和装备等

苏亚雷：科拉坦陆军总司令，科拉坦政府三号人物

蒙　田：罗涛在科拉坦科洛城租住的公寓的保安

苏　拉：罗涛在科拉坦科洛城租住的公寓的厨师

布里克：罗涛在科拉坦科洛城租住的公寓的保安，后加入反政府军

林　祥：龙腾通讯公司国际业务部总经理，罗涛的顶头上司

秦荣剑：龙腾通讯公司副总裁，负责公司海外业务

李青怡：龙腾通讯公司培训中心海外培训讲师，后转为龙腾通讯公司科拉坦分公司客户经理，又升任龙腾科拉坦分公司副总经理

基鲁克：科拉坦通讯交通部及内务部部长，政府二号人物

罗伯特：基鲁克的大儿子

查曼努：加盟龙腾通讯公司的科拉坦本地工程师，军网项目的项目经理

塔　鲁：基鲁克的二儿子

萨利姆：龙腾通讯公司在科拉坦的首任代理，科拉坦中国友好协会副会长

妮　曼：萨利姆的三女儿

普劳哥：科拉坦科洛城的黑社会头目，做贩卖私酒及其他非法生意，罗涛的朋友

莉　萨：普劳哥的情妇

小　金：龙腾通讯公司科拉坦分公司工程部工程师

拉阿杜：科拉坦首富，科拉坦最大的商业集团的老板

皮里尔：龙腾通讯公司科拉坦分公司本地司机，后因偷油被开除

赵　军：龙腾通讯公司科拉坦分公司售前工程师

小　刘：龙腾通讯公司科拉坦分公司售前工程师

列　雷：沙特蒙第尔皇家投资集团合伙人

阿尔达：科拉坦科洛大学商学院教授

艾琳娜：法国女学生，经济专业，在科洛大学商学院留学

萨基德：原科拉坦电信网络规划部技术经理，绰号“电脑人”，已退休

媞　雅：布里克的女儿

李大中：龙腾通讯公司科拉坦分公司售前工程师

陈天桥：龙腾通讯公司科拉坦分公司售前工程师

李　总：中国A市电信总经理

高　明：中国A市电信规划室主任

扎　曼：科拉坦通讯交通部常务副部长

纳西尔：扎曼的秘书

尹　新：巨华技术公司总裁

马　力：龙腾通讯公司总裁

孙参赞：中国驻科拉坦大使馆经参处参赞

铁　姆：科拉坦人民议会主席，政府四号人物

乌　玛：科拉坦科洛城黑社会头子，杂志主编

一、同国相杀

突然，那个噩梦似的名字闪现在罗涛的脑海中——巨华公司。难道这一切会跟他们有关？巨华公司是龙腾公司在中国的主要竞争对手，随着两家公司开始国际市场的开拓，两家你死我活的争斗也拓展到全球。

→1　一走出盖罗国际机场的大门，一群乞丐和拉客的就围了上来，那熟悉的酸臭味几乎将罗涛呛了个跟头。离开了才一个月，罗涛就已经不习惯了，他甚至感到了一丝恐惧，就像两年前第一次到这个中东小国时的感觉一样。围上来的人的眼睛里闪着野蛮而又愚昧的光芒，他们绝望地伸着手，就好像罗涛是沉船上的最后一根救命稻草一样。盖罗国际机场是科拉坦国唯一的一座国际机场，但建筑设施和装潢陈旧不堪，像极了中国六七十年代小城市的汽车站。只是多了许多荷枪实弹的军警。

科拉坦国虽位于中东，却没有石油，只有不断膨胀的贫困人口。两年前，罗涛揣着刚出炉的花费七万美元打造的MBA证书加盟了大名鼎鼎的民族高科技企业——龙腾通讯，旋即便被派到科拉坦开拓市场。刚到科拉坦，面对着恶劣的环境，罗涛觉得自己一天也待不下去，可现在两年过去了，他依然坚守在科拉坦的首都科洛城，只不过头衔由原来的销售经理换成了科拉坦分公司总经理，手底下还管着几十个人。

罗涛习惯性地向人丛中寻找自己熟悉的身影——自己的司机萨达姆。萨达姆总是穿着熨烫得笔挺的雪白的衬衣，高大的身材挺得笔直，在人群中很是显眼。罗涛相信一看到萨达姆那坚毅的眼神，他的心就会安定下来，所有的紧张和不适都会烟消云散。但罗涛很快就失望了，司机萨达姆没有像往常一样等待在机场外面，一种不祥的预感笼罩在罗涛的心头。跟自己两年了，萨达姆还从没有迟到过。

罗涛躲开围上来的人群，走回机场，机场内中国某公司捐赠的电视的屏幕上正放着CNN（美国有线电视新闻网）有关科拉坦的新闻。科拉坦政府军被炸毁的坦克的镜头一闪而过。看样子，科拉坦南部山区反政府武装共和军又闹事了。罗涛叹了一口气，刚和平了一年就又开打了，怪不得机场的军警增加了许多。他掏出手机，换上了当地移动运营商SINGTEL的SIM卡，拨了办公室的电话，可没有人接。现在是下午两点，办公室却没人接电话，罗涛皱了皱眉，一定发生了什么事。

罗涛想了想，决定给代理侯赛因打个电话，了解一下情况。就在这时，手机响了，罗涛看了一下显示的电话号码，是办公室主任老张的手机号码。罗涛赶忙接听，老张的声音十分沙哑，显得非常焦急："罗总，你到了吗？我们都被抓到警署了，说是我们没办劳工证，也不让我们打电话，我现在是偷偷溜到卫生间打的电话。这里条件太差了，罗总你快想办法救救我们吧。"

老张平时是个很沉着的人，现在却显得如此惊慌失措，看样子吃了不少苦。罗涛赶紧问："我刚到机场，你们在哪个警署？多少人被抓？"

"不知道在哪个警署，警车开了很久。我们在办公室的人全被抓了，他们对我们很凶，小金被打了。不好，来人了，我得挂了。"

罗涛感到非常震惊，他提醒自己一定要镇静。怎么会发生这种事？科拉坦国和中国是互免签证的，但根据科拉坦的法律规定，外国人在科国长期居留工作还需要办理劳工证。罗涛刚来的时候，也考虑过办理劳工证，可当时的代理萨利姆讲的日本人的故事让他打消了念头。据萨利姆讲，日本NEC公司曾在这里长期做项目，他们派的人任期一般是两年。日本人都很遵纪守法，一到科国，都会按规定去申请劳工证，可审批过程繁琐漫长，直到此人两年任期快满，劳工证才会姗姗来迟。下一个接任的人又会重复同样的过程。日本人当然不愿意待在环境恶劣的科国，在这里可以说是度日如年，因此当他们拿到允许他们在此长期居留工作的劳工证时，都会欣喜异常，因为这意味着他们任期已满，可以离开科国了。在科国做项目的其他中国公司都没有办过劳工证，罗涛也就没再考虑过这个问题，即使国内已派了几十个人过来。在科国两年了，罗涛还从来没有听说有查过劳工证的。

罗涛感到震惊的另一个原因是自己和科国政府高层的关系非常密切，通过现任代理侯赛因，他已和通讯交通部的部长基鲁克建立了非常良好的关系。而基鲁克是科国仅次于总理克拉夫人的二号实力人物，他又兼任内务部部长，管着全国整个警察机构，凭着这层关系，怎么会有人来查龙腾公司的劳工证。

突然，那个噩梦似的名字闪现在罗涛的脑海中——巨华公司。难道这一切会跟他们有关？巨华公司是龙腾公司在中国的主要竞争对手，随着两家公司开始国际市场的开拓，两家你死我活的争斗也拓展到全球。龙腾公司进入科拉坦较早，已拿了几个项目，而半年前那个GSM移动项目更有四千万美元的投资。这些都让还没有拿到一个项目的巨华公司垂涎不已。崇拜狼图腾的巨华公司已换了三任首席代表，费尽心机却还是无法进入科国市场。巨华公司新任的首代林小凡和罗涛来自同一个城市，林小凡刚来科国，放下了巨华公司一贯咄咄逼人、不可一世的做派，以老乡的名义请罗涛喝了几次酒，希望两家公司能摒弃前嫌，精诚合作。

上周，林小凡特意从深圳飞到上海请罗涛吃饭，可两个人闹得不欢而散。

事情起源于林小凡上任以来一直在努力运作的事情。下个月科国总理克拉夫人将去中国访问，林小凡拼命想把去深圳巨华公司参观列入总理大人紧凑的行程中。罗涛一直在冷眼旁观。等林小凡运作得差不多了，罗涛去见了部长基鲁克，他在负责总理行程的安全保卫工作。罗涛好似不经意地透露深圳治安保卫工作的复杂艰难。总理正式的行程出来，原来的深圳之行取消了，参观上海龙腾通讯却赫然在列。林小凡急了，特意飞到上海来见罗涛。

在正大广场俏江南餐厅，璀璨的黄浦江夜景丝毫也减轻不了林小凡的烦躁情绪。林小凡戴着一副无框眼镜，瘦高的身材，不管什么天气什么场合总是穿着一套黑西服和白衬衫，扎着印有公司标志的米黄色斜条领带，双眼布满血丝，头发蓬乱，一副典型的巨华公司人的模样。他焦急地望着悠闲地欣赏着夜景的罗涛。罗涛享用了天九翅后，委婉地回绝了林小凡要求他帮忙让克拉夫人在深圳停留一下的请求。

林小凡很快又提出了第二套方案，让克拉夫人参观巨华公司上海研究所。罗涛假装思考了一下，笑着对林小凡说："这么安排难度太大了，从龙腾公司到巨华上研所路程虽不远，但还是有一段距离，去掉迎来送往和路上的时间，剩下那点时间，够干什么用的？能起到什么效果？"林小凡打断罗涛的话："罗大哥，这你就甭管了，只要克拉夫人进了我们公司大门，哪怕只待一分钟，我也算完成任务。要不然我没法交代，你也知道巨华的政策，我的饭碗都保不住的……"

罗涛心里不禁有些可怜起林小凡来，让一步？克拉夫人参观一下巨华，也没有什么大不了的嘛。这时，罗涛的手机响了，是中国驻科拉坦大使张天叶打来的电话。张大使是给巨华当说客的，要罗涛让一点时间给巨华。罗涛答应考虑一下，心里的火却一下冒了起来。早就听说林小凡在张大使身上下了很大工夫，现在看来此言不虚。罗涛自认为与张大使的关系已很好了，可他竟给巨华当说客。

罗涛望着对面的林小凡，突然觉得他变成了一只狼，一只饿得垂死的狼。狼看着是挺可怜，可毕竟还是只狼。垂死的狼如果活过来，它对你绝不会有一点怜悯，连你的骨头都会嚼碎吞下。不要当东郭先生，罗涛提醒自己。他直视着林小凡的眼睛："我真的帮不了你。克拉夫人在龙腾的日程已安排好，无法更改。"

林小凡脸色铁青，眼睛似要冒出火来："罗涛，你太不够朋友了，我只要求一个小时的时间，这还安排不了吗？张大使没给你打电话吗？"一听林小凡提到张大使，罗涛不禁火冒三丈："谁说也没用。克拉夫人的行程排满了，一分钟也多不了。"

林小凡腾地站了起来，指着罗涛的鼻子说："姓罗的，你欺人太甚，咱们走着瞧，看我怎么收拾你吧。"他气呼呼地转身走了，竟忘了买单。

对林小凡的威胁，罗涛当时没有放在心上。现在想起来，难道是林小凡搞的鬼？巨华公司可历来是不择手段，什么事都会做出来。罗涛决定还是给代理侯赛因打个电话。侯赛因果然也很震惊，他告诉罗涛他马上去见部长，让罗涛等他电话。

罗涛心稍微安定了一些，决定叫个出租车直接回公寓，先不去办公室。他担心如果回办公室，他自己也会被抓起来。

→2

破旧的丰田老爷车行驶在机场高速路上。听着叮叮当当的声音，罗涛一直担心车的某个零件会掉下来。司机和车倒是很相称，他上身穿一件看不出颜色的衬衫，下身裹着块破烂的布，脸色黝黑，一笑露出残缺不全的牙齿。像许多科国人一样，让人无法猜出他的实际年龄，而且也一样的健谈。

罗涛没有情绪和司机攀谈，有一搭没一搭地应着对方蹩脚的英语，可司机提到的一个名字引起了他的注意——吕贝尔将军。吕贝尔是科拉坦陆军的二号人物，负责情报、后勤和装备等，罗涛是在做军队的项目时认识他的。龙腾中标的指挥调度网项目就是吕贝尔最后拍板的，罗涛跟他还有些交情。罗涛禁不住问："吕贝尔怎么了？"司机睁大眼睛，做出夸张的难以置信的表情："你还不知道，吕贝尔被炸死了，是共和军干的。"一个留着大胡子、面目威严、腰板挺直的形象浮现在罗涛眼前，不敢相信他竟然死了。司机高兴地说："安拉保佑，这个恶魔终于死了。"

罗涛没有回应，他知道，大多数的底层民众对政府是非常不满。他曾听过许多关于吕贝尔的传说，许多人都叫他恶魔。罗涛和吕贝尔接触过多次，可并没有觉得他有多恐怖，反而觉得他有些和蔼可亲。司机打开了话匣子："你知道吗？我的一个朋友就是死在他的手上，我朋友也是一个出租车司机，就是在路上稍微挡了一下吕贝尔的路，吕贝尔就把他杀了，就像杀一只祭祀的羊，身上被打了十枪。"罗涛凭在科国两年的经验，知道科国人一贯夸大其词，可还是感觉浑身发冷。

到了公寓，罗涛给了司机两百科币。司机还是伸着手："你是大老板，再给一点吧，可怜可怜我五个饿着肚子的孩子吧，安拉会保佑你的。"两百已经不少了，罗涛看着可怜巴巴的司机，又掏出了一百，递给司机，立刻下车去按了门铃。罗涛知道他若待在车上，司机会一直伸着手，直到他忍受不了大发雷霆为止。

罗涛这套公寓是他刚到科国时租的，在科洛最好的地段——使馆区，是一套三层的小楼，有一个小花园，里面种着几棵枝繁叶茂的芒果树。房子原来是作为办公居住两用的，后来项目做大了，新租了办公室，这套房子就成为罗涛自己的住所，有时一些重要的需保密的会议也会在这里举行。站在这条街上，望着路两旁绿树鲜花掩映下红砖绿瓦的洋房，嗅着芒果的香气，谁也无法相信这是世界上最贫穷的国家之一。

保安蒙田出来开了门，张大嘴惊讶地看着罗涛，赶紧立正敬了个礼，显然他没想到罗涛会在这个时候回来。罗涛向车后备箱指了一下，叫他把行李拿进来，自己走进了一楼的客厅。客厅的白色大理石地板上布满了灰尘，罗涛摇了摇头，自己不在佣人就如此偷懒。罗涛向客厅窗外望去，通常那里是很热闹的。厨师、花匠和佣人没事的时候会聚集在最粗的那棵芒果树的树阴下聊天，不时爆发出阵阵欢笑声。当罗涛出现，他们就会像老鼠见了猫赶紧散开。现在那里空荡荡的没有一个人影，整幢房子里静悄悄的，显得没有一丝生气。

罗涛坐在沙发上，焦急地等待着代理侯赛因的电话。保安蒙田左手提着罗涛硕大的新秀丽旅行箱，右手拎着罗涛的高尔夫球杆包，身上背着罗涛的电脑包，跌跌撞撞地闯了进来。真是猪脑袋，罗涛不满地摇了摇头，向楼上指了指。蒙田过了一会儿，才反应过来罗涛是要他把行李拿到楼上卧室去，赶紧又跌跌撞撞地向楼上爬去。蒙田是罗涛几个月前新换的保安，身体强壮又忠诚，就是脑袋有点迟钝，英语水平也很有限。罗涛不禁有点怀念起第一个保安布里克来。

布里克是司机萨达姆介绍来的，英语很好，又机灵，原来在一家保安公司做过。布里克总是穿着原来保安公司发的制服，很神气地在大门前徘徊。每次罗涛经过他都会敬个标准的军礼，脚上的皮靴发出震耳的响声。罗涛晚上回来都会和布里克聊几句。可布里克有个毛病，就是钱总花得很快且总要求预支工资。每当布里克站在罗涛书房外边，不安地搓着手，压低着头不敢正眼瞧罗涛时，罗涛就知道他的岳母又得病了或是他的第六个叔父又去世了。后来布里克发现罗涛喜欢小孩，他的女儿就派上了用场，小孩子读书总是要经常买课本，交学费，买校服的。他有次拿了一张女儿的照片来增强效果，照片上瘦瘦的小女孩睁着一双忧郁的大眼睛，令人不忍心拒绝。有一次，布里克还带了一封他女儿写的信，字迹很工整，英语写得还挺流利。罗涛顺嘴夸了几句，布里克就高兴得脸都像开了花。

终于有一天，罗涛被布里克惹烦了。刚预支给他一个月工资没有几天，他又来要求预支三个月的工资，理由是他老婆生病住院急需钱。罗涛当时正赶上情绪不好，骂了他两句。后面连着几天，布里克都缠着罗涛苦苦哀求。偏偏在这期间的一天晚上，房子进来了窃贼，罗涛的一台笔记本电脑丢了，里面有很多重要的资料，而值夜班的保安布里克明显失职。非常恼火的罗涛第二天夜里一点悄悄地来到大门前，将正呼呼大睡的布里克摇醒，布里克的两眼布满血丝，疲惫不堪地尽力支撑着站起来，可眼皮不争气地总是要合在一起，直到罗涛大声告诉他明天不要来上班了，他才惊醒过来。

布里克第二天跪在罗涛面前，请求他原谅并保证再也不在值班时睡觉了。罗涛被逼无奈没有赶他走。可当天晚上，罗涛又见到布里克在呼呼大睡。罗涛这回真气急了，第二天给了布里克一个月工资，让他回家了。布里克又来哀求了几次，萨达姆也替他求情，罗涛都坚定地回绝了。一个值夜班的保安在晚上睡觉，导致丢了那么重要的东西，且屡教不改，怎么能原谅？

最后一次见到布里克是在几天后的下午。罗涛正和侯赛因躲在书房里密谈，萨达姆带着布里克闯了进来。罗涛大为光火："我不是告诉你们谁也不许放他进来吗？"布里克看到侯赛因也在，犹豫了一下，还是掏出一张纸递给罗涛。罗涛不耐烦地接过来，扫了一眼，是布里克女儿写的一封信，十分工整："亲爱的老板，我的妈妈生病住院了，爸爸每天要在医院照顾妈妈，很辛苦。妈妈现在要做手术，急需用钱，我知道你是一个好心的老板，再给爸爸一次机会，救救我妈妈吧！"

罗涛握着这封信不知如何是好。侯赛因要过了信，大声读了一遍，转过头望着布里克："是你的孩子写的？"布里克骄傲地点了点头："我女儿。"侯赛因嘲讽地笑了笑："你送她去读书了？一个贱民的女儿读什么书，有什么用，还是给她准备点嫁妆早点嫁人吧。"说完，他把那封信几下就撕碎了，扔向布里克："你们这些贱民就知道编谎话骗人，我们不是慈善机构，快滚。再让我看到你，打断你的腿。"

布里克仇恨地望着侯赛因，一言不发，转身走了。从那以后，罗涛再也没见到过布里克。

手提电话铃声将罗涛从沉思中惊醒。罗涛以为是侯赛因的电话，赶忙接听，电话里传出的却是清脆的女声："请找罗涛讲话？"罗涛没有听出是谁。

"是我，请问是哪位？"

"罗总，我是公司培训中心的李青怡，我已经在机场等了一个多小时了。办公室的电话也没人接，我这是找国内要的你的号码。"

罗涛脑袋嗡的一下子大了，在这麻烦的时候，又来了更大的麻烦，一位女士。罗涛想起军网项目是有一次本地培训，他回国之前已确定具体时间。负责海外培训组的黄楠还跟他报怨过时间太紧，她没人可派。李青怡应该是新人，实在没人了就派她过来了。因母亲有病住院，罗涛的行程已改了多次，最后因母亲病情神奇好转，他又临时决定提前返回科国。所以两人乘的是同一个航班，而相互毫不知情。罗涛上飞机一般会直接跑到最后一排，待飞机起飞后，就竖起扶手，躺在六人座椅上一觉睡到目的地。所以在飞机上，他也没有注意到有一位中国女士。

罗涛赶忙说："对不起，李青怡，我们这边出了点小乱子，忘了去接你。你现在不要动，我马上去机场接你。"可以想象，一个孤立无援的中国小姑娘被一群浑身酸臭、衣衫褴褛的科国乞丐围在当中的景象。罗涛第一次来的时候，就被科洛机场的混乱景象吓了一跳。而一个女士，一个人在机场等一个多小时，不知会如何害怕呢。可奇怪的是李青怡在电话里听起来倒是没有一丝害怕，甚至有点兴高采烈。

罗涛赶忙从抽屉里拿出车钥匙走出客厅，坐进了停在院子里那辆蓝色的丰田科罗娜，起动了车。罗涛这时想起还是该向国内汇报一下。罗涛用手机给国际部总经理林祥打了个电话，简单地说了一下情况。林祥在电话里沉默很久，说了一句："让我怎么说你呀罗涛，怎么搞成这种样子。哎，我马上向秦总汇报。"罗涛非常不愿意向林祥汇报工作，虽然他是自己的顶头上司。也许是罗涛桀骜不驯的性格不招林祥的喜欢，再加上罗涛海归名牌 MBA 背景，林祥每次和罗涛说话都有一点酸溜溜别别扭扭的。林祥的位置也很尴尬，名为国际部总经理，可在大名鼎鼎的龙腾开国元勋秦荣剑副总裁的威望下，他几乎一点实权也没有，与其说是国际部的总经理，还不如说是秦荣剑副总的一个"大"秘。

罗涛打完电话，心里很烦，他把车里音响打开，将音量调大，然后把车开出房子。天蓝色的小轿车飞一般地驶向科洛国际机场。

→3 罗涛一天内第二次来到了科洛机场，他将科罗娜轿车停在机场到达大厅外，一位端着步枪的卫兵走过来，指着旁边竖立着的"不许停车"的牌子对罗涛说："先生，不许停在这里，请把车停在停车场。"罗涛冲他笑了笑："我是部长的朋友，有急事，只停十分钟。"罗涛拍了拍卫兵的肩，顺手将一张一百元科币塞进他的手里。卫兵摆了摆手："只许停十分钟，快点出来。"

机场外没有中国人的影子。罗涛拨开前面拥挤混乱的人群，向机场里走去。罗涛又塞了一百科币给门口的守卫，进了机场大厅。

罗涛一眼就发现了在大厅一个角落里的李青怡，李青怡并没有像罗涛想象的那样被一群乞丐围住哭鼻子，她穿着一件红色的T恤，下身着一件白色的短裙，露着修长健美的双腿。在颜色灰暗的机场大厅，她就像一团跳动的火焰，照亮了她的四周。几乎整个机场的人都被这团火焰吸引着，不自觉地向她那边眺望着。

一个高个子的科国青年和她站在一起，两人在谈着什么，李青怡笑了起来，笑声像一串清脆的银铃声回荡在大厅里。罗涛向他们俩走过去，李青怡先发现了他，她向罗涛伸出了手："肯定是罗总吧，总算等到你了。"李青怡扎着朴素的马尾辫，五官精致秀气，眼睛很亮。罗涛伸出手与李青怡握了一下，在她明亮的双眸的注视下，罗涛突然觉得自己的脸好像红了。罗涛赶忙故作镇静："你好像并没有着急嘛。"

李青怡笑了笑，把头扭向高个青年："噢，这位是罗伯特，多亏他一直陪着我，还借给我手机打电话。"李青怡又介绍罗涛给罗伯特，两个人握了握手。罗涛感觉到罗伯特的脸上有些敌意。罗伯特肤色黝黑，身体健壮，一点儿也不像一般的科国人。李青怡又笑着说："罗伯特，你不是有亲戚在通讯部工作吗？可以帮帮我们罗总。"看来罗伯特还是典型的科国人，至少在吹牛这一点上看是这样的。在科国的社交活动中，罗涛初次遇到的科国人在得知罗涛是在做通讯行业的生意时，几乎都会脱口而出："你知道吗，我的叔叔（哥哥或侄子）是通讯部长。"时间久了，罗涛知道随便两个科国人都会七绕八绕套上远亲的，这也给他们提供了一个吹牛的机会。

罗涛笑了笑："罗伯特，你的叔叔一定是通讯部长。"罗伯特听出了罗涛话里讥讽的语气，他回复道："不，罗先生，通讯部长是我的父亲。"罗涛一惊，基鲁克是有两个儿子，小儿子他很熟，而大儿子据说在美国哈佛大学读书，难道是他？李青怡又介绍道："罗伯特刚从美国回来，我们在飞机上的座位挨着。"她又悄悄对罗涛说："他要送我，我没敢跟他走。"

罗涛又握了下罗伯特的手："太谢谢你了，罗伯特。我跟你父亲和你弟弟塔鲁都是好朋友。改日我请你吃饭。"罗伯特望了望李青怡，点了点头："没问题，给我打电话吧。"

罗涛推着行李车引领着李青怡走出机场。来到停在外面的科罗娜轿车旁边，一群乞丐围了上来，他们伸出手围着李青怡，又有些人抢着去拿行李车上的行李，以期博得一些小费。踏上科国国土后一直处于罗伯特保护下的李青怡显然没有精神准备，她惊慌地躲闪着。罗涛打开车的后备箱，挡开伸过来的手，迅速地将李青怡的行李装入。他又将李青怡解救出来，把她迅速地塞入汽车，关上车门。罗涛也飞速地钻入汽车，启动发动机，将油门猛地踩到底，汽车嗖的一下蹿了出去，几个乞丐躲闪不及被轻微刮了一下。像躲闪一头发怒的公牛，围上来的人群一哄而散。

罗涛特别喜欢开快车，在科国也只有机场高速这一段能让他撒一下欢。虽然公司后来又买了几辆好车，可罗涛还是喜欢开这辆刚到科国时买的科罗娜。是敝帚自珍还是怀旧，他也说不清。罗涛最喜欢在半夜的时候在机场高速路上往返几个来回。那个时段，路上没有一辆车，罗涛可以轻松地将 2.0 的科罗娜加速到 180KM ~ 200KM。听着车里音响放的小提琴曲，体验着速度的快感，罗涛会感到极度的放松，像一只放飞的小鸟。

罗涛总是怀疑自己患有轻度的抑郁症，他偶尔会陷入一种极度抑郁和悲伤的状态，而只有在高速路上的狂飚才会使他摆脱这种状态。罗涛有时想，如果有一天他真的想离开这个世界，他会选择这种方式：在空荡荡的高速路上加速再加速，直到车速达到极限失去控制，那将是一种放纵到极致而进入自由王国的绝妙感觉，他相信以这种方式他会进入天堂的。

超过一辆车后，李青怡发出轻声的惊叫。罗涛意识到他车开得太快了，他松了松油门将速度降下来。“怎么样？被科拉坦吓坏了吧。”李青怡笑了起来：“别小瞧我，这算什么，我很坚强的，科拉坦比我想象的好多了。”从李青怡的方向飘来淡淡的香味，不知是什么牌子的香水，但正是罗涛最喜欢的香味。罗涛有点心慌意乱，可又找不到话题，就打开了音响，罗比威廉姆斯性感而又富有磁性的声音充满了车厢内寂寞的空间。

李青怡随着哼了几句，问道：“我们没有司机吗？”“我们的司机够编一个排了，临时出了点急事，司机都不在。”罗涛决定还是先不要告诉她实情，以免吓着这个看起来很单纯的女孩。

李青怡转头注视着罗涛：“原来如此，我还以为我们大名鼎鼎的罗少总还要自己开车呢。我还真有幸有罗少总当司机，不过，说实话，你的驾驶技术实在烂得可以。”罗涛笑了笑：“你可够挑三拣四的，还愿意给人起外号，什么罗少总，多难听。”

李青怡惊奇地说：“什么？我起的外号。你可是大名鼎鼎的‘龙腾四少’之一，谁不知道‘酷少’罗涛的大名。听说我要来科拉坦，我们公司那些小丫头们都羡慕死了。罗涛呀，秦总的大红人，前途无量，海归，名校MBA，年轻单身人又帅。”李青怡夸张地学着嗲声嗲气的女孩。

在业界，倒是有公认的说法，龙腾出美男，而巨华的领导一个赛一个的丑。龙腾内部网上曾有民间组织的“四大美帅”评选，而温文尔雅的秦荣剑副总位列榜首。现在又出来了一个“四少”。

罗涛被逗笑了：“我倒是第一次听说什么‘四少’。我这不招谁惹谁的一乖孩子，怎么跟我扯上了。”长得帅就是事多，罗涛心里还是有些窃喜。

李青怡呸了一声：“真是闻名不如见面，‘酷少’帅是称不上，酷可够酷，酷得够闷的。”

罗涛见识了李青怡嘴巴的厉害，也惊讶李青怡看人的入木三分。罗涛走南闯北历练多年，虽也磨炼得可见鬼说鬼话，可骨子里他还是一个害羞内敛的人，他经常觉得自己做销售是一个大错误，可现在已无法回头了。

二人一路上说说笑笑，很快就到了罗涛的公寓。如果是正常情况下，李青怡会住到公司的员工宿舍。罗涛的公寓一般国内来人是不会住在这里的，可在这种非常时刻，罗涛可不想冒险将李青怡送到另一个地方。

保安蒙田守候在门口，看到罗涛回来，他匆忙打开大门，敬了个礼。车停稳后，蒙田赶忙跑进来为罗涛打开车门，罗涛下了车，指了指后备箱。蒙田并没按罗涛的指示去拿行李，而是凑到罗涛面前结结巴巴地说了几句英语，看罗涛没有听懂，他又重复了一遍，罗涛还是云里雾里。蒙田还想再说，罗涛不耐烦地挥了挥手，提高了声音：“快去拿行李。”蒙田显然很惧怕罗涛发火，赶紧跑去拿行李。

罗涛把李青怡带进客厅，注意到厨师苏拉和几个佣人已回来，正在院子里聊天。客厅已打扫干净。罗涛示意李青怡坐在沙发上，自己伸手拉了一下门口的一个绳结。随着院子里一声清脆的铃声，厨师苏拉小跑着跑进客厅，脸上堆着谄笑：“老板，你回来了。”

罗涛怒声道：“刚才你们都跑哪儿去了？我不在，你们就偷懒。”苏拉四十多岁，是一个胆小怕事的典型的科国北部人。他以前曾在泰国人、菲律宾人和韩国人家里做过厨师，练得一手好厨艺。可从外表看，你怎么也看不出这个瘦瘦的一脸苦相的高个子会是一位高水平的大厨。苏拉耷拉着脑袋，没有辩解。

一直等罗涛训完，苏拉才开口："老板，半个小时之前来了一辆军车，十几个士兵闯了进来，到处乱搜。我看情况不对，就告诉他们你还在中国没有回来。他们这才走了。"罗涛大吃一惊，军队怎么也搅进来了，情况越来越复杂了。刚才蒙田应该就是想用他蹩脚的英语告诉他这事。

罗涛强作镇静，吩咐苏拉去煮两杯咖啡，对着李青怡关切的眼神，笑道："肯定又是搞错了，这种事以前发生过很多次了。去年还谣传本拉登就躲在这条街上，军队来得可频了。"

这时，罗涛的手机响了，号码显示是代理侯赛因。罗涛对李青怡说："你到楼上卧室休息一会儿吧，坐了半天飞机，够累的。"目送着李青怡婀娜的身姿消失在楼梯拐角，罗涛自己走进书房，接听这个等待已久的电话。

→4 侯赛因在电话里像往常一样不紧不慢地拖着长音，罗涛耐着性子听了一会儿，终于忍不住打断侯赛因惯常的废话："嘿，我的朋友，我现在非常着急，我们几十号人生死未卜，请你马上告诉我发生了什么事？他们什么时候可以放回来？"

侯赛因干笑了几声，用科国人特有的自信语调说："涛，不要担心，我向安拉保证他们不会有什么问题。部长阁下已经打招呼了。"罗涛愤愤地说："我从来没有听说过没办劳工证会被抓起来，更别说我是部长阁下的好朋友了，他们胆子也太大了，他们还把部长阁下放在眼里吗？"

侯赛因打断罗涛的抱怨："涛，情况有一点点复杂，不单是劳工证的问题，是军队抓的人，不过不要担心，部长阁下已给苏亚雷将军打过电话，不会有什么事的。"

听到苏亚雷的名字，罗涛大吃一惊。苏亚雷是现任陆军总司令，手掌兵权，一向以铁腕著称，就连克拉夫人也要忌惮他几分。罗涛急忙问："到底怎么回事？军队怎么卷了进来？还有一队士兵到我的公寓来过，是不是也想抓我？"

侯赛因安慰道："涛，不用担心，部长阁下已给苏亚雷将军打过电话了，他们不会抓你的。现在电话里不太方便讲发生了什么事。我马上到你那里去，你就在公寓等我，哪也不要去。我带你去见苏亚雷将军。”

罗涛百思不得其解，军队为什么会抓我们的人？这时，手机又响了，是国内的电话。罗涛赶忙接听，手机里传出秦荣剑副总沉着有力的声音：“罗涛，情况怎么样？”罗涛将情况简单地介绍了一下。

秦荣剑说道：“这事可能跟巨华有关，他们新的首代是叫林小凡吧，他可不简单呀。我传给你一份东西，注意保密，你看一下，看完立即销毁。我马上会给张天叶大使打电话，北京那边也会马上找外交部汇报。你自己一定也要小心，控制点脾气。一定要注意安全，小心！”挂了电话，罗涛感觉到一丝暖流。秦总就是不一样，自己的顶头上司国际部总经理林祥就从没说过一句温暖的话，从来都是埋怨一通了事。

秦总和张天叶大使是老乡，关系应很密切。上回秦总来科拉坦的时候，又一次去拜访了张大使。在操作政府贷款项目时，大使会起很大作用的。

过了一会儿，传真机响了，传过来了两页纸。罗涛好奇地拿起看了一眼，不禁呆住了，是巨华公司林小凡的工作报告，看日期是上一周的。罗涛不得不佩服公司的“间谍”工作，连这个也能搞到。匆匆地看了一遍，林小凡的文字功夫实在是差强人意，比他嘴皮子上的功夫可差远了。第一页主要是诉苦，大叹工作的艰难困苦，大骂罗涛的狡诈自私。第二页写的是以后的计划，其中几点引起了罗涛的注意：一条是新代理的选择，“为对抗龙腾公司，将与新代理签订代理协议，新代理表示苏亚雷将军将全力支持我公司。”另一条是：“龙腾注册了分公司，可员工都没有办理劳工证，可利用此点攻击对手。”但后面是一个醒目的黑叉和批语：“此举不妥！”应是巨华负责中东区的副总袁航的批示。

明明批示了不妥呀，难道是林小凡“将在外君命有所不受”，自作主张吗？以林小凡的性格来分析，这种可能性还是很大的。还有两条也引起了他的注意，一条是：“尽量争取策反龙腾的代理。”另一条是：“请公司给予全力支持，全力以赴争取两亿美元项目的成功。”两亿美元项目是罗涛和侯赛因还在秘密策划的项目，林小凡是怎么知道的？看样子，对侯赛因也要防着一点了。

罗涛把传真又看了一遍，沉思着将两页纸放入了碎纸机。罗涛坐在沙发上，怎么也理不出头绪来，觉得头痛欲裂。他已经好几天没睡好觉了，太疲乏了。等侯赛因过来还会有一段时间，罗涛决定躺在沙发上休息一下。

朦胧中，一位年轻少妇走了进来，穿着素色的印花连衣裙，面容秀丽，体态苗条。罗涛坐起来，仔细一看，竟是自己的母亲。“妈，你怎么来了？”“我来看看小涛，听说你在这受委屈了。谁欺负你了，快告诉妈。”母亲伸出手抚摸着罗涛的脸。“小涛，你太辛苦了，凡事不要太较真了，妈最放心不下你。”

罗涛的父亲在罗涛还不记事的时候就去世了，是母亲一手把他和唯一的姐姐拉扯大的。母亲是个乡镇小学教师，只有微薄的薪水，可还是硬撑着供两个孩子上学。两个孩子学习都很好，尤其是罗涛，是远近闻名的天才，连跳了三级，与大自己三岁的姐姐一同考入了县里最好的高中。姐姐知道母亲无论如何也供不起两个大学生，而天才的弟弟的前途肯定耽误不起，她毅然地放弃了读高中，选择了一所有津贴的免学费的中专。罗涛后来果然不负众望，十五岁就考取了全国最好的大学。

罗涛觉得母亲的手是那么的温暖，自己一肚子的委屈不知从何说起，眼泪夺眶而出。母亲用手抚去罗涛的眼泪：“涛儿，妈妈实在是放心不下，就来看看你，你一定要注意身体，别像你爸爸一样。”母亲从没有提过父亲，今天这是怎么了？“涛儿，妈妈有一件事想告诉你。”母亲踌躇着。

一阵剧烈的敲门声，将罗涛从梦中惊醒过来，李青怡闯了进来，还拉着一直在向后退缩的厨师苏拉。罗涛还沉浸在梦境中，懵头懵脑地坐起来，还在想着母亲想告诉自己什么。清醒过来后，罗涛自己也觉得好笑，母亲哪还有那么年轻，由于过度操劳再加上身体不好，母亲看起来比实际年龄还要苍老许多。

罗涛从沙发上起身，探询地望着李青怡：“怎么了？着火了吗？”李青怡显然是刚洗过澡，湿漉漉的头发披在肩上，映衬着红润的脸蛋，更显得妩媚动人。她气呼呼地把还在躲闪的苏拉拉到前面，大声说：“罗老板，你对下面的人也太狠了吧，你看他们怕你怕的。他们也是人，不是奴隶。”

原来，李青怡洗完澡下楼，正看见苏拉在小心翼翼地敲着书房的门，见没有反应，就在门外徘徊等待，又到门前小声地敲门。重复几次，始终不敢加重敲门的力度。李青怡看见苏拉的奴才相，气得冲到门前，重重地敲了几下门，推开门将想躲起来的苏拉拉了进来。

罗涛理解李青怡对佣人们的同情，他刚来科拉坦时，也看不惯主人对下人的颐指气使。可待时间长了，罗涛也就习惯了，自己不知不觉也变得跟别人一样。他想当惯奴才的人已不习惯别人的尊重，而所谓的神圣的人的尊严在人的基本生存需求面前却是那么地无足轻重。李青怡过一段时间就会理解的。

罗涛没有理气冲冲的李青怡，而是转向吓得不知所措的苏拉："有什么事吗？"苏拉见主人没有生气，忙壮着胆子说："老板，我想问一下您今晚在家吃饭吗？"

罗涛想了想，递给他几张钞票："买点好菜，晚上露露你的手艺，准备两个人的就够了。"苏拉走了，罗涛转向李青怡："苏拉的手艺不错，泰国菜、菲律宾菜、韩国菜都会。"

李青怡疑惑地问："他怎么会这么多种菜？"罗涛笑道："苏拉可是一个上进好学的好厨师，他在泰国人、菲律宾人和韩国人家做过，就学会了这些国家地道的菜。他一直想学中国菜呢，可我们公司在科的中国人就没一个会做菜的。你怎么样？"

李青怡竖起大拇指："我的手艺没得说，正宗的川菜，就看你怕不怕辣了。罗涛，你可有口福了。"李青怡又说想给家里打个电话。罗涛把自己的手机递给她，离开她几步，走到窗前。虽然背对着李青怡，可李青怡温柔的轻声笑语不时飘过来，撩拨着罗涛的神经。罗涛转头看了一眼李青怡，她打电话的表情特别温柔，满脸洋溢着爱意。这时，外面汽车的喇叭声提醒罗涛是侯赛因到了，罗涛赶忙迎了出去。

侯赛因从那辆新买的奔驰 S300 中费力地挤了出来，和罗涛亲密地拥抱了一下。侯赛因个头不高，可像许多科国的富人一样，挺着个硕大的肚子。侯赛因留着科国人传统的八字胡，头发总是梳得光光的，高扬着头，显得很神气。

罗涛还清楚地记着第一次与侯赛因见面的情景。那是一年前的一天，罗涛在科拉坦电信 CEO 利马卡的办公室里，正与利马卡谈话。虔诚的穆斯林 CEO 利马卡照例在大侃可兰经，而罗涛则拼命从记忆里搜刮前一天晚上现背的可兰经来应和着。这时，门突然一下被推开，一个挺着大肚子的人闯了进来，傲慢地坐在罗涛旁的椅子上，一点也不理会利马卡不满的目光。

他大声地与利马卡用科国语交谈了几句，才扭头傲慢地跟罗涛打了个招呼。利马卡很勉强地把罗涛介绍给他，而侯赛因听到龙腾公司的名字，愣了一下。罗涛不太喜欢这个人，就起身告辞。侯赛因却拦住了罗涛："请在外面等我一会儿，我跟你说几句话。"

罗涛等在外面 CEO 秘书的办公室里，心想这个侯赛因想跟素昧平生的自己说什么呢。CEO 秘书撒米早被罗涛打点得舒舒服服，他殷勤地给罗涛叫了一份奶茶。奶茶刚喝了一口，侯赛因就从马利卡的办公室里走出来了。他径直走到罗涛面前，神情庄重地说："你们龙腾公司想要拿到 GSM 项目吗？"罗涛笑了："你说呢？当然。”“让我做你们的代理，我保证你们拿到这个项目。”

罗涛心想，又是一个吹牛的家伙。侯赛因像是会看透人的心理，他盯着罗涛的眼睛说：“你肯定认为我是吹牛。我会证明给你看的，明天我会带一个人来见你，见到他你就会相信我的话。”

罗涛已意识到现在的代理萨利姆能力的不足，他虽然已帮龙腾公司拿到了两个小项目，可这个几千万美元的GSM项目凭萨利姆的关系显然无法保证龙腾胜出，罗涛一直在寻找更强的关系。自己送上门的侯赛因会像其他科国人一样只是吹牛吗？他又会带什么人来见自己呢？

→5 第二天晚上，罗涛应侯赛因的要求没有在办公室而是在自己的公寓等待着神秘的客人。傍晚时分，随着清真寺祈祷的钟声，一辆黑色的沃尔沃轿车开进了罗涛的公寓，侯赛因匆忙地跳下车，恭敬地给后面的人开门。

出乎罗涛意料，从车里出来的是一位二十岁左右的年轻人。他穿着传统的科国民族服装，气宇轩昂，仪表不凡。侯赛因稍等了一会儿才把年轻人介绍给罗涛，他以一种富有戏剧性效果的语调说：“请允许我冒昧地介绍，这位是尊敬的部长阁下的公子塔鲁。”

罗涛知道他一直在寻找的“真神”终于出现了。与塔鲁的第一次会面非常富有成效，塔鲁直截了当地声明科拉坦所有的通信项目都在他的掌控当中。GSM项目，他想与龙腾合作，但一定要签独家代理协议。罗涛虽然知道对原来的代理萨利姆将会很难交代，但还是一口答应，并邀请塔鲁和侯赛因参观龙腾中国总部和在中国洽签代理协议。他知道这样的机会无论如何也不能失去。

罗涛曾去部长基鲁克家拜访过几次，送过一些不大不小的礼物，当然也留下了几本龙腾的公司宣传册。塔鲁就是从这些画册中认识了龙腾公司，对新的GSM项目他正想找一家新公司合作，而龙腾公司正是他要找的符合他的要求的理想合作伙伴。是他让侯赛因去找龙腾的人，而在科拉坦电信CEO的办公室侯赛因和罗涛不期而遇。

后来，罗涛才知道塔鲁那一年刚满十八岁，可塔鲁在生意场上的精明老练根本不像一个十八岁的孩子。在上海的谈判，龙腾可是吃尽了他的苦头。

侯赛因将罗涛从回忆中拉回来："涛，你显得好累，你还好吗？"罗涛摇摇头："我没事，就是太担心了。"

这时李青怡从客厅里出来，手里拿着罗涛的手机。罗涛迎上去，接过手机，笑道："向男朋友汇报完了？"李青怡瞪了罗涛一眼："什么呀，我哪有什么男朋友。是给我家里打的电话。"听到这句话，罗涛心里莫名地感到有些高兴。

"涛，这位小姐是？"侯赛因凑了过来。罗涛赶忙介绍："这位是我的同事李青怡，刚从中国过来，她是负责军网项目本地培训的。"侯赛因显然对李青怡很感兴趣，忙伸出手握住李青怡的双手："欢迎到科拉坦来。我是侯赛因，你们公司的代理，你们公司的生意可全靠我了。"

罗涛走过去将侯赛因握住李青怡白嫩的手不肯放的毛茸茸的黑手拉开，将李青怡从窘态中解救出来。"我们快走吧。"罗涛对还在目不转睛盯着李青怡看的侯赛因大声说。罗涛深知侯赛因对美女的爱好，上次带塔鲁和侯赛因去上海，途中经过香港等地游玩，侯赛因可是真情流露、尽显本色。

侯赛因这才恋恋不舍地转过头："李小姐，不一起去吗？"罗涛严肃地说："这么乱的时候，哪能让一位女士冒险，我准备让她明天就改机票回中国去。"

极度失望的侯赛因连连摇头："涛，军网的培训很重要，你不能让李小姐回国。"罗涛不容置疑地说："不行，我们的人还关在军队的牢房里，怎么搞培训？我怎么能再送一个人进去呢？"

李青怡惊讶地望着罗涛："发生了什么事？为什么让我回国？我不回去。"罗涛知道是让李青怡知道真相的时候了，他简单地把情况向李青怡介绍了一下，然后说："我不能让你冒险，明天你就回去。"李青怡坚定地说："这种时候，我更不能回国了，我可不想当一个逃兵。这次机会是我好不容易争取来的，就这么回去了，让我怎么交代？再说了，你能留在这里，我为什么不能？我留下，你不是还多一个帮手吗？"

罗涛是又好气又好笑："你能帮我干什么？只能添乱。明天必须走。"李青怡倔强地说："我是公司派过来的，不归你管。除非秦总下令让我回去，我才回去。"罗涛无奈地说："好，好，明天再说吧。我们去陆军总部见苏亚雷将军，你在公寓里等着我回来。"

李青怡又一次让罗涛惊奇了："我也跟你们一起去。我来就是做军网培训的，正好先去熟悉熟悉环境。"罗涛反对的话还未说出口，李青怡又说："你就放心把我一个人丢在这里吗？”

罗涛哑口无言，想了想说：“好吧，你去换套衣服，别太暴露了。”李青怡望了一眼自己身上穿的短裙，脸微微一红：“知道了，我这不是在家里嘛。”转身走进房里。

十分钟后，李青怡穿着一身素雅的长裙走了出来，脸上化了淡妆。可李青怡无论穿什么，都掩盖不住玲珑有致的体态，浑身还是散发出一种迷人的魅力。李青怡迎着罗涛不满的目光：“谁要是做你的老婆可倒霉了，你还不得整天把她锁在家里，金屋藏娇？”

侯赛因的眼睛又不够使了，他殷勤地给李青怡打开车门，自己又绕过车子想和美丽的小姐同坐在后排。罗涛早已抢占了有利地形，挡在车门前。他向前面努了努嘴，示意侯赛因坐到前面去。侯赛因很不情愿地坐到了前排司机旁边的座位，一挥手：“陆军总部。”

达到目的的李青怡兴奋地望着窗外的景色，没有在意心事重重的罗涛明显的不愉快。也许她根本没有想到，她这个留下来的决定会彻底改变她的命运轨迹，也彻底改变了罗涛的命运，一段惊心动魄而又刻骨铭心的旅程已悄然开始了。

陆军总部坐落在科洛城的西郊，与罗涛公寓所在的使馆区——东郊恰好在城市的两端，所以去陆军总部需要穿越整个城市。东郊又称做新科洛城，与老城区隔着一条时常干涸的科洛河。使馆区、机场、富人区、总理府、议会大厦等都坐落在东郊。罗涛来这里两年了，可还是适应不了新科洛城和老城的巨大差异。如果用地狱来形容老城，则新城用天堂来形容是一点也不为过的。

老城区的建筑年久失修破旧不堪，城区没有一点规划，英国人百年前建造的公路和其他基础设施还在使用，而人口已膨胀了十几倍。街道上尘土飞扬，在烈日下衣衫褴褛的贫民塞满了街道，隔不远就会有用几根木头和塑料布临时搭建的贫民窟，光屁股的小孩在玩着街边的脏水。公路上两条车道上并排行驶着四辆车，边上挤满了人力三轮车。在老城区开车，车两边的后视镜都要收起来，否则就会被刮到。交通警察的任务就是给那些坐着权贵的好车开道，他们手中的粗木棒不断地击向人力三轮车，让他们闪开。

李青怡第一次见到如此恐怖的景象，惊讶地睁大了眼睛。突然，一个乞丐冲到车窗前，伸出残缺的左臂敲打着李青怡侧的车窗，李青怡吓得惊叫起来。一个警察赶到，将乞丐拉开，手中的木棒猛地砸向乞丐的后背。

虽然隔着车窗，罗涛还是听到了沉闷的撞击声。乞丐倒在了地上，李青怡尖叫一声："不，不要打。"她想打开车门出去，罗涛拉住她，轻声说："不要紧的，不要出去，太危险了。"罗涛打开车窗，将几张钞票递给警察："给那个乞丐。"

车又照常向前行驶，侯赛因转过头："涛，你太善良了，这些贱民都是装的，不要被他们骗了。"李青怡脸吓得惨白，闭上眼睛，伸手拉住罗涛的手。罗涛感觉到李青怡的手心全是汗，不禁用力握紧送过来的柔软嫩滑的手。

陆军总部在西郊一个隐蔽的山谷里，四周戒备森严，高高的围墙上拦着铁丝网。经过严格的安全检查后，三人进入了陆军总部大楼。大楼像很多英国人的建筑一样雄伟气派，但又有些阴森恐怖。

一位陆军上尉领着他们到了苏亚雷将军的办公室，房间很宽敞，但采光不好，非常阴暗。苏亚雷坐在靠窗的办公桌前，因背光而看不清他的面容。苏亚雷坐在那里，一动也不动。三个人尴尬地站在门口，等着苏亚雷的反应。过了好一会儿，苏亚雷才站起来，走向他们，与侯赛因拥抱了一下，没有理会罗涛伸过来的手，示意他们坐下来。

苏亚雷将军个头不高，却非常结实健壮，脸上最显眼的是大大的鹰勾鼻，眼神锐利冷峻。罗涛和苏亚雷以前只见过一面，也只是简单打个招呼，但他知道苏亚雷可是著名的强硬派。

苏亚雷、通讯交通部及内务部部长基鲁克和人民议会主席铁姆曾是号称国父的克拉元帅手下最著名的三员大将。独立战争中，三人追随克拉，立下赫赫战功，最终将英国人赶走，创立了科拉坦伊斯兰共和国。建国后，苏亚雷一直任陆军总司令，在现政府中排名第三，并以坚定强硬的态度著称。国父克拉被南部山区信仰共产主义的共和军暗杀炸死后，一直跟他并肩战斗的他的妻子克拉夫人继承了丈夫的遗志，就任政府总理。聪明热情而富有演讲天才的基鲁克则就任最重要的两个部的部长，辅佐克拉夫人，属于政府二号人物。而铁姆则出任为顺应科国人民的民主要求而新成立的人民议会的主席，并分管总统卫队，是政府四号人物。

苏亚雷阴沉着脸，用低沉的嗓音与侯赛因交谈了几句。罗涛很有语言天赋，也对学习新的语言感兴趣，他专门学过一段科国语，可后来发现大多数科国人还是以说英语为荣，尤其是上层社会的人，于是他就放弃了继续深入学习。罗涛努力地听他们在说什么，可一句也听不懂，但是可以看出事态的严重，侯赛因脸上失去了笑容，他着急地在争辩着什么。

苏亚雷挥挥手，打断了侯赛因，转过头盯着罗涛看了一会儿。在苏亚雷锐利冷酷的眼神注视下，罗涛觉得自己手心不自觉地出了冷汗，可他坚持与苏亚雷对视着，没有退缩。苏亚雷慢慢地用英语说道："罗先生，我在这里正式地通知龙腾通讯公司，请在一周内，将你们在军队的设备拆除，运回中国。你们所有的人，在两周之内撤回中国，再也不要回来。龙腾公司将不被允许在科国开展任何业务，永远不被允许。"

→6 苏亚雷的办公室的空气似乎要凝固了，坐在苏亚雷对面的罗涛和李青怡都被苏亚雷的话惊呆了。罗涛很快镇静下来，尽量平静地问："我可以问一句为什么吗？"

苏亚雷站了起来，走到罗涛面前，盯着罗涛的眼睛："罗先生，上个星期我们政府军的两次秘密行动都遭到了伏击，伤亡惨重。更有甚者，我想你已知道你的朋友吕贝尔将军牺牲的消息了，如果我没猜错的话。"罗涛赶忙说："我深表遗憾，我……"

苏亚雷摆手打断罗涛的话："你知道他是怎么牺牲的吗？他去前线视察，化了装，换了车，行动非常保密，可车刚到共和军的有效炮程内，十几门炮齐发，吕贝尔将军被炸成了灰烬。这一切都说明了一点：共和军事先知道了我们的行动，而且知道得非常清楚。可他们是怎么知道的呢？"

苏亚雷停在这里，扫视一下三个凝神倾听的听众，接着说："就在一周前，你们的设备正式割接了。也就是说一周前我们军队内部的所有通讯都是通过你们公司的设备转接传输和控制。都是在一周前，这只是巧合吗？绝对不是。根据可靠的情报，有叛军的间谍在窃听我们的通讯。我们很快当场捉住了这个间谍，我想你们也能猜出来他是谁。他就是在机房帮助我们维护的贵公司的工程师。他窃听了政府军和吕贝尔将军的行动计划，将情报传递给了叛军共和军。"

苏亚雷的眼睛冒着凶光："你们说，我该怎么处理他呢。"他做了个砍头的姿势："杀了他？绝对正确，但不是现在，现在他还有用，据可靠的情报，你们公司里还有他的同党。我要把他们一网打尽。现在这个间谍就关在这座楼里，其他的人关在不远的警署里，我是以查劳工证的名义抓的他们，我可不想打草惊蛇，他们现在还蒙在鼓里呢。”

苏亚雷又向罗涛说：“我今天找你来有两个目的：一个是通知你们公司拆走设备，再者请你去劝一劝那位胆大包天的工程师，让他趁早供出他的同党，免得再连累这许多人受苦。”

罗涛面对这突然的变故，急忙掂量了一下形势，他很谨慎地说：“苏亚雷将军，我对我们工作的失误深表遗憾，我会尽量配合你方工作。但拆除设备，只会对你们造成损害，换另一家公司的设备，没有一个月两个月是安装调试不好的。”苏亚雷冷笑了一下：“这就不用你操心了。有的公司可不像你们效率这么慢。”

李青怡这时站了起来，面对着苏亚雷说：“这太不公平了，你不能因为龙腾公司下面一个员工的行为就惩罚整个公司，间谍抓住了，该怎么惩罚就怎么惩罚，他会为此付出代价。你还要把我们的设备拆除，让我们公司退出市场，这也太过分了。”真是初生牛犊不怕虎，初来乍到的李青怡竟毫无惧色地和苏亚雷当面据理力争。

苏亚雷抬眼看着气得满脸通红的李青怡，对侯赛因说了一句科国语，侯赛因尴尬地笑了笑，什么也没说。罗涛听懂了这句话，因为这是科国人经常开的玩笑话：“这个小妞要是陪我一晚，我就不这么过分了。”苏亚雷转身离开了办公室，罗涛则极力控制着想冲上去揍苏亚雷的冲动。

陆军总部地下室的牢房里阴暗潮湿，散发着霉臭味。罗涛在这里见到了一年前加盟龙腾的工程师查曼努。查曼努毕业于科国最好的大学科洛大学的电子工程系，是司机萨达姆介绍来的。而他是罗涛最喜欢的本地工程师之一。查曼努非常勤奋，每天几乎都是最晚离开办公室的。他的进步很快，罗涛曾特意派他去中国学习三个月。这次军网项目，查曼努担当了项目经理，已能独当一面。查曼努人品也很好，正直善良，乐于助人，没有想到他竟是一个共和军的间谍。

在陆军总部地下室最尽头的一间牢房里，罗涛见到了查曼努，可他不敢相信这个蜷缩在角落、满脸血污、衣衫褴褛的人就是以前那个朝气蓬勃、英俊潇洒的查曼努。查曼努看到罗涛，支撑着站了起来，走到罗涛面前，握住罗涛的手，哽咽着说：“老板，对不起，我连累了公司。可我想你会原谅我的，我是为了全科拉坦千千万万的劳苦大众。我有坚定的信仰，我相信在科拉坦的国土上会建立一个平等和谐，人民安居乐业的社会，再没有压迫剥削，没有富人权贵骑在人民头上作威作福。”

查曼努又转过头，愤怒地盯着陪同罗涛的政府军军官：“你们休想从我嘴里得到任何有用的东西，我绝对不会出卖我的同志的。你们一定会失败的，吕贝尔死了，你们的日子也不会长的，正义的共和军一定会胜利的。”军官猛地抬起脚，厚重的军靴踢在查曼努的腹部，查曼努惨叫一声，一头栽倒在地上。

罗涛挡住还要继续殴打查曼努的军官，俯下身扶起查曼努，查曼努浑身颤抖费力地说：“老板，谢谢你来看我，你是一个好人，我对不起你。永别了，老板，我会进天堂的，为我祈祷吧。”

在从陆军总部回公寓的路上，罗涛一直沉默不语。李青怡发现了罗涛眼里的泪光，不禁伸出手安慰地拍了拍罗涛的手。罗涛感激地望了一眼李青怡，心想，为了信仰而献身未必不是一种幸福，但自己的信仰又在哪里呢？无论发生什么事，生活还是要继续，公司的事业还是要继续。

罗涛拿出手机拨了秦荣剑副总的电话，汇报完了情况，罗涛说：“根据以上情况，我建议采取如下四点应对策略……”秦总听完罗涛的建议，沉吟了半晌：“好，我完全同意你的策略。不过，记住要随机应变，情况很复杂，一定要小心谨慎。对了，你账户上的钱还够吗？”罗涛给出肯定的回答后结束了和秦总的通话。他的心情很不平静，他知道前面等着他的将是一场恶战。

科拉坦陆军通讯网项目是龙腾在科拉坦赢得的第三个项目，也是和现任代理侯赛因合作的第一个项目。前两个项目都是和另一个代理萨利姆合作的，而第一个项目所经历的艰难困苦现在还历历在目。

萨利姆是科拉坦科中友好协会的副会长，长期做中国商品的进口生意。他得到了科拉坦电信交换机交钥匙工程招标项目的信息后，历经周折通过中国的生意伙伴找到了龙腾。刚经过新员工培训和产品培训的罗涛临危受命，背着一台笔记本电脑孤身一人来到了科拉坦。到了科拉坦，罗涛才发现这里的情况跟萨利姆所描述的有天壤之别。

恶劣的环境，刁蛮狡猾的科国人，难以下咽的饮食，这些罗涛都能忍受，可没想到的是该项目对龙腾公司竟有一个无法逾越的鸿沟。萨利姆没有搞清这个招标项目并不是对所有公司开放的，只有七个发达国家的老牌西方电信公司才被允许参加这个投标。罗涛对他们太熟悉了，闭着眼睛也能数出来：德国西门子、瑞典爱立信、美国朗讯、法国阿尔卡特、加拿大北电、日本 NEC 和英国马可尼。多年来，它们垄断着整个通信市场，享受着高额利润。中国的龙腾、巨华等一批中国本土企业在中国通信市场已向这些垄断者发起了挑战，攻城拔寨，收复了大半个江山。可在国际市场上，即使是在这个世界上最贫穷的国家，七国联军还是牢牢把守着大门，龙腾公司连上场拼杀的资格都没有。

经过罗涛精心策划的一幕在科拉坦电信公司的会议室上演了。会议室里坐着萨利姆费了九牛二虎之力请来的科拉坦电信公司的主要的技术官员，甚至科拉坦电信最知名的技术权威，曾留学英国的规划部总经理迪亚德也到了场，虽然他声明他只有五分钟时间。

人都到齐了的时候，罗涛穿着在 MBA 毕业后刚开始找工作时买的阿玛尼银灰色西装，站到了大家面前。他扫视了大家一眼，清了清嗓子，纯正的伦敦腔英语的开场白使大家发出了惊叹。而罗涛接下来的介绍却是更令人惊奇，他没有按常规介绍龙腾公司和龙腾公司的产品，而是先讲起了爱立信 AXE10 交换机的特性，主要的优缺点。这引起大家的好奇心，他怎么讲起了爱立信的产品？只打算露一面就走的规划部总经理迪亚德也开始注意地倾听。

爱立信的 AXE10 是科拉坦电信正在应用的主力机型，在科拉坦的市场份额最大，而罗涛对 AXE10 则是太熟悉了。他的第一份工作就是在电信局的机房维护 AXE10 交换机。一年后他又加盟了爱立信，售后售前和销售都做过。罗涛对 AXE10 交换机的分析自然非常专业，对 AXE10 设备同样熟悉的科国技术人员频频点头。这时，罗涛话题一转，显示了一张最重要的幻灯片，上面是 AXE10 和龙腾的 LT08 的主要性能特性的对比表，一目了然。罗涛逐条详细解释，最后的结论昭然若揭：LT08 的性能一点也不比 AXE10 差，甚至某些性能比 AXE10 还要好。

罗涛又出示了一张图，向下的陡陡的一条斜线，他让大家猜这张图表示的是什么。大家七嘴八舌地乱猜了一通。罗涛最后揭秘：这是中国市场的交换机价格的时间序列曲线。自从龙腾进入市场，中国市场交换机的价格一路狂降。最后一张幻灯片，罗涛简要地介绍了一下龙腾在中国的市场份额和公司的基本情况，结束了演讲。看到规划部总经理一直坐在那里等到他演讲结束，罗涛知道七国联军把守的大门已打开了一条缝。

规划部总经理迪亚德后来成为了罗涛的好朋友。他后来对罗涛解释他愿意帮助龙腾的原因，是他相信有这么优秀的人才的公司一定会是一个好公司。后来事情的发展顺理成章，龙腾公司终于接到了科拉坦电信公司邀请其投标的邀请函。

龙腾参加了投标并以低于第二名百分之三十的价格一举夺标。

收到科拉坦电信公司正式中标通知的当天，罗涛包下了科洛城唯一的一家中餐馆，请了在科国的几乎所有的中国公司。有一些酒量的罗涛兴致勃勃地到各桌敬酒，接受大家的祝贺。酒过三巡，罗涛已有些不胜酒力，便尽量控制不再多喝。

这时，天津纺织的老马和浙江外贸的小刘摇摇晃晃地走过来，显然已喝得差不多了。老马一手端着酒杯，用另一只手拍着罗涛的肩，大着舌头说："罗老弟，你拿到这个项目，我是真高兴，比我自己拿到项目还高兴。说句不好听的话，我也就是一卖布头的，这布头卖得再多，咱们国家也强盛不了。还得靠你们，高科技，你们才是中国复兴的希望啊。来，罗老弟，一定要陪我喝一杯国酒茅台。"老马倒了一大杯茅台给罗涛，将自己的酒一饮而尽。罗涛知道老马的话是发自肺腑的，这杯酒他无法拒绝，他也一饮而尽。

浙江外贸的小刘涨红着脸，结结巴巴地说："我今天也是太高兴了，老兄，你给咱们中国人争光了。他妈的，洋鬼子总说中国人只会造玩具鞋子，这回让他们看看，交换机，是吧？高科技，咱们中国人照样玩得转。来，干一杯洋鬼子的酒，咱们也扬眉吐气一把。"罗涛知道这杯酒他也无论如何要干掉。可那一大杯黑牌威士忌喝下去后，罗涛对后面发生的事情就一点记忆也没有了。

后来据别人讲，大家是在桌子底下找到罗涛的。拉他出来时，罗涛还在举着酒杯，大声喊着："为了高科技，干杯！为了复兴，干杯！"

中标以后，罗涛也是第一次觉得自己加盟龙腾的决定是对的，这种民族自豪感是他那些拿着百万年薪和高额奖金在咨询公司和投行工作的同学们所体会不到的。

奔驰车驶入了罗涛的公寓，停在了客厅大门前，罗涛从沉思中醒过神来。刚下车，厨师苏拉焦急地迎了出来，他着急地说："老板，你的姐姐打过两次电话，说有急事要找你，你的手机又打不通。"

→7 罗涛安顿侯赛因和李青怡坐在客厅的沙发里，自己则急忙走到自己的办公桌前，拿起电话，拨了姐姐家里的电话，但没有人接听。罗涛心里突然有了一种不祥的预感。

长期辛勤劳累的母亲身体一直不好，患有多种严重的慢性疾病。上个月，罗涛更是接到姐姐告知母亲病危的电话，他急忙请假回国。自从到龙腾工作之后，工作繁忙，而且又长驻海外，罗涛两年来还没有一次机会回家乡去看望母亲。

在罗涛的坚持下，母亲被转到省人民医院，找到了医院最好的医生。经过多方抢救，十多天后，母亲终于苏醒了。好转后的母亲心疼巨额的医疗费，坚持要出院。

拗不过母亲，罗涛只得同意姐姐将母亲接回了家，叮嘱母亲继续打针吃药，见母亲病情已基本稳定，没有什么大碍了，罗涛就赶回了科拉坦。

罗涛又拨了一次家里电话，还是无人接听，晚上再打吧，罗涛强压下心里的恐慌。

侯赛因和李青怡聊着什么，李青怡一脸专注地倾听着。罗涛走到两人面前："在谈什么呢？"李青怡笑着说："在听侯赛因的光荣历史，打仗的事。"侯赛因严肃地说："李小姐不要以为我是在说笑话，我可是从枪林弹雨中走过来的。你们小孩子不懂的。"罗涛知道侯赛因在独立战争期间是部长基鲁克的卫队长，救过基鲁克全家的命。基鲁克对侯赛因信任有加，而侯赛因也一直以部长的代言人自居。罗涛笑着说："你的故事我听一百遍了，改日再讲吧。我跟你商量一下下面要做的事。李小姐，麻烦你去厨房训练训练我们的苏拉大厨吧。"

罗涛跟侯赛因讲了自己的策略，又和侯赛因商量了一会儿，侯赛因神情严峻地离开了。

公寓的餐厅在一楼，紧邻着厨房。餐厅正中那张紫红色花梨木餐桌上摆着几道精致的菜肴，苏拉在餐桌边欢快地摆着餐具，嘴里哼着当地的小曲。罗涛走进餐厅，看见这景象，笑着说："苏拉，怎么这么开心？"苏拉回头看见主人，不好意思地笑了："老板，我从李夫人那里学了两道中国菜，很高兴。"看了看餐桌上的菜，他又说："老板，这才像个家，要是再有几个孩了就好了，咱们这房子总是空荡荡的。"

罗涛摆了摆手："说什么呢？李小姐不是我的女朋友，她只是我的同事，去拿瓶红酒去。"桌上的菜勾起了罗涛的酒瘾。科拉坦法律上是禁酒的，只有在五星级酒店才能喝到酒，可又贵得吓人，任何别的餐馆和商店是绝对禁止卖酒的。可像世界上许多被禁的事物一样，禁是没有禁住，只不过创造了一些额外发财的机会。科拉坦就有许多贩私酒的人发了大财。罗涛的酒就是一位贩私酒的朋友普劳哥送的。罗涛不禁想起自己的经济学教授法国人皮埃尔的理论。皮埃尔崇尚自由市场经济，对一切人为管制干预嗤之以鼻，他就推崇放开毒品交易，他认为最终效果肯定会比现在禁毒的效果要好得多。

苏拉很快取来了一瓶86年的法国红酒，放了两只高脚杯。他又不知从哪里找到一支烛台，点燃两枝蜡烛放在上面后，他冲罗涛挤了挤眼睛。苏拉无疑很喜欢李青怡，他肯定希望李青怡能长期留在这座房子里，他极力营造着浪漫的气氛，也许是希望二人之间发生点什么事吧。

罗涛摇头笑了笑，他自己潜意识里是不是也在期待着什么？虽然母亲一直很着急他的终身大事，急着抱孙子，可他自己确实还没遇到过一位令他真正有感觉的女孩。他有时会梦想在一个美丽的世外桃源似的小岛上遇见了一位清纯脱俗美丽动人的姑娘，那姑娘正是令他心动的类型，而她也一直在寻找令自己心动的另一半，在美丽的小岛上，二人开始一场轰轰烈烈的恋爱。

苏拉又打开了餐厅里的音响，维瓦尔蒂的“四季”的悠扬优美的音符流淌出来，如泣如诉的小提琴更增添了浪漫的气氛。苏拉把红酒打开，倒在两只酒杯里，转身离开了餐厅。餐厅外传来李青怡高跟鞋嗒嗒的声音，罗涛赶忙坐下，竟有点紧张，李青怡看到苏拉安排的烛光晚餐，不知又会有什么想法呢？

→8

烛光晚餐并没有像罗涛想象的那么浪漫，李青怡的心思似乎没放在美酒佳肴上。她突然很严肃地问了一个问题：“罗涛，你看我适合做销售吗？”罗涛笑道：“这个嘛，你一个人见人爱的大美人，只需使起美人计，自然是所向披靡。”李青怡白了罗涛一眼：“跟你说正经的呢。其实我应聘的是龙腾的销售职位，可他们说我没有经验，非让我去做培训。毕业后，我一直在大学教书，实在厌烦站讲台，才去龙腾应聘，可没想到到了龙腾还是要去站讲台。”

罗涛举起酒杯与李青怡碰了一下，说：“龙腾内部调动还是很容易的，可以先干一段培训，再找机会转到销售岗位。不过，做销售有什么好的？又辛苦压力又大，一个女孩子做培训，不是挺好的吗？”

李青怡抿了一口红酒，说：“我要是想轻轻松松地混日子，我就留在大学教书了，我就是想做销售才离开大学的。”罗涛好奇地问：“你为什么想做销售呢？”

李青怡眼里闪着渴望的光："做销售才能挣到钱啊，我就是想挣钱。现在在龙腾做培训，每个月比原来也就多个两三千元，没什么意思。"

没想到李青怡这么坦率，罗涛调侃道："你面试时是不是也这么回答的？怪不得没让你做销售。要挣钱，去做销售还不如傍大款，找个七八十岁的亿万富翁嫁了，使劲折腾他一通，老头儿一蹬腿，那你不就立刻跻身进什么福布斯最富女人榜了吗。"

李青怡鄙视地说："我最瞧不起的就是那些傍大款的人，我要凭自己的真本事挣钱。说正经的，罗涛，你做这么多年销售，你认为做销售需要什么条件，没有经验不行吗？"

罗涛说："要做一个一般的销售，其实很容易，只要会说话就行，当然像我们做海外销售的，就是要会外语。你是学科技英语的，又懂技术，英语又好，所以做一个销售应该说是绰绰有余的。"罗涛话头一转："可要做一个好的销售，一个成功的销售可就没那么简单了。"

李青怡感兴趣地问："你倒说说怎么不简单了？"

罗涛夹了点菜给李青怡："来，多吃点你监制的菜。做一个成功的销售，需要多方面的素质，沟通能力当然是第一位的，还需要有分析能力、领导能力、快速反应解决问题的能力，要懂技术，了解公司的产品，还要知识面丰富，上知天文下知地理。做国际销售还需要了解当地的风土人情，具有国际化视野，还要能吃苦耐劳，有超于常人的忍耐力。"

李青怡感叹道："这么难啊！在科拉坦做成了这么多项目，能不能讲一讲你是怎么成功的，传授一下经验。"

罗涛笑道："我只是运气好，经验倒谈不上，不过，我想问你一个问题，你觉得影响一个项目的成败的主要因素是什么？"

李青怡思索了一下："我觉得对投标项目而言主要是价格，当然客户关系也很重要。你说对吗？"

罗涛摇了摇头："价格是很重要，但只是表面的东西，或者说是给别人看的东西。表面看来，如果我们投标价最低，我们就赢，价高就死。我刚做销售时，也是这么看的，只会拼命找公司要低价。许多人都是这样，你会发现，在项目总结会上，大多数销售都会把输的原因归结于价格，而赢的原因归结于客户关系。不会有人承认是因为客户关系不好而丢了项目，也不会有人承认只是由于价低才拿到项目。可这样做的话，你就没有认识到销售的本质，不知道项目成败真正的原因，赢也赢得糊里糊涂，输也输得不明不白。举个例子，我们输的那个传输项目，实际上我们的价格比中标的那家土耳其公司低得多，可我们还是输了。而上一个GSM项目，巨华比我们的价格低得多，可最后的赢家是我们。”

李青怡来了兴趣："那你说项目成败的真正原因是什么？销售的本质又是什么？"

罗涛将杯里的酒一饮而尽："我个人看来，项目是否成功完全可以归结为两个词：利益和实力。天下熙熙，皆为利来，天下攘攘，皆为利往，这是亘古不变的真理。每一个项目都会有许许多多的利益追逐者，经过不断的博弈，最终达到一个平衡。而与利益相对的另一端则是实力——利益提供者的实力，你是否有足够的实力满足利益追逐者的要求，使之达到一种平衡。销售恰恰是连接利益和实力的纽带。而一个好的销售一方面可以弄清所有利益追逐者的真正需求，巧妙而艺术地摆平各个利益追逐者，使之达到一个最优化的平衡。另一方面，他又可以最大限度地利用利益提供者的实力，取长避短，将实力和利益最有效率地结合对接起来。许多人讲销售是一门艺术，可我认为它更是一门科学。"

李青怡的眼睛里充满了佩服，她笑着说："真不愧是学MBA的，能把这么简单的事说得这么复杂，这么头头是道。可你的这套理论能在实践中应用吗？"

罗涛自信地说："当然。我要澄清一下，这并不是我独创的理论。我为什么说销售更是一门科学呢，因为前人和商学院的教授们已创立了无数的理论框架和分析工具来指导销售，你有没有听说过DMU和3P？"

李青怡摇了摇头。罗涛继续说："DMU和3P就是弄清利益追逐者的分析框架。DMU是决策单位Decision Making Unit的缩写，我们可以将客户的所有参与决策的人分成六种不同的角色：Initiators即发起人，Gatekeepers即守门者，Influencers即影响者，Deciders即决策者，Purchaser即采购者，Users即最终使用者，再用3P来对这些角色进行分析。3P即权力（Power）、优先需求（Priority）和观念印象（Perception）。这样，基本上所有利益追逐者的真正需求就搞清楚了。"

李青怡点头说："听起来这个工具倒是有些用处，但我还是怀疑在实际的项目中你真的就是用这些工具来运作的吗？"

罗涛说："在实际中，当然不可能完全教条地照搬，应该结合具体情况灵活应用。这些工具只是给你提供一种思维方式，起一种引导的作用，使你思考问题能更全面、更系统科学。这样的工具还有很多，不知道这些名词你有没有听过，STM，4C，4P，5 Force 分析，SWOT 分析，BCG 矩阵，边际效应，沉淀成本，价格歧视，囚徒困境，赢者的诅咒，价值链，决策树，等等。我建议你可以先读一些有关的书，积累一些有用的知识。”

李青怡笑着打断罗涛：“我最不喜欢的就是读书，我是一个实干者，我就不相信，不懂你说的这些东西就做不好销售。不过，你挺适合做教授的，我喜欢听你讲。以后你每天给我讲一段吧。”

罗涛说：“等我将来读完博士到商学院教书，我一定收你为徒。可每天给你讲一段，恐怕没机会了吧，明天你就要改签机票回国了。”

李青怡伸舌头做了个鬼脸：“别吓唬我了，我都听到你的四大策略了。我可是你的一颗重要的棋子，还想赶我走。好好讨好我吧，要不然我可真要走了。”

罗涛笑道：“你还真愿意留在这么差的地方？西南电力的老张在这里已待了十年了，从二十八岁开始，一辈子最好的青春岁月都留在了这里。你想象一下，十年以后，我们两个还坐在这里品着红酒，听着音乐，吃着苏拉做的川菜，你能忍受吗？”

李青怡连忙摇摇头说：“谁要在这儿待十年。说实话，我的目标就是挣钱，挣够了钱我会在美国买套大房子，带游泳池的，还要有一个大花园，花园里要有一个小篮球场。每天下午，迎着落日的余晖，坐在花园里的石凳上，喝着咖啡，看着我的儿子在篮球场上欢笑蹦跳。”

罗涛听她竟然提到了儿子，心里不知什么滋味，刚想回应，他的手机响了，是国内的电话号码。罗涛赶忙接听，里面传出姐姐平静迟缓的声音：“喂，是罗涛吗，我给你打过几个电话了，你都不在。”

本来紧张万分的罗涛听到姐姐的声音很平静，不禁松了口气：“姐，我今天刚到，挺忙的。家里还好吧，妈妈身体好吧？”姐姐停了半天没有讲话，然后依然是平静的语调：“妈妈今天早上走了。”

罗涛一时没有反应过来：“妈妈走了？去哪儿了？”姐姐平静地回答：“妈妈去了另一个世界，今天早晨走的。”罗涛突然感觉身边的一切都在离自己而去，所有其他的声音都停止了，只剩下伴着维瓦尔蒂悠扬欢快乐曲的姐姐那平静和缓的声音：“妈妈走得一点痛苦都没有，她是到天国去享福了。”

罗涛的眼前一片漆黑，过了半天他才喘过气来，伴随而来的是控制不住的呜咽，眼泪唰唰地流了出来，姐姐的声音还在持续着："小涛，不要伤心。妈妈走的时候很平静。人死不能复生，你要好好照顾自己，这样妈妈在天上也会安心了。"

罗涛突然爆发了出来，冲着电话嚷道："我不想让妈妈到另一个世界去享福，我只想能再亲眼见到妈妈，我本来年底就想给妈妈在上海买套房子，接妈妈到上海享福的，妈妈为什么要走得这么快？什么狗屁张大师，就是他害死了妈妈，我要杀了这个浑蛋。"

罗涛记不清自己是怎么冲出房子的，只记得他甩开了拼命想拉住他的李青怡的手。他也记不清自己在机场高速路上开了多少个来回，他只觉得自己的眼泪再也流不出来了。

罗涛凌晨时分才回到公寓，李青怡蜷缩在客厅的沙发里睡着了。罗涛推了推李青怡，李青怡猛地站了起来："罗涛，你回来了。你去哪儿啦？我担心死了。"罗涛低声说："我没事，你快回房去睡吧。"

李青怡摇了摇头："我陪你一会儿吧，我太担心你了。别太伤心了，我实在不知道说什么来安慰你。"罗涛摇了摇头："我真的没事，明天还有工作要做，早点休息吧。"罗涛强忍着没有再哭出来，转身走回自己的卧室。

罗涛躺在床上，翻来覆去睡不着，只觉得心里像针扎似的难受。他坐了起来，突然想起下午做的那个梦，梦里妈妈的形象是那么地清晰，那么地年轻漂亮，妈妈本来是想告诉自己什么，可被突然打断了。妈妈到底想告诉自己什么呢？

敲门声轻轻地传来，李青怡推门走了进来，静静地走到床前，坐在罗涛的身边。罗涛突然发现李青怡像极了年轻时的母亲，小时候，每当罗涛临睡觉前，母亲都会给他一个吻。当身着睡衣的母亲亲吻罗涛时，罗涛觉得母亲是世界上最美丽的女人，而那一刻是罗涛最幸福的时刻。

李青怡轻声温柔地说："我还是不放心，来看看你。不要把什么都憋在心里，有什么伤心委屈就跟我说说吧。说出来，你就会好的。"李青怡的语气也像极了母亲。罗涛的眼泪又一次流了出来，而眼前的李青怡在罗涛的泪眼中渐渐地变成了年轻时的母亲，像天上的仙女般的美丽温柔。罗涛猛地扑入仙女的怀中，号啕大哭起来。

→9

一阵嘈杂的鸟叫声使罗涛从香甜的睡梦里醒过来。他伸了个懒腰，昨天晚上睡得好香，好久没有睡得这么好了。昨天晚上，在李青怡的安慰下，罗涛的情绪渐渐稳定下来，终于沉沉睡去。

罗涛穿上短裤，来到窗前，拉开窗帘，灿烂的阳光晃得人睁不开眼，新的一天又开始了。罗涛心想，时间是可以治愈一切创伤的，无论它有多么深多么痛，而无论发生什么，生活还是要继续。窗外的芒果树下，身着黑色紧身半袖衫和白色短裙的李青怡正和苏拉、蒙田等人在忙着什么，一片欢声笑语。

罗涛打开窗户，李青怡抬起头，冲罗涛招了招手，喊道："大懒虫，起床了。我们正在摘芒果，给你做一个香喷喷的芒果沙拉做早餐怎么样？"罗涛笑道："谢谢，你怎么起这么早？"罗涛觉得嗓子很痛，而心里也在隐隐作痛。

早餐桌上，李青怡不停地劝罗涛吃东西。罗涛很惊奇李青怡的淡定自若，好像昨晚什么事都没有发生似的，他一直试图发现李青怡任何的羞涩或不自然的表情，可他一点也没有发现。罗涛不禁提醒自己，或许李青怡只是看自己太悲痛了才安慰自己，没有其他的想法。

李青怡突然小声地问："今天你是不是要请假赶回去？"罗涛考虑了一下，摇摇头说："现在这种情况我怎么能走？几十号人还关在那里，我走了，他们怎么办？人死不能复生，忙过这段再回去吧。"

吃完早餐，罗涛叫李青怡准备一份详细的培训计划，自己走到书房给侯赛因拨了个电话。打完电话，罗涛心里有了底。他又给贩私酒的朋友普劳哥打了个电话，即使是透过电话，普劳哥的大嗓门也显得有些震耳："涛，我的朋友，我想死你了，你总算回来了。两万美元的科币我马上准备好，十一点我准时到你的公寓，等着我。"

普劳哥是一个动物型的享乐主义者，他虽是穆斯林，吃喝嫖赌一样不缺。奇怪的是，一天六次的祈祷他却非常准时虔诚，一丝不苟。也许是坏事干得多了，寄望于认真的祈祷来减轻些许的罪恶。普劳哥原是黑社会的老大，后来靠贩私酒发了财，又做起了正当生意。罗涛是通过兑换美元与普劳哥认识的。

科拉坦的外汇管制很严，普通科国人很难将外汇汇出国外，而许多外国人又经常需要将美元兑换为本地币，这样就形成了一个供需两旺的外汇黑市。需要将美元汇往国外的科国本地人愿意付比银行高得多的汇率给外国人，以求得替他们将美元汇往国外。

罗涛跟普劳哥换过几次钱，性格豪爽的普劳哥非常大方，总是先将罗涛需要的科币现金送过来，罗涛只需在一周内将美元汇到其指定的账户即可。换过几次钱，一起喝过几次酒后，两人成为了朋友。

罗涛一直认为三教九流的朋友都应该交一些，而普劳哥黑社会的背景也是可利用的。第一个项目做外线工程时，曾有一些当地的地痞流氓捣乱，罗涛找普劳哥帮忙。普劳哥带着十几个膀大腰圆的打手，骑着摩托，到了现场，捣乱的地痞流氓一哄而散，有一个跑得慢的被捉住按倒在地上。普劳哥拿起一根木棒，用力砸在小流氓的腿上，小流氓一声惨叫。普劳哥把木棒扔在地上，大声说："你们听着，谁再敢跟我朋友涛过不去，我就打断他的腿。"

罗涛又给张天叶大使打了个电话，约好十二点在大使馆见面。然后又给侯赛因打了个电话，告诉他钱已准备好，让他赶紧行动到这时，罗涛才舒了一口气，到目前为止，计划正有条不紊地顺利执行着。这场危机应很快就会过去的。

十一点钟，普劳哥那辆红色的宝马车耀武扬威地开进了罗涛公寓的院子。普劳哥像其他科国的富人一样，也是一个大胖子，满脸的横肉。自从开始做正经生意后，普劳哥身上的那股杀气已少了许多，可还是会叫初次见面的人不寒而栗。身着名牌西装的普劳哥冲进客厅使劲抱住罗涛，又在罗涛的脸颊上吻了两下，大声说："涛，我的朋友，你来了，家里还好吧？别整天苦着脸，有什么不开心的？工作不顺心，就要来点娱乐，生活的目的就是享乐。"他转身拉了一下门口的铃绳，苏拉小跑着跑进客厅。普劳哥像对酒吧的服务生一样对苏拉说："双份威士忌，不加冰。"

普劳哥的司机拿进来一个大袋子，普劳哥打开袋口，拿出一捆钞票用手抚摸着："涛，你要的钱我给你准备好了。我就喜欢钱的味道，它会让我立刻兴奋起来。我今天还给你带来了一份神秘礼物。"罗涛好奇地问："什么礼物？钱就足够了，还要什么礼物。"

普劳哥说："我肯定你会喜欢这个礼物。"他转身对司机说："把人带进来。"过了一会儿，司机领进来一个身材高挑丰乳肥臀浓妆艳抹的妙龄女郎。普劳哥让女郎在室内来回走了几圈，然后得意洋洋地冲惊得目瞪口呆的罗涛说："怎么样？这是我在南部发现的宝贝，花了我不少钱，不过物有所值。我的朋友，你要是喜欢，就送给你先玩一段时间。"

没容罗涛说话，普劳哥命令道："莉萨小姐，以后涛就是你的主人了。"莉萨回头冲罗涛妩媚地一笑，走向罗涛。罗涛赶忙说："不，普劳哥，你自己留着吧。绝对不行。"看罗涛拒绝，莉萨把丰满的身体靠近不住躲闪的罗涛，噘起嫣红的嘴唇凑过来："老板不喜欢我吗？"

就在这时，客厅的门被推开，李青怡端着笔记本电脑走了进来。她看到屋内的景象，转身退出了客厅。罗涛用力推开莉萨，对普劳哥说："普劳哥，你这是干什么？谢谢你的好意，我现在很忙，改日再请你来做客。再见！"普劳哥也知道闯了祸，赶紧带着莉萨走了。

罗涛追上李青怡，没容罗涛说什么，李青怡就冷漠地说："对不起，打扰你了。我不知道你有客人。"罗涛忙解释说："千万别误会，你可别乱想。普劳哥这小子今天不知道发什么神经了，以前可从来没有过这种事。"

李青怡淡淡地说："我乱想什么。罗总的公事私事，我都没有权利过问。你不用跟我解释什么。我是要跟你汇报一下培训计划的。"

罗涛被噎得说不出话，尴尬地立在那里。李青怡又说："罗总，培训计划已经拟好了，按您的指示，时间加长了，内容也修改了。可我要提醒你，实习上机等实践内容我自己一个人是肯定教不了的，至少需要两位现场工程师协助配合。"

罗涛只好公事公办地说："谢谢你的提醒，我会考虑这一点的。你打印一份给我吧。"看着突然冷若冰霜的李青怡，罗涛突然觉得自己对李青怡非常不了解，她完全变成了另一个人。

罗涛十二点钟准时来到了中国驻科拉坦大使馆。中国大使馆位于科洛城东郊使馆区的中心地段，离罗涛的公寓很近，开车过去只要十几分钟。中国大使馆的院子很大，面积仅次于美国大使馆，院子里的主楼是一座很抢眼的中式建筑，大部分的建筑材料都是从中国运来的。每次罗涛到中国大使馆都会有一种时空错乱的感觉，看着院子里造型不太成功的人造假山、开着荷花的小池塘和颜色斑驳的羽毛球场，再加上打着瞌睡晒太阳的保安，罗涛仿佛到了北京某个没有实权的清水衙门的机关大院。

张天叶大使无疑是大使馆的太上皇，学科拉坦语出身的张大使已在科拉坦苦熬了十几个年头，从三秘、二秘、一秘直至参赞、大使，张天叶的年龄也已到了尴尬的阶段。背景、学历方面的局限使张大使早早断了仕途上的雄心壮志，而促进中国公司在科拉坦的业务发展就成了张大使退休之前的首要目标。把车停好，罗涛轻车熟路地直奔三楼的大使办公室，坐在大使办公室外间的秘书小薛看见罗涛，赶忙站起来打招呼。罗涛把从国内带的一条中华烟递给小薛，小薛笑眯眯地接过去，塞入抽屉里，笑着说："罗总，张大使在等着你呢，你直接进去吧。"

张大使的办公室宽敞明亮，悬在墙上的一面巨型中国国旗使得整个屋子红彤彤地透着暖意。罗涛和张大使握了一下手，坐在沙发里，没有说话。张大使摸着半秃的头顶望着罗涛，一脸严肃地说："小罗呀，事情怎么搞得这么严重。听说吕贝尔的死也和你们公司有关，这事可就变得太复杂了。你也知道，苏亚雷可不是好惹的，科国政府中我最不愿意打交道的就是这个苏亚雷，他可是说翻脸就翻脸，一点面子也不给。"

罗涛打断张大使的话："张大使，苏亚雷那边我们会搞定，您放心，再硬的石头我们也能找到办法敲碎。您只要帮忙给科国政府施加一点压力就行了。这次事故只是我们公司一个员工的个人行为，跟公司一点关系也没有，我们会积极配合军方把问题尽快圆满解决。不过，张大使，你知道吗？巨华公司这时候可是落井下石趁火打劫，太不像话了。他们这么搞，太丢中国人的脸了。"

张大使皱紧眉头："我真是搞不懂你们两家公司怎么就斗得这么厉害，简直就是你死我活嘛。市场这么大，你们两家怎么就不能和平共处，好好地合作呢？非要打得你死我活，这对谁都没有好处。你看人家日本公司，从来都是互相协作，没有恶性竞争。你们怎么就不学学日本公司呢？"

早就有人跟罗涛讲过日本公司在科拉坦合作的故事。每当有一个新的招标项目，日本公司都会事先协调好，确定由一家公司来做，其他公司绝不会来抢生意，反而会帮忙围标，象征性地报个价。下一次又换另一家公司来做，公平合理，从没有意外发生。而中国公司恰恰相反，修路、建筑、电力、水力、重工等早进入的行业，早已打得不亦乐乎，每个行业最终打到大家都没钱赚为止。可罗涛觉得作为高科技企业的龙腾和巨华可不是在走其他中国公司的老路，正是在国内惨烈的竞争使两家公司不断成长壮大，踩着竞争中倒下的同行们的尸体，两家公司又大踏步地迈向海外市场。竞争并不可怕，狭路相逢勇者胜，只有勇敢地面对竞争，才能在这个行业中生存下去。

罗涛望着张大使反驳说："张大使，这话您说得可太有道理了，可这话您得跟巨华说。我们龙腾可是业内有名的乖孩子，您也见过马总和秦总，都是温文尔雅的老实人。是巨华总是处心积虑不择手段和龙腾斗，恨不得龙腾马上就死掉。科拉坦我们已来了这么久，做得好好的，是他们非得来抢我们的生意。正面的竞争争不过，就出下三滥的手段，现在是人命关天的时候，他们还在背后搞小动作，落井下石，太卑鄙了。我们的人现在还关在监狱里，在那里受着苦，弄不好要出人命的。”罗涛越说越激动。

张大使忙安抚罗涛说：“小罗，我会跟巨华说的，你放心，我不会让他们胡搞的。我马上就去见科国外交部长，告诉他们中国人是不能随便乱抓的，要求他们马上放人。可小罗，对巨华呢，你们也表示点姿态，像克拉夫人的访问你们就该让一点时间给巨华，就算给我一个面子吧。”

没等罗涛回答，办公室的门突然被推开，秘书小薛走了进来，他迎着大使不满的目光小声说：“张大使，巨华的林小凡来了，说有急事马上要见你。”

→ 10 没等张大使说话，性急的林小凡已冲进了大使的办公室：“大使，我刚得到的消息，龙腾……”说到这里，他才发现坐在沙发上的罗涛，尴尬地停住了。他赶忙对张大使说：“对不起，我不知道您忙着呢，我过一会儿再来。”说完，转身就要走。

张大使叫住了林小凡：“小林，先别走，正好说到你们两家合作的事。现在，我就给你们撮合撮合。都是中国的优秀企业，我希望龙腾和巨华能在科拉坦和平共处，不要搞恶性竞争。小林，我刚才跟小罗讲了，你们应该向日本公司学习，做项目之前先内部搞个协调。后面再有什么项目，小的项目轮着做，大的项目分着做，大家都有饭吃，否则恶性竞争，价格越打越低，最后大家都没钱赚。以后，我就来充当这个协调人，由田参赞具体操作，你们看怎么样？”

张大使显然对自己的说法很满意，他转头看了一下罗涛，又看了一下林小凡，期待着二人肯定的答复。林小凡咳嗽了一声，清了清喉咙，犹豫地说：“我们巨华一直是希望能与友商合作的，可龙腾拼命打压我们。大使能出面避免恶性竞争，我们当然是非常欢迎的。”

罗涛知道张大使已全面倒向巨华，表面上是劝两家公司避免恶性竞争，可实际上是让龙腾将辛苦打下的江山拱手让出来。罗涛对林小凡很是“佩服”，不知他使的什么手段，竟让堂堂的国家大使如此为一家企业鼓与呼。他没有理林小凡，从沙发上站起来说：“张大使，这事不是一句话两句话能说清楚的，以后有时间再说吧。我还要去陆军总部，我先走了。”

张大使也站了起来：“小罗，你放心吧。我马上就去见外长。你自己也要当心点，苏亚雷可是什么事都干得出来。”罗涛走出大使的办公室，仍可以隐约听到林小凡高亢急促的声音，不知林小凡和大使在策划什么，但罗涛可以确定那一定跟龙腾有关，不知又会有什么样的劫难在等着龙腾。

罗涛回到公寓，等待着侯赛因的到来，下午他会和侯赛因再去一次陆军总部，和苏亚雷再来一次交锋，准确地说是要来一场交易。侯赛因一直忙着这件事，进展还算顺利。可重头戏还在与苏亚雷的会面，正像张大使讲的那样，苏亚雷很难打交道，自己提出的条件实在没有把握能让苏亚雷满意。罗涛烦躁地在客厅里踱来踱去，思考着如何说服苏亚雷接受自己的条件。苏拉走进来问他是否在家吃午餐。罗涛看了看表，点了点头，告诉苏拉准备两个人的饭，这才注意到活跃的李青怡怎么没了踪影。难道她是因为误会了自己与莉萨的关系而生气罗涛承认自己对李青怡还不太了解。

直至吃午饭的时候，李青怡也没有走出她的房间，苏拉去叫了一次她也没有出来。罗涛只得独自食不甘味地吃着苏拉精心炮制的午饭。刚吃完午饭不久，侯赛因匆匆地赶来了，他满脸疲惫地对罗涛说：“涛，累死我了，给我一杯酒。”罗涛叫苏拉给侯赛因倒了一杯威士忌，侯赛因接过酒杯一饮而尽，苍白的脸上渐渐泛起了红晕，他的情绪也随之高昂起来：“涛，尊敬的部长阁下已和苏亚雷将军通过电话了，苏亚雷将军同意今天再和你谈一次。怎么样，钱准备好了吗？”

罗涛点了点头，探询地望着侯赛因：“侯赛因，我的朋友，我更关心部长阁下给苏亚雷将军开了什么样的条件。”侯赛因叹了一口气：“涛，你知道，尊敬的部长阁下对这些具体的细节是不会管的，是部长公子塔鲁和苏亚雷谈的，基本谈定了，过一会儿和苏亚雷见面，我会再和他最终确定的。你知道吗？为了你们公司，我们可是付出了很大的代价呀。”

罗涛知道侯赛因又在故意诉苦买好，就打断他的话说：“我非常感谢你及部长阁下的努力。可这是你们应承担的责任，按照我们签订的代理协议，科国国内的一切事务都由你们全面负责，我们付的那么高的佣金里面已包含了这一部分。”

侯赛因用责备的眼神望着罗涛，不满地说：“涛，我又没有跟你多要钱，你又扯到协议干什么？这不是你们员工惹的祸吗？我为你们公司的事这么辛苦地忙碌，还不是看我们之间的友情吗？我可一直把你当做我最好的朋友呀。你这么说，我非常伤心。”

第一次听侯赛因这么讲的时候，罗涛像许多人一样曾被感动过。侯赛因确实有这种本事，某些时候他可以显得特别诚恳老实，在需要的时候他甚至可以流出特真诚的眼泪。为避免看到侯赛因的眼泪，罗涛赶紧抚慰道：“别误会，我一直都认为你是我最好的朋友，这是我在科国最大的收获。你给我的帮助，我会永远记在心里的。”

侯赛因马上转悲为喜：“涛，为了我们的友谊，我要再来一杯，你也要来一杯。”把苏拉送来的第二杯威士忌灌下肚，脸上有了更多红晕的侯赛因突然想起了李青怡：“涛，美丽的李小姐在哪里？她不知道我来了吗？”

罗涛喝了一口酒，笑着说：“你可别打李小姐的主意，我要保护我的同事，我可不想让一只纯洁的绵羊落入恶狼的口中。”

不知是酒的刺激还是罗涛的话的刺激，侯赛因打了个嗝，他摇着头严肃地说：“涛，美丽的李小姐可不是绵羊，她可不简单哪。你知道吗，尊敬的部长阁下的大公子罗伯特已经从美国回来了，部长阁下计划让罗伯特全面接管家族的生意，而塔鲁很快就要出国了。明天晚上，部长阁下在家里特意为罗伯特举办晚宴，你可一定要去。我提醒你，以后可要和罗伯特搞好关系。”侯赛因凑近罗涛，神秘地说：“罗伯特对美丽的李小姐可是非常感兴趣呀，他和我说了好几次一定要邀请李小姐参加晚宴。”说完，侯赛因意味深长地冲罗涛眨了眨眼睛。

二、化解危机的四条策略

罗涛分析过苏亚雷与龙腾作对而与巨华合作的心理，虽然龙腾出了间谍是个很大的诱因，可利益冲突毕竟还是最根本的原因。

→11　下午，罗涛和侯赛因是在苏亚雷位于陆军总部大院的家里与苏亚雷见的面。苏亚雷的家与基鲁克富丽堂皇的豪宅相比显得寒酸多了，灰色的二层小楼因年久失修而破烂不堪，令人怀疑一场暴风雨就会把它完全摧毁，房里的装饰摆设也简朴之极，只有门口那几个荷枪实弹的哨兵显示出房子主人身份的与众不同。

苏亚雷正在做祈祷，罗涛和侯赛因坐在客厅破旧的沙发上焦急地等待着。罗涛摸了摸放在脚前的钱袋，心里安稳了些。这笔钱本来应该送给吕贝尔，可现在吕贝尔无论是在天堂还是地狱，都不会再需要这些花花绿绿的纸头了。佣人给二人端上奶茶，罗涛喝了一口，发现奶茶的质量也很低劣，看样子苏亚雷确实很清贫。

做完祈祷的苏亚雷神情严峻，脱下了军装，身着科国传统绣花长袍的苏亚雷依然显得十分凶悍。他与罗涛打了个招呼，就和侯赛因用科语交谈起来，谈着谈着苏亚雷的表情渐渐舒展开来，没有那么严峻了。罗涛知道，侯赛因代表部长基鲁克给出的条件可以让苏亚雷满意了。

罗涛分析过苏亚雷与龙腾作对而与巨华合作的心理，虽然龙腾出了间谍是个很大的诱因，可利益冲突还是最根本的原因。虽然是吕贝尔全权负责军网项目，可他肯定要打点苏亚雷的，而吕贝尔还没有拿到军网项目的全部佣金就死了，估计苏亚雷什么油水都还没有捞到，他肯定担心这部分眼前利益拿不到。而从苏亚雷的长远利益来考虑，与巨华合作就更顺理成章了。以前基鲁克做的这些通信项目显然没有分苏亚雷一杯羹，即使分了估计也是非常有限的一点点而已。而后面两亿美元的大项目是这个小国最大的一次盛宴，作为政府三号人物的苏亚雷对此肯定不会只是袖手旁观。这也是为什么苏亚雷明知基鲁克在和龙腾合作，还要和巨华勾勾搭搭的主要原因。而后来龙腾的间谍案恰好给了苏亚雷一个很好的借口。

分析清楚了苏亚雷的动机需求，罗涛想出了化解危机的四条对策：第一条是照顾苏亚雷的眼前利益，把本来应在拿到初验证书后给吕贝尔的一部分钱提前给苏亚雷；第二条是解除苏亚雷对长远利益的后顾之忧，罗涛要侯赛因劝说基鲁克分一部分利益给苏亚雷，要做两亿美元的大项目，不把政府三号人物摆平，将会麻烦不断；第三条是让中国政府施加压力，科拉坦对中国政府还是十分敬畏的，他们绝对不敢真的惹怒老大哥中国政府；第四条是针对军网项目间谍案的一些补救措施，以消除间谍案所带来的潜在隐患。

在来陆军总部的路上，罗涛已和张大使通了电话，得知张大使已会见了科国外交部长，很严肃地表达了中国政府对此事的关注，老大哥的压力应该已经传递到苏亚雷这里，而看样子侯赛因代表部长给出的条件也已让苏亚雷满意，现在就看罗涛自己的表演了。

侯赛因和苏亚雷的谈话已近尾声，从表情上判断二人已开始在聊一些轻松的话题。侯赛因抓住时机偷偷碰了一下罗涛，用脚指了指沙发前的钱袋。罗涛欣然会意，提起钱袋，走到苏亚雷的面前，把钱袋放在茶几上，慢慢地打开，露出里面一捆捆的科币。看着装满钱的袋子，苏亚雷的脸上露出了微笑。罗涛还是第一次见到苏亚雷笑，笑着的他一点也不像一个杀气腾腾令人望而生畏的将军，而更像一个在地上拣到一块金砖的三轮车夫。

罗涛在国内和海外给多少人送过钱自己也数不清了，可在科拉坦送钱无疑是最简单明了的。不用任何冠冕堂皇的说辞，不用费尽心机地寻觅合适的时机，只需要简简单单地把钱交给要给的人，就像国内请人吃顿便饭一样简单。在商学院学过“公司社会责任”课程的罗涛本来对行贿十分忌惮，可在这样一种环境中，也就慢慢麻木了。一开始，罗涛还坚守着绝不自己亲手操作，可后来发现代理经常偷偷地把该送出的钱打个折扣，不得已他只好弄脏双手亲自上阵。

而第一个代理萨利姆教过罗涛几个在科国送钱的技巧。比如，一定要送现金，科国银行管制很严，留下了记录可不是一件好事。另外，大笔现金对科国人的冲击震撼比账户数目的增加不知要强多少倍。再者，不要送美元，一是因为收钱的人增加了兑换美元的麻烦，再者即使一万美元也只是薄薄的一叠，如换成科币则会是一大摞，更具震撼力。

苏亚雷一点也不掩饰对钱的喜爱，他笑着伸手拿出几叠钱，放到眼前欣赏着，又用鼻子闻了闻，才把钱放了回去。罗涛等苏亚雷把礼物欣赏完了，才开口说：“这里是两万美元，等我们拿到初验证书，我会再送一个两倍大的袋子。”

苏亚雷费力地把眼睛从钱袋上移开，转头看着罗涛。罗涛赶紧趁热打铁，拿出公文包里的培训计划递给苏亚雷：“这是我们重新拟订的培训计划，时间由一周加为两周，而且增加了许多实际操作的内容，我们希望两周后你们自己的技术人员完全可以独立操作。培训人员数量，我们也从十人增加为二十人。你们可再选择一些有潜质的技术人员参加。”苏亚雷扫了一眼培训计划，扔到了一边，脸上的笑容渐渐凝固。

罗涛又提高声音说：“我们将从中国再派两名资深工程师过来，全面负责这个项目。原来负责这个项目的所有人员不论中方还是本地员工，将不再与这个项目有一点接触，这样就能确保不再有泄密的事发生。”

看苏亚雷没有回应，罗涛又接着说道：“苏亚雷将军，间谍查曼努也被抓住了，我们希望立刻释放其他的人，我们保证不会再有类似的事发生。”

苏亚雷脸上的笑容已彻底消失了，他的眼睛里闪着冷酷的光，最后他终于开口说话了：“罗先生，请你不要忘记，还有一位间谍没有抓住，而查曼努死硬到底，始终不肯供出他的同党。我们可以释放中国人，但我们不只要求他们不再接触这个项目，还要他们永远离开科拉坦。对于本地人，没有找到那个间谍，我们是不会放人的。如果没有人承认，我会把他们都杀了。”

罗涛知道，经过这一次磨难，本来就对科拉坦的恶劣环境颇有微词的大多数中方员工不会再愿意留在这里，所以来一次中方员工大换血，他还是可以接受的。可对本地员工，罗涛不能就让他们一直被关在监狱里。毕竟他们是龙腾公司的人，这对龙腾声誉的损害是无法估量的，再者关在监狱里，面对着这些杀人不眨眼的恶魔，什么事都有可能发生，他一定要尽量解救他们。

罗涛强硬地说：“苏亚雷将军，我们的员工如果触犯了贵国的法律，你们完全可以依法处理，像查曼努，你们愿意怎么处置，我都无话可说。可其他人呢，只因为还有一个可能是子虚乌有的间谍，他们所有的人就被关在这暗无天日的监狱里受尽折磨。龙腾公司是中国政府重点扶持的国有企业，我们也为科拉坦的经济发展做出了很大的贡献，如果你们军方这样对待你们的朋友，我们会继续向中国政府请求帮助，后果怎样，请苏亚雷将军想清楚。”

苏亚雷的脸涨红了，他把刚点燃的烟斗重重地摔在桌上，盯着罗涛说：“罗先生，你是在威胁我吗？你知道我们遭受了多大的损失吗？我已经让步了很多。你们的设备不用拆走，中国人也马上释放，你还想要什么？对那些本地员工，我们愿意怎么处置是我们国家内部的事，你用不着干涉太多。你现在可是在科拉坦，不是在中国。”

罗涛反驳道：“他们是科拉坦人，但也是龙腾公司的人。只要是龙腾公司的人，我就有责任，不管是在中国还是在科拉坦。”苏亚雷用冷酷的眼神望着罗涛，慢慢地摇了摇头：“我明确地告诉你，这些人无论如何也不会被释放的。”

看二人已到了剑拔弩张的程度，侯赛因忙插入两人中间，打圆场道：“不要太冲动了，都是朋友嘛。苏亚雷将军，请原谅涛的冲动，他对同事的感情可以理解。”他又转向罗涛说：“涛，对这些本地员工你真的不要管太多。最重要的是公司的生意，苏亚雷将军已做了很大的让步，以后他也会很好地配合我们去做更大的项目。科拉坦最不缺的就是人，以后再招几个人不是很容易嘛。”

罗涛知道需要改变一下策略了，他瞪了侯赛因一眼，不满地说：“你想得太简单了，他们现在还是龙腾的人，如果一直在监狱关着，人们对龙腾会怎么看？我们以后还怎么在科拉坦做生意？”

侯赛因点了点头："苏亚雷将军，涛说得有道理。现在时间短还没什么，时间长了，恐怕对龙腾的声誉会有很大影响。这些人又是在工作时被抓的，以后追究起来会有很大的麻烦的。"

苏亚雷将军思考了一会儿后说："我提出最后一个解决方案，这是我所能做的最大让步了。我希望你们不要再讨价还价，这是最后的决定了。"

→12 两辆崭新的中巴车停在离陆军总部不远的一座警署的监狱大门口，侯赛因的奔驰车则停在中巴车的前面，罗涛和侯赛因坐在车里焦急地等着龙腾的员工被放出来。这两辆中巴车是罗涛特意从租车公司租的好车，他希望从监狱出来的员工们能够舒舒服服地被送回家，将噩梦似的监狱生活尽快抛到脑后。

天色渐渐暗了下来，夕阳投射在监狱大门的铁栅栏上，在地上留下长长的影子。大门口的哨兵一阵骚动，罗涛知道人快出来了，赶紧下车走到大门口。第一个从门里出来的是办公室主任老张，他身上的衣服满是皱褶且污秽不堪，满脸的胡子更使他显得邋遢和疲惫。罗涛看着老张，眼圈一红，强忍着才没有落下眼泪。老张紧紧地和罗涛拥抱在一起，哽咽着说："罗总，我一直坚信你会把我们救出来的，谢谢。"罗涛拍了拍老张的肩："老大哥，你受苦了。"

罗涛和每一个走出来的员工都紧紧地拥抱，他不知如何去安慰这些面容憔悴的兄弟们，只能用力地拍拍他们的肩或背。司机萨达姆那原本雪白的衬衣已看不出本色，虽然蓬头垢面，可他依然挺着笔直的腰板，眼神还是那么坚定。见到罗涛，他没有太激动的表情，只是淡淡地问："老板，今天用不用我开车？"罗涛摇头说："不用了，你回家好好休息休息吧。"

工程部的小金头上缠着绷带，白色的绷带上渗着凝固了的血迹。罗涛望着小金头上的绷带，关切地问道："头上的伤要不要紧？要不要先去医院？"小金摇头说："没事，只是一点皮外伤，不用去医院。"他又愤愤地说："他们也太霸道了，凭什么这么对我们？！罗总，我们可不能就这么算了，一定要他们赔礼道歉，给个说法。"

罗涛苦涩地笑了笑，他知道小金的愿望是实现不了的。几个本地员工也吵着要让警察们给赔礼道歉，一时间群情激愤。罗涛挥手止住了大家，他大声说："各位同事，我知道你们受苦了，我代表公司向你们道歉。现在大家最重要的是保重身体，请大家赶紧回去休息。其他的事情以后再说，请相信我，我们会圆满地解决的。请大家上车吧。”

看着大家陆续上了车，罗涛心里很不是滋味。自己是在欺骗这些信任自己的善良的人们，他们还不知道后面等待他们的将是另一场磨难，但自己实在是无能为力。

侯赛因把罗涛送回公寓，他没有下车，而是坐在车里和疲惫的罗涛告别：“涛，安拉保佑，事情总算是圆满解决了。今天晚上好好休息休息，放松一下吧。对了，明天可别忘了到部长家参加晚宴，尤其是不要忘了带美丽的李小姐一起去。”罗涛点了点头，笑着说：“你就知道关心美丽的李小姐，我明天就叫美丽的李小姐回国。”

侯赛因着急地把头探出车窗外：“涛，不要开玩笑，我可是很认真的。李小姐要是不来，罗伯特会把我杀了的。”罗涛注意到侯赛因的眼里竟充满了恐惧，心里不禁一沉，明天的晚宴自己是不是将李青怡送入了虎口呢？

罗涛走入客厅，苏拉急忙迎了出来，他焦急地对罗涛说：“李小姐一直没有出房间，中午也没有出来吃饭，我去叫了几次，她都没有答应。老板，你快去看一看吧。”

罗涛冲上二楼，来到李青怡的卧室门外，轻轻地敲了敲门，没有回应。罗涛又加重了敲门的力度，还是没有声音。罗涛轻轻转了一下门把手，门开了，房里没有开灯，一片昏暗，什么都看不清。罗涛喊了两声，无人回应，他伸手按下门后的开关，在乳白色的灯光照射下，只见李青怡身上盖着薄毛毯，一动也不动地躺在床上。罗涛走到床前，看见李青怡双目紧闭，脸色赤红，他伸手摸了一下她的额头，烫得吓人。感觉到罗涛的触碰，李青怡翻了个身，神志不清、含含糊糊地说：“丁丁，你总算回来了，别再离开我了。”

罗涛喊了一声苏拉，在门口探头探脑的苏拉应声跑了进来。罗涛把车钥匙交给苏拉，让他去把车门打开，自己则抱起昏迷的李青怡，向楼下走去。即使隔着衣服，罗涛也能感觉到李青怡身上的热量。处于颠簸中的李青怡睁开眼睛，朦胧中伸手搂住了罗涛的脖子。

下楼后，苏拉已打开车门。罗涛小心翼翼地把李青怡放在车后座上，不知道是因为焦急还是劳累，罗涛已满头大汗。他擦了擦汗，发动车子，把车开出公寓。

罗涛还从未去过科拉坦的医院，他只知道科国最大的科洛市立医院的位置，但没有进去过。科洛市立医院离罗涛住的地方不远，也在东郊。看着车后座上昏迷不醒的李青怡，罗涛心急如焚，他车子开得飞快，不停地鸣着喇叭，超过一辆又一辆车。远远地已能看见竖立在市立医院楼顶的绿色十字标志，前面的车停了下来，罗涛探头向前望去，不远处的路中间围了一群人，一长溜车子都停在那里，而路边的行人也纷纷向路中间的人群涌去。肯定是出交通事故了，罗涛拼命地按着喇叭，可没有人理他，车流还是停滞在那里，而路中间的人群越围越多。科拉坦人天性好奇，两个小孩吵架也会有一堆人围观。罗涛知道不能再等下去了，他下了车，打开车后门，一把抱起李青怡，向远处的绿色十字标志跑去。

罗涛感觉到李青怡的身体越来越热也越来越重，他的两只胳膊已麻木了，他尽力支撑着向前奔跑。已筋疲力尽的罗涛突然脚下绊到了什么东西，整个身体失去了平衡，在身体接触到地面之前，罗涛用尽最后的力气托起李青怡的身体。罗涛觉得右腿右臂一阵钻心的痛，但他却怎么也站不起来了，只觉得眼前直冒金星，周围的景象也模糊起来。恍惚中，他冲围上来的一圈模模糊糊的黑脸说："救救我们！"随即失去了知觉。

一阵急促的呼唤声使罗涛睁开了眼睛，映入眼帘的是苏拉焦急的脸。罗涛发现自己躺在医院的病床上。苏拉俯在自己的身前，眼里含着泪，不停地喊着："老板，老板，你快醒过来呀！"罗涛费力地支起上身，觉得右臂还是非常疼痛，他止住苏拉："别哭了，我没死，你怎么来了？"

苏拉破涕为笑："老板，你总算醒过来了，我看你自己开车走了不放心，就去找了萨达姆，他开车带我们来追你。我们发现你和李小姐摔倒在路上，就赶紧送你们来医院了。"罗涛看见萨达姆站在苏拉的背后，冲自己微笑着。罗涛四下里看了一下，见房里还有一个穿白大褂的医生，急忙问："李小姐呢？"

医生走到床前，回答道："和你在一起的小姐现在女子病房输液。"罗涛伸手握住医生的手，关切地问："她现在怎么样？"医生拍了拍罗涛的肩，安慰道："她没事了，是科氏病毒感染，打了特效疫苗，现在已没什么事了。科氏感染是来得快，去得也快，她治疗得还算及时，烧退了就没什么事了。"罗涛坐起来，想要下地，医生拦住他："你也要注意休息，不要动了。"

罗涛还是站起来，坚定地对医生说："我一点儿事都没有了，我去看看李小姐。"

科洛市立医院男女病房是完全分开的，女子病房比男子病房略微干净一些，人也少多了。李青怡躺在病床上输着液。那位医生陪着罗涛来到病床前，他看了看输液瓶，对罗涛说：“她基本上没什么事了，已经不发烧了。她的身体太虚弱，要补一些葡萄糖。输完液，她就可以回家了。”

罗涛坐在李青怡的床边，望着李青怡，李青怡的脸色已变回健康的粉红色，高挺的鼻梁上有几滴汗珠，长长的睫毛随着呼吸轻轻颤动着。刚刚过去短短的两天，罗涛就觉得自己和这个以前完全陌生的女子建立了一种神秘而又深厚的联系。他还记得自己抱着她向医院奔跑时那种害怕永远失去她的恐惧。短短的两天之内，这个女子仿佛已成为了他生命中最宝贵的东西。

外面突然传来一阵撕心裂肺的哭声，李青怡睁开眼睛，茫然地望着眼前的罗涛，虚弱地说：“我睡得好沉呀。外面发生了什么事了？”罗涛侧耳听了听窗外的哭声，转头对李青怡说：“又有病人死了，是家属在哭，你现在感觉怎么样？”

李青怡定定地望着罗涛：“我没事了，是你把我送到医院的吧？我迷迷糊糊间觉得有个人抱着我在跑。”李青怡又注意到罗涛右臂上的绷带：“你的胳膊怎么了？”眼里充满了关注。罗涛躲闪着李青怡的眼神，轻描淡写地说：“只是擦破了点儿皮，没关系的。你好好休息吧。”

李青怡轻轻地翻了个身：“我没什么事。谢谢你，罗涛，多亏你把我送到医院，你真是个好人。你知道吗，你抱着我的时候，我感到特别安全。”李青怡的眼里闪着一丝柔光。

罗涛不好意思地笑了笑，转移话题说：“科拉坦给你来了个下马威吧？你这次是科氏病毒感染。科氏病毒是科拉坦独有的一种病毒，当年差点儿让科拉坦人灭绝。后来研制出特效疫苗，这种病毒才控制住。科拉坦贫穷落后，环境恶劣，又有可怕的病毒，我都奇怪我怎么会在这里待了两年了。”

李青怡慢慢收回眼里的柔情，轻声说：“人在江湖，身不由己。对了，你下午又去见苏亚雷了吧，怎么样？事情解决了吗？”

罗涛叹了口气：“不容易呀，人总算都放出来了，我们也不用拆设备了，不过，我们也付出了很大的代价，你的培训时间也加长到了两周。”为了不让李青怡担心，罗涛没有告诉李青怡他迫不得已和苏亚雷达成的全部交易。可罗涛一想到对苏亚雷的承诺，心里就像压了块石头。

→13 科洛市立医院女子病房外面的哭泣喧闹声渐渐平息下来，而病房里的两个人也陷入了沉默。李青怡看罗涛情绪低落，就笑着转换话题："说点高兴的事吧。输液还要一段时间，你给我讲个故事吧，我最爱听别人讲故事了。"

罗涛挠了挠头，想了想说："我哪会讲什么故事，我给你讲一个销售的项目案例，你就当故事听吧。"

李青怡高兴地说："好啊！我最爱听真实的故事了。"罗涛摸了一下右臂的绷带，强忍着痛，笑着说："这个故事也不完全是真实的，有一些虚构。话说在某个中东国家，龙腾公司已拿了几个项目，而老竞争对手巨华公司却还是一无所获。这时，该国的陆军通讯网招标项目正式发标了，这对巨华公司来说恰好是一个绝好的进入该国市场的机会。而对龙腾公司而言，则是要千方百计阻止巨华进入市场。这个项目其实并不大，但对两家公司而言战略意义却非常重大，一场激烈的竞争不可避免。而客户方负责这个项目的人已放出话来，他不倾向于任何一家公司，哪家价格低就用哪家，不论哪家中标他都收10%的佣金。这个项目其他厂家的产品一点竞争力也没有，摆明了就是龙腾、巨华两家公司竞争，而两家公司的产品不论是性能、质量还是服务上都又没有什么明显差别，看样子一场价格大战是不可避免了。嗯，我想起来了，你不是想做销售吗？那我问你一个问题，如果让你负责这个项目，在这种情况下，你会怎么做？"

李青怡顽皮地眨了眨眼，笑着说："是考试吗？要是答对了，把我调到你手下做销售吧。"罗涛笑道："好啊，那我可是求之不得。"

李青怡想了想说："这个项目我考虑最重要的当然是定价。客户已表明不偏不倚，客户关系做得再好也没有用了。两家设备又没什么差别，最后也就是比价格了。公司总部也知道项目的重要性，所以我肯定要出一个特别低的价。不过，这个项目对巨华也非常重要，他们的价格也会很低。这个价格还真是难定，低价是肯定的了，可低到什么程度呢？我们要是能知道巨华的价格就好了。唉，你看，说来说去，我说了一堆废话。还是你讲吧。"

罗涛点点头说："你的废话说得很对，这个项目最重要的就是确定价格。龙腾当然希望能知己知彼，可这个信息确实很难获得。同样，巨华当然也希望知道龙腾的价格。投标前，双方的情报战自然也是如火如荼。"

李青怡插话说："巨华的情报工作可是相当出名的。我可听说过许多巨华搞情报的故事，让人不得不佩服啊，要是斗情报战，龙腾肯定不是对手。你不会是给我讲一个失败的案例吧？"

罗涛回答说："我同意巨华的情报工作确实胜过龙腾一筹。但这个案例是成功的还是失败的，你耐心听我讲完就知道了。"巨华的情报工作确实是很恐怖的，罗涛还记得去年年底的只有四级以上的经理才能参加的经营计划会中途突然休会，公司安全保卫部门开始一遍又一遍地搜索巨华安装的窃听器。

看到李青怡兴趣很浓，罗涛以故作神秘的语气开始讲述："龙腾自然是全面启动情报网，可一直没有得到什么实质性的消息，只知道巨华总部已下令一定要拿到这个项目。而按龙腾公司总部的测算，该项目的成本价大约在320万美元左右。正常情况下，一般会加10%到15%的利润。龙腾驻该国的首席代表特意召集客户经理、技术经理和代理一起开会讨论定价问题，大家七嘴八舌地讨论一番，一致认为巨华肯定会不惜血本地报个超低价。从以往的经验来看，龙腾至少要在成本价基础上降20%，才有可能和巨华在一个档次上。但即使这样的价格恐怕也会是凶多吉少。首席代表只好要求大家多搜集情报，自己再向总部尽量争取多降降价。可就在临投标前一个多星期，首席代表接到通知要被调回总部，据称会出任新成立的一个部门的经理，而新的首席代表将会很快上任。临走之前，首席代表履行了最后一次职责，从公司争取到了成本价再降20%的价格，也就是总价260万美元左右。"

李青怡活动了一下正在输液的手，摇摇头说："我是不懂，可凭直觉我觉得巨华的价格肯定比这个打八折后还要低。"

罗涛也活动了一下手脚，换了个坐姿，又继续讲道："其他人也对首席代表这么说，可首席代表说他已尽了最大的努力，这个价格公司已经赔了很多钱，还要付不菲的代理费，而且公司将来也会考核项目利润。在这种情况下，260万美元已是公司能出的最低价了。首席代表不久就离开该国，回总部去了，而新的经理据说要两周之后才能来上任。首席代表已授权客户经理全权负责投标事宜，于是客户经理、技术经理和代理急忙准备标书，共要准备资质文件、技术应答、技术建议、产品样本和商务报价等资料，然后打印、复印、装订和装箱。每次投标，即使之前的准备再充分，时间再充足，到最后阶段，也还是非常紧张的。离投标截止时间还有两个小时，总算一切就绪了，客户经理和代理指挥手下人将几大箱标书资料装上车，他们二人也坐上车向客户的总部大楼驰去。一个多小时后，车子到达了客户的总部大楼，停在停车场里，客户经理指挥司机和一起来的公司职员将标书搬上楼。就在这时，一个戴着棒球帽，满脸大胡子的人钻入了他们的汽车，他摘掉帽子，要求大家立即将他们的手机交出来，大家一惊，以为遇到了强盗。可一听声音又很熟悉，仔细一看，来人正是首席代表，只是脸上粘了假胡子。”

李青怡听到这里十分惊奇地问："是那个已回国的首席代表吗？他不是已调回国了吗？"

罗涛十分满意故事的戏剧效果，继续讲道："正是那个已调走的首席代表。他看大家认出他，就把假胡子摘掉，然后告诉大家什么都不要问，把自己的手机交给他暂时保管。大家都把手机交给他，压抑住好奇，没有再问什么。首席代表把大家的手机放入随身带的一个大包里，然后就静静地坐在车里什么也不说，好像是在等着什么。时间一分一分地过去，还有十分钟就到投标截止时间，首席代表才从随身带的包里取出一份封好的商务报价书，又把车里原来的商务报价书从文件箱中撤出放入自己包中。他命令大家将已放入新报价书的标书抬到大楼上要交标的地点——客户采购部的会议室。到达会议室的时候，时间还差一分钟就到截止时间了，几家竞争对手的标书已交完了，当然也包括巨华的。巨华的首代也亲自到场交标书，当他看到龙腾首席代表的时候，突然大惊失色。可这时截止时间已到，一切都无法改变了。”

李青怡满脸疑惑地问："我不明白这首席代表唱的是哪一出戏？搞得这么神秘兮兮的。"

罗涛笑着望着在努力思考的李青怡，秀眉微蹙、神态严肃的李青怡别有一番风韵。李青怡注意到罗涛的目光，脸微微一红："你就别卖关子了，快讲呀，光看我干什么？"罗涛笑着说："我告诉你最终的开标结果你就明白了，最终商务报价的结果是巨华以总价 250 万美元位居第二，价格最低的是龙腾，你猜龙腾的报价是多少。龙腾的报价是 240 万美元，只比巨华低 10 万美元。"

李青怡恍然大悟："我明白了，龙腾用的是反间计，对不对？"

罗涛点点头："你说得很对。首席代表被调走、争取到的折扣价、要考核利润的风声等都是精心策划的骗局，目的就是要巨华相信龙腾会报价 260 万美元。而首席代表在截标的前一天赶回来，在最后一刻把报价换掉。巨华的首代中了经典的反间计，而龙腾以仅低于巨华 10 万美元的报价赢得了这一具战略意义的项目，打了个漂亮的大胜仗。”

李青怡笑着问道：“这个项目是不是就是科拉坦军网项目？这反间计是不是就是你设计的，这也太有戏剧性了。是不是真的？”

罗涛没有直接回答，只是笑了笑：“是不是我并不重要，这个案例很精彩，也很有借鉴意义。”

李青怡想了想，又问道：“可我还是不太明白，你怎么就能确定巨华会知道龙腾的报价，还有巨华怎么就会报价只低于龙腾10万美元呢？”

罗涛的右臂又袭来一阵疼痛，他轻抚了一下绷带，强忍着痛说：“你问得很好。就当故事的主人公是我吧。首先，我相信巨华公司无孔不入的情报能力，我们的价格信息肯定会被泄露出去。尤其是在我们没有刻意保密的情况下。再者，我假装被调走，在新的头目还没有上任而群龙无首的情况下，泄密的可能性加大了，而且也增加了泄密的可信性。巨华的首代我很了解，他是个多疑而又贪心的人。如果多渠道的情报打消了他的疑虑，使他确信了龙腾的报价，他肯定会报一个仅低于龙腾一点的价格，那将会是一个多么辉煌的胜利，他是抵抗不了这个诱惑的。后来证实，巨华至少从三个渠道获得了我们报价的情报。一位中方的技术支持工程师和一位科国本地员工不久后就被龙腾开除了，而另一个泄密的渠道我敢用一百美元打赌你肯定猜不出来。”

李青怡笑着说：“我猜对了你可不许耍赖。我猜是代理也泄露了情报，对不对？”看罗涛摇头，她又接着说：“是司机、保安、客户经理、技术经理，对了，是林总？”

罗涛持续地摇头，最后笑着说：“打死你你也猜不到，那个泄密渠道是一家复印店。”

→ 14 听到罗涛关于泄密渠道的话，李青怡不禁睁大眼睛，重复道：“复印店？”罗涛点点头：“对，是复印店。科洛城全城只有一家专业的复印店。投标项目的标书制作，需要大量的复印和高水准的装订，所以几乎每家公司都会在这家复印店制作标书，巨华就是买通了这家复印店的店员，偷看了我们的报价。当然，我们自己也没特别注意保密。从几个渠道得来的情报都是相同的，从而验证了情报的准确性，促使巨华最终做出决策。这个决策使龙腾打了一场胜仗，也使巨华的首代含恨离开了科拉坦。”

李青怡叹了一口气：“没想到一个项目后面会有这么多不为人知的故事，充斥着阴谋、背叛和赤裸裸的交易，真是江湖险恶啊。龙腾和巨华之间的竞争已像是一场你死我活的战争了，不过，我还是很佩服你，这么聪明、这么镇静地面对严酷的竞争，这场战争真是赢得太漂亮了。”

罗涛苦涩地笑了笑：“你就当个故事听听吧，理想和现实总是会有些差距的。现实总会是更残酷、更丑恶的。

罗涛还清晰地记得，军网项目截标前一天，自己坐在秦荣剑副总的办公室里焦急地等待的情景。罗涛买的是晚上返回科拉坦的机票，而他的行程是绝对保密的，甚至连国际部总经理林祥也不知道他要赶回科拉坦。临走之前，罗涛要和秦总最终敲定军网项目的报价，二人精心策划的反间计就要到最后收官阶段了。二人商量到一半，秦总被龙腾公司的总裁马力叫去了。罗涛只好独自等待着。在通信行业，大名鼎鼎的马力是龙腾的创始者，现任公司的总裁兼董事会的主席，是龙腾公司绝对的老大。正是马力的高瞻远瞩和超人的胆略才使龙腾渡过了几次重大的磨难，又抓住了几次稍纵即逝的机遇，不到二十年，就把龙腾从一个只有十几人的小代理商发展到拥有上万高素质员工的跨国高科技企业。别看秦副总平时威风八面的，在马力面前他可是毕恭毕敬，连大气都不敢出，像个听话的小学生。

看罗涛一个人干坐着，秦总的秘书小赵走进来和罗涛聊了几句。小赵告诉罗涛最近秦总的压力很大，巨华在疯狂地向海外扩张，尤其是加大了向龙腾传统的海外基地进攻的力度。龙腾在非洲的赞比亚刚丢了一个单子，南亚的巴基斯坦又让巨华拿了一个大单，赞比亚和巴基斯坦可都是龙腾的基地啊。而巨华的地盘他们可是护得严严实实，龙腾怎么也打不进去。马总已骂过秦总几次了，甚至说过不行就换人的话。科拉坦可是龙腾海外的一面旗帜啊，可得给秦总争光呀。

正说着，秦荣剑回来了，脸色很不好，显然又挨马总骂了。他在办公室里来回踱着步，突然停下来，望着罗涛说：“我们这次一定不要让巨华得逞，一点儿机会也不要给它。你的反间计很好，但我们不能冒一点儿险，巨华确实是很有可能报 250 万美元，可到现在为止，我们还没有百分之百的把握确定这一点。我们的价还是要定低一些，以确保我们万无一失。”

罗涛试探性地说：“那我们就不把价定在 240 万，再低一些，200 万美元怎么样？”秦荣剑摇了摇头，坚定地说：“200万美元还是太高，就定在150万美元吧。”罗涛当时惊得张大了嘴，半天没有合上。

回到科拉坦后，罗涛并没有像他讲的故事那样出现在开标现场，他把报价换了之后，就躲在楼下的车里，等着消息。后来他得知巨华的报价确实是250万美元，而且巨华的首代听到龙腾的150万美元报价后像疯了似的大吵大闹，嚷着要告龙腾恶性竞争。罗涛那天晚上喝了很多酒，可他始终阴沉着脸，没有一丝胜利的喜悦。

罗涛讲完了故事，李青怡也输完了液，医生又检查了一下，说二人可以回家了。李青怡慢慢地向床下挪去，罗涛想去扶她，又有些不好意思，但看到她虚弱的样子，还是轻轻地把手扶在了李青怡的腰上。

清晨，罗涛从噩梦中惊醒过来。他梦到了李青怡，还有母亲。梦中罗涛正和李青怡情意绵绵，母亲突然出现在两个人面前，她怒目圆睁冲李青怡大声喝道：“你这个不知廉耻的小妖精，勾引我的儿子，不许你坑害我的儿子。”罗涛拉起李青怡夺路而逃，可前面是悬崖峭壁，二人已无路可逃，面对着前面的万丈深渊，罗涛惊慌失措不知如何是好，李青怡却显得十分镇静，她拉着罗涛的手，微笑着纵身跳下悬崖。

吃中餐时，望着已完全康复满脸笑意的李青怡，罗涛欲言又止，强忍着没有告诉李青怡昨晚的噩梦，他不想破坏李青怡的好心情。李青怡笑眯眯地说：“今天可以去看看你的办公室了，早听说龙腾在科拉坦的办公室很漂亮，今天终于可以见识见识了。”

罗涛把一口苏拉煮得恰到好处的皮蛋瘦肉粥咽了下去，回应道：“很不容易呀。我刚来的时候，就住在一间便宜的小客栈里，每天都被蚊子叮一身包。后来租了这座房子，办公居住都在一起，有一次一位客人来得早了点，看到我们几个工程师只穿着大裤衩在办公室里打游戏，吓得转身就跑。当时看到爱立信和诺基亚漂亮的办公室，真是羡慕死了。半年前，我们终于有了自己的办公室，一点也不比爱立信和诺基亚的逊色，但这个过程是很辛苦的。”

吃完早餐，罗涛和李青怡坐进萨达姆打扫得干干净净的丰田科罗娜车里，像往常一样身着整洁衬衫的萨达姆将车平稳地开向龙腾的办公楼。在车里，罗涛突然想起晚上部长家的晚宴，他急忙问身旁的李青怡：“你有没有带比较正式的衣服或晚礼服之类的？”李青怡摇摇头：“没有，我只带了一套西服套裙。我做培训还要穿晚礼服吗？”

罗涛笑道：“你穿着晚礼服做培训倒是可以保证培训的成功，至少大家都会目不转睛地看着你，不会开小差。不过，我问你有没有晚礼服可不是因为培训，而是因为今晚要去部长家参加晚宴。那下午我带你去买一套吧。”

李青怡兴奋地说：“去部长家参加晚宴？真的吗？我的运气真好，刚来就遇上了这种好事。一定要给我买一套漂亮的衣服，我可不想给中国人丢脸。”

看着兴奋的李青怡，罗涛的心里突然涌上来一阵酸楚，是因为罗伯特对李青怡的特殊兴趣还是因为别的，他也说不清楚。

龙腾在科拉坦的办公室在科洛城最高最豪华的建筑——科拉坦世贸中心的十五层，也是最高一层。办公室的装修是罗涛一手操办的，典雅简洁大方。办公室里挂着许多罗涛从当地画廊淘来的油画，增添了一些艺术气息。罗涛带着李青怡转了一圈，介绍她与同事们认识，安排好她的座位。罗涛回到了自己的办公室，他的办公室在大楼的最里面，靠墙是整面的落地窗，风景很好，可以看得见整个科洛城的全貌。罗涛现在当然无暇欣赏风景，他要开始处理那件一直令他头疼的事。

罗涛坐在他的办公桌后面，整理了一下思绪，打电话叫办公室主任老张到自己的办公室来。老张原是内地一家国营工厂的工会干部，后来跳到了龙腾，先是在国内工作了几年，后来响应公司进军海外的号召，来到了科拉坦。老张到科拉坦后，罗涛的压力骤减，大多数的烦杂琐事都由忠诚勤劳的老张分担了。

罗涛叫秘书给老张沏了杯铁观音，自己则站起来在房间里踱着步。老张感觉到了罗涛的烦躁不安，他喝了口茶，望着还在来回踱步的罗涛问道：“罗总，有什么事吗？”罗涛停下来，回头望着老张，决定还是直截了当地说：“老张，我叫你来是想通知你公司的一个重要决定。公司决定撤离所有在科拉坦的中方员工，你现在马上就订机票，并通知大家收拾东西交接工作。”

老张惊得目瞪口呆，手中的茶杯差点掉在地上，他问道：“撤回国内？难道科拉坦市场我们不做了吗？”罗涛摇头说：“我会留下来。公司考虑到大家这次进监狱受苦了，让大家回去休整一段时间，这是主要原因。当然，还有一些其他的因素，很抱歉我这里不能透露。但我想强调两点：第一，这是公司的最终决定，不可能改变；第二，这个决定绝对是从大家的利益角度出发的，公司不会亏待大家。”

老张虽有些迟疑，可还是点了点头：“罗总，那我马上去办。”

罗涛拦住了要离开的老张：“老张，谢谢你。不过，在你走之前，我还希望你帮我办一件棘手的事。”

→15 罗涛让老张坐在沙发上，自己坐在他的对面，神情严峻地说：“老张，出于一些特殊的原因，公司将不能再雇用本地员工，我们不得不将他们全部开除。我希望由你来通知他们。大多数员工工作都不到一年，也没有签劳动合同，所以相对简单，把这个月工资开给他们就行了。至于解职的原因吗，你就说公司战略发生改变，要压缩成本，收缩在海外的战线。”

老张显然没想到会是这么一项艰巨的任务，他的脸上渗出了汗珠，吞吞吐吐地说：“罗总，这事还是你来说比较合适吧。我也不了解内幕，他们要是闹起事来，我还真应付不了。”

罗涛绷紧了脸，严肃地说：“老张，你知道我不是一个推卸责任的人，我绝不是存心让你去做坏人。你是办公室主任，也分管人事，这事你来说最合适，这样才可以显得事态没有那么严重，容易让人接受。要是我出面，事情也许会变得更复杂。你不要想太多，哪里有什么内幕？也不要顾虑太多，我很了解科拉坦人，他们绝不会闹事的。”罗涛痛苦地想，内幕确实有，而且是不可能让大家知道的内幕。和苏亚雷达成的交易就是要开除所有的本地员工，而且绝对不能让他们知道真相，以便军方采取下一步的行动来找到隐藏的间谍。这是苏亚雷的最终条件，如果罗涛不同意，他就不会放人。

罗涛又叫负责财务的小黄准备好钱来发工资。老张惴惴不安地走了，罗涛心里也很不平静，他不知道等待着这些员工们的会是什么样的磨难。从办公室的窗户望出去，罗涛注意到老张已开始叫人到他的办公室去谈话了。

罗涛感到一丝伤感，明天，最迟后天，热热闹闹的办公室就会变得空旷沉寂，而曾经患难与共并肩奋斗的同事们也会各奔东西。他压抑下心中的伤感，给总部打了个电话，得知两位资深工程师已准备好，明天就会赶到科拉坦，他心里觉得好受了一些。

林祥打电话过来，不冷不热地问候了一声后，要求罗涛写一份军网项目的报告，他特意强调是向马总汇报，要写得详细一点。罗涛答应之后，问道："林总，我考虑是不是给开除的本地员工多一些补偿，他们是无辜的牺牲品，也挺可怜的。"

林祥不耐烦地说："罗涛，你是当大老板当惯了，你知道公司的现金现在有多紧张吗？我们国际部还要自负盈亏，军网项目这次花了这么多钱，哪还有闲钱？能给他们拿一个月工资已不容易了。你账上的钱不要乱动，别的区域可能有急用，会从你这里调拨。"罗涛只能无奈地摇摇头，对不起了，兄弟们，他确实已无能无力。

放下电话，罗涛开始奋笔疾书写报告，房门被推开了，小金冲了进来，他直接冲到罗涛的办公桌前，激动地说："罗总，到底发生什么事了？我们怎么能这么被人欺负，这也太窝囊了。"

罗涛抬起头，望着这个血气方刚的小伙子，笑道："小金，你不是总要求回国去看望家人吗？现在有时间了，你可以好好陪陪爸爸妈妈了，怎么还气哼哼的？"小金挥舞着拳头说："我是想回国，可这么回去算怎么回事？谁不希望衣锦还乡凯旋故里，可我们这是被人赶回去了，我不服气。在监狱里被关、被打，又被赶回去，太憋气了，我真想找人打一架。"

罗涛站起来，拍拍小金的肩，诚恳地说："小金，请你相信我。公司这么做，绝对是为大家好，是为了大家的安全。老张可能也和你讲了，公司肯定会好好安置大家的。这次的事件没有那么简单，有许多事我现在还不能和你讲，但你以后会明白公司的苦心和无奈的。"

刚送走了好不容易平息怒气的中国小伙，又迎来了哭哭啼啼的科拉坦大叔阿米里。阿米里是公司开丰田吉普车的司机，工作很勤奋，也很能吃苦。他最骄傲的就是他的五个儿子，而为了不让五个儿子饿肚子，他也最喜欢加班跑长途，好多挣点加班费。阿米里一进罗涛的办公室，就开始抹眼泪。罗涛知道丢了龙腾这份工作，阿米里很难再找到一份同样体面的工作，他的五个儿子可能真要挨饿了。罗涛只好好言安慰，答应介绍工作给他。阿米里继续抹着眼泪，充满感激地说："谢谢老板，你真是一个好人，我替我的五个孩子谢谢你！"罗涛又将钱包里的大部分钞票塞到他的衣袋里。

送走阿米里，罗涛知道他不应该再留在办公室里了，再待下去他不单是情感上会受不了，经济上也会破产的。看时间也快到午餐时间了，罗涛打电话把李青怡叫到自己的办公室，两个人偷偷地从办公室的后门溜了出来。

坐上萨达姆开的车，李青怡不解地问："我们怎么像做贼似的，办公室里也怪怪的，有人哭有人叫的，到底怎么了？”罗涛摆了摆手说：“你不要管那么多了，明天办公室就没人了。你吃苏拉大厨的菜也吃腻了吧，中午请你尝尝科拉坦菜，吃完饭再带你去买晚礼服。”

科拉坦唯一的一座五星级酒店喜来登酒店里有科国最好的科拉坦菜餐厅，这里环境幽雅，服务周到，厨师烹制的科拉坦菜也美味之极。可面对着眼前香味四溢的烤羊羔肉、柠檬蒸科洛鱼和脆皮乳牛排，罗涛却是食不甘味，阿米里抹着眼泪的样子总是在他眼前晃来晃去。餐厅里的人不多，离他们不远的一张桌子上坐着几个东方人在高谈阔论。李青怡觉察到罗涛的情绪低落，没有多说话，只是静静地品尝着美味。几个身穿伊斯兰长袍头戴八角帽的科国人在餐厅门口探头探脑，望了一眼罗涛和李青怡后又退了出去。罗涛惊奇地发现这几个人竟有些面熟。

邻桌的那几个东方不时地向这边张望着，罗涛看了他们一眼，他们向罗涛点了点头。其中一位灰白头发的人站了起来，摇摇晃晃地向罗涛和李青怡的餐桌走过来。灰白头发脸胀得通红，显然是喝了不少酒，他伸出手与罗涛握了一下，大着舌头说：“是中国人吧，在这个地方遇到中国人可不容易，认识一下吧。我是钟鼎文，从台湾来考察市场的。你们是？”边说着边递过一张烫金名片。

一听到来人浓重的台湾口音，罗涛心里立生反感，他接过名片，扫了一眼，回应道：“我们是从大陆来的，龙腾公司的。”钟鼎文对龙腾的名字没什么反应，显然没有听说过，他转向了李青怡：“这位小姐也是从大陆来的？”罗涛不耐烦地接过话茬儿：“她是我的同事，你是做什么生意的？”

钟鼎文神气地晃着头，眼睛却瞟向李青怡：“我在大陆有好几家工厂，现在我准备在科拉坦投资办家工厂，先考察考察市场。很高兴认识你们，交个朋友吧。”罗涛神色冷淡地敷衍了几句，钟鼎文看罗涛没有请他坐下来的意思，道别后悻悻地离开了。

罗涛对李青怡说：“我对这帮台湾的小老板没什么好感，有几个臭钱就不知道怎么显摆了。”

李青怡抿嘴一笑：“你对台湾人很有偏见哪。我倒觉得他们挺有礼貌，挺有素质的，你刚才倒显得有点没礼貌。”罗涛真的有点生气了：“你没跟他们打过交道，等你吃亏了就知道了。”

李青怡看罗涛真生气了，不禁又好气又好笑，刚想说点什么，罗涛的手机响了。罗涛拿起手机，看到是办公室的号码，急忙接听，是老张的声音，可断断续续地听不清楚。罗涛快步走出餐厅，找到一个信号好的地方，大声说："老张，不好意思，刚才信号不好，听不清，你再说一遍。"老张很着急地说："罗总，我和大多数人都谈过了，可有几个人非得要求六个月的工资补偿，否则不同意在离职书上签字，我不知道怎么办好。"

竟然要六个月工资的补偿，这些科拉坦人也太贪婪了，罗涛愤愤地想，对被开除员工的同情也慢慢地开始消逝。他平静地对老张说："补偿绝对不可能，告诉他们签不签字无所谓，明天来领这个月的工资后就不用来上班了。你不用怕他们瞎嚷，他们都没有和我们签劳务合同，我们的做法是合法的。如果还有人不同意，你让他们等我下午回去和他们谈。"

打电话的时候，罗涛注意到那几个穿长袍的科国人就在离餐厅门口不远的地方徘徊。罗涛又告诉老张明天晚上大家一起吃个散伙饭，叫老张在中餐厅订位。散伙饭本来应该安排在今天晚上，可今天晚上还有部长家重要的晚宴，只好改在明天晚上。

打完电话，罗涛心事重重地走回餐厅，却发现灰白头发的台湾人坐在他和李青怡的餐桌旁，和李青怡在谈着什么。看罗涛返回，台湾人急忙把一张名片递给李青怡，做了个打电话的手势，然后站起来冲罗涛点了点头，返回了自己的座位。

罗涛坐下来，忍不住好奇地问："他又来干什么？"李青怡的眼睛里闪着促狭的光，微笑着说："他告诉我，他是大老板，很有钱，在广东东莞有一个很大的工厂。如果我愿意，可以去他的工厂，他每个月给我五千块。他还问我你对我好不好，他说他肯定会对我好的。你以后可要对我好一点，还有人竞争呢。"说到这里，李青怡再也憋不住，笑出声来。

罗涛却觉得一团怒火从胸中燃起，这几天心里的压抑愤懑好像再也压不住了，他腾地站起来了，甩开了李青怡想拉住他的手，脸色铁青杀气腾腾地冲向台湾人坐的餐桌。

→ 16 台湾人被突然闯过来的罗涛吓了一跳，他从座位上跳起来，向后躲闪着。罗涛指着他的鼻子骂道："你在东莞开个小破作坊就不知道自己姓什么了吗？你知道龙腾有多少员工吗？记住了，龙腾有一万名大学生，五千名硕士，他们的平均工资超过七千。你知道龙腾是在和谁竞争吗？爱立信、西门子、诺基亚，我们和这些西方巨头现在是平起平坐的。你知道我们公司一年的销售额有多少吗？几百个亿！再过几年，龙腾的名字会响彻全世界。你们有什么资格瞧不起大陆人，你是在侮辱我的同事！我今天就要好好教训教训你这个老流氓。”

台湾人的同伴们拦住了罗涛：“你误会了，我们只是想和你的同事交个朋友，你怎么骂人呢？”灰白头发的钟鼎文因为被骂，也被激怒：“你吹什么牛？你是那位小姐的什么人？我想跟她交朋友关你什么事？”

罗涛奋力地冲开拦阻，一拳打在钟鼎文的脸上。钟鼎文的同伴们冲上来，罗涛和他们厮打在了一起。李青怡也跑过来，随着打斗发出一声声的惊叫。就在这时，那几个穿长袍的科国人从餐厅外冲了进来，拉开了缠在一起打斗的人群，挡在了罗涛的面前。罗涛注意到他们的手里都拿着枪。

台湾人见到这个架势，赶忙溜走了。领头的科拉坦人收起了枪，望着罗涛笑了：“罗先生，你还认识我吗？”罗涛擦掉脸上的血迹，仔细打量一下领头的人，摇头说：“对不起，我看你很面熟，可实在想不起来了。”那人提醒道：“罗先生，苏亚雷将军向你问好。”罗涛想了起来，这人是苏亚雷的手下，那位陆军中尉，没穿军装，自己就认不出来了。

陆军中尉又严肃地说：“罗先生，不要忘了你对苏亚雷将军的承诺，我希望你尽快实现你的承诺，而不是四处闲逛，到处惹事。”罗涛不满地说：“你们竟然跟踪监视我，把我当什么了，罪犯吗？”

陆军中尉冷笑道：“我们现在有两百多人在盯着你们公司呢，等着你完成承诺，就采取下一步的行动。我并没有监视你，只是想来提醒你，你可是答应苏亚雷将军两天之内把本地员工全部开除。你现在办得怎么样了？”

罗涛把陆军中尉拉到一旁，悄声说：“我们已和所有的人都谈过了。明天他们会领这一个月的工资，签离职信，然后就不会再来公司上班了。不过，我还是想知道，你们下一步要采取什么行动？”

陆军中尉得意洋洋地说：“我是这次行动的总指挥，我一直在等你。这些人只要被开除了，就不再是龙腾公司的人了，我们愿意怎么处置都可以。也许明天他们一跨出龙腾公司的大门，我就会将他们抓起来。也许我会选择在他们睡得正香的时候，也许是在他们享用晚餐的时候。不过，我可以肯定的是他们一个也跑不了。”陆军中尉的眼里闪着凶光，像极了他的主子苏亚雷。

在去市场买晚礼服的路上，罗涛和李青怡坐在车里一直沉默着。李青怡叹了一口气："罗涛，你哪里来的这么大的火气，是因为我吗？"罗涛连忙解释道："你别乱想，跟你有什么关系？我生来如此，我们那个地方的人都脾气很大，有点像东北人，说打就打，说骂就骂，大碗喝酒，大秤分金，讲的就是一个随意快活。"

李青怡向罗涛这边靠了靠："答应我，以后别那么冲动，好吗？你会吃亏的。"李青怡靠过来的身体温热柔软，而那淡雅宜人的体香也一阵阵地撩拨着罗涛，罗涛觉得有一点点头晕，可心里却是美滋滋的。

遇到红绿灯，车停了下来，萨达姆突然转身开口说话，吓了两个人一跳。李青怡急忙把身体移开，脸一红，扭头向窗外望去。萨达姆神情严峻地说："老板，实在对不起，我本应该早点告诉你我的秘密。公司现在这么乱，我实在于心不忍，我不能再隐瞒下去了。老板，我知道苏亚雷一直在找另一个间谍。说实话，我是共和军，我就是那个间谍。我给公司惹了这么大的麻烦，老板你怎么处置我都可以。"

罗涛感觉好似五雷轰顶，他也猜测过另一个间谍是谁，可从没有往这个忠心耿耿的萨达姆身上想。要开除本地员工时，罗涛都没有想到要开除萨达姆。萨达姆这一坦白，倒使罗涛恍然大悟，对呀，查曼努就是他介绍的，再想到他平时的言行，太明显是他了。自己忽略了，苏亚雷可不会忽略。可这个间谍怎么偏偏就是萨达姆呢？对萨达姆，无论他做了什么，罗涛都要救的，不只是因为他忠心耿耿地跟随了自己两年，更重要的是萨达姆还是罗涛的救命恩人。

那是在大约一年半以前，龙腾的第一个项目正在紧张的施工中，南部山城卢瓦的一个局点出了点问题，拖延了工程进度。由于是龙腾在海外的第一个项目，罗涛不敢怠慢，亲自出马解决。卢瓦城像许多南部城市一样，风景秀丽，气候宜人，可由于靠近共和军的占领区，鱼龙混杂，治安极差。从科洛去卢瓦的路上还算顺利，问题也很快就解决了，由于第二天在科洛还有一个重要会议，罗涛不顾天色已黑，决定当天赶回科洛。可车刚开出卢瓦城区，就被几个手持各种轻重武器的人拦住了，萨达姆想硬闯过去，没有成功。萨达姆焦急地告诉罗涛，这些人是流窜的土匪，并不是纪律严明的共和军，他们很危险，一定不要轻举妄动。

几个土匪对罗涛非常感兴趣，检查着罗涛随身带的手提电脑，把罗涛的纯钢劳力士表撸了下来，又翻着罗涛的钱包。确认抓到了一条大鱼后，几个人的脸上露出了得意而又贪婪的笑容。一个高个儿土匪又对罗涛脖子上的金项链有了兴趣，他伸手摸了一下，示意罗涛把金项链给他，罗涛没有听从，他坚定地摇了摇头，用手护住了金项链。金项链是罗涛父亲留给罗涛的遗物，它是罗涛和从未见过的父亲的唯一联系，也是罗涛的精神寄托，罗涛把它看得比生命还要重要，怎么会把它交给土匪。罗涛的行为，更加重了土匪的兴趣，他伸手就来硬抢。愤怒的罗涛挡开土匪的手，狠狠一拳打在土匪的脸上，土匪一声惨叫，鼻子里流出了鲜血。

几个土匪一拥而上，把罗涛按倒在地上，高个儿土匪把枪对着罗涛的头，就要扣动扳机。萨达姆冲上来，死命地握住高个儿土匪的手，不停地求饶，高个儿土匪才没有开枪。萨达姆又告诉他们罗涛是个大老板，非常有钱，如果杀了他，什么都得不到，不如留着他，让人花大价钱来赎。几个土匪听到还有大钱可捞，动了心，他们商量了一下，开价二十万美元，放萨达姆开车回去筹钱，约定明天还在此地交钱。他们几个拎着搜刮的财物，押着罗涛沿着公路向自己的老巢走去。

萨达姆开车的技术到了炉火纯青的程度，罗涛还从没见过驾驶技巧哪怕是接近萨达姆的人。被土匪们粗暴押着的罗涛再一次见识了萨达姆高超的车技，萨达姆先是一个急停掉头，汽车像一支离弦的箭飞驰过来，一眨眼的工夫几个土匪已纷纷被撞倒在地，而罗涛竟一点也没被碰到。萨达姆从车里走出来，他像在喜来登酒店大堂前一样为罗涛拉开车门，面容还是一样的沉静，好像刚才什么都没有发生过。

现在，坦白自己是共和军间谍并听任罗涛处置的萨达姆还是一如既往地平静，他应该已做好了从容就义的准备。可罗涛知道无论如何他都要救萨达姆，苏亚雷的人一直在盯着，而且明天就要动手，自己一定要尽快想一个万全之策。罗涛平静下心情，对萨达姆说：“你不要再和任何人说这件事，让我想一想怎么处理。你还是正常开你的车吧。”

对买晚礼服一直兴奋期待着的李青怡很快就失望了，罗涛带她去的地方并不是什么豪华奢侈的专卖店，而是和上海襄阳路市场相类似的一个服装市场。这里当然不会有裸背的吊带真丝长裙，有的只是种类繁多的阿拉伯长袍和印度纱丽。这里拥挤嘈杂，空气混浊，而更令李青怡沮丧的是罗涛的心不在焉，他心事重重，眉头紧锁，对换了一套又一套衣服的李青怡只是敷衍了事。在一家小店，李青怡一眼就看上了一件新派的白色薄纱纱丽，这件纱丽采用非对称造型设计，将右肩的大半个肩膀和整个右臂裸露在外，腰部是镂空的设计，而裙子下部又是紧身的，更能凸现女性玲珑的曲线。李青怡在店员的帮助下换上了纱丽，当她步出试衣间的时候，她感觉到整个小店的人都在盯着她看。

一直在思考着如何解救萨达姆的罗涛这次没有再心不在焉，他盯着李青怡看着，眼里充满了喜爱。这件纱丽好像就是为李青怡定制的，十分合身，异国风情的装扮使李青怡显得更加高贵美丽典雅，又有一种恰到好处的性感。裸露的肩臂和腰腹皮肤白皙粉嫩，有一种晶莹如玉的质感。纱丽腰部的设计更突显了李青怡的没有一丝赘肉的纤纤细腰，反衬出紧身裙摆包裹下的丰满挺翘的臀部曲线。罗涛有些看呆了，在这个伊斯兰国家，竟能找到这么一身性感迷人的服装，而且李青怡穿起来十分合身。

李青怡被罗涛看得有点害羞，脸微微一红，甩了甩头发问："怎么样？好看吗？"罗涛点了点头："好看，太好看了，我都看呆了。"

李青怡笑道："我穿这套衣服参加部长的晚宴不会给你丢脸吧。价钱也不太贵，那就买这套吧。"罗涛却摇摇头说："不成，你最好别穿成这样去参加晚宴，应该找一套稍微保守点的。"罗涛一边说着，一边向店里四下逡视，最后视线落在穆斯林妇女常穿的把全身都裹起来的黑色长袍上。

李青怡注意到罗涛的眼神，急忙说："不，不，打死我我也不穿那种衣服。我就买这套衣服。"罗涛摇了摇头，坚定地说："这套不行，穿成这样像什么样子，这是在科拉坦，绝对不行。"

李青怡盯着罗涛的眼睛，笑意从脸上渐渐消逝，她生气地说："这是在科拉坦正规的市场卖的衣服，为什么不可以穿？我自己有权决定穿什么样的衣服，我就愿意穿成这样，碍你什么事了。"她转头对店主人说："老板，衣服我买了，请结账。"

罗涛气得握紧了拳头，他冲着李青怡大声愤怒地说："你怎么这么倔呢，我是为你好，你怎么就不理解呢，真是不可理喻。你要是非穿这套衣服，我就不带你去参加晚宴了，你穿着衣服自己在家美吧。"

→ 17　部长基鲁克的家原是殖民地时期一位英国总督的房子，院子很大，里面有一个很大的游泳池和一个种了许多果树和鲜花的花园，高高的院墙和雕花的大铁门把这个世外桃源和外面贫穷肮脏的世界隔绝开来。院子中央是一座三层小楼，是用白色大理石堆砌的，在装饰的彩灯照射下，显得富丽堂皇、气派不凡。

晚上七点三十分，宾客已来了一多半，房里院子里一片欢声笑语。站在大铁门旁的警官仔细验看了请柬后，挥手让罗涛和李青怡乘坐的丰田佳美轿车驶入了院子，停在了房子的门前。罗涛跳下车为李青怡打开车门，李青怡还是穿着那套新潮的纱丽，只是在肩上加了一条长长的红色丝巾，那是罗涛坚持的结果。可看着李青怡从轿车里出来，罗涛就后悔了，红色丝巾只是使得李青怡更加光彩照人、艳光四射。

罗涛又挥手让车开走，萨达姆回头冲罗涛意味深长地笑了笑，眼神里有感激又有不舍，他转过头把车开到大院外面几乎已停满车的临时停车场。罗涛强忍着心里涌上来的酸楚，心想这可能是和萨达姆的最后一面了，以后他可能再也见不到忠诚勇敢的萨达姆了。

站在门口迎候宾客的侯赛因迎着罗涛和李青怡走了过来，他今天穿着传统的科国长袍，肚子显得小了点。侯赛因满面笑容大声说："我最亲爱的朋友，感谢真主，你们终于来了。李小姐今天太漂亮了。"他用赞赏的眼光望着李青怡，又转身轻声对罗涛说："罗伯特已经问过好几次李小姐来没来了。走，我带你们去见一见主人。"

在客厅的中央，一大群宾客围着部长在谈话，侯赛因领着罗涛和李青怡挤了进去。部长基鲁克身材高大魁梧，留着络腮胡，嗓音特别洪亮，说话速度很快，很有感染力。此时他在慷慨激昂地讲着什么，旁边的人都在点头叫好。看见罗涛，基鲁克停下讲话，伸出手用力地和罗涛握了握："我的中国朋友，欢迎你的到来。"他又向大家介绍罗涛："这是中国龙腾公司的罗先生，他对我们刚才的话题最有发言权。中国现在是世界上发展最快的国家，我们应该向中国学习。"

一位身穿笔挺西服气宇轩昂的中年人感兴趣地问罗涛："在中国，人民都在忙什么？"罗涛望了望基鲁克，笑着说："现在大家都在忙着赚钱。"

基鲁克接过话头对那个中年人说："拉阿杜，看看，更重要的是要每个人都像你一样忙于赚钱，我们的经济才会发展。"听到拉阿杜的名字，罗涛一惊，这个中年人就是大名鼎鼎的科拉坦首富，传说他早年是靠军火生意发的家，而如今他的企业已是一家国际知名的制衣和百货零售集团。

美女在任何场合都是人们瞩目的焦点，更何况是一位美丽迷人、风情万种的异国美女。李青怡一下子成了全场的焦点，男人们的眼睛里是爱慕和好奇，女人们的眼睛里则毫无例外地充满了嫉妒和敌意。基鲁克伸出手握了握李青怡伸出的手："你就是那个和罗伯特坐同一班飞机的李小姐吗？确实很漂亮。"

这时，罗伯特得到了侯赛因的通知，匆匆地赶了过来，罗涛不得不承认身穿白色长袍的罗伯特还是很英俊潇洒的。罗伯特像征性地和罗涛握了一下手，就转向李青怡，罗涛看出来他极力地掩饰着自己的激动，他望着李青怡柔声说："你总算到了，我一直在等着你。来，我带你去参观一下我家的花园。"说着，拉起李青怡就要走。

基鲁克皱紧眉头，大声说："罗伯特，你急什么，先让李小姐吃点东西。"他又轻声说："别忘了一会儿我们还要开会。"罗伯特意识到了自己的失态，他放开李青怡的手，笑着说："你们去吃点东西吧，我们特意从喜来登酒店请来了厨师，过一会儿见。"

部长家宽敞的院子中央搭了两个长长的台子，喜来登的大厨精心烹制的食物就摆放在中央的台子上，台子上竟然还有许多种类的酒水，威士忌、白兰地、红酒、啤酒，应有尽有，环绕着游泳池放了许多张桌子，桌子旁已坐了很多人，靠近游泳池的一侧还搭了一个简易的演出台，音响喇叭正播放着喜庆的科国民族音乐。罗涛和李青怡取了些食物，找了一张空桌子，坐下来心不在焉地吃了起来。李青怡悄声问罗涛："你们刚才在谈什么？我怎么一句都听不懂。"罗涛回答道："我们在谈论政治，你听不懂就对了。女人本来天生就是政治天才，她要是再对政治感兴趣，就太可怕了。"

李青怡笑着说："你放心，我对政治可是一窍不通，也一点不感兴趣，那是你们男人的事。你们男人去征服世界，我只要征服你们男人就够了。"说完，她调皮地做了个鬼脸。

罗涛听李青怡这样说，心理不知为什么有点酸溜溜的，他忍不住讥讽道："是啊，这我可相信，部长的公子哥已被你征服了，你在科拉坦可是出手不凡，首战告捷啊。我看用不了多久，整个科拉坦的男人都会拜倒在你的石榴裙下。"

李青怡生气地说："你这么说可太不讲理了，是你带我来的，我可什么都没做。罗伯特对我好是他的事，你生我什么气？好，你既然这么说，我就去征服几个男人给你看看。"她起身离开罗涛，走向附近的一张桌子，和坐在那里的几个人打了个招呼，她回头挑衅地望了罗涛一眼，坐了下来。罗涛气得扭过头去，不朝那个方向看，可不时传来的李青怡的清脆的笑声还是令他坐立不安。

罗涛向四下望了望，惊奇地发现了林小凡的身影。他坐在远处的一张桌子旁，和几个科国人在窃窃私语。他怎么来了？部长怎么会请他来？罗涛探起身，想仔细看一看是什么人和林小凡坐在一起。这时，有人轻轻地拍了一下他的肩膀，罗涛吓了一跳，转身见到萨利姆满面笑容地站在那里。罗涛和他拥抱了一下，兴奋地说：“嘿，老朋友，好久不见，你好吗？”

假设罗涛在科拉坦只有一位朋友的话，那肯定就是萨利姆。萨利姆是罗涛认识的第一位科拉坦人，是龙腾的第一任代理，正是萨利姆将龙腾引入科拉坦的，而二人在并肩战斗中也结下了深厚的友谊。虽然后来因为龙腾换代理，二人曾经闹过一段别扭，可很快就又和好如初了。萨利姆也穿着白色的科拉坦长袍，他中等身材，浓眉大眼，略有些发福，爽朗的笑声非常富有感染力。他紧握着罗涛的手，大声说：“我很好，涛，你好像瘦了，要注意身体呀。”他又压低声音说：“我听说你们公司出事了，所有人都要撤回去，是真的吗？”

罗涛轻描淡写地说：“没什么大事，公司是看大家在科拉坦待得时间太长也太艰苦了，想把人换回去休息调整一下。你的消息可真灵通，你是怎么知道的？”

萨利姆没有正面回答，他反问道：“涛，到底发生了什么事？你就不要瞒我了，我知道你们把所有的本地员工都开除了，中国员工也都要回国。”罗涛摇头说：“我都说过了，什么事都没有，我这不是好好的吗？别信那些谣言。”

萨利姆向四下里看了看，悄声犹豫地说：“涛，我是想告诉你一件事……”罗涛正凝神聆听萨利姆想告诉自己什么，侯赛因突然出现在两人面前。侯赛因和萨利姆打了个招呼，又对罗涛说：“部长在书房里等着你呢，快去吧。”萨利姆转身想要走开，侯赛因叫住了他：“你先别走，部长正好也想找你，一起去吧。”

侯赛因领着两个人来到了二楼的基鲁克的书房。基鲁克、罗伯特和塔鲁三人已在房里等着，看到萨利姆和罗涛进来，三人脸上露出了疑惑的表情。

侯赛因解释道：“你们不是要找龙腾的第一个代理吗，我看到他，就让他一起过来了。”他指了指萨利姆，介绍道：“这位就是龙腾的第一任代理萨利姆。”

塔鲁抬头打量了一下萨利姆，问道：“哦，你就是龙腾的第一任代理，你知道我们找你来有什么事吗？”身着黑色长袍的塔鲁比罗涛刚认识他时又粗壮了许多，显得更加成熟。变化更大的则是塔鲁的眼神，原有的纯真已全部消失，取而代之的则是凶残和狡猾。

萨利姆摇摇头，困惑地说："我不知道。"基鲁克从沙发上站了起来，走到了窗前，背对着大家望向窗外。

塔鲁看了一眼基鲁克的背影，提高了声音："龙腾的前两个项目都是你做的吧？尊敬的部长先生对这两个项目可是非常支持的，你也找我们帮忙过，我们帮你忙拿到了项目，可我们的回报呢？"

→18 萨利姆的脸色变得惨白，他怯懦地嘟囔着："我不知道这件事，我从没想到过。我做了许多工作，花了很多钱，许多人都要打点，就那么一点佣金。"

塔鲁打断了萨利姆，转头问罗涛："涛，你们给他多少佣金？我记得你说过，好像是百分之六吧？"

罗涛望了一眼面色惨白的萨利姆，无奈地点了点头。塔鲁面带讥诮地对萨利姆说："百分之六，赚了不少啊。这样吧，你拿出一半来，三个点作为给我们的回报。"

萨利姆已是满头冷汗，他急忙申辩："三个点？去掉我们的花费和打点的钱，我剩下的还不到三个点呀。你知道科拉坦电信那么多人都要打点的，还要做标书，准备应答，至少要养活几个职员才能应付得来，根本就剩不下几个钱。"

塔鲁不耐烦地说："没有尊敬的部长的同意，你花再多的钱也做不成这两个项目，一半一半已是我们的底线了，因为涛是我们的朋友，我才给出这个条件，你还嫌多。做成了项目就忘了我们了？"

萨利姆双手合十，向塔鲁拜了拜说："公子，我向安拉发誓，我的确只剩了不到三个点的钱。我实在是无法满足你的要求，实在不行，我只有以命相报，你杀了我吧。"

塔鲁使劲一拍桌子："你以为我不敢吗？你是不想活了，敢跟我耍赖。"说着，伸手从腰间掏出一把手枪指着萨利姆。

基鲁克猛地转回身，喝住了剑拔弩张的塔鲁："不要胡来，他是我们的客人。"他又转向萨利姆："对不起，请原谅我儿子的粗鲁，我们要收的钱实际上都是用于我们的党务工作。我们是为人民服务的，又不能多收税，可党务工作是要花钱的，这钱从哪儿来呢？现在我们主要的来源就是项目的佣金。所以，请你理解我们，不要以为我们是巧取豪夺。这钱我们一分钱也没有揣到自己的腰包。我也理解你的难处。这样吧，我就破一下例，你拿出两个点吧，这两个项目的全款你都早已拿到了，请你尽快付给我们，好吗？”

萨利姆欲言又止，但面对着基鲁克只好点了点头。侯赛因引领着萨利姆走出了书房。塔鲁收起手枪，走到罗涛的面前，和罗涛亲密地拥抱了一下：“涛，我的兄弟，你好吗？”

罗涛摇了摇头：“不太好，现在公司一团糟，我都不知道怎么办好。”

基鲁克接过话头儿：“涛，我已跟苏亚雷将军打过招呼了，以后他不会再找你们的麻烦了。我现在有一个好消息要告诉你。”

基鲁克告诉罗涛他们商量多次的那个大项目已正式决定启动了，而且进度要加快。明年就要竞选了，今年又冒出几个有国外政府支持的竞争者，所以竞选费用需求会很大，这些费用全靠这个项目了，所以一定要尽快完成这个项目。这样才能确保现任政府能够万无一失地连任。对这个项目，他还是希望能与龙腾公司合作。基鲁克又转向罗伯特，说：“以后这个项目将由罗伯特全权负责，塔鲁再过两周就要出国了，这两周他会协助罗伯特的工作。好，具体的事情，你们商量商量吧。罗伯特……”基鲁克提高了音量。

一直在向窗外张望的罗伯特这才转过头来：“什么事？父亲。”他显然没有注意基鲁克刚才的话。罗涛也向窗外望去，看见游泳池旁一抹显眼的红色，是李青怡，而和她站在一起的竟是林小凡，二人在亲密地交谈着。罗伯特突然问罗涛：“那个男的是你的同事吗？”

罗涛摇摇头：“不是，他是巨华公司的首代林小凡。”基鲁克皱眉说：“巨华公司，谁请他来的？”塔鲁和侯赛因都摇头否认，大家的目光一齐望向罗伯特。

罗伯特站起来凝望着窗外，沉思着说：“是我发的邀请。我在美国听过巨华的名字，所以想多了解了解他们公司，我也希望能多一个合作的选择。”

罗涛望着心不在焉的罗伯特，生气地说：“我们可是签了独家代理协议，你这到底是什么意思？”

基鲁克也瞪了一眼罗伯特：“你不要再胡搞了，现在最重要的是要在大选之前把项目做完，保证拿到钱。你们好好和涛商量一下，看一看下面怎么操作。”

商量完项目，罗涛回到院子里，李青怡的身边已没有了林小凡。罗涛要了杯威士忌，刚要走向李青怡，身着便装的苏亚雷出现在他面前。他面无表情地和罗涛握了握手，严肃地说：“你对我的承诺何时能兑现？”罗涛无奈地摇了摇头：“将军，我们公司已闹得鸡犬不宁了。你不要再逼我了。”

苏亚雷靠近罗涛，低声说：“告诉你一个消息，昨天晚上，查曼努畏罪自杀了。”罗涛虽然早就想到了查曼努的悲惨结局，可听到这个消息，心里还是不自觉地痛了一下，查曼努在陆军监狱里的受尽折磨的形象又浮现在眼前。苏亚雷用冷酷的眼神扫了一眼罗涛，接着说：“我们用尽了各种手段，查曼努始终没有说出他的同党。他是死了，可他的同党还逍遥法外。我不能再等了，无论怎样，明天我都要采取行动。你要抓紧一点，最迟明天晚上，我就会采取行动。”

罗涛心里在为萨达姆庆幸，多亏他今天就坦白了，如果等到明天，自己是无论如何也救不了他了。

苏亚雷又冷峻地说：“你们的工程师什么时候到？培训何时开始？”罗涛喝干了手里的威士忌，把空酒杯放在桌子上，望着苏亚雷的鹰勾鼻说：“你放心吧。我们两位资深工程师明天就到，培训将于后天早晨准时开始，所有的问题都会解决的，将军阁下。”

离开了苏亚雷，罗涛却找不到李青怡了他找遍了院子里的各个角落，也没有发现李青怡，他不禁有点担心起来。罗涛一边和科拉坦电信的几个熟人闲聊着，一边四下张望着，可始终没见李青怡的身影。

就在此时，游泳池旁的舞台上的聚光灯亮起来，侯赛因走上了舞台，拿起了话筒，他大声地说了几句什么，大家的注意力都被吸引了过去。侯赛因停顿了一下，又用兴奋的语调向大家讲着什么。罗涛一句也没听懂，可从大家的情绪来看，这是一件很令人兴奋的事。

罗涛忍不住问身边的人侯赛因说了什么，那人告诉罗涛说侯赛因刚刚向大家宣布部长的大公子罗伯特将要和拉阿杜的独生女儿菲莉小姐订婚，订婚典礼择日举行。那人又指着舞台边上拉阿杜身边的一位身穿粉红色纱丽的女孩，告诉罗涛那就是菲莉小姐。

不知为什么，听到这个消息，罗涛的心里竟有些窃喜。他知道科拉坦青年男女的婚姻大多数还是由父母包办的，自然是要门当户对，而自由恋爱在科拉坦会被认为是一种耻辱。他不禁仔细地打量了一下那个菲莉小姐，娇小玲珑，长得还算漂亮，看起来也就十八九岁的模样。但罗涛突然有一种预感，这女孩不是罗伯特喜欢的类型，罗伯特不会满意父母给他安排的这桩姻缘的。

侯赛因讲完后，一位长发披肩的民族歌手走上了舞台，他一边击打着手中的科拉坦鼓，一边深情地吟唱着，如泣如诉的歌声缓缓地流淌出来，缓缓地渗入人的心里。罗涛虽然听不懂歌词，可还是被哀婉的曲调深深地打动了。这肯定是一首情歌，一首悲伤的情歌，一首失恋的情歌。这么深深地打动自己，难道自己是在恋爱中吗？罗涛摇摇头，好像要把那悲伤的情丝从脑中甩出去。

沉浸在哀伤音乐中的罗涛被一阵手机铃声拉回到了现实，他拿出手机接听，里面传出了萨达姆的声音。罗涛叫萨达姆稍等，自己急忙找一个僻静的地方接听电话。他沿着花园小路走向黑漆漆的花园深处。

萨达姆告诉罗涛，他已和保安蒙田接过了头，蒙田已拿到了车钥匙并换上了他的衣服，现在他已顺利地联系上了自己人，马上就要离开科洛了。萨达姆的声音依然那样地平静，最后他说道："老板，你是一个好人，我不会忘记你的帮助的，希望以后有机会还能再见到你。"罗涛叮嘱萨达姆要小心保重后便挂了电话。

罗涛心里的一块石头落了地，他知道萨达姆的命是保住了。罗涛想了很久怎么解救萨达姆，可军方一直有人在盯着，弄不好会弄巧成拙。最后，罗涛想到了今天的晚宴。部长家的晚宴宾客云集，车水马龙，在这个拥挤混乱的时候，让萨达姆偷偷溜走，不会有人注意的。

罗涛又想到晚宴结束，如果自己开车回公寓，马上就会被发现，他考虑要找一个司机代替萨达姆，躲过这一个晚上，萨达姆应已到了安全的地方。可匆忙之中，到哪里去找一个可靠的司机呢。这时他想到了保安蒙田，蒙田来找工作时，本来是要做司机的，可一试他的驾驶技术实在是有限，而当时保安布里克刚被赶走，正缺保安，就让他做了保安。于是，一个瞒天过海的计划就想了出来。萨达姆开车送罗涛和李青怡到部长家后，马上去和蒙田接头，把车钥匙给蒙田，而个头和萨达姆差不多的蒙田则换上萨达姆的衣服，冒充萨达姆赶回部长家，萨达姆则会远走高飞，而军队的人明天才会发现萨达姆逃跑了。这计划虽也有一定风险，可时间紧迫，也只好冒险一试了。

萨达姆一开始不同意罗涛的计划，他说他不想连累罗涛和其他的同事。后来，罗涛劝他说这样也会救了公司其他同事，罗涛第二天就会告诉军方萨达姆已逃跑，这样其他人也就洗却了间谍的嫌疑，不会被捉起来了。蒙田也信誓旦旦地表示自己绝不会有事，显然他为能帮助一直为他们出头的萨达姆而兴奋自豪。萨达姆这才点头同意。

罗涛长出一口气，压抑住心头的喜悦，正要赶回院子中去，花园深处传来的笑声引起了他的注意。那清脆的笑声罗涛非常熟悉，是李青怡，她躲在这黑森森的花园深处干什么呢？

→19 罗涛沿着花园内的小径向发出声音的地方走去。花园深处在果树掩映下的橡木长椅上，有两个人坐在上面，挨得很近，在高兴地交谈着。不时爆发出阵阵欢笑声。正如罗涛所料，那两个人正是罗伯特和李青怡。罗涛尴尬地立在那里，心似被一把钢刀切割着，他望着二人亲密的身影，转身离开。

晚宴结束回公寓的路上，罗涛坐在蒙田开的车子里一言不发。李青怡却难掩兴奋，轻哼着歌曲。蒙田本来车技有限，再加上紧张，车开得歪歪斜斜晃晃悠悠。罗涛轻声说："蒙田，不要紧张，慢点开，没关系。"

李青怡这才注意到更换了司机，她惊讶地问："萨达姆呢？"罗涛轻嘘了一声："注意，不要声张，萨达姆已逃跑了。"

李青怡脸色一变："罗涛，他不是共和军吗？你把他放跑了吗？"罗涛没有看李青怡，引开话题说："你今天的收获很大呀，不只是科拉坦人，连巨华的林小凡都拜倒在你的石榴裙下了。"

李青怡反驳道："瞎说什么，那个巨华的林小凡是个傻瓜，他还以为我是科拉坦人，傻乎乎地和我说英语。我后来再没有理他。"她又低声说："说正经的，你怎么把萨达姆放跑了？你这样做不是引火烧身吗？"罗涛依然没有看李青怡，只是坚定地说："你什么都不明白，就不要管了。你还是留着力气，多征服几个男人吧。"

李青怡被气得半天说不出话来，眼泪在眼眶里直打转，强忍着才没有流下来。二人此后一直没有说话，等车到公寓，李青怡没有等蒙田给开车门就自己跳下车，用力地一摔车门，头也不回地向楼上自己的卧室奔去。罗涛摇了摇头，心里还是觉得很憋气，花园中两个人亲密交谈的景象总是在眼前晃来晃去。可一想到那个大项目，罗涛情绪又振奋起来，两亿美元的大项目，也许会是龙腾有史以来做过的最大的项目。要是做成了，那不光会是非常荣耀的一件事，而且对他自己和秦荣剑都有着非同寻常的意义。

龙腾公司的总裁马力已年近六十，他多次表示将要退下来，而他的接班人将会在几个年轻的副总中产生。秦荣剑无疑是呼声最高的一位，而负责国内销售的黄明坚副总和负责研发的蒋庭轩副总也是强有力的竞争者。秦荣剑负责的海外业务，前两年业绩还不错，可在去年有一个爆发性增长之后，由于今年遇到了巨华的疯狂阻击和反扑，业绩到现在为止还不是很理想。而今年的业绩又太重要了，据称明年初马力就要退下来，今年年底马力的接班人就会定下来。所以，今年的业绩将会直接影响到秦荣剑能否顺利坐上公司的头把交椅。如果能拿下这个两亿美元的项目，今年海外业务的任务将会超额完成。以秦荣剑过往骄人的资历和优良的口碑，他将会毫无悬念地成为马力的接班人。

秦荣剑也多次向罗涛暗示过国际部将会改组，而能力不足的林祥肯定会被换掉，罗涛无疑是接替林祥的热门人选。秦荣剑对罗涛讲他是非常看好罗涛的，但还要罗涛的业绩能让人满意，尤其是今年的业绩。这个两亿美元的大项目如能成功，罗涛也许会实现自己的梦想，年纪轻轻就跨入公司高级管理层。

罗涛知道秦荣剑很关心这个项目，就想第一时间把这个好消息告诉秦荣剑。罗涛拨通了秦总的电话，把项目的消息简要地汇报了一下。秦荣剑听到罗涛的消息，非常高兴地说："太好了，这个项目很重要，一定要全力以赴，确保万无一失。公司会全力支持你。这样吧，你好好想一想，做个计划，需要公司提供什么样的支持尽管提出来，我会尽量调动资源协助你。一定要抓紧时间，争取在今年内把项目拿下来。"

罗涛感到心里有一股暖流，秦总从来都是这么支持自己，有了秦总的支持还有什么办不到的？他在外企工作的时候，就从来没有过这种感觉。龙腾毕竟是自己国家的企业，那种自豪感和归属感是在外企工作的人永远也体会不到的。罗涛激动地说："秦总，您放心，我一定会尽全力的，明天我会拉着部长的公子和代理一起再开个会，制定一个详细的项目计划进度表，然后我再向您详细汇报。"

秦总又鼓励道："罗涛，好好干，这个项目要是成了，我们公司的事业会有一个很大的发展，我相信你的个人职业发展也会有一个很大的进步，我是很看好你的。"

和秦荣剑通完电话，罗涛的心情好多了。他走出客厅，看到蒙田已换回自己的衣服，站在门前，苏拉坐在门前的一把椅子上，二人在闲聊着什么。看见罗涛，苏拉赶忙站起来，他微笑着望着罗涛，眼神里有以前从没有过的东西，是真诚的感激，还有亲近。罗涛对蒙田说："今天晚上把门锁好，你可以去睡觉，不用守在这里了。明天，你接替萨达姆开车。”蒙田听懂了罗涛的话，可还是又转向苏拉以确认自己没有听错。得到确认后，蒙田十分高兴地向罗涛敬了个礼，脸上笑开了花。做司机可是他梦寐以求的好事。

苏拉凑近罗涛，低声说：“老板，萨达姆是个好人，谢谢你救了他。”罗涛摇摇头，严肃地说：“不要再提这件事，萨达姆是逃跑的，知道吗？以后绝对不许再提这件事，你告诉蒙田，他也不许提这件事。”

苏拉点头：“是，老板，我明白。”罗涛返回客厅，心里想着明天怎么向苏亚雷交代呢？虽已想好了说辞，可他心里还是没底。

这时传来一阵急促的脚步声，李青怡从楼上冲了下来。她满面怒容，脸涨得通红，一直冲到罗涛的面前才停下来。

罗涛望着李青怡，笑着问道：“怎么了？谁又惹着你了？”李青怡双手掐腰，怒目而视，大声对罗涛说：“罗涛，我越想越生气，你干吗那么对我说话，这么污辱我？你真是一个不可救药的大男子主义者，你，你是一个大浑蛋！”

罗涛静静地看着李青怡破口大骂，最后忍不住笑了：“你放心吧，我这个大男子主义者、大浑蛋，就是找不到老婆，也不会被你征服的。”

李青怡更加生气，她大声说：“你这个自以为是的丑八怪，恶心死了，没有女人会看上你的，你就打一辈子光棍吧。即使别的男人都死光了，我也不会看上你的。”

罗涛听着李青怡的发泄，脸上却是忍俊不禁的讥讽的笑意，这使得李青怡更加生气。她愤怒地质问道：“你还笑，你知不知道你的话有多伤人？你有什么权利这么说我？你为什么这么说我？你这是欺侮人。”说完，眼泪已夺眶而出。

罗涛望着满面怒容的李青怡，突然有一种想把她揽入怀中的冲动。他最受不了眼泪，何况是一个楚楚动人的弱女子的眼泪。他想伸出手把那个美丽迷人的身体拥入怀中，擦干她的眼泪，告诉她自己是因为爱她才会这么嫉妒别的男人，才会这么说她。可罗涛心底的惧怕使伸出的手臂停了下来，因为他还不十分确定自己的感情，他也害怕被李青怡拒绝，害怕自己男子汉的形象不再高大。罗涛最终只是挥了挥手臂，无力地说了句：“对不起，我向你道歉。”

罗涛的反应使李青怡怔了一下，她没有再说什么，只是余怒未消地盯了罗涛一眼，转身向楼上奔去。罗涛不知如何应对，只觉得心里空荡荡的，自己的灵魂好像都随着离开的李青怡而远去。

第二天早晨吃早饭的时候，李青怡还在生着气。她没有理罗涛，只是闷头吃着早餐。罗涛注意到李青怡的眼睛有些红肿。罗涛轻叹了一口气，想说点什么劝一劝李青怡，可话到嘴边还是咽了回去。

吃完早餐，罗涛给侯赛因打了个电话，初步约定下午四点去部长家商量项目的事。换好衣服，罗涛敲了敲李青怡卧房的门，喊了一声："我在楼下等你。"就要下楼，可门一下打开了，李青怡从房内走出来，她穿了一套淡青色的套裙，很好地衬托出玲珑有致的曲线，她化了淡妆，香气袭人，显得秀丽可人。

罗涛望着迷人的李青怡，一下呆住了。李青怡没有理罗涛，径直向楼下走去，罗涛赶忙跟了上去。

蒙田早已等候在门前，脸上洋溢着笑意。他特意穿了一套新衣服，雪白的衬衫和蓝色的长裤，像极了萨达姆。车子也洗得干干净净。看到李青怡和罗涛二人出来，蒙田站直身体，立正行了个礼，又赶忙去拉开车门。李青怡却绕过蒙田，坐在司机旁边的座位上。罗涛哼了一声，心想脾气真不小，到现在还在生着气。他没有说什么，自己独自坐在后座上，挥手让蒙田开车。

时间已过了九点，办公室里还是空荡荡的，只有几个中方员工在收拾着东西，办公室内一片凌乱。

罗涛进入自己的办公室，刚坐下，老张就走了进来，他满面悲容地对罗涛说："我们大多数人的回国机票已订好，有明天的，也有后天的。小黄把钱准备好了，本地员工今天会来领钱，签离职信。可小金不让给他订机票，他不想走。"

罗涛一惊，赶忙问："你说什么？小金不想走，为什么？瞎胡闹，他这是要干什么？"

→20

罗涛和老张正说着，小金走了进来，他没有看罗涛，也没有说话，只是把一张纸递给罗涛。罗涛接过来一看，是辞职信。罗涛不解地问道："小金，你要辞职，为什么？"

小金低下了头，轻声说："罗总，你就不要多问了，我也是没办法。"

一贯爽快的小金今天是怎么了？罗涛好奇地望着小金。小金则更加局促不安。罗涛把辞职信放在桌子上，望着小金和缓地说："我知道你肯定有特殊的原因，可你连我都不想告诉吗？”

小金避开罗涛直视的目光，低声说：“罗总，你对我好我知道，我不是不想告诉你，实在是不好意思。我现在不可能离开科拉坦，所以我只能辞职。”

罗涛越发惊奇，他望了望立在一旁的老张，老张知趣地转身走了。罗涛把办公室的门关上，问道：“小金，现在我是以你朋友的身份来问你，请你告诉我到底是怎么回事？”

小金这才说出了详情。萨利姆有三个女儿，都是长得如花似玉，而萨利姆又非常好客，经常请龙腾公司的员工去他家里做客，萨利姆的三个女儿自然也和龙腾的人混得很熟。萨利姆的大女儿和二女儿都已结婚，三女儿妮曼今年只有十八岁，是三个女儿中最漂亮的，性格又活泼开朗，自然深得龙腾年轻人的喜爱。而小金是去萨利姆家最勤的一个，年轻英俊而又富有激情的小金也很受科拉坦女孩的欢迎，于是，长期在海外寂寞难耐的年轻小伙和情窦初开的妙龄少女，不出意外地有了一段异国恋情。

这一段情本来会像其他的中科异国恋情一样无疾而终，可就在前一星期，妮曼发现自己怀孕了。妮曼把这个消息告诉了小金，并坚定地说她要生下这个孩子，不论小金是怎么想的。小金这几天一直处在艰难的抉择中，如果娶妮曼为妻，则意味着他要放弃中国国籍留在科拉坦，并信仰伊斯兰教。信仰伊斯兰教对本就是回民的小金不是什么大问题，可这一辈子以后都要待在这贫穷落后的科拉坦倒是颇令人为难。而龙腾的强迫撤离使小金不得不当机立断，马上做出抉择。小金的最终选择肯定不是那么容易的，可他留下来的决定，确实是令人尊敬的，他是一个负责任的男人。罗涛突然想起，在部长家的晚宴上萨利姆曾经想告诉自己什么，看来就是想告诉自己小金这件事。

罗涛知道他已无力改变什么，他在辞职信上签了字，交还给小金，问道：“那你以后有什么打算？”

小金接过辞职信，笑着说：“暂时先帮萨利姆打点生意，以后有机会再自己出来干。”罗涛点点头：“小金，我很佩服你，你勇于承担责任。以后有什么困难，尽管来找我，能帮上忙的我一定尽力。”

送走小金，罗涛心里很不是滋味。小金勇敢地选择了留下来，如果换做是自己，自己会有勇气做出这样的选择吗？自己能为了爱情而舍弃许多现实中重要的东西吗？可一想到多年以后，肤色黝黑的小金身穿科国长袍，挽着已发福的妻子，膝下环绕着几个肤色黝黑的混血小孩，走入尘土弥漫的清真寺，虔诚地做着祷告的情景，罗涛就忍不住一阵心酸。人的命运真是不可捉摸而又无法掌控。

罗涛考虑要赶紧告诉军队的人萨达姆已逃跑的消息，这样他们也许会对别的人高抬贵手。他走出办公室，坐电梯下楼。在一楼大厅，他发现了陆军中尉正在一个角落里打电话。

陆军中尉看见了罗涛，急忙把电话收起来，转向罗涛。罗涛刚要告诉他萨达姆的事，陆军中尉神色紧张地说："罗先生，我得到消息，你们的本地员工联络了科拉坦司机工会和科洛工农协会，组织了好多人，十点整要在这里举行示威游行，我已调集了军队和坦克车。你最好不要出去。"

罗涛向门外望去，可以看见有三三两两可疑的人正在聚集，其中有一些龙腾的本地员工。没想到，他们采取了这种行动，这是最糟的一种结局。罗涛想一定不能让事态激化，否则后果不堪设想。

蒙田从门外走了进来，看见罗涛，他神色慌张地走过来，指了指门外，说："他们要组织罢工游行，来了好多人，老板，快躲起来吧。"

罗涛摇摇头，没有说话，只是继续关注着门外街道上的动静。街道的人越聚越多，有人举着横幅，有人拿着喇叭，有人拿着科拉坦鼓，还有人举着旗帜。一个身材魁梧的大胡子显然是个头儿，几个人聚集在他身边在商量着什么。

一楼大厅里的两个保安也发现了这异常情况，他们把大门关上，自己躲到了角落里。大厅里的气氛十分压抑，大家都屏住呼吸望着窗外。只见大胡子使劲挥了挥手，人们开始向大门聚集。有人吹起了喇叭，一时间鼓乐喧天，旗帜飘扬，几个大的横幅也竖立起来。罗涛模模糊糊地看到一个横幅上写着"龙腾，滚出科拉坦"。

大胡子又振臂高呼了几句口号，众人也跟着喊了起来。很快，越来越多的爱看热闹的科国人聚集起来，站在旁边围观。几个摄影记者也闻讯赶到，闪光灯一通乱闪后，示威的人更是闹得起劲了。

罗涛知道他需要尽快平息这场骚乱，时间拖得越长，龙腾的声誉所受的影响就越大。他快步向楼外走去，蒙田和陆军中尉都想拉住他，可罗涛甩开他们，推开大门向门外走去。

门外的阳光很刺眼，一推开大门，喧闹的声音立刻强烈地冲击着耳膜，使人不禁心慌气短。罗涛吸了一口气，挺直腰板，向示威的人群走去。随着罗涛的一步步逼进，示威人群的声音一点点在削弱，等罗涛走到人群跟前时，人们都平静下来，鸦雀无声地盯着罗涛。罗涛环视了一眼面前黑压压的人群，人群里面龙腾的员工回避着他的注视，他看见司机阿米里在偷偷地把一面小旗揣进衣兜里。

罗涛清了清嗓子，冲着大家大声说："龙腾公司是中国的国有高科技企业，像中国政府一样，龙腾公司也是科拉坦的朋友，我们来科拉坦，不光是为了挣钱，也是为了帮助我们的朋友。我们希望科拉坦也能像中国那样，每家都有电话，大多数人都能用上手机，生活水平也能有很大的提高。请龙腾的员工们想一想，公司对你们怎么样？你们的工资水平怎么样？你们接受了多少培训？学到了多少东西？你们现在掌握了最先进的技术，以后非常好找工作。你们想一下，如果没有龙腾，你们会是今天的你们吗？"

罗涛注意到龙腾公司的员工都低下了头，他继续大声说道："现在由于一些特殊的原因，我们不得不中止和大家的合同。大家有想法，我很理解，可你们像现在这么做，只会使事态更加复杂更加严重，最终对大家对公司都没有好处。所有的事情都可以协商解决，我们又不是敌人。我提议你们选两位代表，把你们的要求提出来，我们坐在一起好好商量，找出一个妥善的解决办法，你们看，好不好？请大家不要聚集在这里，我保证一定会认真考虑你们的要求。"

人群一阵骚动，大家在七嘴八舌地议论着，显然被罗涛的说辞和提议打动了。乱了一阵，大胡子和两位龙腾的员工走到了前面。大胡子和罗涛握了一下手，说道："我是科拉坦司机工会的秘书长提亚哥，我和这两位代表要和你谈判，我是代表你们龙腾的司机的。"

罗涛笑道："外面太乱了，我们到里面去谈，龙腾的员工也请回到公司去吧，其余的人就请散了吧。"

罗涛转身指引着三人向大楼内走去。大胡子将手搭在罗涛的肩膀上，嬉皮笑脸地说道："我听说你们龙腾司机的工资很高呀，有多少？"罗涛严肃地回答："一般的司机我们都会给五千五百科币，还有加班费和出差补助，收入很不错了。"大胡子哇了一声，凑近罗涛的耳朵低声说："老板，我可是一个好司机，你让我到你们公司干吧？"

罗涛连声答应："我们缺人时，我会考虑的。"心里却想，绝对不行，让工会的秘书长来公司工作，那还不等于在身边装了颗定时炸弹。

四个人有说有笑地向公司大楼走去，龙腾的员工也跟了上来，其余的人也准备散去。眼看一场风波就要被罗涛成功地化解了，罗涛暗自松了一口气。可就在这时，人群中有人大喊了一声 ："等一等。"一个衣衫褴褛面黄肌瘦的人从人群中冲了出来，他冲到罗涛面前，大声喊道 ："他们怎么能代表我们所有人呢，我不要谈什么条件，我只想和你算一笔旧账。"

罗涛一惊，转身看着来人，觉得有些面熟，那人仇恨地盯着罗涛，说 ："你不认识我了吗？我是皮里尔，我现在落到这步田地，都是你害的。"罗涛想起来了，皮里尔原来是龙腾的一名司机，后来因为多次偷油又屡教不改而被罗涛开除了。科拉坦许多司机都偷油，可罗涛专门定下了规矩，谁偷油就要被开除。他特意给司机多一些工资，就是为了不让他们偷油。可皮里尔多次被发现偷油，而每次他又都痛哭流涕，悔恨不已。罗涛后来了解到皮里尔吸毒，知道他已不可救药，就坚决地把他开除了。没想到，他也赶来凑热闹了。

罗涛蔑视地看了皮里尔一眼，厉声说 ："这都是你自找的，你没有权力和他们站在一起。"皮里尔骂了一句，冲上来抓住罗涛的手臂，罗涛想要奋力挣脱，两个人纠缠在了一起。这时，人群中又冲出几个地痞模样的人围上来，大喊 ："资本家打人了！打倒资本家！"已要散去的人群又聚拢来。

蒙田从楼里冲出来，他用力拉开皮里尔，拦在罗涛面前。皮里尔眼里闪着疯狂的光，又向罗涛冲来，这一次手里多了一把军刀，那是世界闻名的科拉坦弯刀，在太阳光照耀下，闪着晃眼的寒光。

三、最后的晚餐

根据罗涛的经验，小道消息往往最终大多都会被证明是真的，可最令人沮丧的是小道消息已经满天飞了，自己竟然一点也不知道。这证明自己将不会是这次改革的受惠者。

→21 皮里尔的动作惊人的快，罗涛没来得及反应，只觉得一股寒意，刀已刺向他的胸膛，一股大的冲力使他跌倒在地，身上湿湿的，伸手一摸，是黏黏的鲜红的血。紧接着，一声闷响，蒙田跌倒在罗涛的身旁。罗涛发现蒙田的胸口插着那把科拉坦弯刀，大半个刀身已插入了蒙田的身体，鲜血沿着刀身向外汩汩地流淌着。是蒙田救了罗涛一命，他撞开了罗涛，而自己挨了皮里尔一刀。

罗涛蒙头蒙脑地扑向蒙田，伸手想要堵住刀口中不断流淌的鲜血，他转身向周围的人声嘶力竭地喊着："快去叫救护车。"蒙田身上崭新的白衬衣已全被鲜血染红。

皮里尔已不知逃哪去了，人群中不知谁喊了一声："资本家杀人了！"人群向罗涛这边涌了过来。几个地痞模样的人挥舞着棍棒等凶器。陆军中尉和几个士兵从楼里冲了出来，他们掏出了枪，陆军中尉向天上开了一枪，刺耳的枪声使人群停了下来。陆军中尉拉起罗涛，向楼内撤去，罗涛挣扎着抱起蒙田，踉踉跄跄地跑回楼里。两个保安等大家进了楼里，赶紧把大门锁上。

楼外的人群只是被枪声暂时阻拦了一下，血腥和枪声更加刺激了狂躁的人群，他们冲向大门，狂呼着口号。蒙田身上的鲜血还在汩汩地流着，罗涛拼命地想要止住血，却怎么也止不住。蒙田的脸色异常苍白，他慢慢睁开眼睛，看着抱着他的罗涛，咧嘴困难地笑了笑，他又痛惜地望着自己的衬衣，对罗涛说："老板，我这衬衣第一次穿就弄脏了，好可惜呀。"说完，他一阵剧烈地咳嗽，然后就开始抽搐起来，他大口喘着气，慢慢地闭上了眼睛。

门外的人群还聚集在那里，有人在向大楼扔着石头，有几个人手持木棍，拼命敲着大门，想要冲进来，场面十分混乱。一阵凄厉的警笛声传了过来，只见几辆军车驰到了门前，跳下来一队队荷枪实弹的士兵，拦在了大楼前面，一架重型机关枪也架在了大楼前面。

罗涛觉得怀里蒙田的身体在渐渐变冷，看到士兵赶来了，他抱起蒙田向门外冲去。全副武装的士兵和机枪黑森森的枪口还是没能吓退疯狂的人群，他们继续向大楼冲击着，石头、木棒，还有尖刀都是他们的武器。士兵们在人群疯狂地冲击下，一步步地向后撤退着。

罗涛抱着蒙田冲出大门，可还是无法再前进，他愤怒地喊着："让开！人就要死了，救救他吧！求求你们，救救他吧！"罗涛声嘶力竭的叫喊只是被淹没在震天的骚乱喧闹声中。

陆军中尉望着步步进逼的人群，举起右手猛地一挥："射击。"一阵震耳欲聋的枪声响过，罗涛清楚地看到一排排的人纷纷倒地，就像是在电影中看到的镜头一样，而倒地的人都像是在演电影，而且是演电影中的慢镜头，人们的眼神先是充满了仇恨和绝望，然后是茫然和恐惧。空气中弥漫着弹药的硝烟味和鲜血的腥味。

又开来了多辆军车，全副武装的士兵把骚乱的人群团团围住，被围住的人们像被猎人围猎的野兽一样四处逃窜，可士兵在不断地收紧包围圈，他们用枪托凶狠地砸向想要突围的人。随着一声声惨叫，圈里的人们一个个倒下。很快，骚乱现场就恢复了平静，只能听到一些伤者微弱的呻吟声。

过了一段时间，救护车才赶到。蒙田和其他伤者被抬上救护车，运往医院抢救。罗涛只觉得自己恍如在梦中，蒙田、士兵和骚乱的人群的形象交织在一起，耳边不停地回响着震耳欲聋的枪声和人们凄惨的叫声。罗涛抱着头，坐在楼前的地上，看着眼前的惨景，真希望这只是一场噩梦。

直到公司的同事们把罗涛拉回办公室，罗涛都一直处于恍惚之中。看到浑身沾满血迹神情恍惚的罗涛，李青怡的眼泪忍不住掉下来。李青怡的眼泪使罗涛慢慢地从恍惚中回到了现实。他有气无力地对大家说："我没事，请大家回去工作吧。下班时，大家要一起走，我会联系军队和警察，让他们护送。"

大家逐渐散去，只有老张和李青怡留了下来。老张望着罗涛，担心地说："罗总，你没事吧？"罗涛摇了摇头，平静地说："我没事。"老张又问："罗总，我们是不是推迟撤离计划，留下几个人来陪你？"罗涛想了想，否定道："不用，现在这种形势下，人越少越好。你们还是按原计划走吧。"

老张走了之后，李青怡靠近罗涛轻声说："看到你浑身是血的样子，可把我吓坏了。我太担心了，幸亏你没什么事。"罗涛叹了一口气："是蒙田救了我，要不是他，躺在医院里的就是我了。蒙田的伤很重，也不知道能不能抢救过来。"蒙田刚当上梦寐以求的司机不到一天，就发生了惨剧，罗涛眼前又浮现出蒙田躺在自己怀里大口喘气的景象，蒙田在生命垂危的时候却还在惋惜他的新衣服，罗涛不由得眼泪模糊了双眼，他想以后一定要给蒙田买一套最好的衣服。

李青怡又好奇地问道："那个人是干什么的？为什么要杀你？"罗涛清了清嗓子，将涌到嗓子眼的哽咽压了回去，他尽量平静地说："他叫皮里尔，原来是龙腾的司机，因为偷油被我开除了，因此怀恨在心，想要杀我。"

李青怡惊奇地说："这人怎么这样？就因为被开除了就想杀人，这也太小题大作了吧？"

李青怡的话使罗涛陷入了沉思。从军网泄密事件发生以来，罗涛觉得命运一直在跟自己作对，自己精心筹划费尽心机去努力摆平，可还是一波未平一波又起。整个事件是一步步朝最坏的方向发展，这难道只是偶然的坏运气吗？罗涛突然觉得是有一双黑手在暗中操纵着这一切，把自己被一步步引入早已设好的陷阱。一想到这里，罗涛感到不寒而栗，如果真是这样，那也太可怕了，如此处心积虑不择手段的幕后人，后面说不定还会有什么更恐怖的手段。

罗涛定了定神，意味深长地对李青怡说："你这一说还真提醒我了，看样子这件事情没有表面看起来那么简单。被开除的司机也许并不是为了报复来杀人，而是受人指使。示威游行也许并不是自发的，也许是有人暗中策划，而且很有可能整个事件一开始就是精心策划的。"

李青怡惊讶得张大眼睛："有人指使？真的吗？"罗涛摇了摇头说："我也只是怀疑，没有真凭实据，无法百分之百地确定。我倒希望我的怀疑是错的。可防人之心不可无，以后可要小心一点。这里实在是太危险了，现在看来比我预料的还要危险得多，不知道以后还会发生什么。为了安全起见，我看培训还是暂缓进行，你也最好撤回国内吧。"

李青怡听到罗涛又要她回国，赶忙摇头说："不，我绝不撤回去，有什么可害怕的，你不是还留在这儿吗？你要是不走，我就不走。"说完，她挑衅地盯着罗涛的眼睛。

罗涛避开李青怡清澈而又满含情意的双眸，无奈地说："好吧，我跟秦总汇报一下，再做决定。"李青怡肆无忌惮地笑了起来："秦总才不会像你这么胆小，他肯定会让我留下，我就赖在这里了，你是赶不走我的。"看到罗涛尴尬的表情，她转移话题问道："我还是想知道这个幕后人为什么要这么做？谁会跟我们有这么深的仇恨呢？"

罗涛皱了皱眉说："当然是我们的竞争对手最可疑了。如果真有幕后人，他的目的肯定是要把龙腾的名声搞臭，他就是想让事情闹得很大。不管幕后人是谁，发生了这么大的血案，可真是遂了他的心愿了。"罗涛突然想到了事件现场出现的记者和不停闪烁的闪光灯，如果事情被大张旗鼓地曝光，后果就太严重了，他需要马上采取行动。

罗涛立刻给侯赛因打了个电话，把惊心动魄的惨案轻描淡写地说了一下后，他郑重地说："这事摆明了是有人在背后策划，示威还未开始，就有大批记者到场。明天报纸电视说不定会怎么来诋毁龙腾呢，如果这样，我们做大项目的难度可就大大地加大了。你一定要想办法摆平这些记者们，不要让消息见报。"

侯赛因在电话里叹了一口气："涛，这事可太麻烦了，很难办呀，这事必须得尊敬的部长阁下出面才可以。唉，好吧，我马上去找部长。那我们今天下午的会议就推迟到明天举行吧。”

打完电话，罗涛急忙站起来向门外走去。李青怡奇怪地问：“你去哪儿？”罗涛边走边说：“我去抓那个要杀我的凶手，抓住了他，就能找出幕后的黑手。”

楼下士兵们还在清理着现场，地上的尸体已经用一块块的破布覆盖着，被捕的活着的人已被押走，空气中还是遗留着浓重的硝烟的味道，地上的血迹已凝固成辨识不清的深色的色块。罗涛走向正在指挥的陆军中尉，问道：“有没有抓住皮里尔，那个要杀我的司机？”

陆军中尉神态严肃地望了望罗涛，摇摇头说：“没有，我注意看了，抓起来的人和被打死的人中都没有那个凶手，他一定是趁乱逃跑了，我们会通缉他的。放心吧，我们一定能抓住他。”

罗涛点头道谢，又问道：“抓起来的这些人你们准备怎么处置？”

陆军中尉哼了一声，冷酷地说：“我不会轻饶了他们，放心吧，他们会得到应有的惩罚的。”

罗涛想了一下，把到嘴边的话又咽了回去，改口道：“好的，一有那个凶手皮里尔的消息就请通知我。”罗涛本来是想让他审问一下被捕的人，看能不能问出是谁指使的，可突然觉得如果苏亚雷以及军方和幕后人是串通一气的，那就弄巧成拙了。虽然这种可能性很小，他想还是小心一点为妙，通过别的途径来找出幕后黑手吧。

回到楼上办公室，罗涛马上又给秦荣剑打了个电话，详细地汇报了情况，又把自己认为是有人幕后指使的分析讲了出来。秦荣剑沉吟了一会儿说：“罗涛，你分析得很有道理，可现在没有实在的证据，如果能找到证据，我们就可以去告他们。你看看能不能想办法找到证据。我们的对手已经是丧心病狂了，你们留下来的人一定要注意安全，一定要小心。”

一说起安全，罗涛就想到了李青怡，看来秦荣剑一定会让李青怡也撤走的。他顺势问道：“秦总，鉴于这种情况，我们军网项目的培训是不是推迟进行，培训教师先撤回去，等风波完全平息了再重新开始培训。”嘴上这么说着，罗涛的心里却不知是什么滋味，他不清楚自己是希望得到秦荣剑肯定的还是否定的答复。理性地考虑，这种形势下，李青怡绝对是应该撤回去的。可一想到李青怡离开自己回国，罗涛心里就觉得空荡荡的，割舍不下。

→22 秦荣剑在电话里沉吟了一会儿，回答道："既然已经答应客户了，我们就一定要做到，培训还是照常进行，只是要注意安全，可以雇一些保安人员，加强防卫。罗涛，最重要的还是那个大项目，这个大项目的重要性我就不多说了，你很清楚。一定要排除其他干扰，不能因小失大。有什么事，及时和总部沟通。另外，注意搜集证据，我们有了足够的证据就可以告竞争对手一状，赢得政府的支持，我们就会立于不败之地。"

和秦荣剑通完电话，罗涛感觉到压力很大。是啊，这个项目可是寄托了秦荣剑和全公司的殷切希望啊，自己一定要努力啊。而秦荣剑命令培训照常进行，使得罗涛心里窃喜。李青怡可以名正言顺地留下来了，而罗涛自己不用再受情感和理智冲突的煎熬了。

罗涛又找出了以前联络过的一家保安公司的名片，打了电话过去，让他们今天就开始全方位的服务，提供司机、保镖和二十四小时保安。花费虽然不菲，可要继续正常的业务又要保证安全，就只有多花点钱了。

罗涛想如果能抓住司机皮里尔，让他供出幕后指使人，就会一举扭转局势。可军方是靠不住的，只有自己想办法了，他决定求助于普劳哥，这个以前的黑社会老大，应该会有办法的。罗涛拨通了普劳哥的手机，普劳哥在电话里爽朗地笑着："涛，我的朋友，你怎么样？我可是想你了，哪天一起喝两杯吧。对了，还有一个人也想你了，猜猜是谁？过来，宝贝。"电话里又传来娇媚的女声："嘿，老板，我是莉萨，我也想你了。"电话里又传来普劳哥的大笑。

罗涛无奈地苦笑了一下，严肃地说："普劳哥，别开玩笑了，我跟你说正经的呢。我要你帮我找一个人，这个人叫皮里尔，原来是我们龙腾的司机，我知道他一直吸毒，你通过你黑社会的朋友应该能找到他。这事很重要，一定要保密，而人一定要活的。事成之后，我定有重谢。"

普劳哥停止了嬉笑："涛，放心吧，这事就交给我吧，你把他的资料传给我吧。不过，我想知道他跟你有什么仇？"

罗涛咬紧牙齿，愤怒地说："他差点杀了我，我的司机为了救我的命受了重伤，这里边还牵涉到更大的事，所以你一定要把他活着带给我。"

下午的时候，罗涛总觉得心里沉甸甸的，好像有一件什么重要的事一直没有去做，他想起应该去看看蒙田。李青怡知道了，也要一起去。罗涛看到保安公司派的司机和保镖已经来了，就同意了。

去医院的路上，罗涛让司机在一个服装商店门口停了下来。罗涛经常到这买衣服，这里经常有一些从海外贩来的高档男装，质量款式还不错。他快步走了进去，店员热情地招呼："老板，您来得正好，刚刚从意大利新进了一批衣服，您好好瞧瞧吧，您肯定会满意的。"

罗涛只是扫了一眼室内挂的衣服，说道："改日再来看你的意大利时装。今天我想挑几件衬衫，这样吧，你把你们店里最好的衬衫拿来。"从店员拿来的衬衫中，罗涛挑选了两件不同颜色的，让店员包好，付钱走出商店。

商店门口却是另一番景象。李青怡被一群肮脏的小孩围在中间，她左冲右突就是冲不出去。衣衫褴褛的小孩们围着她，伸着黑黑的小手，喊着："行行好，给一元钱吧。"有的小孩拽着李青怡的手提包，还有的拉着李青怡的裙子。罗涛走过去，大喊一声，小孩们吓了一跳，罗涛做势要扑过去，小孩们四处逃窜。

李青怡望着自己裙子和手提包上黑黑的小手指印，无奈而又痛惜地苦笑了一下。罗涛看着李青怡的狼狈样，笑着说："这些小乞丐倒是很有眼力呀，专门挑富家小姐来骚扰。"

李青怡瞪了罗涛一眼："你还笑，这些小坏蛋太可气了。我刚才要进商店的时候，一个小乞丐向我要钱，我看他挺可怜的，就给了他钱，他拿了钱就转身跑开了，你猜他干什么去了？"

罗涛含笑望着李青怡说："他通知他的乞丐同伴们来向你要钱。我还知道他对小伙伴们说的什么。"李青怡好奇地问道："咦，你怎么知道他说的什么？"

罗涛带着一脸的坏笑说："他说快去要钱，那个漂亮小姐很有钱，人又傻。人傻，钱多，快去快去。"李青怡伸手打了罗涛一下："去你的，我受了委屈，你还幸灾乐祸地讽刺人，你比那些小乞丐还坏。"

直到上了车，李青怡还在耿耿于怀，她愤愤地说："这些科拉坦人真是从小就不识好歹，实在是太气人了。看来，不能对他们有一点怜悯之情。对他们好一点就登鼻子上脸，难怪他们这么习惯当奴才。"

罗涛望着气恼不已的李青怡，想起李青怡为苏拉抱不平而撞开房门的情景，笑道："我来科拉坦两年多才领悟到的道理，你才来几天就领悟到了，真是可造之材。对科拉坦人，确实不能太好，他们确实已习惯了这种生活方式。唉，想起来也够可悲的。"罗涛想起了蒙田，心里很不是滋味。

李青怡和罗涛似有心灵感应，她感叹地说："不过科拉坦也有像蒙田这样忠心耿耿的好人。"罗涛扭过脸望着车窗外，低声说道："但愿蒙田能够被抢救过来，上帝应该是公平的吧。好人不见得有好报，至少不会遭恶报吧。"可说完此话，罗涛觉得一种不祥的预感涌上心头。

科洛市立医院还是像往常一样繁忙拥挤，空气中消毒水和人的体臭混合在一起的刺鼻味道令人作呕。衣冠楚楚的罗涛和李青怡在拥挤的大厅里十分引人注目，许多科拉坦人都向他俩行注目礼。两个浑身恶臭的乞丐迎上来，伸出手贪婪地望着他们，手执木棒的保安冲过来轰走了乞丐，转身冲二人谄媚地笑着。罗涛扔给他十块科币，问道："上午有一批军队送来抢救的病人，现在哪里？"

在保安的指引下，罗涛和李青怡来到了医院的急救病房。位于一楼东侧的急救病房里的空气更加污浊不堪，几十张病床上躺满了奇形怪状的病人，有全身缠满绷带的，有缺胳膊少腿的，有大声呻吟哭爹喊娘的。李青怡只是向里探了个头，马上就差点呕了出来，罗涛把李青怡拉到病房门口，轻声说："你不要进去了，我自己进去就行了。"

罗涛快速走进病房，大家的目光齐刷刷地转向他。罗涛只觉得一阵恶臭直冲他的鼻孔，他强忍着，一张张病床查看着。中间一张病床上的病人一动不动，全身污黑，面容模糊得看不清楚。罗涛走近病床想看得清楚一点，只听"嗡"的一声，病人身上飞起一团黑雾，罗涛吓了一跳，向后急退一步，差点绊倒在另一个病人的床上。几个病人哄笑了起来，一个病人还冲着罗涛喊了几句什么。原来，那个病人的身上落满了苍蝇，人一走近，苍蝇才受惊飞起，那恶臭就是从这个人身上散发出来的。罗涛捂着鼻子继续查看着，可始终没有发现蒙田的踪影。

走出病房，罗涛赶忙透了一口气。李青怡皱着眉说："这里条件怎么这么差，简直像地狱似的。上回我们来的时候，我觉得条件还可以呀。"罗涛吸了几大口并不新鲜的空气，回应道："我们的病房那是给富人准备的，大多数的穷人也就只能享受这种待遇。"

两个人好不容易才找到了负责的医生。医生望着罗涛和李青怡，感叹地说："像你们这样的好老板太少了。上午军队送过来的病人，轻伤的已被军队带走了，剩下的都在急救病房，如果那里没有，肯定是没有抢救过来。好吧，我带你们去找，你们跟我来。”

罗涛听到医生的话，只觉得似有一把重锤狠狠地敲在了他的心上，他麻木地跟着医生走着。李青怡和医生谈着什么，罗涛一句话也没有听见，他脑子里只是不停地重复着医生刚才说的话——“肯定是没有抢救过来”。

医生把他们带到医院大楼外边一间阴暗的平房前，医生把门打开向里边一指：“进去看一看吧。”房间里十分阴暗，依旧是恶臭扑鼻。罗涛随着医生机械地走了进去，眼睛渐渐地一点点适应了黑暗，他这才看清这是一间停尸房，可尸体只是横七竖八地摆在那里，上面盖着看不清颜色的破布。医生一个个地揭开破布，让罗涛和李青怡查看。李青怡终于忍不住呕吐了起来，她转身冲出了停尸房。

罗涛终于看到了蒙田的脸。蒙田的脸色苍白得像一张白纸，眼睛大睁着，嘴也张得很大，好像要诉说什么。身上还是那件已被染成红色的白衬衫。罗涛扑通一声跪倒在地上，手中拎的名牌衬衫掉在停尸房潮湿脏污的地上。他握紧拳头，从牙缝里挤出来一句话：“蒙田，我要亲手杀了皮里尔为你报仇。”

→23　离中国大使馆不远的一个隐蔽的小巷尽头有一座神秘的建筑，从外表看只是一座普通的宅院，可一到华灯初上，院里院外，甚至整条小巷都停满了车。夜深的时候，不时有满面通红浑身酒气的人相互搀扶着走出来，歪歪扭扭地走向自己的车。车自然也是开得歪歪扭扭，歪歪扭扭的车自然也难免歪扭到一处发出“砰”的巨响，将酒醉的驾车人惊醒。驾车人跳下车，张嘴刚要互骂，却相视而笑：“是你呀！”哥俩儿刚在一个桌上喝过酒，于是各自去修自己的车了事。

这座建筑是科拉坦国唯一的一座中餐馆——天香阁，严格地讲，是唯一的一家正宗中餐馆。实际上，科拉坦的餐馆中有相当一部分是打着中餐的牌子的。罗涛曾经去吃过，可尝过之后，他发誓这辈子再也不碰科拉坦的“中餐”了。科拉坦“中餐馆”将中餐的博大精深的烹调技术一律简化为油炸和水煮，而菜的调味又酸得像是打破了餐馆的醋坛子。可这座真正的中餐馆却是完全不同，它是中国人开的，从国内请的四川的厨子，空运来的调味料，自己种的中国蔬菜，从大使馆搞来的茅台、五粮液和红星二锅头。如果这些还不够有吸引力的话，中餐馆里还有五六间卡拉 OK 包房，设备虽比国内的差个档次，可曲目绝对是和国内同步。于是，这里天天高朋满座，在国外寂寞难耐的中国人聚集在这里，把酒当歌，醉生梦死，努力把这里变成一个魂归故里的温情港湾。

这个餐馆自然也是龙腾员工们经常光顾的地方。这天晚上，龙腾在这里包了两个最大的单间，对大多数龙腾员工来讲，这也许是他们在科拉坦的最后一顿晚餐了。罗涛和李青怡赶到的时候，餐桌上的五粮液已见了底，好饮的几位正在专攻二锅头。罗涛和李青怡一进包间，大家立刻围了上来，大嚷着迟到了要罚酒。罗涛拿起二锅头酒瓶，把一个空酒杯倒满，他端起酒杯，大声对众人说："各位兄弟，我认罚，可不是因为我迟到了，是因为我工作没做好，对不起大家。"说完他一饮而尽。

喝完之后，罗涛马上又倒满一杯，老张赶忙说："罗总，你怎么这么说，这事怎么能怪你呢？你也很不容易呀。"大家也七嘴八舌地反驳。罗涛摆了摆手，端起酒杯说："不管是什么原因，现在搞成这种局面，我都要负责，什么也不用说了。不过说实话，你们能离开这个艰苦的环境，未必不是好事。这第二杯酒，我要好好感谢各位在科拉坦的辛苦努力，如果这期间我有得罪大家的地方，也请各位原谅。临分别之前，你们愿打愿骂，我都受着，希望大家能带着一个愉快的心情离开科拉坦，也希望科拉坦的这段经历会是你们人生中一段快乐的回忆。"说完，罗涛又一饮而尽。

罗涛的脸上已微微泛起了红晕，大家都静静地望着罗涛，没有说话。罗涛又倒满第三杯酒，端了起来。李青怡悄悄拉了一下罗涛，罗涛没有理睬她，他环视了一下大家："这杯酒是献给不在场的本地员工的，我对不起他们。虽然我是身不由己，有苦衷，可还是那句话，无论如何我都是有责任的。"他又是一饮而尽。

老张夺过了酒瓶，拦住罗涛伸过来夺酒瓶的手："罗总，你别太自责了，这些科拉坦人纯是自找的，他们太贪得无厌了。"

又有几个人随声附和。罗涛把手中的酒杯猛地放在桌上，清脆的酒杯破裂声压过了大家的喧哗。罗涛尽量压抑着怒火："各位，西方比中国发达得多，西方人看我们中国，也会是一大堆毛病，就像我们看科拉坦一样。"罗涛越说越激动，脸涨得通红。

李青怡又伸手拉了一下罗涛，罗涛猛地一甩李青怡的手，继续说道："就是这些'贪得无厌'的人,已救了我好几次命。就在今天上午,蒙田刚刚救了我的命。要不是他，如今我不会坐在这里喝酒，而是躺在阴冷恶臭的停尸房里，身上盖着脏污的破布。人生下来就是不平等的，这点我承认，可人格不能以人的种族贫富和地位来判断，有伟大的奴隶，也有卑微的贵族。蒙田就是一个伟大的科拉坦人的代表。"罗涛猛地抢过老张手中的酒瓶，仰起脖子将瓶中的酒喝干。

大半瓶二锅头下肚，罗涛脸色反而渐渐转白，头上冷汗直冒，他颤颤巍巍地站起来："对不起,最后一顿晚餐,还是让大家听了我一大堆废话。来,别说这些了,'人生得意须尽欢，莫使金樽空对月'，大家今天一定要喝尽兴，玩尽兴。"说完，罗涛从包间里走了出来。在激动的情绪下将近一瓶的酒下肚，而且是高度的二锅头，罗涛已有些头晕目眩。

李青怡跟了出来，她轻扶着罗涛，担心地问："你没事吧？喝酒喝得这么急，多伤身子呀。我知道你心情不好，可也不能拿身体开玩笑呀。"李青怡温柔的语调令罗涛有一种想要投入她怀里大哭一场的冲动，他压抑住冲动淡淡地说："我没事，这点酒算什么，你快进去和大家一起乐乐吧，他们明天就撤了，我去一下洗手间，马上回来。"

李青怡目送着罗涛走入洗手间，摇摇头返回了包间。罗涛从洗手间出来，心里还是觉得堵得慌，他实在不愿意再进入吵闹的包间。在众人纵情的喧嚣下，他只会觉得更加孤独和痛苦。罗涛顺着走廊向餐馆的后院走去。餐馆的后院有一个精致的小花园，餐馆的主人在这里颇下了一番工夫。罗涛在白天的时候，喜欢坐在花园里的香蕉树下，一边看着蓝天白云一边喝着啤酒，和煦的微风吹在身上惬意极了。现在漆黑的花园里静静的，一个人也没有。罗涛走向花园尽头的长条椅，嗅着花园中月桂树的花香，觉得心情放松了些许。罗涛坐了下来，闭上了眼睛，可蒙田惨白的脸还是在他眼前晃来晃去，令他不得安宁。

一阵急促的脚步声打破了花园的宁静，罗涛这时一点儿也不想见人，就把头低下去静静地没有出声，希望来人不会注意到他。透过长条凳上的缝隙，罗涛看到两个朦朦胧胧的人影停在了花园中央，其中一个人瘦瘦高高的，另一个矮壮的人穿着白色长袍。两个人站在院子中央压低声音在谈着什么，罗涛掉转头望着花园那爬满藤蔓的围墙，不想让人误会自己在偷听。可两个人的窃窃私语还是顽固地钻入了罗涛的耳朵，虽然听不清楚二人在说什么，那嘤嘤的噪音还是令人烦躁不已。唉，找一个清净的地方怎么就这么难！罗涛在心里叹了口气，闭上了眼睛。

过了一会儿，两个人好像发生了争执，声音渐渐地提高。其中一个人的声音突然引起了罗涛的注意，罗涛觉得这个声音很熟悉，可又一下想不起来是谁。罗涛好奇地转身望过去，只见 高的人递给白袍人一个小包，他的声音也断断续续地传过来。"说好了的，怎么会少你的……还不放心。"白袍人接过小包，揣进了怀里。

白袍人又掏出什么递给了瘦高的人，"啪"一声，一团火光燃起，照亮了两个人的面庞，随即又熄灭了，是白袍人用打火机给瘦高的人点烟。虽只是短短的一瞬，罗涛还是清楚地看到了两个人的脸。瘦高的人是林小凡，而白袍人一脸横肉，左脸颊一道长长的刀疤十分显眼。罗涛从来没有见过这个人。

林小凡吸了一口烟，高声命令道："你快走吧，龙腾的人今天也在这儿吃饭，别让他们看见了。以后，不要再到这里找我。"两个人向餐馆里面走去。罗涛直起身，心怦怦地乱跳，没想到自己无意中会听到这么一出好戏。这个人是什么人？林小凡为什么会怕龙腾的人见到这个人？

罗涛马上起身，快速跟了上去。远远地罗涛看见林小凡进了一个包间，而白袍男子向餐馆的正门走去。罗涛小心翼翼地跟随着白袍男子，只见白袍男子走出餐馆，又快速走出了餐馆的院子。罗涛怕跟得太紧被发现，就停顿了一下，等白袍人走出院子看不见了，罗涛这才快跑了几步出了院子。只见白袍男子走向了一辆白色的丰田轿车，一个穿黑衣的司机恭敬地给他开车门，白袍男子回头看了一眼，罗涛赶紧转过身，假装向院子里面走去。他听到车启动的声音，紧接着一阵轰鸣，车开远了。罗涛返身快速跑向自己的车，他四处看了看，保安公司的司机没有在，也许是去哪儿吃饭去了。幸亏自己身上还有一把车钥匙，罗涛掏出钥匙打开车门，启动汽车，向白袍人汽车驰去的方向追去。

→24

罗涛眼看着白色丰田拐出小巷，上了主道，就加大油门跟了上去。这条主道有一个诗意的名字，春天路。如今天色已晚，路上的车并不多，路边灰暗的路灯时闪时灭。罗涛小心翼翼地跟着白色丰田，他注意到自己车的方向盘上留下了道道汗渍，他的手心已被紧张的汗水浸湿。

在春天路上，白色的丰田轿车向市中心的方向疾驶，罗涛在后面紧紧跟随着，心里十分紧张。驶过了几个街区后，白色丰田车拐入了科洛市邮局后面的一个小巷，罗涛赶紧加速冲到巷子口，刚要拐进去，从小巷里突然冲出了一辆三轮车，罗涛赶忙急刹车，可罗涛的车还是和三轮车的后轮轻刮了一下。三轮车晃了几晃，最终还是翻倒了，三轮车夫也跌倒在地。

罗涛下车扶起三轮车夫，三轮车夫是一个穿得破破烂烂的瘦瘦的老头，他看清罗涛是一个外国人，吓得不停地道歉。罗涛摆手制止了他，帮他把三轮车扶起，又给了他一百科币，让他走了。耽误了这一段时间，等罗涛再拐入小巷，那辆白色的丰田车已不见了踪影。

等罗涛返回天香阁时，龙腾的弟兄们正在兴头上。李青怡正和工程师小曹兴致勃勃地唱着一首对唱的情歌，其他的人围了一圈起着哄。小曹见罗涛回来，忙把话筒递给罗涛，罗涛摆手拒绝，神情落寞地坐在了屋角的沙发上。老张走过来坐在了罗涛的旁边，递给罗涛一罐啤酒，凑近罗涛低声说："罗总，听说公司海外架构要有大的调整，是真的吗？"

罗涛一惊，他从没有听到过类似的消息。罗涛打开啤酒，喝了一口，貌似心不在焉地说："咦，你的消息还挺灵通的嘛，你倒说说你都听到了什么？"

老张故作神秘地低声说："只是小道消息，我听说国际部要改为营销事业部，下划几个大区，还听说科拉坦要并入中东片区。对了，秦总要直接领导海外营销事业部，而林祥要下来了，他那一层的职位取消了。"老张见罗涛没有反应，就又凑近罗涛一点，低声说："我听说林祥要来中东当大区总经理。"罗涛终于绷不住了，脸色有些改变，他问道："你从哪儿听说的？"

老张望着罗涛，意味深长地说："公司总部都已经传开了，肯定不是空穴来风。我知道公司有些人对你有偏见，这次科拉坦发生了这么大的事，又赶上机构调整，也许有人会借机整你。罗总，我很钦佩你的正直和能力，我真不希望有能力而又勤勤恳恳的人遭到小人的暗算。我们辛辛苦苦地在海外拼命，最后倒让一些躲在后方的小人得志。我只是提醒你一下，也许我说的有些多余。"

罗涛感激地拍了拍老张的肩："老张，谢谢你的提醒，我会小心的。"听到老张的小道消息，罗涛心里似有一团火在灼烧。根据罗涛的经验，小道消息往往最终大多都会被证明是真的，可最令人沮丧的是小道消息已经满天飞了，自己竟然一点消息也不知道。这证明自己将不会是此次改革的受惠者，而更有可能是一位牺牲者。罗涛把罐里余下的啤酒一饮而尽，心想什么时候自己才能心无旁骛地专注于业务而不用考虑这些乱七八糟的东西呢。一连串的内忧外患使罗涛感觉到一种难以承受的压力，他突然觉得好累，自己这么辛辛苦苦的到底是为了什么呢？

李青怡唱完歌坐到罗涛的身边，她的脸红扑扑的，不知是因为唱歌兴奋的还是喝了酒。她挨近罗涛，柔声说："你怎么去了这么久？没事吧。"罗涛敏感地感觉到挨近的柔软而富有弹性的身体，他稍侧了侧身，低声说："我开车出去办了点事。"

李青怡又往罗涛的身上靠了靠，笑着说："别整天想着工作了，有什么大不了。真是个'酷少'，整天绷个脸，连我看着都累。放松一下嘛，来，陪我唱一首歌。"

罗涛忙摆手说："我最不会唱歌了，你可别让我出丑了，你去唱吧。你唱得真不错，够专业了，我很爱听。"在国内的时候，罗涛很少唱卡拉OK，他最喜欢的是古典音乐，尤其是小提琴曲。他总觉得卡拉OK太俗气，要再遇上五音不全的主，那可实在太对不起自己那饱受高雅音乐熏陶的耳朵了。可在科拉坦，又实在没什么娱乐，罗涛也只好委屈自己的耳朵了。

李青怡伸手拉住罗涛的手，用力拉起罗涛："来吧，我就想让你陪我唱一首。"罗涛无奈地站起来，拿起了麦克，可李青怡握着罗涛的手并没有松开。

李青怡点了一首老歌《在我生命中的每一天》。深情的音乐响起，李青怡扭过头没有看电视屏幕，而是深情地注视着罗涛，眼睛里充满了柔情蜜意，她深情地唱道："看时光飞，逝我祈祷明天，每个小小梦想能够慢慢地实现，我是如此平凡，却又如此幸运，我要说声谢谢你，在我生命中的每一天。"声音甜美清脆，一下子就穿透了罗涛的心。握着李青怡滑嫩柔荑的手，耳边是甜美的歌声，罗涛只觉得心里有着从没有过的宁静闲适的感觉。尘世间的一切烦恼苦闷都烟消云散了。他不禁握紧李青怡的手，生怕她会飞掉似的。他突然明白了为什么这么多人喜欢这俗不可耐的卡拉OK了。

第二天早上，罗涛被一阵敲门声惊醒。罗涛勉强睁开眼，觉得头痛欲裂，昨晚喝酒喝得太多了。罗涛刚想说话，卧室的门猛地被推开了，身着一套天蓝色职业套裙的李青怡走了进来，她径直走向窗户，拉开窗帘。窗外又是阳光明媚，不管昨天发生了多少事，新的一天还是顽固地又开始了。

李青怡晃动着曼妙的身姿走向罗涛，她笑着说："大懒虫，快起床吧。我已经吃完早餐了，你也快起来吃吧。"罗涛没有动弹，只是眯着眼睛欣赏着越来越近的李青怡。罗涛不禁心里感叹道，造物主真是偏心，竟把如此多的优点集中在一个人身上。

李青怡注意到罗涛的眼神，脸微微一红，大声说："你还不起来，今天是培训的第一天，可别迟到了。好啊，还不动，你再不起来，我就掀你被子了。"李青怡没等罗涛反应，已伸手将罗涛的被子掀开，罗涛被弄得措手不及。罗涛是习惯裸睡的，李青怡把被子一掀开，罗涛赤裸的身体毫无遮盖地暴露在阳光下。李青怡一下子羞得满脸通红，忙慌乱地将被子丢回罗涛身上，转身跑了出去。罗涛尴尬地坐在床上，半天才反应过来，穿衣服起床。

在去陆军总部的路上，坐在车里的罗涛还是显得有些尴尬，表情很不自然。李青怡一开始装得一本正经，后来终于憋不住笑了起来，她强忍着笑，问道："你每天都不穿衣服睡觉吗？"罗涛望着李青怡，哭笑不得，他威胁说："你个调皮鬼，看你以后还敢不敢乱掀别人的被子了。"

李青怡伸舌头做了个鬼脸，娇声说："哼，别人可不像你有不穿衣服的习惯。"甜腻的声音使罗涛心里痒痒的，罗涛的眼睛与李青怡的眼睛相遇，发现李青怡水汪汪的眼睛似有一把勾子在把他的魂勾走。罗涛赶忙稳住心神，自己在这么严峻的时候怎么还有心思打情骂俏，还有那么多重要的事情要去做呢。

罗涛转换话题，严肃地问道："培训准备得怎么样？有没有问题？今天上午是你一个人讲，我让两位新来的工程师下午开始参与培训，他们昨天很晚才到。"

李青怡不自觉地挨近罗涛，柔声说："没问题，我都准备好了，不会给你丢脸的。我就是有点紧张，不过，有你这个大懒虫在，我就什么都不在乎了。"她把头轻靠在罗涛的肩上，脸上洋溢着甜蜜的幸福。

陆军总部三楼的一间大会议室里，坐了二十位年轻人，大多数人穿着军装，也有几个人穿着便装，但他们的表情都是一样的专注认真。站在会议室前的李青怡正在侃侃而谈，条理清晰，语言生动。罗涛心里的一块石头落了地，到底还是做过多年讲师的，出手不凡嘛，培训的事看来李青怡自己完全可以搞定了。罗涛对坐在会议室的年轻学员们印象很好，他们非常认真，可以看出来他们是真正想学点东西的。罗涛想起吕贝尔将军选派的赴中国龙腾总部进行高级培训的五个人，五个人中有四个已年过五十，军衔很高，可几个人竟然连基本的电脑操作都不会，而他们对购物观光的热情显然远远高于对通信技术的热情。海外培训组的黄楠对此十分头痛，多次向罗涛抱怨，罗涛也无能为力。最终一周的培训只正经上了两次课，其余的时间都安排了所谓的“参观”。现在看来，苏亚雷认识到了培养自己的技术人员的重要性，这样罗涛后面的工作就好做多了。

他看了一下表，上午还要去部长家开会，他悄悄地走出会议室。大项目已嚷嚷很久了，可一直没有触到实质内容。而在今天的会议上大项目的神秘面纱会被揭起，项目范围、时间表、合作模式和佣金比例等真金白银的东西今天就要开始商谈了。想到这些，罗涛感到一种莫名的激动，可又有一些隐隐的担心。根据以往和部长公子塔鲁谈判的经验，罗涛知道今天的会议不会轻松，等待他的又将是一场恶战。

→25

在部长家二楼的书房里，侯赛因已等候多时。他眉头紧皱地和罗涛拥抱了一下，忧心忡忡地说：“涛，部长阁下已和科拉坦国内的两家报社还有电视台打了招呼，他们都不会报道这次骚乱的。可科拉坦还有几份小报，还有境外的媒体，这些部长阁下可是无法控制的。唉！狗总是要叫的，这件事迟早要曝光的。”

罗涛拍了拍侯赛因的肩：“不要太担心了，只要科拉坦的主流媒体没有报道，就不会有大的影响，时间一长，人们也就淡忘了。”罗涛停顿了一下，又压低声音说：“你知道吗？可以肯定这次事件是有人在幕后策划，我很快就会找到证据的。只要找到了证据，我们就会扭转这不利的局势，坏事会变成一件大好事的。”

侯赛因点点头：“涛，真主保佑，希望你能尽快找到证据。这个大项目可太重要了，尊敬的部长阁下无论如何要在今年内把它完成。希望这次事件不要影响项目的进程。”

正说着，罗伯特和塔鲁走进了书房。塔鲁走过来和罗涛拥抱了一下，而罗伯特只是淡淡地和罗涛握了一下手。塔鲁看大家都坐好了，就严肃地说：“我想大家都知道这个项目对尊敬的部长阁下的重要性，我们一定要在今年内把项目完成。现在时间很紧，而这个项目牵涉得又很广。我们需要马上制定出一份详细的项目执行计划，明确分工，立即分头去做。这样才有可能在今年内做成。”

塔鲁皱了皱眉，继续说道：“可现在有个问题，运营牌照不先搞定，我们后面的工作都无从着手。运营牌照需要经过正式的招标程序，而这还是需要一段时间的。再者，运营牌照也是很敏感的事，搞不好会惹出乱子，所以也要小心一点。”塔鲁看到罗涛疑惑的表情，继续说道：“我很快就要出国了，以后罗伯特会全权负责这个项目。而这个项目前期都是由我运作的，大家都不太清楚，现在我想介绍一下这个项目的背景，然后我们再商量如何进行下一步的运作。”

塔鲁介绍说实际上这个项目是起源于科国首富拉阿杜。做传统行业起家的拉阿杜一直想找个利润高的行业转行，他后来看好了通讯行业，只要建好了网络，就好像种下了摇钱树，以后每个月就净等着收钱。按拉阿杜的说法，做通讯比贩私酒还挣钱。肥得流油的科拉坦电信就不用说了，科拉坦现有的三家外资移动运营商也都是赚得脑满肠肥。

拉阿杜于是就找到了基鲁克部长大人，请求给他发个运营牌照，声称不能让外国人把钱都挣光了。基鲁克一开始并未当一回事，只是敷衍了一番就把此事交给了塔鲁。塔鲁又研究了一番，觉得事情太复杂，这个事就搁下了。最近基鲁克为了筹措党务经费发愁，想起这件事，觉得这是一个可以利用的机会，就又决定启动了这个项目。

事情起源于拉阿杜，可最终确定项目启动的时候，又完全没有了拉阿杜的份，个中缘由只有塔鲁和部长才能说得清。经过塔鲁的精心策划，项目的运作模式是这样的：科拉坦交通通讯部将核发第四张移动运营牌照，部长会保证沙特的一家投资集团以低价拿到这张牌照，作为交换，沙特的投资集团将保证用龙腾的设备来建网，龙腾将为这种保证付出一定比例的佣金。运作模式虽然有一点绕，可还是挺巧妙的，部长最终并不是从赚了大便宜的沙特投资集团拿钱，而是绕了一个弯，从设备商手里拿钱，这种模式会让想找茬儿的人无从下手。

塔鲁话题一转，又讲起了现在遇到的障碍。科拉坦虽是一个贫穷落后的国家，可作为前英国的殖民地，许多法律程序非常完备。很不幸的是，移动运营牌照的发放就是一件有法可依的事，前三次都是采用的拍卖的形式，时间拖得很长。这次如果还是按照这种拍卖形式，别说今年内想做完项目，就是今年内想搞定牌照都很困难。何况投资集团还要再找一家运营商来合作，再与龙腾谈设备供货等事宜，还不知要拖到什么时候呢。

塔鲁眉头紧锁，手里把玩着一把科拉坦短式军刀，他的语调还是一惯的坚定有力而又有些玩世不恭：“沙特投资集团的代表明天就到科洛城，这帮有钱的傻子虽然好对付，可我们最好还是先确定一套方案再和他们谈。最重要的是，我们要想出办法来争取在今年内把项目做成。”

罗涛想了想，接过话头说：“从项目管理的角度来讲，如果要加快一个项目的进程，无非就是那么几条，增加资源投入，将没有互相依赖性的几项任务并行来做。在这个项目上，我们也可以把找运营商、投资集团和龙腾的谈判等同步来做，这样可以大大缩短项目的时间。”罗涛这么提议是有自己的小算盘的。如果现在就启动龙腾和投资集团的谈判，龙腾在这个项目上就更有把握了，不用再担心被甩掉了。

塔鲁摇头说：“这些是可以并行来做的，可问题是还是要走运营牌照拍卖的程序，这个是要花很长时间的。”

罗涛又出主意道：“那么拍卖牌照的任务就是项目管理中的关键路径，必须得想办法来缩短该路径。有没有可能将拍卖程序的时间缩短呢？”塔鲁摇头说：“你知道拍卖的程序是有严格规定的，每一步都是无法省略的。这是科拉坦的法律。”

罗涛就又问道：“要不就直接发牌照，不搞拍卖招标了。”塔鲁又摇头说：“这样不行，前三张牌照都是拍卖的，且价格都不菲，如果这次不搞拍卖，他们肯定会有意见。上回给科拉坦电信发牌照，就引起轩然大波，但科拉坦电信是国营企业，别人最后也没办法。这次要是直接发牌照给外国企业，他们说不定会怎么闹呢。”

侯赛因望着塔鲁瞪着眼睛说：“这么说，就没什么解决办法了？”塔鲁望着侯赛因，又转头望了望罗涛和罗伯特，摇了摇头说：“我还没想出什么办法，看你们能想出什么办法吗？”

罗伯特、侯赛因和罗涛都陷入了沉思，房内一片安静。塔鲁站起来，在室内踱着步。罗伯特突然打破了沉默，开口问罗涛：“李小姐怎么没有来？”

这一问让大家都愣住了。罗伯特一直没有开口说话，突然说话，大家还以为他有什么高见呢，没想到他问出这么一句话。罗涛强忍着心里的反感回答说：“李小姐现在军队讲课呢，而且她只是负责培训的，她为什么要参加这次会议？”

罗伯特没有看罗涛，平静地说：“罗先生，我觉得李小姐很适合做销售工作，我希望能让李小姐负责这个项目。”罗涛惊得目瞪口呆，不知如何回应。塔鲁停下了脚步，脸上带着讥讽的笑容说：“我亲爱的哈佛哥哥，请把你的聪明才智用到我们家族的事业上，而不是用到泡妞上，好吗？”

罗伯特没有理会塔鲁的嘲讽，抬头望着塔鲁说：“你们知道，我本来是不想回国的，是父亲一再要求我回来，这也是为了塔鲁你的前途。我既然回来了，就会全力以赴的，我是一个负责任的人，还轮不到你来教训我。我现在是很严肃地和罗先生讨论问题，请你尊重一点。”

塔鲁气得脸色发白，可他一句话也没有说，只是“扑通”一声坐在了沙发上。罗伯特又转向罗涛：“罗先生，据我所知，你们现有人员已撤回中国了，现在要操作这个大项目，你们肯定还需要投入大量人力。正是缺人之际，李小姐又是个人才，为什么不可以让她来参与这个项目呢？况且李小姐又有强烈的意愿想转行做销售，我现在正式向贵公司提出这个要求。怎么样？罗先生，你意下如何？”

罗伯特这么严肃地和罗涛讨论这个问题，令罗涛很是为难。要按他的本意，就该一口回绝，你算老几，凭什么插手我们公司内部的事宜？可他知道，这样一来，就彻底得罪了罗伯特，他现在可是掌握着项目生杀大权的重要人物，得罪不起呀。罗涛只好无奈地点点头：“你的建议我们会认真考虑的。”罗涛心想先拖一拖，到时候找个借口回绝就是了。

罗伯特紧盯着罗涛的眼睛，追问道：“你不是在敷衍我吧？我可是很严肃的。我希望你能尽快给我答复。”罗涛不想再和罗伯特纠缠这件事，就站起身，对着罗伯特、侯赛因和塔鲁说：“没问题，我们会严肃地考虑这个问题，尽快给出答复的。我们现在来谈谈项目吧，我现在已经很清楚这个项目的来龙去脉了。看来，如果还按这个思路搞下去，这个项目是无论如何也不可能在今年内完成的。我希望我们大家能转换一下思路，而且是彻底地转换思路。经过认真地考虑，我觉得我们从一开始就犯了一个方向性的错误。”罗涛环视了一下全神倾听的三人，继续说道：“我已想好了一个绝妙的计划，能够确保我们尽快地完成项目。”

→26 傍晚时分，当罗涛赶到陆军总部的会议室时，正式的培训已结束。可会议室还是留下了许多学员，围着李青怡和两位工程师在问问题，气氛显得很热烈。罗涛没有打扰他们，静静地坐在一边等着。

一位高个儿穿便装的青年在着急地讲着什么，可李青怡和两位工程师始终一脸的茫然。罗涛走了过去，李青怡像看到了救星，急忙喊罗涛过去："罗涛，你快来听听他说的是什么？我怎么一句也听不懂。"罗涛让青年人重复了一下他说的话，原来他是想问一个有关路由设定的问题。罗涛把他的话翻译成汉语，三人才恍然大悟。工程师小刘用结结巴巴的英语给青年人做了解答。

过了一会儿，人渐渐地都散了。罗涛笑着问三个人："怎么样？今天培训的感觉怎么样？"李青怡举手做了个胜利的手势："非常顺利！我老人家出马，肯定马到成功。不过只是有一点，他们提问题时，我听起来有点困难。"

长得矮壮，一点也不像知识分子的工程师赵军也赞同道："他们问的问题我根本听不懂。"而瘦高的工程师小刘眼里充满着佩服说："罗总，你还能听懂本地语呀？"罗涛疑惑地摇头说："科拉坦人如果是说科拉坦语，我只能听懂一点点，你为什么这么说？"小刘奇怪地问："刚才你给翻译的那个学员讲的不是科拉坦语吗？你不是都能听懂吗？"

罗涛不禁哑然失笑："不要搞错，他说的可是英语，科拉坦大多数人都能讲英语。"小刘有点不敢相信自己的耳朵："什么？他讲的是英语？打死我也不敢相信。我怎么听不出他讲的是英语，我的听力怎么这么差？"小赵也露出怀疑的表情："我也不信他说的是英语。"

罗涛笑着说："我刚来的时候也和你们一样，总得要求对方重复，是需要一段时间来适应他们的口音，但时间不用很长。过一段时间，你们就能说一口流利的科拉坦式英语了。"李青怡不屑地说："我才不要学科拉坦人的口音，难听死了。他们有身份的上流社会的人就没什么口音，像罗伯特就是一口标准的美音。"

一听到李青怡提起罗伯特，罗涛的心里就十分别扭。对罗伯特要李青怡负责大项目的要求他还未想好如何处理，现在罗涛可不想提及罗伯特，他没有理会李青怡的话，而是岔开话题对三个人说："你们今天辛苦了，晚上我请你们去吃泰国菜，咱们吃饭时再聊。"

经营泰国菜的蕉叶餐厅离龙腾员工宿舍不远，是罗涛在科拉坦经常光顾的餐厅之一。这里菜做得地道，环境宜人。罗涛常来这里还有一个原因，就是餐厅的服务员都来自泰国，温柔可人。罗涛等人刚一落座，热情的泰国小妹就走了过来，她双手合十："萨瓦第，卡！"然后冲着罗涛甜蜜地一笑，口中咪啦卡瓦地说了一通，罗涛也咪啦卡瓦地回复一通，小妹含笑离去。小刘睁大了眼睛："罗总，你不要告诉我你刚才说的也是英语，那可太打击我了。”

罗涛笑道：“这当然不是英语，是标准的泰语，‘帕萨泰’。”小刘更是好奇：“罗总怎么还会泰语？”罗涛轻描淡写地说：“我以前在爱立信的时候曾去泰国工作过一年，泰语又简单，就学了几句。只会简单几句，也就只够泡妞的水平。”

李青怡有点酸酸地说：“看不出来，罗总还是个情种，到处留情呢。”罗涛看了一眼李青怡调侃道：“你也太贬低我的眼光了吧，我怎么会看上黑黑的泰国女人？”

赵军看出点端倪，他对李青怡笑着说：“是啊，泰国小妹那么黑，哪里能配得上我们罗总，只有我们李讲师这样的大美女才配得上。”

李青怡伸手打了一下赵军：“嘿，别开这种玩笑，谁希罕配他呀，他又不是什么贵族王子。”说完捂嘴笑了起来。李青怡说得无心，罗涛听在耳里却心里一痛，这句话深深地刺痛了他的心。

香喷喷的咖喱蟹，烤得金黄的芭堤雅烤鸡和热腾腾的泰式火锅很快上来了，罗涛端起水杯，严肃地说：“感谢大家对我工作的支持，在这么艰苦的环境下工作，难为大家了。这里不让喝酒，我只好以茶代酒，谢谢大家了。”

大家也都端起水杯碰了一下。小刘感慨地说：“是呀，没想到世界上还有这么贫穷落后的国家。罗总也真是不容易呀，在这里待了这么长时间。”

罗涛叹了一口气：“科拉坦是一个很悲哀的国家，待久了，也有一点感情了，但哀其不幸，怒其不争。他们大多数的人民可真是穷，你们知道吗，有许多在血汗工厂工作的童工和女工每个月的工资只有几美元，可本国又几乎什么都生产不了，全靠进口，所以物价又很贵。我有时都奇怪他们是怎么活下来的。可悲又可恨的是国家连年内战，政府整天想着打仗捞钱，官员们都是腐败至极，没人想着怎么好好发展经济，不知这个国家的前途在哪里。”

赵军问道：“我们公司怎么会想到这种地方做生意？”小刘接话说：“咱们公司去的不都是这种落后的地方吗？欧洲美国是好，可人家会要你的产品吗？”罗涛点头赞同道：“龙腾和巨华在国内市场都是采取农村包围城市的策略，而两个公司进军海外的策略也还是‘农村包围城市’的翻版，先亚非拉，再欧美。我们现在能在亚非拉站稳脚跟就不容易了。”

小刘又感叹道：“我同学有许多进外企的，经常去欧美培训，回来就跟我吹牛，咱们好不容易出一次国，还是来这种地方。咱们公司什么时候能打到欧美去，让咱们也去见识见识。”

罗涛认真地说："会有这一天的，我相信我们公司总有一天会征服欧美市场的，会让你那些同学们的外国老板晚上睡不着觉，让他们整天念叨着龙腾的名字。其实，来科拉坦这种国家，未尝不是一种难得的人生体验，欧美那种地方以后有的是机会去，而且你的同学是去培训，又不是去工作生活，只是走马观花，获得的只是一种隔靴搔痒似的肤浅体验。人活这一辈子，有这么一段轰轰烈烈让人难忘的经历，也是很值得骄傲的。"

赵军赞同道："这里的风俗习惯应该是挺特别的，多多体验体验，将来回忆起来还是挺有意思的。对了，我听说中东有些国家的男人可以娶四个老婆，是真的吗？"小刘的眼睛一亮："娶四个老婆，还有这种好事？"

罗涛笑道："是的，按有些地方习俗是可以娶四个妻子的。可奇怪的是科拉坦和中国正好相反，我所接触的有钱和有身份的人都是娶一个妻子，反而是许多社会底层的人娶好几个妻子。我们原来的代理萨利姆曾经说过，只有没结婚的人才想娶几个老婆。我觉得他说得非常有道理。"

李青怡瞪了罗涛一眼："你好像还挺有经验似的。你们男人整天就想这些乱七八糟的事情，真是恶心死了。"罗涛反驳道："这可是人生大事，怎么能说是乱七八糟的事。长期在海外工作，许多员工的终身大事都被耽误了，这也是困扰我们的一个问题。"

赵军提议道："可以鼓励和本地人通婚呢，科拉坦女人长得怎么样？"罗涛摇头说："那可不行，科拉坦毕竟是一个伊斯兰国家，搞不好会闹出民族和宗教矛盾。对了，有个例外，我们的员工小金要和萨利姆的女儿结婚了，不过他可是要信奉伊斯兰教，放弃中国国籍的。萨利姆的女儿长得非常漂亮。我哪天带你们去萨利姆家去做客，他总共有三个女儿呢。"

小刘赶忙说："好啊！什么时候去？正好去看看本地人的家是什么样子。"赵军也开玩笑说："一听人家女儿漂亮，就急得什么似的。还好萨利姆还有两个女儿，咱们两个不会打起来了。对了，还有罗总呢，还缺一个。"

罗涛看到李青怡的脸色有些不悦，急忙岔开话题："我最近挺忙的，恐怕没时间带你们去，过一段再说吧。你们看，培训上还有什么问题没有？"

送赵军和小刘回到员工宿舍之后，罗涛和李青怡回到了公寓。李青怡还是有些不高兴，她一直没有和罗涛说话，只是径直向楼上自己的卧室走去。罗涛喊住了李青怡，关切地问道：“你怎么不高兴了？”李青怡摇了摇头：“没有，我只是有点累了。”

罗涛低声说：“那你今天早点休息吧。我明天还要去部长家开会，要开一天，讨论一个非常重要的大项目，就不能去看你们了，我会安排好车和司机的。你那边要有什么问题，就打电话给我。你稍等一下。”罗涛又回到客厅里拿出一部手机递给李青怡：“这是回国的员工留下的手机，这个号码还挺好记的，就先给你用吧。”

李青怡接过手机，脸上稍有了些笑容，她望着罗涛说：“谢谢了！你们在谈什么大项目？罗伯特也在吗？代我向他问好。”

不知是因为嫉妒还是其他什么原因，一提到罗伯特，罗涛就气不打一处来，他气愤地说：“别提那个罗伯特了，简直就是个纨绔子弟，我们在认真讨论项目的事，他突然提出来要让你参与，真是莫名其妙。我劝你以后还是少和他接触吧，他的心术不正。”

李青怡的脸上泛起了红晕，她咬着嘴唇踌躇着说：“你不要对罗伯特有偏见，他是一个心地善良单纯的好人。你不要怪他，是我跟他提的我要做销售。”

罗涛一愣：“什么？是你让他说要你参与项目的吗？”

李青怡的脸更红了，她摇头否认说：“我没有让他说，是那天参加晚宴的时候，我们闲聊，我提起我的梦想，说我想做销售，挣多多的钱，他就说要帮助我实现我的梦想。我以为他只是随便说说，没想到他还认真地提出来了。唉，这多尴尬呀。”

罗涛没想到会是这种情况，他更不知道该如何处理这件事，他需要时间来仔细考虑。他没有说话，只是静静地望着满脸红晕的李青怡。

李青怡望着沉默不语的罗涛低声温柔地说：“我知道这有点让你为难，可我真的很想做销售。”她的声音越来越低：“再说，你不想让我留下来吗？”李青怡的声音特别地温柔甜腻，令人禁不住想入非非。

→27 夜已深了，罗涛刚向秦荣剑汇报完工作，自己提出的新计划得到了秦荣剑的首肯，他的心里很高兴。罗涛又坐到手提电脑前，准备把明天会议上要做的演示再修整一下。明天沙特投资集团的代表会参加会议，他要做一个演示，宣传推介龙腾公司，同时再介绍一下他的新计划。罗涛有个习惯，重要的会议之前，一定要再过一遍自己准备的东西，然后从其他人的角度想一想还有什么问题，准备一下怎么答复，做到有备无患。

苏拉在客厅的门口探头探脑，罗涛招手喊他进来。苏拉的眼圈红红的，显然是哭过，他走近罗涛问道："老板，我来看看你还需要什么。"罗涛想起今天苏拉去给蒙田收尸了，就关心地问道："蒙田的事办得怎么样了？"

苏拉的眼睛又湿润了，他哽咽着说："老板，蒙田已经下葬了，我给他换上了你给他买的新衣服。蒙田可真可怜，他是个孤儿，走的时候还是连个亲人都没有，但愿他来世能降生在一个好人家。"苏拉的眼泪流了出来，他哽咽着说不下去了。

罗涛心里觉得十分内疚，他轻声抚慰苏拉道："你不要太难过了，蒙田是一个大好人，他肯定会进天堂的。你告诉我蒙田葬在什么地方，我明天抽时间去看看他。"

苏拉走了之后，罗涛心里久久不能平静，他又想起了脸色苍白的蒙田躺在自己怀里大口喘气的情景。是自己害死了蒙田，而自己在他下葬的时候却不在现场，罗涛陷入了深深的自责之中。他握紧拳头，心里默念着：蒙田，我不会忘记我的誓言的，我一定要给你报仇。

第二天早上，李青怡又撞开了罗涛的门，她大声说："大懒虫，还不起床，是不是等着我掀被子呢？"说着，做出掀被子的姿势。睡眼惺忪的罗涛吓得赶忙抓紧被子，恐怕昨天尴尬的一幕再次重演。李青怡笑着走近罗涛："看你吓的，有什么可怕的，谁稀罕看啊。告诉你，苏拉的早餐做好了，我已经吃完了，就要上班去了。"

罗涛摆摆手："知道了，大美女，再见！"李青怡已走到罗涛的床边，带来一股浓烈的脂粉香气，她突然俯下身在罗涛的脸上亲了一下，转身噔噔地跑出了房间。罗涛又是一阵发愣才从床上爬起来。

当天上午在部长家的书房里，罗涛见到了从沙特来的贵宾——列雷。列雷时刻显示出一种英国绅士的派头，看得出来他是在英国接受的教育。列雷就出生在科洛城，父亲当年是英国殖民时期的一位高官。科拉坦独立后，列雷的父亲携着一家老小逃到了沙特。后来列雷的父亲靠和科拉坦做军火和走私生意发了财，又和一位沙特王子合伙成立了沙特蒙第尔皇家投资集团，洗钱投资两不误，又是获利颇丰。而列雷现在是该集团的合伙人，主要负责在新兴市场的高科技行业投资。

当年灰溜溜逃走的殖民地高官的儿子如今回到科拉坦颇有些衣锦还乡的荣耀。

身着名牌西服的列雷手腕上带着亮晶晶的金表，和他手指上硕大的钻石戒指相映生辉，晃人眼目。列雷和罗涛交换名片之后，眼睛扫到名片上“China”的时候，露出了诧异的表情，他耸耸肩：“你们是中国公司？我从来没有听说过中国公司可以生产通讯设备。你们是生产电话机的吗？”

罗涛很了解海外的某些人对中国的偏见。他还记得刚到科拉坦不久，他和萨利姆两个人在一间餐馆吃饭，一位衣着光鲜梳着油光的背头的人赶过来，他夸张地喊了一声萨利姆的名字，和他拥抱了起来。原来是萨利姆一位小时的玩伴，后来移居意大利，入了意大利籍。二人多年不见，自然是相聊甚欢。后来谈到了萨利姆现在从事的职业——代理中国的通讯设备，意大利籍的科拉坦人立刻满脸的不屑，丝毫不顾及旁边罗涛的面子，他摇着头说：“中国哪能造通讯设备？开玩笑，他们造的鞋子质量都不过关。我劝你不要再做这注定赔钱的买卖了，我给你找一家意大利厂商来做。中国造的东西都是垃圾。”萨利姆的脾气比罗涛还要火暴，结果是以一团混战收场，萨利姆和罗涛的脸上都挂了彩。罗涛特别感动，一位外国人为了中国商品的声誉而大打出手，这个代理绝对是值得依赖的。当然，后来为了夺得更大的项目，罗涛也不得不无情地抛弃了这位友人。

现在列雷的问话没有激起罗涛剧烈的反应，他已经习惯了也学会了如何来应对，只是淡淡地说：“列雷先生，龙腾公司生产所有类型的通讯设备，你现在还没有听过它的名字，但我相信用不了几年它的名字会像爱立信、阿尔卡特、西门子一样著名。那时，你就可以骄傲地说，我几年前就和他们做过生意，我早就看好他们了。”

在后来罗涛的演示中，罗涛详细介绍了龙腾发展的历程，龙腾在国内市场的骄人战绩，龙腾的每年超过百分之十营业收入的研发投入，龙腾管理层的雄心壮志，龙腾高素质的员工，和龙腾在海外迅猛的发展势头。罗涛注意到列雷听得很认真，还不时地在本上记着什么。

介绍完龙腾，罗涛又开始介绍他的项目建议。上次会上，罗涛提出了一个全新的建议，得到了塔鲁等人的同意，昨天晚上罗涛又向秦荣剑做了汇报并征得了秦荣剑的同意。罗涛的建议实际上是为了避开移动运营牌照繁琐的拍卖程序，既然移动运营牌照的发送有法可依，那么为什么要一棵树上吊死？为何不转向固网？现在经营固定电话的只有一家垄断的国有运营商——科拉坦电信，虽然近两年科拉坦电信已下了很大力气发展现有网络，可固定电话容量还远远不能满足需求。现在装一部固定电话还是要等很长时间。有很大的市场需求，又没有像移动运营市场上群雄逐鹿般的激烈竞争，更重要的是还从没有发过私营固网运营牌照，所以基鲁克只需授意他控制的通信交通部出台一个简单的规定，直接把固网牌照发给想发给的人即可。影响到利益的只有科拉坦电信，可科拉坦电信又完全在基鲁克的控制下，他有太多的办法来摆平科拉坦电信了。总而言之，将项目转为固网将是一个完美而又切实可行的计划。

罗涛又建议道，为了加快进度和简化程序，第一步可以只做科洛城，这样可以确保在今年内完成。而且实际上大多数有消费能力的富人和大多数的商业用户都集中在科洛城，其他的城市还有乡村的需求和消费能力是很有限的，只要专注于科洛城就足够了。

罗涛讲完之后，列雷摘下了金丝边眼镜，在桌子上轻轻敲打着，他思索了一会儿，开口说道："这很让我意外，我一直以为我们会拿到移动牌照。你的建议听起来很好，可我们还是需要仔细研究一下再做决定。你知道沙特蒙第尔皇家投资集团是国际上数一数二的大投资集团，我们要做一个大的投资决策是非常谨慎的，尤其是在科拉坦这种地方。"

塔鲁腾地从座位上跳起来，他走到列雷面前斜着眼睛瞪着列雷，大声说："你以为你是谁？是你父亲一再请求尊敬的部长阁下给他项目做的，你现在又装腔作势，在英国待几年就以为你是英国人了，不，你永远都是科拉坦人，这一辈子都改不了的。你知道，要做这个项目的人排着长队，你们不想做，我们马上去找别人做。"

列雷的脸上红一阵白一阵，尴尬万分，他瞠目结舌地怔在那里。罗伯特急忙拉开塔鲁，他对尴尬的列雷安慰道："列雷先生，实在对不起，你知道我弟弟的脾气很急，他的话你别在意。不过，项目原有的操作模式一点也没有改变，转为固网对投资人来讲只会更加有利，更便于操作。我想，你们没必要再仔细研究吧。我弟弟说的没有错，确实有很多人想做这个项目。你也知道我们的时间非常有限，我们不可能等的。你要想清楚，是做还是不做，尽快给我们一个答复。"

列雷戴上眼镜，脸上挤出难看的笑容，对着罗伯特说道："你们误会了，我从来没有说过要不做这个项目，我们与你们合作的信心从没有动摇过。只是由于项目范围发生了变化，需要经过集团内部的决策程序。我们曾经专门请人做过科拉坦移动运营市场的市场调查，而如今转做固话，可能还要做一个科拉坦固话市场的市场调查，再者我们现有的合作伙伴只有移动运营的经验，我们还要重新找一家固网运营商来合作。”

罗伯特问道：“你的意思是你们只有在做完市场调查和找到运营商之后才能做决定吗？”列雷无奈地耸了耸肩：“理论上讲是这样的，但我可以保证我们肯定会做这个项目的，这些只是走个程序而已。”

罗伯特又追问道：“那么你们做市场调研和找运营商要花多长时间？”列雷想了一下说：“上回做市场调研花了大概两个月的时间，找运营商的时间就不好说了，我们现在还没有已合作过的固网运营商伙伴。”

塔鲁又跳了起来，他不顾罗伯特的阻拦，冲列雷大声嚷道：“两个月，你一点诚意也没有，滚回你的沙特去吧，我们马上去找别人合作。”

→28 罗伯特拉住塔鲁，可塔鲁怒气冲天地还是想冲向列雷。侯赛因也赶到塔鲁的身边，帮助罗伯特将塔鲁拖出了房间。

房间里只剩下列雷和罗涛两个人，列雷冲罗涛尴尬地笑了笑，摇了摇头无奈地说：“真搞不懂他怎么发这么大的火。”罗涛也笑了笑说：“塔鲁就是这样的脾气，这个项目他很着急，你别太在意了。”

列雷叹了一口气：“唉，他还是个孩子，我不会跟他计较的。”他又望着罗涛若有所思地说：“我对你们公司非常感兴趣。我很想投资你们公司，不知道有没有这个可能。”

罗涛知道他的公司介绍的演示还是很起作用的，他笑着回答道：“龙腾已在中国上市，现在正计划在香港上市。你要想投资的话，可以购买我们公司的股票。”列雷很感兴趣地说：“是吗？我一定会考虑的。我很想去你们公司看看，可以吗？我还没有去过中国，对这个神秘的东方古国了解得很少，我只是听说过长城和兵马俑，真的应该亲眼去看一看。”

罗涛认真地说：“非常欢迎。你什么时间方便，我会安排。你没去过中国，实在是太遗憾了。中国近年来发展很快，可以说是一个奇迹，这次访问肯定会给你一个不同寻常的震撼性的体验。”列雷的兴趣更大了，他连声道谢。

罗涛见其余三人还没有回来，就跟列雷打了个招呼，也走出了房间。房间外的走廊里，罗伯特等三人还在激烈地争吵着，塔鲁的脸涨得通红大声嚷嚷着什么。见罗涛走出来，罗伯特忙制止住塔鲁："塔鲁，别喊了，冷静一点。现在再找另一家投资公司肯定要花更久的时间，我们的时间不够。你明白吗？现在最重要的是尽快做成项目，你就忍一忍吧。"

塔鲁余怒未消地说："他们根本就没有诚意，我怕他们再变卦，时间反而耽误得更久。"

罗涛知道再找一家公司来做，一切还得从头来过，不单时间会拖长，说不定会弄出其他的麻烦事来。想到这里，罗涛赶紧插话说："我觉得不用再找其他家，他们还是想合作的，现在的分歧主要是在时间上。我倒是有个办法能加快进度，这样吧，我们进去后，我会提出我的建议，如果列雷能够接受，就什么也不用说了。如果列雷不接受，那么就说明他们没有诚意，我们马上再去找别人合作。"

罗伯特点头同意，塔鲁想了想，勉强地说："要不是父亲给他面子，谁会跟这种人合作，讨厌死了。好吧，那就这样吧。我先不进去了，你们谈吧，谈完了告诉我就行了。"说完，塔鲁转身走了。

罗伯特看着塔鲁的背影摇了摇头，他转过头看着罗涛说："好吧，就按你说的做，咱们进去吧，这回可全看你的了。"

回到房间里，列雷正在那里烦躁地散步，他看到三个人回来，赶忙整了整衣服，假装很镇定地站在那里。罗伯特走到列雷面前，严肃地说："列雷先生，希望我们能尽最大的努力精诚合作，以争取在今年内将此项目完成。对于加快项目进度，罗先生有一些好的建议，我们一起来听一听。"

罗涛清了清嗓子，对大家说道："现在看来，沙特蒙第尔投资集团方面主要的障碍就是市场调查和寻找运营商伙伴。对这两件事，我愿意帮忙，市场调查我保证会在两周内完成，运营商我也会在中国尽快找到。"

列雷听到罗涛的话，愣了一下，仿佛不相信自己的耳朵，他走近罗涛，慢慢地问道："罗先生，我是不是听错了，你是不是说你能在两周内做好市场调查？我们上一次可是找的国际上有名的咨询公司，而且他们是加急做的。"

罗涛自信地点点头说："是的，没问题，我保证在两周内拿出一份高质量的市场调研报告。"他又转向侯赛因说："跟我合作过的人都知道，我说话从来都是算数的，我答应过的事肯定会做到的。对不对，侯赛因先生？"

当罗涛拖着疲惫的身躯返回公寓时，夜已深了。客厅里还亮着灯。当罗涛走进去时，身穿睡衣的李青怡从沙发上跳了起来，脸上洋溢着灿烂的笑意。她兴奋地说："嘿，你总算回来了，我还以为你今天回不来了呢。你吃饭了吗？今天又教了苏拉两道正宗的川菜，赵军和小刘吃得可香了，你没吃到好可惜呀。今天上课逗死了，有一个学员还送给我一束玫瑰花，还给我起了个绰号叫'美丽的天使'。不过在课堂上，他们可乖了。对了，今天听他们的问题也好多了，虽然还是要他们重复多次，可慢慢地能听懂许多了。今天苏亚雷还来看了一眼，教训了他们一通，吓得他们大气都不敢出，可这次苏亚雷对我可是非常客气。"

两人只有一个白天没见，李青怡却像对久别重逢的好友一样喋喋不休地说着自己的事。

罗涛望着兴奋的李青怡，觉得疲惫的感觉在一点点消逝，他的心里也渐渐地轻快了起来。罗涛解下领带，脱下西装外套，一起扔到了沙发上。笑着打断李青怡说："我还真饿了，晚上和他们一起吃科拉坦菜，难吃死了，再加上光顾着谈工作了，就没吃几口。我可要好好享用一下香喷喷的川菜。"说着伸舌头舔了下嘴唇，做出馋的样子。

李青怡的脸上充满了懊悔："唉！本来给你留了菜，但那两个馋鬼后来看你很晚还没回来，就都给吃了。我这就给你做去。"说完，转身就要走。

罗涛伸手拉住了李青怡："算了，我开玩笑呢。让苏拉给我做碗面条就行了，你陪我说说话吧。"

在餐厅里，吃完肉丝汤面的罗涛坐在餐桌的一边望着对面手里把玩着咖啡杯的李青怡，心里觉得十分轻松。他感叹地说："没想到在这儿过上了贵族式的生活，难怪人人都想当皇帝，衣来伸手，饭来张口，还有三宫六院。人真是不平等啊，而且是生来不平等。你知道吗，部长的公子塔鲁从小到大就没有自己穿过衣服，而总是吹牛从枪林弹雨中走过来的侯赛因从没自己开过车。可苏拉、蒙田生下来就是穷人，能找到这么一份侍候人的工作就不错了，即使他们幸运地有了后代，他们的下一代也很难改变他们社会底层的命运。我很可怜他们，可又无能为力。有时想一想，自己何尝又不是一个可怜虫，家境贫穷出身寒微，可又不甘心，拼了命地往上爬，最后得到的却是别人唾手可得的东西。"罗涛想起了小时候挨饿的滋味，还有姐姐从高中退学去读中专时那无奈悲伤的眼神。

李青怡望着陷入沉思的罗涛，笑着说："别这么悲观嘛，我就相信命运是掌握在自己的手中，只要努力奋斗，永不放弃，肯定会成功的。我就不信我实现不了我的梦想，我一定会成功的。"

罗涛抬头看了一眼眼神坚定情绪亢奋的李青怡，好奇地问道："你的梦想是什么？是不是你说过的挣多多的钱？"李青怡点了点头说："对，我就是希望多挣钱，所以我想去做销售，你可得帮帮我。"

罗涛见李青怡很认真，就调侃道："你的命运不还是掌握在别人的手里。我对你的梦想倒是很好奇，两个问题，第一，为什么要挣钱？第二，你想挣多少钱？"

听到罗涛的问题，李青怡脸色突然变了，她激动地说："在这个社会上，干什么不需要钱？谁不想挣钱？这还用问为什么？挣多少钱？那肯定是越多越好，你为什么要问这个问题？"

罗涛对李青怡的变化感到有些奇怪，就认真地回答："我大概知道做销售可以挣多少钱，所以，知道了你梦想挣多少钱，我就可以评估一下你去做销售从而实现你的梦想的可能性。"

李青怡望着罗涛，平静了一下情绪，回答道："我说出来，你可不许笑话我，我要挣一千万……"李青怡观察着罗涛的反应，又慢慢地吐出了两个字："美元。"

罗涛没有掩饰住惊奇，他睁大双眼："一千万美元？我没听错吧！估计我这一辈子是挣不到这个数了。你的梦想，我是无法帮你实现了。"

李青怡站了起来，她走到罗涛身边，贴近罗涛，柔声地说："罗涛，我相信你，我算过命，说我在海外会遇到贵人相助，我确定你就是那个贵人。你一定会帮助我实现这个梦想的。"李青怡的声音越来越低，身体也离罗涛越来越近，眼前性感迷人的躯体令罗涛觉得有些晕眩。他想站起身，离开这个充满了危险的东西，却觉得全身软绵绵的，一点力气也没有。

→29 第二天在部长家的会议十分顺利，大家很快就达成了下一步行动计划的共识。这个计划中大部分的工作将由龙腾来承担，而这是罗涛有意设计的。罗涛深知龙腾在这个项目中的位置还不是那么稳固，他还没有十足的把握确保龙腾赢得这个项目。虽然部长很信任龙腾，可沙特蒙利尔投资集团的态度也很重要。

作为投资人，他们当然不希望合作者是被别人硬塞过来的，会天然地对龙腾有排斥的感觉，所以如何搞好与投资人的关系是当务之急。而同时，如何进一步加强龙腾与部长的关系也很重要。还是那句话，在商场上，只有利益，没有朋友。只有当你能提供他从别人那里得不到的东西时，你才会是不可替代的朋友。这就是为什么罗涛尽量地大包大揽，在项目的前期做得越多，龙腾的位置就会越稳固。

看大家的情绪都不错，罗涛乘机提出了建议："列雷先生昨天跟我提他还没有去过中国，这倒让我有了一个想法，我邀请大家去我们公司参观，这样可以加深对我们公司的了解，在那里我们可以签一个三方合作协议，也对我们的项目会有一个很大的促进作用。"

侯赛因第一个跳起来表示赞同："涛，我完全同意你的提议，太好了。"他看了一眼罗伯特，又补充道："罗伯特也从没有去过中国，要做这么大的项目，怎么也应该去龙腾看一看吧。"

列雷也点头赞同道："我是非常想去看一看，而且在签合作协议之前也确实有必要去亲眼看一看。罗伯特先生，那我们一起去吧。"大家的目光都转向了罗伯特。罗伯特没有立刻回答，他站起来走到窗前，望着窗外，意味深长地说："去看一看龙腾倒是没有什么不可以的，可我们现在时间很紧，如果要去，我希望我们不仅仅是只去看一眼，像旅游似的，我希望我们能有更大的收获。"他转过身来，盯着罗涛说："罗先生，这就要看你的安排了。"

罗涛对此早有准备，实际上罗伯特的提法正中罗涛的下怀。不论是龙腾，还是巨华，邀请客户去中国总部参观都是一个非常有效的营销利器。尤其是巨华，在这方面是有一套系统的方法，他们的客户工程部赫赫有名，实行严格的流程化管理，任何部门需要接待客户都全部交到客户工程部，客户工程部流程化安排，从机场、食宿、参观公司，流程之严密让很多客户印象深刻。而罗涛每次邀请客户参观，都会仔细考量要达成的目的。由于每次邀请都会花费不菲，罗涛会要求一定要对每次邀请设定量化的期望目标，比如加速项目进程、签订合同，至少要签个意向什么的。

听到罗伯特的话，罗涛立即回复道："罗伯特先生，没有问题。我会安排一个卓有成效的访问行程，通过这次访问，我希望能够落实以下几点：第一，明确我们三方的合作关系，三方的主要的责、权、利以及合作方式；第二，确定合作的运营商，我会安排与潜在的运营商合作伙伴会面洽谈，尽量确定合作的意向；

第三，确定项目范围。刚才已确定，由龙腾来做组网规划，我们将做一个粗略的网络规划，并做初步的投资估算，在中国的时候，我们将讨论并确定项目的投资规模、范围及进度等；第四……"

侯赛因笑着打断罗涛的话："行了，涛，要是这样的话，我就不去了，罗伯特和列雷可是第一次去中国，你怎么也得安排点游玩的时间吧？是不是，罗伯特？"他又冲罗伯特讨好地笑了笑。

罗伯特没有理会侯赛因，他对罗涛说道："好吧，我信任你的安排，这样，你做个行程表，我跟尊敬的部长阁下打个招呼就可以了。至于时间嘛，"他想了一下，继续道："我们各自要做的工作怎么也要一周后才有眉目，我们去中国的时间就初步定在一周之后吧。"

在一个幽暗狭窄而又肮脏的小巷里，一座破旧的三层小楼看起来非常普通，要不是那块白底黑字的招牌，人们怎么也不会把这座建筑和商学院联系起来。可招牌上明明写着"Harward Business School."，与哈佛商学院只有一个字母之差。罗涛站在楼前，望着招牌，不禁哑然失笑，心想中国的仿冒名牌是很多，可还没有仿冒名牌商学院的，科拉坦在这方面倒是走到了中国的前面。

罗涛看了一眼手里的名片，名片上倒没有写"Harward"，只是写着科洛大学商学院。罗涛按名片上的地址足足花了一个多小时才找到这里——科洛老城西北角四面被大片贫民区环绕的这条小巷。罗涛正在四下打量的时候，大门吱呀呀地开了，从门里走出一位面容清癯、身材瘦小的中年人，身上穿着一套藏蓝色的西装，不知是他太瘦弱还是西服不太合身，这一身西装看起来很是别扭，好像是从别人那里借来的。

来人扶了扶脸上的大号黑框眼镜，走到罗涛面前，面容严肃地和罗涛握了握手，轻声说："尊敬的罗先生，欢迎欢迎，非常高兴再次见到您！"罗涛一年前在一次无聊的经济研讨会上和这人见过一面，对他的黑框眼镜印象很深。罗涛握住伸来的软弱无力的手笑着说："阿尔达教授，很久未见，你还好吗？"

阿尔达教授是科洛大学商学院的教授，教授市场营销、领导力、财务管理和供应链管理等。一年前，当他在那次经济研讨会上遇见罗涛，并得知他在通讯行业工作时，好似遇见了救命的稻草。他当时正接手一个通讯市场的调研项目，最终消费者的调查和基础数据分析都已做完，可是基于没有运营商方面的熟人，运营商的访谈和相关数据还都没有眉目，他联系过几次运营商，可运营商的人非常傲慢，想见一面都是很难的，更别说要什么数据了。罗涛当时听到阿尔达教授的求助，没有任何犹豫，就欣然答应帮忙。罗涛拿出手机，几个电话就都搞定了。阿尔达教授顺利地拿到了需要的数据，并访谈了相关的人士。这次罗涛敢于答应在两周内做完市场调研也是基于与阿尔达教授的相识，他知道阿尔达教授已掌握了大量的数据资料，只需略加补充和修正，再重新做一下消费者调查就可以给出一份漂亮的报告了。昨天，罗涛找出了阿尔达教授的名片，打电话说了这事，约好今天见面再详谈。

阿尔达教授和罗涛寒暄了几句，领着罗涛进入了楼内。一楼大厅的门一打开，一阵热烈的掌声爆发出来，只见大厅中五六十位男女青年站成两列热烈地鼓着掌。一位金发碧眼的白人少女手捧一束鲜花走到罗涛面前，笑着递给罗涛。罗涛不禁愣住了，他绝对没想到会有此种待遇。接过鲜花，在众人的目光下，他不禁有点手足无措，觉得自己的脸也涨红了。

阿尔达教授摆手止住了众人的掌声，扫视了大家一眼，抑扬顿挫地说道："各位同学，请允许我非常荣幸地介绍我们请来的贵宾——罗涛先生。罗涛先生是国际知名的大企业龙腾通讯科拉坦公司的总经理，今天到我们这里是来和我们洽谈一个很大的项目。现在请罗涛先生给我们做精彩的演讲。"又是一阵热烈的掌声，随后大家的眼睛齐刷刷地落到了罗涛的身上。

罗涛哪里想到来委托做市场调研还要做演讲，一时呆住了，不知说什么好。想了一想，只好应付道："谢谢教授和大家的盛情。可我实在是没什么准备，说实在的，我哪里有什么资格做演讲，几年前我和大家一样坐在教室里。现在看着你们还是挺亲切的，这样吧，等以后有机会咱们私下交流交流吧。"

阿尔达教授又带头鼓起掌来："各位同学，我们一定要好好谢谢罗涛先生，我透露一个信息，罗涛先生毕业于全球排名前丨的商学院，和他交流你们会获益匪浅的。我会认真地和罗涛先生商讨一个演讲的题目，下次专程请罗涛先生来给大家做精彩的演讲。请大家一定要对我们的学校有信心，我会继续邀请大企业的代表来给大家讲课，对你们的就业也会有很大帮助的。我相信经过我们大家的努力，我们学校一定会成为亚洲知名的商学院。"阿尔达的声音高亢嘹亮，富有穿透力和鼓动性。说完这番话，他挥挥手让群情激昂的同学们散去，脸上现出了疲惫之色。

在阿尔达教授并不宽敞的办公室里，阿尔达教授完全没有了在同学们面前的熠熠风采，他在罗涛面前低下身子，怕惊吓了罗涛似的压低声音说："罗涛先生，学校正在非常时期，有什么不妥之处还请您原谅。我很乐意为您效劳，有什么要求请尽管提出来，我一定会满足您的。"

罗涛提出了自己要做的市场调研的要求，并强调一定要在两周内完成相应的报告，阿尔达满口答应。罗涛又让他报个价，阿尔达在黑框眼镜后的眼珠转了几转，为难地说："您看着办吧，我怎么好意思跟您要钱。"罗涛对堂堂的教授竟如此的卑躬屈膝感到奇怪，他不满地说："这有什么不好意思的，你为我提供服务，我理所当然地需要付费。"

阿尔达搓着双手，犹犹豫豫地说："那就两千美元，您看行吗？"罗涛皱了皱眉，心想这么大的一个项目，时间又这么紧，两千美元能够吗。罗涛刚要开口说话，而阿尔达看到罗涛不悦的表情赶忙改口道："您要是嫌多了，那就一千五百美元吧。"

→30 罗涛好笑地望着阿尔达教授，心想再等一等他说不定就会一分钱不要了。罗涛赶忙点头同意道："好吧，一千五百美元可以，如果能按时优质完成我再给你加一些奖金。"阿尔达满意地说："好的，罗涛先生真是大度。我马上准备一份合约。"他按了一下办公桌上的铃，一位高个子男青年走了进来，罗涛注意到他的脸上戴着和阿尔达一样的黑框眼镜，他冲罗涛羞涩地笑一笑，显得十分忠厚。阿尔达介绍道："这是我的助手利亚。"又吩咐利亚去准备合约。

利亚走后，阿尔达转向罗涛，脸上堆满了笑容："罗涛先生，太感谢您了，您这真是雪中送炭。"罗涛好奇地问道："雪中送炭？你为什么这么说？"

阿尔达叹了口气说："唉，这所学校是我和几个朋友共同创办的，您知道我们国家太穷太落后了，只有培养出了商业人才，才能拯救这个国家，使国家富强，这是我们当初的梦想。不久前，教育部突然发文说我们原来申请的办学许可不算数了，要重新申请，且要交一大笔钱。说实话，上回办那个许可已经被他们敲了一笔，没隔多久，这就又来了。和我合伙的几个朋友都放弃了，不再出资了，我们几个教授好几个月没拿工资了，我拼命去拉项目也拉不到。现在我们第一期学生还有一个月就要毕业了，可教授们大多已走了，学生们也嚷着要退学退款，赔偿损失。”

罗涛没想到会是这么一种情形，他望着愁眉苦脸的阿尔达同情地说：“怎么会这样，那你有什么打算？”阿尔达又叹了一口长气，愤慨地说：“我对这个国家已彻底失望，我已办好移民手续，等把这件事了结了，我就会出国了。我现在就是放心不下这些学生，还有一个月就毕业了，就这么放弃实在是太可惜了。我希望最后一个月能让他们做一个实习项目，然后发给他们一个文凭，也算说得过去了。你现在这个项目，真是帮了我大忙了。其实，我的学生还是很优秀的，你们公司要是需要人，可以挑几个。”

罗涛心想，科拉坦好不容易出来一个想干点正事的人却也被这帮贪官给折腾得心灰意懒，他充满同情地说：“好的，我会尽力帮忙的。这样吧，后面我们还要做可行性研究的项目，等这个项目做完了，我也交给你们来做。然后，可能的话，我再招两个人到我们公司实习。”阿尔达自然是不停地感谢。

签完协议，又谈了一会儿项目的事，罗涛就要告辞。阿尔达急忙拉住罗涛：“我已准备好了午餐，请您一定赏光。”罗涛摇头道：“不用了，别太麻烦了，我还有事，以后再说吧。”

阿尔达伸出双手用力拉住罗涛，十分诚恳地挽留：“我的太太亲自下厨做的科拉坦特色菜，她从昨天就开始准备了。你要不在这里吃，她会很伤心的。”罗涛是最怕让女人伤心的，只好又坐了下来。

又等了相当长的一段时间，罗涛感觉自己已饿得能吃下一头科拉坦牛时，午餐终于准备好了。在一个阴暗潮湿的餐厅里，阿尔达领着罗涛来到已摆满五颜六色的菜肴的餐桌旁。餐桌旁已坐了几个人，阿尔达一一介绍，一位经济学教授，一位负责后勤招生的行政人员，利亚，两位学生代表，最后是那位献花的白人少女。阿尔达骄傲地告诉罗涛，白人少女是从法国来的交换学生，这令罗涛惊奇不已，这个法国少女怎么会到这里来做交换呢。罗涛不由得仔细打量了一下法国少女，确是一个典型的法国美女，金发碧眼，体态妖娆，散发出青春的气息，又显得特别地清纯无邪。阿尔达注意到罗涛在看法国少女，就让罗涛坐在了法国少女的旁边。

席间，阿尔达等人自是殷勤地招呼罗涛，而阿尔达的夫人和一位年轻女孩侍立在桌旁亲自端盘递碗盛饭倒水，忙得不亦乐乎。在科拉坦，妇女是不能和男人同席的，她们需要等男人吃完之后才可以上桌。罗涛虽然经历过多次这种场面，可还是觉得过意不去，他一再感谢阿尔达夫人，阿尔达又介绍那年轻女孩是夫人的妹妹，罗涛又是一通感谢并夸奖女孩漂亮能干，女孩羞红了脸却掩饰不住满脸的笑意，阿尔达的脸色却有些不悦。

罗涛见大家都有些拘谨，就讲了几个自己读MBA时发生的小笑话，席上的气氛渐渐地活跃了起来，阿尔达等人又像大多数科拉坦人习惯的那样用科拉坦语大声交谈起来，把罗涛冷落到了一边。罗涛趁机问旁边的法国少女："你怎么跑到这里做交换学生了？"法国少女名叫艾琳娜，从小在乡村长大，是一位淳朴的学经济的大学生。她在大学可以有一学期去国外学校交换学习，从没出过远门的艾琳娜决定选一个特别偏僻的地方去体验一下人生中的第一次海外生活。她就选择了这个从没听说过的科拉坦，又鬼使神差地联系上了这所学校，两个月前开始了这次不同寻常的异国体验。

罗涛见艾琳娜有点郁郁寡欢，就关切地问道："你第一次出国，肯定不太习惯吧？想家吗？"罗涛的话使得艾琳娜几乎落下泪来。她睁着一双天蓝色的大眼睛，几滴晶莹的泪珠在眼眶里不停地打转，哽咽着说："我太想家了，这里太差了。这两个月我几乎就待在这座楼里，哪儿都没去过，他们告诉我外面很不安全。我自己出去过一次，被一群乞丐围住差点脱不了身，我就再也不敢出去了，我都快闷死了。"

罗涛赶忙安慰道："第一次出国肯定会想家的，过一段就适应了。我第一次出国也是非常想家，说起来好笑，我当时发疯似的想吃到榨菜，一种中国传统的腌制的蔬菜。我当时觉得再吃不到自己就会疯掉的。"艾琳娜破涕为笑，可转而又哀伤地说道："我现在是特别地想念家乡的红酒，我也是想得要发疯了，可这是伊斯兰国家呀，怎么可能弄到酒呢。"

罗涛看了一眼艾琳娜，忙站起身向屋外走去。阿尔达等人停下兴致正浓的谈话，不解地望着罗涛。过了几分钟，罗涛手里捧着两瓶红酒赶了回来。罗涛的车里经常放着各种类的酒以备不时之需。他专门挑了两瓶法国红酒带了回来。罗涛把酒放在桌上，冲着阿尔达笑着说道："实在对不起，阿尔达教授，艾琳娜小姐实在是太可怜了，请您原谅我的不敬。"说完，又从衣袋里掏出起子，熟练地打开了红酒的塞子。阿尔达尴尬地笑了笑："没关系，我有时也会喝一点的。"他又对着大家说："各位都喝一点吧，要想做生意，酒还是要学着喝一点的。"罗涛听阿尔达这么说，就给每个人都倒了一杯。

艾琳娜喝了一口酒，眼泪还是流了出来，她感激地望着罗涛，轻声说："谢谢你，又让我喝到了家乡的酒，你好像是从天而降的魔术师。"

利亚战战兢兢地端起酒杯，闭着眼睛将酒杯放在嘴边，停了半天，还是没有喝又放到了桌上。阿尔达瞪了他一眼，利亚硬着头皮小心翼翼地喝了一口，他呛了一下，满脸涨得通红，脸上满是悔恨和罪过的表情。其余的人可没有像利亚那样没有见过世面，经济学教授啧啧有声地品着红酒，连呼好酒。

喝上了酒，席上的气氛就更热烈了。经济学教授举着酒杯站起来向罗涛这边走来，可他最终停在了艾琳娜旁边，他费力地俯下大腹便便的身体，满是皱纹的脸上堆满了甜蜜的笑意，对着艾琳娜低声说着什么。艾琳娜向后躲闪着，很是尴尬无奈。可经济学教授丝毫也不难为情，他离艾琳娜越来越近，艾琳娜更加尴尬，她拼命躲闪着，转身望着罗涛露出求助的表情。

罗涛端起酒杯，另一只手拉住经济学教授的胳膊用力拉向自己这边，嘴里说着："教授先生，来，为了商学院的未来，干杯。"教授被罗涛拉了一个趔趄，他站稳身体把杯里的酒喝干，冲罗涛笑了笑："谢谢！你知道吗？艾琳娜小姐是我的学生，可也是我的老师，我在跟她学法语呢，我们的关系可是不一般呀。"

罗涛礼貌地笑了笑，扶着教授把他送回了座位。当罗涛回到自己的座位上时，艾琳娜对罗涛感激地说："谢谢你！"她又压低声音问道："你住在哪里？还有没有地方？一张小床就可以。"罗涛慎重地点了点头："我住的地方很大，你为什么这么问？"

艾琳娜抓住罗涛的手，声音压得更低："求你救救我，把我带走吧！我实在是忍受不了了。"罗涛不解地望着艾琳娜，只见她眼中满是求助和恐惧，望了一眼在向这边侧目而视的经济学教授和阿尔达，罗涛不由得豪气顿生，他握紧艾琳娜的手，坚定地说："好吧，一切都交给我吧。"

罗涛的科罗娜轿车疾驶在回公寓的路上，艾琳娜坐在罗涛的身边，长出了一口气："唉，总算是逃出来了。最近几周，我都不知道自己是怎么过来的，就像是一场噩梦。"平静了一下情绪，艾琳娜告诉罗涛她就住在那座楼里，而阿尔达一家、经济学教授和利亚等人也都住在这里。艾琳娜经常受到骚扰，尤其是最近一周，经济学教授变得更加疯狂，可她又无处可逃，痛苦极了。艾琳娜用清澈碧蓝的眼睛望着罗涛说："你肯定是上帝派来拯救我的，我第一眼看到你就知道我有救了。”

罗涛尽量掩饰着得意，开玩笑说：“说实话，我可不相信什么上帝，而且我敢肯定上帝没有跟我说过这事，我是自愿帮你的。我很同情你的遭遇，可你为什么不告诉阿尔达教授呢？”艾琳娜用力摆了摆手：“阿尔达也不是什么好东西，你知道吗？他有两个妻子，他自称是他太太的妹妹的那个女孩就是他的第二个妻子，他还想再娶一个呢。”

四、美女营销

可是罗涛历来对所谓的美女营销深恶痛绝，龙腾的某些海外女销售的事迹早已在公司内传得沸沸扬扬，罗涛很不以为然，甚至觉得十分羞辱。他当然不希望自己喜欢的人也来做这个。

→31 回到公寓后，罗涛安顿艾琳娜在二楼李青怡卧房旁的一间客房内住下，自己就到书房去忙着工作。他给秦荣剑打电话汇报了情况，要求公司派人来做网络规划和项目科研，又提到了去中国访问的事，让公司做好安排，尤其是联系好合作的运营商。对合作的运营商，实际上罗涛早已有目标了，南方一个城市的电话公司以前曾跟龙腾洽谈过一起到海外开拓的事，后来一直没有找到合适的机会，就搁下了。

罗涛曾参与过此事，因此罗涛一口答应帮助找合作的运营商，他知道那家电话公司会很积极的。秦荣剑在电话里表示他会全力安排，又让罗涛写个整体项目介绍报告上来。

罗涛正在写报告，忽然听到餐厅里传出了音乐声。罗涛很奇怪是谁打开了音响，难道是苏拉？他没有理会，继续写着报告。那隐约的音乐还是不断地传来，是小提琴协奏曲《梁祝》。直到罗涛写完报告，音乐还没有停止。罗涛离开书房，来到餐厅，眼前的景象使他呆住了，艾琳娜坐在一把椅子上，凝神倾听着音响里放的俞丽拿演绎的《梁祝》。她微低着头，完全沉浸在音乐中。罗涛没有打扰她，而是坐在艾琳娜的旁边把曲子听完。

艾琳娜抬起泪眼望着罗涛说："我从没听过这个曲子，太美了，可又太悲伤了，肯定是一首反映爱情的曲子，对吗？"罗涛点头道："这是根据中国一个著名的爱情故事创作的曲子。这个故事讲的是一个爱情悲剧，就像罗密欧和茱莉叶的故事一样，男女主人公也是深深相爱，却得不到家庭的认可。女方家庭因男方家庭贫穷而不同意这桩婚姻，又给女主人公找了个富家子弟，男主人公因此得了重病郁郁而终，而女主人公最终在男主人公坟前自杀殉情。故事没有结束，中国人又给它加了个美丽动人的结局，男女主人公后来化身为美丽的蝴蝶，双栖双飞，翩翩起舞，永不分离。"

艾琳娜赞叹道："太美了，中国人太有想象力了，化身为蝴蝶的结局真是太精彩了。谢谢你给我讲了这么一个美丽的故事。我想再听一遍音乐，可以吗？"罗涛来到音响前，按了一下播放键，在轻柔的弦乐颤音背景上，长笛吹出了优美动人的鸟鸣般的华彩旋律，双簧管以柔和抒情的引子主题，展示出一幅风和日丽、春光明媚、百花盛开的画面，接着小提琴在明朗的高音区富于韵味地奏出了诗意的爱情主题，二人沉浸在哀怨动人的乐曲中。

餐厅的门突然被推开，李青怡闯了进来，她兴奋地说："罗涛，你今天回来得倒是挺早，老实告诉我，是不是想我了？我可是……"她这才发现和罗涛坐在一起的艾琳娜，一下子愣住了，她上下打量了一下艾琳娜，猛地转身跑出了餐厅。

罗涛后来在李青怡的卧室里找到了李青怡。李青怡站在窗前凝视着窗外，夕阳的余晖给她披上了金色的霞光。罗涛轻声说："你不要误会，她只是一位可怜的法国小女孩，我今天才遇到，她没有地方可去，我看她很可怜，这才收留她，让她在这儿暂住一段时间。"

李青怡没有回头，只是幽幽地说："我以前跟你说过了，你的事不用跟我解释，跟我没有什么关系。"罗涛又解释道："她顶多住一个月，课程结束，她就会走了。下周，我会回国一段时间，我考虑她在这儿住，你也有个伴儿。"

李青怡转回头，惊奇地望着罗涛问："下周你要回国？回去干什么？"罗涛走近李青怡，回答道："下周我陪客人回国去公司参观，不过时间应该不长，一周左右就能回来，这里可就要交给你打理了，你就要做压寨夫人了。"

李青怡没有理会罗涛的玩笑，正色问："你陪谁回去？是不是有罗伯特？"罗涛点头道："是有罗伯特，还有侯赛因和一个沙特投资集团的人。"昨天，罗伯特还问罗涛是否能让李青怡一起回国，罗涛当时断然拒绝。罗涛犹豫了一下，没有提这件事，心里却突然觉得沉甸甸的，可他自己也搞不清自己在担心什么。

第二天早上，李青怡早早就走了，只有罗涛和艾琳娜两个人吃早餐。艾琳娜望着罗涛叹了一口气，她愁容满面地说："我还是很害怕，今天回去上课，不知他会怎么疯狂地纠缠我呢。"罗涛想了想说："你放心吧，我送你去上学，看他们谁敢再骚扰你。"

在车上，艾琳娜突然开口问罗涛："李小姐是你的女朋友吗？"罗涛脸现尴尬，不知怎么回答好。他否认道："我们是同事，她哪里是我的女朋友。"

艾琳娜笑着说："你别不承认，从她看你的眼神，我就知道她爱你。"罗涛摇头苦笑："小孩子懂什么，别乱讲。"罗涛确实讲不清楚他和李青怡之间到底是什么关系，同事、恋人、情人，还是别的什么，他实在是无法确定。对于李青怡，他总有一种飘浮不定的感觉，就像是天上的星星，看起来很美又触手可及，可真正伸手一捉，却又是那么地遥不可及。

罗涛让车子一直开进了商学院的大门，并让司机故意大声地鸣笛。罗涛特意等到一群学生走出楼来观看，这才下了车。他给艾琳娜打开车门，注意到楼上的几扇窗户里都有人正在向下窥视着，其中，显然有那位胖胖的经济学教授。

罗涛等艾琳娜从车里走出来，就走近艾琳娜和她拥抱了一下，又在她耳边轻声说："他们正在看着，我们假装亲密一些。"艾琳娜用清澈得像一汪甘泉的蓝眼睛注视着罗涛，慢慢地将她丰润的嘴唇靠近罗涛，在罗涛的唇上热情地亲吻了一下。两个人的吻只有短短的一瞬，可那瞬间的感觉竟是那么地美妙，罗涛感觉得到艾琳娜的热情，罗涛赶忙提醒自己不要胡思乱想，艾琳娜只是身处困境的一位清纯女孩，自己绝不能趁人之危。

目送着艾琳娜走远，罗涛故意用全院人都能听得到的声音喊道：“保重，亲爱的艾琳娜，晚上我会来接你的。”艾琳娜转过身，脸上露出灿烂的笑容。

从科洛大学商学院出来，罗涛让司机驱车直奔西城区的公务员宿舍楼，他是去找一位重要人物。这几天经过三方的协商，决定由龙腾全面负责做网络规划和项目可行性研究，这就需要对科拉坦电信现有网络和科拉坦的地形、人口分布等情况有相当的了解，靠国内派来的人从头去摸，不知要拖到什么时候。所以肯定需要找一个熟悉情况的本地人来帮忙。想到找人帮忙，罗涛马上就想到了一个人——萨基德。萨基德曾是科拉坦电信网络规划部的技术经理，今年刚刚退休。他可是科拉坦电信的传奇人物，公认的技术权威，有个“电脑人”的绰号，因为他有着惊人的记忆力和飞快运转的脑子。所有的数据都分门别类整齐划一地存在他的大脑里，如有需要，他能毫不犹豫地脱口而出。再加上他特别正直无私，在科拉坦电信很有威望，如果能找到他帮忙，那网络规划和项目科研就会事半功倍的。

罗涛和萨基德可以说是不打不相识。在做科拉坦电信ＧＳＭ项目之前，罗涛和萨基德并没有很深的交往。在做ＧＳＭ项目时，高层官员关系都已做通，项目是一路绿灯，可到了萨基德这里却被卡住了。萨基德坚决反对上ＧＳＭ项目，他认为GSM技术已经过时，应该上CDMA。当时龙腾的CDMA产品还在开发初期，如果上CDMA，那么这个项目龙腾将会一无所获。罗涛去游说过萨基德，也叫代理侯赛因去送过钱，可萨基德非常固执和正直，完全不为金钱所动，还大骂了侯赛因一通。萨基德负责项目招标的标书制作，他不合作，项目就无法进行下去。急于做成项目拿到佣金的侯赛因去找了部长，马上，新的任命文件就颁布下来，萨基德荣升南部山城卢瓦市电话局局长。前两任局长都是被共和军的炸弹炸死的，后来这个位置一直空缺。

罗涛对此深感不安，如此难得的刚正不阿的好人竟会落得如此下场，他决定伸出援手。罗涛专程来到萨基德的家里，以探讨技术的名义和萨基德两人促膝长谈，他详细地比较了GSM和CDMA的技术优劣势，并承认CDMA从技术上来讲确实比GSM先进。但紧接着他话锋一转，又从市场和经营的角度再加以比较，他比较了两种技术现在的市场规模，市场的规模经济效应，设备厂商在两种技术上的投入，美国高通公司在CDMA技术上的专利垄断，和两种技术未来的发展趋势等。最后，固执的萨基德终于被说服，他承认在现阶段还是GSM更适合科拉坦。罗涛后来又专门和侯赛因去找部长说情，萨基德的新任命被取消了。从此，萨基德成为了罗涛的好朋友。

科洛城西城区有一大片围在围墙里的住宅楼，外表看起来每座楼都是一样的，就像中国七八十年代盖的职工家属宿舍楼一样，这就是科洛城有名的公务员宿舍区。科拉坦因袭了英国的文官制度，政府公务员是经过万里挑一的考试选拔的，而这些公务员按不同的职务和服务年限可以分配到相应的政府宿舍。可这不是永久性的，在公务员退休或离职后一年内就要搬出去另寻住处。萨基德刚刚退休，还暂时住在这里。

萨基德的家像大多数科拉坦人的家一样十分简朴，简单的木制家具，基本没有什么家用电器，只有一台破旧的十四英寸的老式彩电还在使用。佣人引领着罗涛进入了萨基德的书房，头发已半白的萨基德正在书房里埋头在一堆图纸文件中，对进入房中的罗涛一点儿也没注意到。罗涛望着萨基德笑着说："'电脑人'，在忙着做什么伟大计划呢？"萨基德抬起头看见了罗涛，忙站起来："嘿，罗先生，你怎么来了？"

罗涛开玩笑道："怎么，不欢迎吗？"萨基德摘下老花镜，笑着说："怎么会，退休了，一下子闲下来很不习惯。你能来看我太好了，快请坐。"

罗涛拉过一把破了一个角的椅子坐了下来，他望着萨基德诚恳地说："萨基德先生，我是专门请你出来帮忙的，有一个很重要的任务，任务量很大，我不知道你的身体还能不能挺得住？"萨基德的眼里闪着兴奋的光："我现在身体是大不如前了，以前我可以顶三个年轻小伙子，现在也就能顶两个年轻小伙子了，你看行吗？"

罗涛被逗笑了："好吧，一言为定，明天，我派车来接这'两个小伙子'。别忘了，带上你那些宝贝资料。"罗涛用手指了指桌上的那些图纸。萨基德用手指点着自己的头说："放心吧，最重要的资料都在这里呢。"

→ 32 侯赛因下午赶过来送来了他们几个人的护照，让罗涛去办签证。罗涛翻了翻护照，发现没有罗伯特的，却有塔鲁的。罗涛惊奇地问侯赛因："是不是护照拿错了？"侯赛因摇了摇头说："没有拿错，罗伯特又决定不去了，改由塔鲁去中国。”

罗涛大吃一惊：“不是说好了吗？为什么又改了？”侯赛因又一次摇了摇头：“大少爷非常聪明，可他脑子里到底想的是什么，谁都说不清。据他讲，是因为塔鲁马上就要出国留学了，临走之前应再让塔鲁去一次中国。再者，科拉坦国内还有好多事需要打点，他最好留在国内。”

罗涛又问道：“那么我们的合作协议还能签吗？”侯赛因肯定地说：“涛，不用担心，塔鲁有权做任何决定，合作协议绝对没有问题。只是现在我们在通讯交通部内部遇到点阻碍，不过我们马上就会解决的。”

在去大使馆的路上，罗涛还在想着为什么罗伯特突然改变主意，而由塔鲁去中国洽谈。表面上看是好事，因为塔鲁很了解龙腾，也愿意和龙腾合作，可是同时塔鲁又是一个很强势很少让步的人，和他谈判会非常棘手。而罗伯特不出面，又为项目未来的前景增添了很大的不确定因素。

去年在上海龙腾总部与塔鲁的艰难谈判仿佛还历历在目。当时，罗涛陪着塔鲁和侯赛因一路上花天酒地纸醉金迷地来到了上海，参观完了公司展厅和生产工厂，又经过了令人昏昏欲睡的技术宣讲，终于开始了整个旅行的重头戏——代理合作协议的洽谈。在龙腾公司三楼的VIP会议室里，秦荣剑、罗涛坐在长条会议桌的一边，而侯赛因和一脸稚气的塔鲁占据了长条桌的另一边，硕大的会议室显得空空荡荡的。

罗涛看了一眼秦荣剑，向秦荣剑点点头示意可以开始了。秦荣剑用结结巴巴的带有浓重口音的英语对两位客人表示了欢迎，又费力地表达了想要与对方合作的诚意。听完秦荣剑的开场白，罗涛又把事先准备好的代理协议草稿给每个人发了一份，让大家先看一看有没有什么意见。

在塔鲁和侯赛因听技术宣讲的时候，罗涛和秦荣剑已经把整个协议过了一遍，确定了谈判策略，在几个无关紧要的方面可以多做些让步，而几个重要的方面一定要坚持住不让步。塔鲁快速地浏览一下协议，然后把协议放在桌上，转头望着还在吃力地看协议的侯赛因，用调侃的语调说：“别装模作样了，好像你能看懂似的。”侯赛因放下协议尴尬地笑了笑。

塔鲁转头望着秦总，用手指着协议说：“协议写得还不错，很全面，我没有什么意见，我看可以签了。”他掏出罗涛送给他的万宝龙钢笔在协议上做着签字的姿势。秦荣剑和罗涛对望了一眼，面露喜色，没想到谈判会这么顺利。塔鲁接着说道："不过，在签代理协议之前，我想加上两条内容，很简单，第一，我们希望我们是龙腾在科拉坦唯一的代理，也就是说不管以后龙腾在科拉坦做什么生意，都要用我们做代理，不能再用别人。"

塔鲁看了看秦总和罗涛，没等他们做出反应就又继续说道："第二，这次主要是谈科拉坦的 GSM 项目，我想在协议里确定一下这个项目的佣金比例，我也不想讨价还价，就实话实说吧，我们希望佣金的比例是 35%。"

听到这个数字，秦总和罗涛都大吃一惊。一般佣金的比例是 5% 到 15% 左右，35% 实在是太高了。罗涛不禁心里暗骂这个小屁孩随口乱开价。他尽力压住心中的怒火笑着说："塔鲁先生，别开玩笑了，从没有听说过有这么高比例的佣金，这样我们会破产的。"

塔鲁手里把玩着万宝龙钢笔，眼里透着与他的年龄不相称的狡诈，慢慢地摇着头说："35% 已是我们最后的底线了，其他公司和我们合作都是这个条件，我很清楚你们通讯公司的利润率，扣掉 35% 的佣金，你们还会有相当高的利润。"

罗涛摇头苦笑说："现在竞争很激烈，我们的利润率哪还有那么高，35% 的佣金比例真是太离谱了，我们绝对不会答应的。"塔鲁把万宝龙笔放在桌上，望着罗涛说："我再重申一遍，35% 的佣金是我们最后的底线，你们公司不做，我相信会有许多公司愿意做的。"

罗涛听到塔鲁十分强硬的表态，不禁非常生气，自己一路上好吃好喝好玩地小心陪侍，没想到他还是这么贪婪地狮子大开口。罗涛强压住怒火，尽量平静地说："塔鲁先生，这样可就不好了，我们可是非常有诚意与你们合作，这样我们可就没法谈了。没必要拿别的公司来压我们，这种闻所未闻的佣金比例没有哪个公司会同意的。我们公司的实力你也看到了，我们在科拉坦有成功的经验，相信我们会合作成功的。其他公司的实力和经验都是与我们不能相比的，你就不怕他们把项目搞砸了？"

塔鲁望着罗涛，提高声调严肃地说："你说得很对，我信任你们公司，这才来找你们合作，可在商言商，我们的基本条件绝对不会让步，35% 一个点也不能少。与任何一个公司合作，这个条件都不会变。科拉坦电信市场可是掌握在我的手心里，我想让哪个公司拿到项目，哪个公司就会成功，但成功也是要付出代价的。你们仔细考虑一下，想不想付出这个代价。我不想再谈了，只要你们一个'是'还是'否'的答复。"

罗涛看了看秦荣剑，秦荣剑还是面无表情地坐在那里，什么也没有说。罗涛不知道他的心里到底在想些什么，可自己心里的怒火越烧越旺。他想站起来把面前水杯里的水泼到塔鲁的脸上，让这个吸血鬼滚回科拉坦去。

塔鲁又一次打破了沉默，他从衣袋里翻出一张名片递给侯赛因说："这样吧，我给你们半天时间仔细考虑一下，我们去见一见另一个中国朋友。侯赛因，你给巨华的常副总裁打个电话，就说我们改变主意了，同意和他们见面谈一谈。"

罗涛猛地站了起来，他再也忍不住了。他刚要发作，秦荣剑伸手拉住了他，轻声说："不要激动，冷静点。"罗涛意识到自己的失态，又坐了下来。秦荣剑却站起来，他对罗涛说："你跟我来一下。"转身走出了会议室。

罗涛跟着秦荣剑走出了会议室，来到外面的走廊里，秦荣剑面色严峻地问道："你能确定这个塔鲁真有那么大的能耐吗？"这个问题罗涛已和秦荣剑讨论过多次，这时他又问这个问题，显然是在为做一个艰难的决定找依据。罗涛还是认真地回答道："整个科拉坦通讯市场确实是控制在他的手里，我们前面两个小项目都是经过他的同意才中标的，而我们丢掉的传输项目则是他已和那家土耳其公司事先就策划好了，最后虽然我们的价格是最低的，还是土耳其公司中标，他们找了种种借口在技术评标中把我们废掉，这些都是他一手操纵的。"

秦总点了点头说："如果不答应他们的要求，他们肯定会去找巨华，而再高的要求巨华都会答应他们的。我看，我们还是签吧。"可秦荣剑的语气并不是那么坚定。罗涛立刻问道："就这么签？可35%的佣金也太高了，我实在是不甘心，我们这么辛辛苦苦才挣那么一点利润，他一句话就……"

秦总打断罗涛的话："这是一个大项目，如果能拿到的话，对整个国际市场会有很大的鼓舞作用，战略意义重大呀。我已跟马总汇报过这个项目，他可是非常期待，而巨华一直在那里虎视眈眈，我们输不起呀。把眼光放远一点吧。好了，回去签吧。"

罗涛在学校专门学过谈判技巧，可他发现在这次谈判中，再高明的技巧也无能为力。这是因为龙腾没有一点退路，一个时刻面临生存还是死亡抉择的公司是没有任何讨价还价余地的。而这都是因为巨华的存在，有一个虎视眈眈不择手段的饿狼时刻等着在给你致命一击，你哪里会有时间停下来喘息，又哪里会有机会挑拣你的食物。如果没有了巨华，世界将会多么美好，罗涛不禁发出感叹。

当面色严峻的秦荣剑在代理合作协议上签下他的大名的时候，塔鲁的脸上露出了得意的笑容，而罗涛却觉得自己的心在滴血。他在心里骂道，该死的巨华，都是你这头恶狼害的。

一阵尖利的汽车喇叭声将罗涛从回忆中惊醒，罗涛向车外一看，大使馆到了。中国大使馆大门旁边有一个小门直接通向院墙里的一个小房间，那里就是中国大使馆的签证室。罗涛看了一眼小门外科拉坦人排的长队，看来中国对科拉坦人还是很有吸引力的。罗涛让司机把车直接开进了使馆大院，自己下车直奔签证室而去。

签证室里，负责签证的小田正在折磨一位科拉坦大叔，他不耐烦地听着科拉坦大叔的解释，把手里的一堆材料用力扔了回去，大声说："没听懂我的话吗？不能签就是不能签。"科拉坦大叔捡起材料，满脸悲伤地转身走了。小田转身见到罗涛，忙笑着说："罗总来了，怎么又要出血请客户回国了？什么时候也请我去你们公司见识见识高科技呀？"

罗涛把一个小的公司礼品钱包递给小田："没问题，你下次回国我一定给你安排。"小田接过礼品说道："罗总，开个玩笑，别当真。你今天怎么亲自来了，张主任呢？"罗涛又把护照递给小田，叹了口气："老张回国了，现在整天就要我一个人，忙死了。"平时这些跑使馆的事都是办公室主任老张的活儿。

小田接过护照放在他抽屉里那一摞护照的最上面，他压低声音神秘地说："听说你们公司出事了，死了不少人，是吗？"真是好事不出门，坏事传千里。罗涛摇了摇头，轻描淡写地说："只是有一些小的劳资纠纷，没发生什么大事，你听谁说的？"

小田又凑近罗涛低声说："巨华的人在到处说你们的坏话呢。巨华的林小凡可是三天两头地去见大使，昨天他们国内刚来的一位副总又去见了大使，他们现在和大使的关系可是很瓷实呀。我就看不惯巨华的人，一个个趾高气扬的，专门走上层路线。你们龙腾的人就挺实在的，可别让他们给害了，小心点。"罗涛拍了拍小田的肩感激地说："小田，好兄弟，谢谢你的提醒。"

签证室里突然传出一阵哭声。罗涛回头向阴暗的签证室里看去，只见刚才被拒签的那位科拉坦大叔跪在签证室的中央，双手捂着脸，正在号啕大哭。

→33 罗涛非常惊奇，为了一个中国的签证就如此大哭，这到底是怎么了？见到这混乱的局面，小田一点也没有惊慌，他对门口的保安做了个手势，几个保安冲过去把那位科拉坦大叔架起来拖了出去。小田对脸现疑惑的罗涛说：“最近一周，几乎每天都有这么一出，都像疯了似的，甭理他们。”

罗涛很是不解：“为什么？发生什么事了吗？”小田解释道：“最近南部山区反政府军闹腾得厉害，传说科国政府军要搞大清洗，凡是家乡是南部山区的人都要抓起来，于是许多南部的人开始千方百计地往国外跑。中国的签证相对容易，于是申请去中国的科拉坦南部人数量剧增，可上面下来指示了，凡是科国南部的人签证一律不批。有些人签证不批，就大吵大闹或痛哭流涕。没办法，中国也不是难民营，都跑中国去那中国还不乱了套？”

从使馆出来，罗涛心里觉得很不安，反政府军的行动还在升级，政局不稳，会不会影响大项目的运作呢？而大使和巨华走得越来越近，看来有必要让秦荣剑尽快来一次科拉坦再做一做大使的工作。更糟的是巨华一再造谣诬蔑，还需要尽快想办法反击，否则影响了大项目的运作可就惨了。

回到公寓，罗涛接到了公司的传真，两位做网络规划的专家明天会到，明天萨基德也会过来，项目网络规划和科研就可以开始做了。罗涛考虑应该让赵军和小刘也参与进来，两个小伙还不错，等培训做完，可以把他们留下来继续负责这个项目。

罗涛又给普劳哥打了个电话，询问寻找杀人凶手皮里尔的事有没有什么进展。普劳哥在电话里没有给出让罗涛满意的答复，据普劳哥讲最近没有人见到过皮里尔，不过他已跟所有人打过招呼，只要有一点有关皮里尔的蛛丝马迹，就马上报告给他。“放心吧，涛，只要皮里尔还在科拉坦，我就一定能把他找到。”普劳哥信誓旦旦地说。

放下电话，罗涛有些闷闷不乐，这个皮里尔不知藏到什么地方去了，也不知道什么时候能找到。就在这时，罗涛突然觉得背后好像有一双眼睛在盯着自己。他猛地转回身，恍惚中一个人影消失在门外。罗涛突然觉得有点不寒而栗。最近已经有好几次他觉得好像有人在暗中窥视着他，是自己最近精神太紧张产生了幻觉吗？刚才的人影是自己眼花了吗？

罗涛揉了揉眼睛，站起来快步走出大门。门外的院子里静悄悄的，傍晚的夕阳洒在院子里的芒果树上，暖洋洋的，又有几分慵懒和闲适。院门口的保安坐在那里打着瞌睡，其余的佣人不知躲到哪里去了。罗涛真想走到那暖暖的金色夕阳里，在芒果树下的草地上舒舒服服地躺一会儿，什么都不做，什么也不想。可他做不到，还有那么多事要去做，那么多事要去想，他就像一个高速运转的齿轮，没法停下来。

罗涛叹了口气，回到房中，拉了一下铃绳。过了一会儿，苏拉才神色慌张地跑了过来。罗涛瞪了一眼苏拉："干什么慌慌张张的，我想问你，最近有没有发现有什么可疑的人来过？"苏拉摇了摇头，神色更加慌张，他吞吞吐吐地说："没有，老板，怎么会有……"他低下头，不敢正视罗涛的眼睛。

罗涛觉得苏拉有点古怪，可一贯胆小怕事的苏拉又会有什么事瞒着他呢，罗涛摆手让苏拉走了，以后有时间再仔细盘问吧。

晚上，只有罗涛和李青怡两个人吃晚饭。艾琳娜打电话说和同学去做调查就不回来吃晚饭了。而赵军和小刘两人晚上也和几个学员出去吃饭了。罗涛和李青怡坐在餐桌的两边，气氛略有些尴尬。还是罗涛打破了沉默，他望着低头吃饭的李青怡，问道："这两天培训进行得怎么样？"李青怡抬起头，眼睛却望着窗外说："培训很顺利，和那些学员也混熟了。"说完又低下头。

罗涛又问道："你怎么不和他们一起去吃饭？"李青怡头也没抬地回答："我不喜欢去凑什么热闹，吵吵闹闹的没什么意思。"罗涛不解地问："你不是挺喜欢热闹的吗？"

李青怡抬起头，白了罗涛一眼："你懂什么呀，好像挺了解我似的。"罗涛愣了一下，是啊，自己对李青怡了解多少呢？罗涛趁机问道："我还真不太了解你，你多大了我都不知道，还有你的家庭情况，能给我说说吗？我很想知道。"

李青怡脸微微一红："你为什么想知道我的家庭情况？不怀好意吧。我告诉你，我有老公和一堆小孩儿，小心，我老公会找你算账。"罗涛开玩笑道："我才不怕呢，我要和你老公决斗，我枪法很准的。而且我最喜欢小孩子了，这样就省事多了，我一下就有许多儿女了。说实话，你结婚后打算要几个小孩？"

李青怡的脸更加红了："别开这种玩笑了，太无聊了。说正经的，你们什么时候回国？"罗涛回答道："初步定在后天。对了，我要给你留一些钱，这里就交给你了，好在时间不长，顶多一周我就会回来的。"

李青怡笑着说："放心吧，我会照顾好你这些宝贝的。"她想了想，又严肃地说："不过，罗涛，我觉得你让艾琳娜在这里住不太合适，我知道你是好心，可怜她，可这毕竟是公司租的房子，你弄一个外人住在这儿，又是一个年轻漂亮的女孩，别人会说闲话的。最好还是别让她在这儿住了。”罗涛摇了摇头，说：“我才不怕谁说什么闲话呢，身正不怕影歪，谁爱说什么就说去吧。”

李青怡望着罗涛调皮地眨了眨眼，说：“你别是看上艾琳娜了吧？年轻、漂亮，又是白种人。那就直接让她搬到你的房间去得了。”罗涛忙摆手说：“可别开这种玩笑，艾琳娜还是一个孩子，你千万不要瞎说。”

罗涛着急的样子把李青怡逗笑了，她望着罗涛意味深长地说：“罗涛，你太善良了，是个好人。可我觉得你这样会吃亏的。不止是江湖险恶，女人也是如此。不要太轻易相信女人，不要被女人的美丽外表所迷惑。我看你在这方面实在是太没经验了。”

罗涛望着严肃的李青怡，觉得有些好笑：“我是没经验，那你肯定是很有经验了。我就不信这世界上的人都是坏人。再说了，我在江湖上历练多年，什么人没见过？什么事没经过？能骗我的人还没出生呢。”

李青怡无奈地摇了摇头说：“好心被当成驴肝肺了，不说了。吃完饭，陪我出去走一走，别整天想着工作了，放松一下吧。”

吃完饭，罗涛和李青怡来到科洛河边散步。夕阳照耀下的科洛河显得特别安详宁静，岸边的小路旁种了许多芒果、榴莲和香蕉等果树。晚风夹着河水的湿气吹在身上十分惬意。罗涛嗅了嗅空气中果树的香气，对身边的李青怡说：“好久没有这么轻松过了。我已经忘了科洛城还有这么一个好去处呢。”

李青怡新换了一套宽松的白色运动装，显得非常青春靓丽。她伸手挽住罗涛的胳膊，笑着说：“我早说过，你不要太紧张了，要学会放松。生活中有许多美好的东西值得你去欣赏和珍惜。这样吧，以后每天我们都到这里走一圈吧。”说着她把身体靠紧罗涛，转头冲罗涛露出甜蜜迷人的笑容。

晚上，艾琳娜很晚才回来。她非常兴奋，冲进罗涛的书房，手里拿着厚厚的一摞调查问卷，展示给罗涛看。艾琳娜兴奋地说：“科洛城的电话真是太缺乏了，我们访问过的人百分之百都说想要装电话，都说科拉坦电信的服务不好，许多人都等了好几年也装不上电话。他们说还要送很多钱给科拉坦电信官员才能安装上。调查完了，还有人一再问新公司什么时候开始提供服务。”

罗涛接过调查报告，翻了翻说：“是啊，这就是我们要做这个项目的原因，科拉坦人民确实需要。你们的市场调研进行还顺利吧？”艾琳娜点头道：“下午开始，我们全部的人都走出去做问卷调查了。我和另外两个女生一组。阿尔达教授要求我们在三天之内做完。大家都很努力，我想报告肯定会按时完成的。你放心吧。”

罗涛见艾琳娜又是兴奋又是疲惫，就叫她赶紧去洗个澡早点休息。艾琳娜刚要离开，罗涛想起经济学教授的事，就又关心地问：“对了，我忘问了，那位教授还骚扰你吗？”艾琳娜笑着说：“多谢你了，他今天一见到我，就吓得转过身去，不再看我。不过，学校里已经传开了，许多人对着我指指点点，又不好意思直接问。一位和我要好的女同学悄悄问我，说我们两个是不是一见钟情。”

罗涛有些尴尬地笑了笑：“对不起，我这样帮你也给你带来了麻烦。对了，还有一件事忘说了，我后天要回中国。”艾琳娜显然十分惊讶，她睁大眼睛着急地问：“什么？你要回中国？那你还回来吗？”

罗涛忙解释说：“我只回去一周，还会回来的。你放心吧，你就住在这里，没有关系。我会安排车接送你的。李小姐还在，有什么事就找她，她会帮你的。”

艾琳娜的脸上露出不安的神色，她犹豫着想说什么，可没等她说出口，她就被罗涛的行为惊呆了。罗涛突然猛地站了起来，他飞奔出房门，嘴里大声呼喝着：“站住！”

→34 在和艾琳娜说话的时候，罗涛突然又感觉到有人在门口窥视，他立刻采取了行动。罗涛飞奔出书房，只看见大门“砰”的一声关上，显然是有人刚跑出了大门。罗涛又跑出大门，大门外那盏昏暗的廊灯被呼啸的夜风吹得摇摇摆摆，灯影幢幢，罗涛不禁打了个冷战，他四下张望，连个人影都没有。

罗涛又仔细向两边看了看，出楼房大门向左就是院子大门，可以看见保安在门口隐隐约约的身影，如果人是向那边跑的，保安一定会发现的。楼房的右边是几间低矮的小屋和露天的水池，那是佣人们居住的地方，看来很有可能人是向那个方向跑的。罗涛向着那几间低矮的小屋走去。

那低矮的小屋是用木板拼成的，窗户很小而玻璃又破了一角，从里边透出暗淡的灯光。小屋外面刷着朱红色油漆，油漆已开始掉落，显得小屋破烂不堪。而房门更是低矮，似乎只有低头弯腰才能跨进小屋。

罗涛站在小屋前，犹豫着，他还从没有走入过佣人的房间，他只知道第一个房间是苏拉的。房间的门突然打开了，穿着白色长袍的苏拉从里边走了出来，他见到站在门口的罗涛显然吓了一跳。他神色慌张手足无措地说 :“老板，你找我有事吗?”

罗涛好奇地望着苏拉，问道 :“刚才有什么人来过吗?”苏拉脸色惨白，他摇头否认，可却止不住向自己的房间瞟了一眼。罗涛向苏拉的房间走去，苏拉赶忙挡在罗涛的面前 :“老板，我的房间很脏很乱，没什么好看的。”

罗涛伸手把苏拉拨开 :“我还从没有进过你的房间，想去做做客，你不欢迎吗?”一边说着,罗涛一边打开那扇吱吱作响的房门,低头走进了这间低矮的小屋。房间里面比从外边看起来还要小，除了一张窄小的床外，屋里几乎什么家具都没有。地上堆着几个纸箱，里面装着衣物。窗台上放着餐具，房间里充满了发霉的味道。房间里确实没有人,罗涛刚要离开,却注意到床上摊开的被子轻微动了一下。他跨前一步，猛地伸手掀开了被子。

被子下面是一个人，准确地说是一个小女孩，十分瘦小，梳着凌乱的辫子，睁着一双惊恐的大眼睛。罗涛突然觉得这个女孩有点眼熟，仿佛在哪里见到过。罗涛在脑海里搜寻着。

苏拉猛地跪倒在地,惊恐地哀求道 :“老板,我不该瞒着你,可我也是没有办法,我一再叫她不要乱跑。老板，求求你，留下她吧，她很能干的。”

罗涛扶起苏拉，问道 :“她是谁?这到底是怎么回事?”苏拉颤抖着说 :“老板，她是布里克的女儿。”看罗涛一脸的疑惑，苏拉又补充道 :“就是以前那个保安布里克。布里克的老婆得病死了，布里克又没了工作，实在没办法，就去南部投了共和军。他的女儿就一直由萨达姆抚养，前不久萨达姆也逃走了，他就把布里克的女儿托付给我。我一直没敢和老板说，我怕你不同意我收留她。老板，你就让她留下吧，可以让她帮着干点活，她英语很好，很聪明，也很能干的。”

罗涛觉得心头一震，看来布里克当时并没有撒谎，他的妻子真是得病了，可自己不但没有借钱给他，还把他开除了。是自己害死了布里克的妻子吗?罗涛望着蜷缩在床里的小女孩，轻声问 :“你叫什么名字?多大了?”小女孩怯怯地回答 :“我叫媞雅，今年十岁了。”女孩十分瘦小，怎么看都不像是已经十岁了，只是眼神里透着一点历经苦难的成熟。

苏拉胆战心惊地看着罗涛，生怕他发火。罗涛走近媞雅，伸手握住她的手，小女孩的手还在颤抖。罗涛安慰道 :“不要怕，我不会赶你走的。我听你爸爸说你在上学，是吗？”媞雅的手止住了颤抖，她摇了摇头说：“爸爸走了之后，就没有去读书了。”

罗涛转过身，看着苏拉问道：“她就住在这里吗？怎么住得下？”苏拉为难地说：“是有一点不方便，可老板要是能收留她就已经谢天谢地了，我们贱民很容易活的。”

罗涛松开媞雅的手，对苏拉说：“你带着媞雅跟我来一下。”罗涛转身走出苏拉的小屋，心里充满了酸楚和悔恨。他还记得小女孩写的那封工整的信，“亲爱的老板，我的妈妈生病住院了，爸爸每天要在医院照顾妈妈，很辛苦。妈妈现在要做手术，急需用钱，我知道你是一个好心的老板，再给爸爸一次机会，救救我妈妈吧！”罗涛的眼睛有些湿润。

罗涛走进客厅，艾琳娜焦急地等在那里，她看到罗涛后面跟着的苏拉和媞雅，不解地问：“你怎么突然跑走了，吓死我了，到底发生了什么事？”罗涛招手让媞雅过来，对艾琳娜介绍说：“艾琳娜，我们又多了一位新成员，这是媞雅。”

罗涛坐到办公桌后，打开抽屉，拿出支票簿，写下了一个数字，签过字后撕下来递给苏拉。苏拉接过支票，低头看了一眼，愣在那里。罗涛指着支票说道：“这是给媞雅的，我不需要媞雅干什么活，你明天就去给她交学费，送她上学。剩下的钱，给她买几套新衣服和新书包。”苏拉的眼泪流了出来，他哽咽着说：“老板，你真是一个好人，谢谢！”

罗涛摆了摆手，又说道：“不要再让她住在你那个猪窝里了，你马上把楼上的一间客房收拾出来给她住。记住，媞雅不是贱民，没有人生下来就是贱民的，我一定要改变媞雅的命运。”

第二天早上吃早餐的时候，媞雅和艾琳娜已经熟得像是一对姐妹，两个人叽叽喳喳地说笑着。早上艾琳娜帮助媞雅梳洗打扮了一番，媞雅已变成一位漂亮整洁的小姑娘，她的脸上洋溢着幸福纯真的笑容。

李青怡显然有些不高兴，她悄声对罗涛说：“你怎么什么人都往这儿领，这样我们这儿不是成福利院了吗？”罗涛严肃地说：“是我害死了她妈妈，我一定要赎罪，无论如何，我都要帮助她。”

李青怡嘟着嘴，还想说什么。罗涛摆了摆手说：“我不怕别人说闲话，她们的花费我都会用我自己的钱，不会花公司一分钱的。”李青怡不悦地望着罗涛，没有再说什么。

罗涛和李青怡坐在驰向陆军总部的车里，听着车里音响播放的小提琴曲，陷入了沉默。自从培训开始后，罗涛还一直未见到苏亚雷，罗涛希望在回国之前，能与苏亚雷谈一次，把前面的事做一个了结。李青怡看了一眼闷闷不乐的罗涛，轻柔地说："别生我的气，我也是为你好才提醒你的。那个小女孩还是挺可怜的，倒也应该帮一帮。你放心吧，你不在的时候我会好好照顾她的。"

罗涛感激地看了一眼李青怡："谢谢你能理解我。布里克可是把全部希望都寄托在小媞雅的身上，我如果不帮她，她这一辈子就毁了，长大了最多也就是做个佣人，而她的后代也会重复同样的命运，世世代代都是贱民。如果我不收留她，她还有可能被卖到妓院为奴，一辈子过着悲惨的人不人鬼不鬼的生活。唉，没办法，这就是科拉坦大多数人的凄惨命运。"

李青怡笑着说："小媞雅遇到了你这个'救世主'，命运可就彻底改变了。对了，你也得救救你的同胞呀，我跟你说的事怎么样？"罗涛不解地问："你说的什么事？"

李青怡伸手亲昵地轻轻捶了一下罗涛："别装了，什么时候能让我来做销售？给你当助手？"罗涛恍然大悟："这件事呀，就看你表现怎么样了。不过说实话，我不是太赞成你做销售，等你真正做起来就知道这中间的酸甜苦辣了，一个女孩来做就更不容易了。这样吧，等我从国内回来，你的培训也做完了，我们再认真谈谈这个问题。"

罗涛实际上处于深深的矛盾之中，如果只是从工作的角度考虑，留下李青怡则罗涛将会有一个得力的助手，尤其是现在罗伯特对李青怡如此迷恋，有了李青怡这张牌，对后面的项目运作将会有很大的帮助。可是罗涛历来对所谓的美女营销深恶痛绝，龙腾的某些海外女销售的事迹早已在公司内传得沸沸扬扬，罗涛很不以为然，甚至觉得十分羞辱。他当然不希望自己喜欢的人也来做这个。而李青怡想做销售的欲望又这么强烈，令罗涛十分为难。他不想现在就做决定，等以后再说吧。

看得出来李青怡在尽力掩饰着不快，她又问道："你这次回去是做什么？那个大项目进行得怎么样了？"罗涛回答道："这次回去就是为了那个大项目，争取这次签署合作协议。"

李青怡兴奋地说："都要签协议了？那这个项目不是要成了吗？你这回肯定能拿到不少奖金吧？"罗涛望着刚刚不快现在又一脸兴奋的李青怡说："这只是万里长征的第一步，后面还有许多艰难的事要做，现在就说项目成了还为时过早。

即使项目成了，奖金的数目跟你期望的值也相差很大。去年的 GSM 项目，项目也不小了，可我得的奖金说出来都叫人笑话，付出的和得到的真是不成比例。最可气的是总有人眼红，千方百计地想各种办法让你得不到应得的那份。唉，不说这些了，挣多少钱人也不会满足的，知足吧。”

李青怡不满地说：“你怎么这么消极，觉得不公就去积极争取嘛。要是我，无论如何都一定要得到自己应得的，付出了就要得到回报。我就不信，公司这么想做这个项目，还会在乎这点钱吗？”罗涛苦笑着摇了摇头，李青怡就像一个革命小闯将，要铲平世上的一切不平事，她充满热情地奔跑在实现其梦想的大道上，可现实一定会让她碰得头破血流的。

→35 在苏亚雷的办公室里，苏亚雷的表情依然严酷如冰，他眯着眼睛盯着罗涛，好像没有听见罗涛的话。罗涛停下来，好奇地望着苏亚雷，在办公室和在家里，苏亚雷就像变了个人，在家里张着大嘴贪婪地盯着钱的苏亚雷是否就是真实的不戴面具的苏亚雷呢？

苏亚雷终于开口说话了：“请你告诉我，你的司机是怎么逃到共和军那边的？”罗涛大吃一惊，苏亚雷是怎么知道的？他赶忙稳定情绪假装惊讶地说：“你说什么？我的司机逃到共和军去了，我还真不知道。”罗涛又进一步解释道：“在发生示威游行的那天早上，我发现我的司机失踪了，不得已另换了一个司机，我还没来得及向你们通报，示威游行就发生了。后来，出那么多事，我也就忘了和你们说了。你是说他是共和军，我还真不敢相信。如果是真的，他可太可恨了，他害死了这么多人，把我们的公司搅得乱七八糟，我真恨不得杀了他。”罗涛说到最后已经是咬牙切齿了。

苏亚雷依旧是眯着眼睛，不动声色，丝毫也看不出来他相不相信罗涛的这番话。罗涛仔细想了一下，自己偷偷放走萨达姆的过程，外人绝对不可能知道的，最有可能的是萨达姆逃到共和军那边后，消息从共和军那边又泄露到了苏亚雷这里。

苏亚雷终于又开始说话了，他慢吞吞地说：“我希望你认识到问题的严重性，这是战争，关系到科拉坦伊斯兰共和国生死存亡的战争。共和军可是杀人不眨眼的恐怖分子，他们杀死了多少无辜的平民，搞得整个国家没有一天安宁的日子。我们已下定决心，一定要消灭共和军。我希望你说的是真的，否则无论是谁，我都不会客气、不会手软。如果有任何共和军分子的消息，你一定要马上通知我们。”

从陆军总部回来，罗涛的心情很沉重，事态越来越复杂，自己本来不想卷入烦扰的政治之中，可他觉得自己却是越陷越深。共和军是臭名昭著的恐怖分子武装，可罗涛接触的共和军的人却又都是好人，善良正直，坚定勇敢。科拉坦政府是名正言顺的民选政府，可这些官员又都贪污腐败、自私自利。要在这里做生意，确实需要稳定的政局。自己到底需要或者应该站在哪一边？又该坚持什么样的立场呢？罗涛想不清楚。看来，最好是什么都不要管，什么事都不要想，埋头做自己的项目吧。多装些电话让科拉坦人民生活更便利，总不会是错的吧。

阳光照耀下的科拉坦世贸中心还像往日一样富丽堂皇，大门口的人川流不息，显得十分繁忙。怎么也不会想到几日前这里刚发生了一起惨案。罗涛带着两位昨天才到的同事来到世贸中心十五层龙腾的办公室，萨基德正坐在空荡荡的办公室里专心致志地看着资料。罗涛悄悄地走到萨基德旁边，只见萨基德全神贯注丝毫也未注意到罗涛的到来。罗涛咳嗽了一声，萨基德这才发现罗涛，他站起来笑着和罗涛握了握手。罗涛问道：“你这么认真地看什么呢？”

萨基德指指自己的脑袋：“在向电脑里贮存资料呢。这是我每天必做的功课，花一段时间整理脑子里的资料，剔除无用的资料，存进新的有用的资料呢。”看来“电脑人”还是有自己的一套办法。罗涛把两位同事介绍给萨基德：“这是李大中先生，负责网络规划的工程师，这位是陈天桥先生，负责固网售前技术支持的工程师。他们将协助你工作，有什么要做的就尽管吩咐。”

李大中和陈天桥与大多数龙腾所谓的专家一样年龄不大，年轻气盛，他们对罗涛对萨基德如此尊重显然有些不以为然。罗涛又向两位工程师介绍萨基德：“这位是萨基德先生，他可是科拉坦电信头号的技术权威，绰号‘电脑人’，能把他老人家请来很不容易，你们要好好跟他学习。”

罗涛又大概地介绍了项目的背景情况，然后看着三个人严肃地说道：“这个项目的意义重大，也很急，我们希望以尽可能快地完成。我特意请萨基德来就是让他来负责整个网络规划。重点在第一期的项目上，也就是科洛城的四十万线项目。这里包括部分 ADSL 宽带接入和无线接入。我希望你们能在尽可能短的时间内根据竞争情况、人口环境、经济地理等因素做出一个合理、经济、高效的网络规划。我专门给你们配一辆车，想去哪儿勘查就去哪儿。在此基础上，我们还要做一份详细的可行性研究，到时会有财务部的人以及设计院的人参与。怎么样？任务艰巨吧？”罗涛探询地望着三个人。

萨基德很是兴奋，他亢奋地对罗涛说：“太好了，这等于重建一个科拉坦电信，当年科拉坦电信的第一期网络规划就是我做的，没想到现在又有这种机会，谢谢你，我肯定会尽全力做好的。”罗涛知道萨基德这个工作狂会全力以赴，他心里对这个项目的信心又增强了许多。罗涛又让他们今天先做一个初步的规划和投资估算，这次回国签协议将要用到这些数字。

罗涛回到自己的办公室，继续写报告并草拟了回国的行程安排，传回公司。罗涛计划带着塔鲁三人先飞曼谷，再飞香港，然后从香港入境，在深圳与中国电信的某市分公司洽谈，最后从深圳直飞上海，参观洽谈，然后再取道新加坡，赶回科拉坦。上次带塔鲁去上海，走的就是这条路线，塔鲁非常满意，这次罗涛如法炮制。罗涛深知巨华抢客人的能耐，所以一再告诫公司负责接待的人要对此次行程严格保密。以前发生过很多次巨华抢客人的事，龙腾费力请的客人一出机场就被巨华的一群人蜂拥而上，像灾民哄抢粮食似的把客人抢走去参观巨华公司。罗涛可不希望这样的事在自己的身上发生。

罗涛刚放下和公司总部的电话，就听到办公室外传来了一阵争吵声。罗涛走出自己的办公室，只见萨基德和陈天桥脸红脖子粗地争着什么。罗涛赶忙劝阻两人，并询问发生了什么事。原来，陈天桥在计算一组数据时，将萨基德提供的一个数字搞错了，萨基德发现了，让他重做，可陈天桥觉得没有必要，萨基德坚持让他重做，两个人就吵了起来。陈天桥委屈地对罗涛说：“罗总，只是小数点后的一个数字错了，对整个计算结果没什么太大的影响，如果重做，还要再花一个小时，太浪费时间了，而且现在只是做估算嘛。”

罗涛望了望脸涨得通红的萨基德，严肃地对陈天桥说：“陈工，我让你们跟萨基德学习，除了要你们学习他的技术和学识外，还有重要的一点，就是学习他严谨的一丝不苟的工作态度。这正是我们龙腾公司的员工最缺乏的。我们做什么事，没有追求完美的精神，以至于做个八九不离十差不多就觉得可以了，所以导致我们的标书错误连连，用户手册和产品手册上的错别字、语法错误比比皆是。还有，我们产品外观性能都已可以和西方公司相比，可稳定性总是差那么一点，所有这些都需要用严谨的工作态度和追求完美的精神来克服，只有这样我们才能真正成为世界一流的企业。我希望你能认真向萨基德学习，把错误改正过来，不要怕麻烦。”

陈天桥有些不情愿地点了点头，转身去修改计算结果了。罗涛知道陈天桥还没有完全服气，态度和习惯的改变不是一朝一夕就能完成的，这就是龙腾和老牌西方企业的差距所在。

罗涛又安抚萨基德道：“谢谢你的认真态度，我会要求他们严格按你的要求来做，这项工作将由你全权负责。”

罗涛很晚才回到公寓，明天早上还要早起赶飞机，罗涛感到有些疲惫。认真的萨基德又检查了多遍，才将初步的规划和投资估算交给罗涛。整个项目的投资额大约在二点五亿美元。由于在人口密集的老城区新铺线路非常困难，所以准备多用一些无线接入设备，因而投资额也就相应增加了许多。

客厅里，艾琳娜坐在沙发上，而穿着一身新衣服的媞雅则头枕在她的腿上睡着了。艾琳娜笑着望着罗涛，轻声说：“媞雅今天去上学了，她非常高兴，非得要等你回来让你看看她的新衣服和新书包。我让她去睡觉，她怎么都不肯。”艾琳娜爱怜地用手抚摸了一下媞雅的头。

罗涛走过去抱起媞雅，轻声对艾琳娜说：“太晚了，早点休息吧，看你也困得不行了。”说完，转身向楼上走去，艾琳娜提起媞雅的书包跟着走上楼去。媞雅睡得很香，脸上带着甜蜜的微笑。罗涛很惊讶，怀里的小女孩竟然这么轻，抱着她就像抱着一只小猫。把媞雅安顿好，罗涛和艾琳娜走出媞雅的房间。

艾琳娜停下来，回头望着罗涛。罗涛注意到她清澈湛蓝的眸子闪着亮晶晶的泪光。罗涛不解地问：“你怎么了？”艾琳娜突然扑入罗涛的怀里，哽咽着说：“你明天就要走了，我害怕再也见不到你了。”

罗涛一时手足无措，他伸手轻轻拍了拍艾琳娜的背：“你怎么这么说？我一周后就回来。别胡思乱想，有什么事，可以去找李小姐帮忙。”艾琳娜搂紧罗涛，喃喃地说：“我不想离开你，我会想你的，上帝既然派你来了，不会又把你招走吧。”

罗涛轻轻推开艾琳娜，又轻轻擦去她的眼泪，认真地说：“艾琳娜，我保证一周之内肯定回来，我会一如既往地帮助你，关心你。上帝赶我走，我也不会走的。”艾琳娜破涕为笑，她又贴近罗涛，在罗涛的脸上轻轻一吻：“记着我在这里等着你呢，一定要早点回来。”

目送着艾琳娜回到她的卧室，罗涛心里不知是什么滋味。他提醒自己，艾琳娜是在这种特殊的环境下对自己产生了一种依恋的感情，自己一定要克制。可他不得不承认，当美丽动人的少女将她的身体投入他的怀中时，他确实有点心旌摇动。

罗涛回到自己的卧室，却发现房间里开着灯，他的旅行箱放在卧室的中央，而衣柜的大门敞开着。罗涛大吃一惊，发生了什么事，难道进来小偷了吗？

→36 罗涛走出自己的卧室，想要找苏拉问一问，怎么会有人进自己的卧室呢？这所公寓现在可是有二十四小时的保安呢。罗涛在门口遇到了李青怡，李青怡只穿了一件半透明的白色睡衣，罗涛有点不敢直视衣着单薄的李青怡，而李青怡却落落大方没有一丝羞涩，她把罗涛拉进房间，关上门，转身笑着说："你怎么这么晚才回来，我担心死了，还以为出什么事了呢。你的手机也打不通。你不是明天一早的飞机吗？"

罗涛注意到李青怡化了淡妆，而且那件半透明的睡衣里好像什么也没有穿，他不禁有点口干舌燥，结结巴巴地回答道："还不是在开会，我回国需要一些数据，需要赶出来。手机正好没电了。晚点没关系，再晚我早晨也起得来。你怎么还没睡？"

李青怡靠近罗涛，她身上喷了香水，浓烈的香气使罗涛更加局促不安心跳加速。李青怡用温柔的语调轻声说："你不回来，我怎么能睡得着？我帮你把箱子装好了，你看一看，还缺什么东西。"原来并没有什么小偷，是李青怡在帮自己装箱子。

罗涛赶忙说："这怎么好意思，我的东西很乱的。"李青怡亲昵地说："跟我还客气什么。你好好洗个热水澡，放松休息一下吧。你等着，我去给你放水。"说完，她扭动着身体走向卫生间。

罗涛打开旅行箱，只见里面衣物和各类物品摆放得整整齐齐的，罗涛感觉到一丝温情的暖意。罗涛最讨厌装箱子了，他从来都是在最后一刻胡乱把东西塞入箱子。看不出来，李青怡倒是一个很细心的人。

罗涛躺在浴缸里，温热的水浸过整个身体，觉得十分惬意，心情放松了好多。浴室的门被轻轻推开，李青怡走了进来，她走到浴缸的旁边，俯下身把手放在罗涛的肩上轻轻地抚摸着，她的声音也轻飘飘的："我来帮你放松放松，来，放松一点，不要紧张。”接着，李青怡站起来，把身上半透明的睡衣脱了下来，一丝不挂地伸腿跨入浴缸，柔声说：“我会让你完全放松，忘掉一切烦恼的，好好享受吧，我要让你有一个一辈子难忘的经历。”

凌晨，罗涛从噩梦中惊醒，梦中浓妆的李青怡赤裸着身体手里拿着一把科拉坦军刀笑着刺向罗涛，她的后面站着罗伯特和另一个看不清面容的男人。罗涛睁开眼睛，身旁的李青怡关心地望着他，是他梦中的惊叫声吵醒了李青怡。身边的李青怡手里并没有拿着军刀，她伸手轻轻抚摸着罗涛的头，嘴里喃喃地说：“做噩梦了吗？乖宝宝，乖乖睡觉，别害怕。”

李青怡突然坐了起来，伏在罗涛身上严肃地说：“忘了和你说了，这次回国不许惹别的漂亮女孩子,看都不许看。记住,漂亮的女孩子都是骗子,不要理她们。”看李青怡一点儿没有开玩笑的意思，罗涛不由得认真地点了点头。李青怡满意地躺在罗涛胸上，伸手抚摸着罗涛的身体喃喃地说：“乖，这才是我的乖宝宝。不过，我已经把你喂得饱饱的了，你才不会去想别的女孩子呢。”

罗涛独自一人坐在泰航狭小的经济舱里，而塔鲁、侯赛因和列雷都是坐在公务舱。三个人多次来到罗涛的座位前对罗涛表示同情，可罗涛没有一点精力来抱怨经济舱座位的狭小或者龙腾公司对员工的刻薄小气，昨晚和李青怡的彻夜缠绵已耗尽了他的全部精力，他现在只想睡觉。

一直到飞机降落在曼谷廊曼机场，罗涛都是昏昏沉沉的。曼谷的廊曼机场显得十分繁忙，来自世界各地的各种肤色的旅客们来去匆匆，最显眼的还是一队队的中国旅游团队，他们旁若无人地大声喧哗着。听着熟悉的乡音，罗涛恍然觉得已回到了中国。如今的泰国和罗涛记忆中当年的泰国已有了很大的变化。当年的泰国还是中国少数富人和特权阶层出国旅游的首选，如今这里已成为中国普通老百姓进行出国旅游扫盲的理想之地。

列雷持的是美国护照，无需签证。他得意洋洋地对其他人说：“我先出海关去取行李，你们办签证可能还需要一段时间，我在外边等你们。”说完他高举着那本绿色的美国护照昂着头走向海关。

罗涛给三个人填完签证表,排在长长的队伍后面等着办签证。塔鲁一脸不快，他嘟囔着：“列雷这个人太讨厌了，不就是拿了个美国护照吗，有什么可牛的？要不是看在父亲的面子上，我才不理他呢。”罗涛赶忙安慰道：“这个签证办得很快的，我们用不了多久就会在泰国最好的酒店享用晚餐了。”罗涛知道塔鲁和列雷的积怨已深，这对这个项目的进程是一个很大的隐患，幸好很快罗伯特就会全面接管了，以后这个问题应该不会再有了。可一想到罗伯特，罗涛的心里就觉得不舒服，这小子留在国内真的是为了项目的事吗，是不是还有别的什么目的呢？

等罗涛三人办完签证走出海关，列雷已等候多时，罗涛赶紧推着行李带着三个人走出机场，一股热浪扑面而来，而大家的热情也被点燃了，尤其是侯赛因，他兴奋异常地问罗涛："这里就是你津津乐道的娱乐之都泰国了，总算可以体验一下了。怎么样，今天都有什么节目？”罗涛冲他眨了眨眼，笑道："别着急，今天的节目绝对会让你满意的。”

当地的导游用一辆丰田旅行面包车将大家拉到了湄南河畔的东方酒店，世界闻名的东方酒店宛如湄南河上一颗耀眼的钻石在炽烈的阳光照耀下熠熠生辉。饭店大厅是精致的泰式中古世纪风格，大型灯笼式的竹灯，自挑高的屋顶直泻而下，透露出东方文化的神秘和内敛。大厅四周都是大的落地窗，灿烂的阳光映着窗外盎然的绿意，令人心旷神怡。

塔鲁和侯赛因是赞叹不已，列雷矜持地点了点头："泰国的酒店倒也不错，不过和沙特的比，还是差了一些。”塔鲁撇了撇嘴，蔑视地瞪了列雷一眼："这是世界排名第一的酒店，我怎么没听说沙特有什么有名的酒店。”

塔鲁照例和侯赛因住一个房间，塔鲁从小就没有自己住过一个房间，一个人住一个房间还有些恐惧。上次罗涛和二人旅行时一开始还给他们订了两个房间，可第二天早上却发现两个人挤着住在一个房间，后来罗涛就顺势只给他们两个人订一个房间，还能省点钱。

四个人在酒店的餐厅里享用完了美味的泰式海鲜大餐后，坐在大堂里的沙发上商量下一步的行程。侯赛因充满期待地望着罗涛："涛，你一定要带我们去一个最好玩的地方，你也知道我是什么意思。”列雷也插话说："我听说泰国有很多有特色的东西，涛，你可是专家，带我们去哪里？”

没等罗涛回答，塔鲁接过话："我知道泰国有一个特别神秘好玩的地方，我早就听说过这个地方，这次一定要去。听我的，咱们现在就去那个地方，我保证你们满意，绝对够刺激。”

在夕阳映照下，湖水泛着粼粼波光，显得特别宁静安详。突然，一大块牛肉被抛入湖中，还没等牛肉落入水中，湖中猛地跃起一只张着大嘴的鳄鱼，一口吞下了牛肉。鳄鱼旋即沉入水中，湖水又恢复了平静。塔鲁坐在湖边，脸上带着满足的笑容，他的脚边放着一个大木桶，里面是带着骨头的大块牛肉。凶恶狰狞的鳄鱼吞吃牛肉的血腥场面显然令塔鲁十分满足，他又拿起一块牛肉拎在手里，做势要扔入水中，一只足有两米长的鳄鱼突然跳出水中，差一点就咬到了塔鲁的手。塔鲁吓了一跳，手里的牛肉掉入了湖中，又一只鳄鱼迅猛地跳起吞下了牛肉。

旁边的罗涛和侯赛因赶忙奔到塔鲁身边，侯赛因的脸都吓白了，他颤声说："我的少爷，吓死我了，咱们可别玩这个了，太危险了。"塔鲁若无其事地笑了笑说："你怎么那么胆小，我真是太喜欢这些鳄鱼了，它们太可爱了。我准备以后在家里养几条。"侯赛因的脸变得更白了，他无奈地叹了口气。

这里正是泰国著名的北榄鳄鱼湖，里面养着成千上万条凶猛的鳄鱼。塔鲁在这里是玩得兴高采烈，而侯赛因和列雷却显然缺乏兴趣，直到来到鳄鱼湖里的商场，侯赛因和列雷二人才提起了兴趣。制作精良的鳄鱼皮皮具熠熠生辉，十分诱人。塔鲁在一个鳄鱼皮公文包前停留良久。这个公文包是用整块的上等鳄鱼皮缝制，工艺考究，显得十分精美华贵。罗涛偷偷看了一下价签，不出所料，数目惊人，当然这是唬人的价钱，店主会给相当大的折扣的。

塔鲁摸着鳄鱼皮包，喃喃地说："尊敬的部长阁下每天都用的那个公文包已经破得不成样子，哪里像堂堂的一国部长的包。我一直想给他买一个新的，他要是能拎着这个鳄鱼皮包，那该有多气派。"他看见了价签，不禁叹了口气，摇了摇头。几个人转了一圈，只有列雷买了一条鳄鱼皮皮带。

等塔鲁他们三人上了旅行车，罗涛返回商店，叫店主把那只塔鲁情有独钟的公文包包起来，又挑了三个鳄鱼皮钱夹，跟店主讨价还价一番后，付了款拿着包回到了旅行车上。罗涛先把三只钱夹分发给三个人，三个人十分高兴，连声道谢。随后，罗涛又把那只漂亮的鳄鱼皮包递给塔鲁，塔鲁接过皮包，惊喜异常，他想了想又把皮包推了回去："涛，这是不是太贵了？"罗涛把包塞入塔鲁的手中："这是龙腾公司送给尊敬的部长阁下的礼物。堂堂的部长大人怎么也应有一个配得上他的身份的包。"

塔鲁接过皮包，点头道："我替部长阁下谢谢龙腾公司。放心吧，涛，他天天拿着这个包，会记着龙腾公司的。”罗涛知道这种感情投资也是必需的，在商场上，虽然利益是第一位的，但有时感情就如在天平一端的一粒尘土，虽然很轻，可是在某些情况下，这粒灰尘有可能会影响或打破天平的平衡。

晚上，罗涛安排大家去看了曼谷著名的人妖表演。实际上泰国最有名的人妖表演是芭堤雅蒂芬尼表演团，可这次时间太紧了，不可能去芭堤雅，罗涛只好在曼谷找了一家小规模的表演团。令罗涛没有想到的是，这场表演的质量相当高，一点儿也不亚于芭蒂亚的表演。再者因剧场较小，观众人数也不多，可以非常近距离地观看，和大剧院看表演的感觉很不一样。表演的几个人妖都非常妖艳，看得塔鲁他们三人是目瞪口呆，尤其是侯赛因，他大睁着眼睛，直勾勾地盯着台上的演员，生怕错过一点细节。

表演过后，演员们又主动与观众合影来换取小费。其中长着一双勾人心魂媚眼的最漂亮的一位演员最受欢迎，“她”穿着淡粉色的超短裙，曲线毕露，性感迷人，脸上带着甜美的微笑。侯赛因搂着人妖演员纤细性感的腰，手不老实地在演员的身上乱摸。看到列雷和塔鲁也都和这个演员合了影，罗涛就走过去将一张二十美元的钞票塞入演员的手中，演员冲罗涛妩媚地一笑，罗涛只觉得心头一震，那笑容确实是有点勾魂夺魄，比真正女人的还有过之而无不及。

罗涛拉着侯赛因等三人向剧场外面走，侯赛因还是恋恋不舍地回头看。他突然停了下来，对罗涛说：“涛，那个演员太漂亮了，我爱上‘她’了，你去问问带‘她’出去要多少钱？”

→ 37 侯赛因的要求令罗涛有些为难，他还从没有遇到这种情况。还没等罗涛回应，列雷皱着眉不以为然地对侯赛因说：“嘿，这种人，为了猎奇看一看就行了。你还想带出去？想想都恶心。”他厌恶地望了远处一眼的演员。

塔鲁狠狠地瞪了列雷一眼：“我也喜欢那个演员，那么漂亮有什么恶心的？就你高贵。我今天一定要把‘她’带出去。涛，我相信你一定会有办法的。”

十分钟后，罗涛和表演团的老板谈定了价钱。满脸凶相的老板走到穿淡粉色超短裙的演员面前低声说了几句，又向罗涛指了指，淡粉短裙的演员抬头望了罗涛一眼，脸一红，又低下头，脸上却分明透了一层喜意。罗涛把钱交给满脸横肉的老板，拉起穿粉红短裙的演员向剧场外走去。即使离得很近，罗涛也看不出这个人妖演员有一点男性的痕迹。皮肤白嫩，体态妖娆，尤其是“她”娇羞的神态和妩媚的眼神更显女人的媚态。

回到酒店，侯赛因迫不及待地搂着人妖演员向自己的房间走去，而塔鲁也紧随其后。人妖演员扭头望了罗涛一眼，罗涛惊奇地发现她的眼中充满了无奈和无助的悲哀，那凄惨无助的眼神深深地印入了罗涛的脑海。

塔鲁和侯赛因回房间忙去了，只剩下罗涛和列雷两个人。罗涛就带着列雷去了曼谷帕通的脱衣舞酒吧，两个人找了个靠窗的桌子坐下。罗涛举起手中装着健士力黑啤酒的酒杯与列雷碰了下杯，为了压过嘈杂的音乐，罗涛不得不大声喊着才能让对面的列雷听见。几杯酒下肚,列雷已面红耳赤,他凑近罗涛的耳朵大声说：“我对科拉坦已经完全失望，你看看都是一些什么样的人在掌权。唉，他们竟然两个人和一个变性人，变态、下流。想当年，虽说科拉坦是英国的殖民地，可掌权的人都是真正的绅士，品格高尚。我宁愿科拉坦不独立，是殖民地又如何？只要人的生活好了，管他别的什么。”

罗涛又举起酒杯与列雷碰了一下杯，没有说什么。列雷喝了一大口酒，又凑近罗涛说：“我很佩服你们中国公司，你们做事和西方公司完全不一样。你们非常务实，非常能吃苦，目标明确坚定。你们的成本又如此之低，太可怕了，我觉得早晚有一天中国公司会统治整个商业世界的。不过，恕我直言，科拉坦的生意很难做呀，这些人太贪婪了。像你们这样有求必应的，这成本也太高了，我们公司可是绝对做不到的。”

罗涛点了点头，将杯中的酒喝干，赞同道：“科拉坦的生意是很难做呀。说实话，我们也是没办法，中国公司刚刚发展起来，发达国家市场暂时进不去，我们只好先从发展中国家做起。你知道中国的毛主席吗？他当年有一个著名的战略，‘农村包围城市’，靠着这个战略，他领着一帮农民打败了比自己实力强大的对手，成功建立了新的政权。现在中国高科技企业也是用这个战略，我对我们中国公司还是很有信心的，正如你说的，我们的员工能吃苦，拿的工资又低，我们为了集体的利益，愿意牺牲个人的利益。我们可以为客户做任何事情，给他们以无微不至的关怀，没有哪家西方公司能像我们这样来维护客户关系，也没有哪家西方公司能像我们这样拼命努力来争取市场。我相信，天道酬勤，我们一定会成功的。”

列雷是连声赞叹，二人杯觥交错，都有了几分醉意。酒吧内的中央舞台上，几个全身只穿着黑色丁字裤的舞女随着音乐扭摆着，做着各种挑逗的姿势。其中一个十分丰满的舞女越舞越疯狂，竟解下黑色丁字裤在空中摇了两下甩了出去。巧的是，丁字裤不偏不倚正好落在列雷的身上。列雷拿起丁字裤，贪婪地在手里抚摸着，眼睛直勾勾地盯着一丝不挂地在台上狂舞的舞女。他转身问罗涛："这里的女人可以带走吗？"他又掩饰道："我只是随便问一问。"

罗涛招手叫来服务员，指了指那个全裸的舞女："一会儿把她带过来。"列雷忙摆手："不，这多不好，怎么能这么做呢？"他摸了摸手里的丁字裤，又点头说："也好，这个也得还给她。"

等那个裸体的舞女坐在列雷的身边时，他早已忘了要将丁字裤还给舞女的事，他的眼睛和双手已经不够用了。罗涛刚要再点些酒喝，列雷摆了摆手："涛，我想回酒店了。"说着，他掐了一下舞女的屁股，舞女顺势倒在他的身上。列雷紧紧搂着舞女，嘴里却说："涛，我们该走了。"

罗涛招手叫来服务员，付了款。列雷又抓紧时间在舞女身上忙了一会儿，站了起来，服务员拿给舞女一件黑色风衣，她裸身穿上风衣后，把扣子全扣上，挽住了列雷的手臂。列雷扭头对罗涛说："涛，我们该走了。你帮我问问带她出去要多少钱？我没别的意思，你别误会，我只是好奇，想问一下。"

罗涛凑近列雷说："钱我付过了，你只管把她带走，照顾好就行了。"列雷指着罗涛假装不悦地说："涛，这样可不好，唉，不过你已付钱了，我只好带她回去了。涛，你也要挑一个，否则太不公平了。来，我帮你挑一个漂亮的。"列雷亲密地拍了拍罗涛的肩。罗涛知道两个人的关系在短时间内已经有了一个质的飞跃。

第二天，罗涛虽然早早醒了，可他没有马上起床，而是舒服地躺在床上，任思绪随意飘扬。他知道另外三个人肯定很晚才会起床。昨晚，列雷虽然一再坚持要罗涛也带一个女孩回来，可最后罗涛还是独自一人回来，他确实没有兴趣。虽然做了多年销售，可某些时候罗涛还是会陷入道德的两难选择之中。人性是有弱点的，而自己给客户付钱嫖妓，到底只是一种对人性弱点无奈而被动的迎合，还是一种主动引诱人的不道德的行为呢？罗涛在心里申辩说，在业界这是一种普遍的行为，不这么做就拿不到生意呀。心里的另一个声音嚷道，普遍的行为就能代表它是道德的和可以被原谅的吗？你真的认为不这么做就拿不到生意吗？像以前一样，罗涛怎么也理不出个头绪。罗涛安慰自己说，还好自己总算做到了严于律己，还是洁身自好吧。

现在独自一人躺在舒服的大床上，他突然觉得十分孤独，他的脑海中竟全是李青怡的形象，他非常渴望李青怡能陪在自己身边，他想象着李青怡冲着自己做着鬼脸，发出清脆的笑声，他的心里开始变得暖洋洋的。现在，李青怡在做什么呢？他看了一下表，现在按科拉坦的时间已是深夜时分了，李青怡应该已经睡觉了，她会不会思念自己呢？他心里又隐隐有一丝忧虑。李青怡有时清纯得像一汪透明的泉水，可有时又让人捉摸不透，不知道她到底在想什么。她身上还有许多谜团令罗涛不解。比如，她为什么想要挣那么多钱？一千万美元，不敢想象她要这么多钱干什么呢？还有，她经常偷偷地打电话，语气神态非常亲密，真像她说的只是给她的父母打吗？李青怡的形象渐渐模糊起来，可罗涛的思念却越来越强烈，他想抓牢那渐渐淡去的形象，让她再次生动完整起来，他想要把她看得清清楚楚透透彻彻，他想要她的一切都属于自己，没有一丁点的缺失和隐瞒。

下午，坐在飞往香港的飞机上，塔鲁、侯赛因和列雷还是满脸倦容，不停地打着哈欠，可毫无例外地是，他们对泰国的印象好极了，十分留恋。罗涛的心情随着离香港越来越近而变得越来越沉重，此次行程真正的重头戏就要开始了。按照计划，他们不会在香港停留，而是直接入境深圳，在深圳与A市电信的人洽谈。然后在深圳停留一晚，第二天再飞赴上海。在飞机上，罗涛打开电脑又把准备好的演示稿仔细修改一遍，这次应争取让A市电信的人答应去科拉坦访问，这样，项目的进程会大大加快。

下了飞机，大家都对香港的新机场赞不绝口。罗涛对香港却有一种说不清的感觉，他还记得第一次到香港的屈辱经历，在这块属于中国的土地上，他只有说英文才会有人理他，他的普通话只会招来别人蔑视的白眼。可另一方面，香港的清洁、高效、廉洁和富裕使他大开眼界，香港会是整个中国大陆的未来发展方向吗？

香港机场入境处照例排着长长的队伍，不过移民官的处理速度还是挺快的。罗涛让塔鲁他们三人排在自己的前面，以便发生什么事时，自己可以照应一下。很快，三个人都顺利过了海关，在大厅远处站着等着罗涛。

罗涛快步走到签证官面前，微笑着把护照递给移民官："你好！"移民官微笑着接过护照，还了一句："你好！"香港移民局的官员素质明显比大陆的高一截，就是身上的制服也漂亮得多。罗涛的心里感慨着，大陆不知什么时候能发展到香港的程度。

移民官接过护照扫描了一下，看着电脑屏幕，他的脸色突然变了，他抬头仔细打量着罗涛，问道："先生是从哪里来的？"罗涛回答道："是从曼谷过来的。"

移民官的脸色变得更加凝重，他又问道："过去三个月，请问你都去过哪些地方？"罗涛虽然觉得有些奇怪，可还是认真地回答："科拉坦的科洛城，大陆的上海。"无论哪一个国家的移民官都有些神经兮兮的，把谁都当成坏人，罗涛心里想。

移民官开始不停地在电脑上敲着什么，脸色变得更加凝重。罗涛觉得等了很久，移民官才抬起头："请您稍等一会儿。"他又操起电话，轻声地对着听筒说着什么。罗涛这时看见远处有一个中国人模样的人走近塔鲁他们三个，在和他们说着什么。罗涛心急如焚，塔鲁他们一定等急了。移民官放下电话，抬头凝视着罗涛，可什么也没有说。罗涛实在忍不住了，他高声问道："先生，到底怎么了？外面还有人在等着我呢，请你快点好吗？"

移民官摆了摆手："别着急，我们遇到一点小问题，需要查证一下，请再稍等一会儿。"罗涛只好强忍怒气焦急地等待着。他忽然注意到塔鲁等三个人跟着那个陌生人向更远处走去。罗涛焦急地向他们挥手，可他们谁都没有回头，继续向前走着。

→38　罗涛非常焦急，那个陌生人是谁？塔鲁他们三个人跟他要去哪里呢？罗涛的焦急并没有加快移民官的速度。过了一会儿，又来了两个穿制服的人，跟先前的移民官低声嘀咕了几句后，拿起罗涛的护照对罗涛说："先生，对不起，请跟我来一下。"罗涛十分惊奇，他问道："到底怎么了？为什么要带我走？"

穿制服的人低声说："先生，有些事情我们需要调查一下，请你配合一下。"罗涛又请求道："我去跟我的同伴说一声，再和你们去好吗？"

穿制服的人态度非常坚决："不行，请你马上跟我们走。"罗涛刚想坚持再说些什么，两个人一左一右夹着罗涛向大厅远处走去。罗涛想挣脱两个人的钳制，穿制服的人厉声说："不要乱动，请你配合，否则我们会告你妨碍公务罪。"

罗涛最终被带到大厅尽头的一个黑暗的小屋里。两个穿制服的人仔仔细细把罗涛从头到脚地搜了个遍，把他随身携带的电脑包也翻了个底朝天。两个人又详细地盘问了一番罗涛的身世来历。

等罗涛从小屋中被放出来，时间已过去了两个小时，他已经被折磨得筋疲力尽。移民局官员十分尴尬地对罗涛解释说他们接到了匿名举报，该举报信誓旦旦指名道姓地举报罗涛随身携带了大量的毒品。面对着香港移民局官员的道歉，罗涛只能无奈地摆摆手，他已没有时间和精力来抱怨遭遇的不公正。他快速来到机场的到达大厅，可四处找遍了也没有见到塔鲁他们三人，他们跑到哪里去了？行李传送带的显示屏上已没有他们乘坐的航班，罗涛又问了机场的工作人员，工作人员查了一下，告诉罗涛所有的行李都取走了。

罗涛把机场的里里外外又找了一遍，还是没有见到塔鲁他们三个人的影子。他无奈地瘫坐在椅子上，他们到哪里去了呢？他想起了那个与塔鲁他们说话的陌生人，肯定是他将塔鲁他们三人带走了。这个神秘的陌生人到底是谁呢？

罗涛突然惊奇地听到机场的广播里传出了他的名字，他按照广播里的指引来到位于大厅中央的一个服务台。服务台里的工作人员确认了罗涛的名字后把电话听筒递给了他，听筒里传来了一个温柔的女声："喂，请问是龙腾通讯的罗涛先生吗？"声音很甜美可也很陌生，罗涛好奇地问道："我是罗涛，你是哪位？"

甜美的女声继续说道："罗涛先生，我只是想通知您一个消息，您陪同的几位科拉坦客人将会在今天下午五点准时到达深圳五洲宾馆。我再重复一遍，您陪同的几位科拉坦客人将会在今天下午五点准时到达深圳五洲宾馆。"罗涛十分惊奇地问道："喂，你是谁？是你把他们带走的吗？我的客人他们现在在哪里？你到底是谁？"电话里传出了嘟嘟的忙音。

罗涛从深圳皇岗口岸入了关，很快就到了位于福田的五洲宾馆。龙腾公司的大队人马已在五洲宾馆等候多时。市场部负责接待的刘佳焦急地对罗涛说："罗总，你怎么才到？飞机晚点了吗？"罗涛摇头说："甭提了，客人弄丢了。现在马上通知 A 市电信，今天下午的会议改在明天举行，后面整个的行程安排都要顺延。"

罗涛焦急不安坐卧不宁地等到了五点钟，一辆白色旅行车停在了宾馆门前。车门开了，塔鲁、侯赛因和列雷三人从车里跨了出来，他们一脸疲惫，可又有些兴奋。罗涛赶忙迎了上去："你们去了哪里？急死我了。"塔鲁他们三人望着罗涛，表情很尴尬。塔鲁冲旅行车里努嘴说："你看一看车里就明白了。"

罗涛扭头向车里望去，只见车里一个瘦高的穿着黑色西服的熟悉的身影。那人正是巨华的林小凡，他脸上带着得意的笑容，伸出手挑衅地冲罗涛做了个V字型胜利的手势。罗涛向旅行车冲去，林小凡一摆手，车子疾驰而去。

罗涛的脸气得铁青，他之前已经怀疑到是巨华所为，现在真的证实了，巨华的人真是不择手段，恬不知耻。肯定是他们偷偷向香港海关举报罗涛，让罗涛被阻在海关，他们趁机接走了塔鲁他们三人。可他们是怎么知道自己的行程的呢？这个行程自己一直是注意严格保密的，公司内部只有少数几个人知道。而巨华对这个行程是了如指掌，不但知道罗涛他们到香港的航班，甚至连他们住在五洲宾馆都知道，这个秘密是怎么泄露出去的呢？看来公司内肯定有内鬼。要是捉住这个内奸，一定要把他碎尸万段，罗涛恨恨地想。

罗涛强压着怒气，把塔鲁等三人安顿住下。塔鲁和侯赛因照例又住在了一个房间，他们留住罗涛，安慰了罗涛一番。塔鲁望着还是气呼呼的罗涛，笑着说："涛，你放心，巨华无论怎么做，我们都不会和他们合作的。当然，我们相信龙腾会给我们一个好的佣金比例的。"罗涛知道在上海的谈判又会是艰难无比。塔鲁又望着罗涛意味深长地说："巨华可真是下了很大工夫呀。这次是他们的总裁尹新亲自出面见我们，下周他还要去科拉坦访问。他们对科拉坦市场可是非常重视呀。"

吃晚饭时，罗涛一直心事重重食不甘味。塔鲁等人则是兴致勃勃地和刘佳说笑着。列雷突然问罗涛："龙腾通讯公司和巨华技术公司哪个更大？"罗涛沉吟了一下，谨慎地说道："现阶段，两家公司可以说不相上下，旗鼓相当。龙腾是上市公司，财务数据比较透明可靠，而巨华没有上市，数据比较随意，所以你不能只看数据。而且龙腾这两年发展势头很好，海外市场和国内新兴产品市场的增长速度惊人。从长远来看，龙腾的发展势头更好一些。"

列雷感叹道："去巨华参观确实是很震撼呀，中国公司真是超乎我的想象，巨华真是一个很有意思的公司，叫人是既敬佩又痛恨，我还从没有听说过哪个公司像他们这样做生意。我觉得他们就像是一群永远吃不饱的狼，拼着命从对手嘴中夺取食物，永不满足，永不放弃，甚至不惜搭上自己的性命。我不敢预测这家公司未来是否会成功，可我敢说这家公司肯定会在历史上留下一笔记录，至于是好的名声还是坏的名声，就看他们未来会选择什么样的道路了。”对列雷的感叹，罗涛悲哀地发现他深有同感，他可以找出一万种理由来鄙视巨华，可他不得不承认巨华的执著和努力叫人佩服。

晚上去深圳一家演艺中心看演出，虽都是一些还在成名的路上苦苦挣扎的演员，可相当一部分演员的演出水平都很高。一位面容冷酷、身穿皮衣皮裙的女演员唱的一首英文歌时而哀婉凄凉时而荡气回肠，令罗涛深受感动，他依稀记得那是席琳·迪翁的 *The Greatest Reward*。

Now the greatest reward is the light in your eyes,
The sound of your voice and the touch of your hand,
You made me who I am.

侯赛因显然对穿着清凉的女舞蹈演员更感兴趣，每当她们出场，侯赛因都热情洋溢地伸着脖子睁大眼睛。看完表演，侯赛因凑到罗涛的耳边低声说：“涛，中国女孩真漂亮，她们可以被带走吗？”罗涛恨不得在侯赛因的胖脸上使劲地扇一耳光，他压抑住愤怒，坚定地说：“绝对不行，这里可不是泰国，在中国那种事是非法的，被抓住是要坐牢的。”听到这话，侯赛因吓得脸都白了。

回到酒店，大家都疲惫不堪，就互道晚安各自回房休息去了。罗涛回到自己的房间，刚要去洗澡，电话响了。罗涛接起电话，电话里传出侯赛因的声音，他神秘兮兮地让罗涛到他的房间来一下。罗涛很奇怪，这么晚了会有什么事呢？

到了塔鲁和侯赛因的房间，罗涛发现他们二人的表情非常严肃。塔鲁在房间里踱着步，侯赛因坐在沙发里吸着烟。罗涛好奇地问：“这么晚了，怎么还不睡？发生什么事了？”塔鲁转过头，严肃地说：“涛，你有没有办法监听到列雷房间的电话？”

罗涛想了一下，回答道：“这很难办，宾馆绝不会同意的。电信局那边倒是可以想想办法，但是需要时间，今天肯定是不行了。我能问一下为什么要监听列雷的电话吗？”侯赛因接过话茬儿回答道：“涛，情况很复杂，一句两句也说不清楚。我们一直怀疑列雷还在跟某个人接触，他曾答应过我们不再与那个人接触。可我们从国内得到消息，他好像还在与那个人联系。我们想知道他到底有没有骗我们。涛，这件事非常重要，你一定要帮忙做到。”

看来列雷和塔鲁他们之间的关系很是复杂微妙呀。罗涛想了想，说道："这样吧，明天退房时，我会叫宾馆打印一份列雷房间的通话详单，上面会有列雷打过的所有电话的号码，你们一看电话号码就知道他有没有和你们说的那个人联系了。"塔鲁点头道："好，这样也可以，不过你要注意，别让列雷知道。"

罗涛尽力压抑着自己的好奇，可他突然有了一种不祥的预感，塔鲁对列雷这么不信任，后面这个项目还能进展顺利吗？

→39 第二天和A市电信的洽谈还是很顺利的。罗涛先是对推迟会谈表示歉意，当然他没有说是因为客人被巨华抢走了。他又介绍了项目背景，科拉坦电信市场的潜力等情况。列雷介绍了他们投资集团强大的资金实力。罗涛又点到为止地介绍了一下塔鲁的身份和他在科拉坦呼风唤雨的能力。A市电信的李总很痛快，他一再表示A市电信想要走出去的强烈愿望。后来，又爽快地答应去科拉坦访问，而且要带着大队人马去，负责计划、财务、技术、人事的有关人员都要去，争取在科拉坦把所有的事都定下来。会谈的气氛很融洽，双方都很满意。

中午，A市电信请客吃饭，照例又是鱼翅鲍鱼山珍海味不一而足。席间A市电信规划室主任高明偷偷地拉罗涛到一边说话，两个人是大学同学，毕业后还一直保持着联系。高明透露李总很快就要退下来了，而能去国外搞运营是李总想好的一个退路，所以李总很重视这个项目。李总还许诺高明，要让他出去做他的副手，将来就把位子留给他。高明一再问罗涛科拉坦到底怎么样？罗涛叹了一口气，说："你们不是要去访问吗？到时候亲眼看一看就知道了。我只给你透露一句，科拉坦可是名副其实的爱国主义教育基地。"高明愣在那里，半天也没有回过神来。

下午，罗涛带着塔鲁三人去了世界之窗和民俗文化村。时间很紧，只是走马观花了一番，就赶往深圳宝安机场飞赴上海。按计划，他们要在上海停留三天，参观公司，洽谈签订协议，当然再加上游玩。

从机场赶往他们入住的浦东香格里拉酒店的路上，上海的城市建设让第一次来中国的列雷赞叹不已。他望着窗外的高楼大厦，感叹地说："中国发展得真快呀，上海跟纽约、香港比也不相上下呀。"

晚餐就安排在酒店的餐厅里，大家坐在靠窗的座位上，一边惬意地聊着天，一边欣赏着黄浦江的夜景，精美的菜肴倒是没有碰几下。刘佳悄声问罗涛：“我点的菜是不是不合他们的口味？”脸上满是愧疚的表情。罗涛安慰说：“连着几天山珍海味，谁都会吃腻了。明天给他们换换口味，带他们去吃便宜的小吃或快餐什么的。你知道吗？上次带他们来，他们吃的最香的一次是在麦当劳。什么鱼翅燕鲍的，他们根本吃不出好来。塔鲁还是一个孩子，而科拉坦还没有麦当劳肯德基之类的快餐店，我看明天就带他们去吃麦当劳，几十块钱就把他们打发得乐呵呵的。”刘佳不禁哑然失笑：“你不是开玩笑吧？秦总可是专门关照过，要好好招待他们，他们可是贵宾呀。”

列雷听到刘小姐的笑声，问道：“什么事，这么高兴。”罗涛忙掩饰道：“我们是在说你的好话，刘小姐直夸你英俊潇洒。我告诉他你还没有结婚，刘小姐就很高兴。”列雷赶紧又整了整笔挺的名牌西装，把腰身挺直，脸上露出掩饰不住的得意。罗涛注意到塔鲁鄙视地撇了撇嘴。

晚餐之后，罗涛来到塔鲁和侯赛因的房间，他将早上在深圳五洲宾馆打印的电话详单交给了塔鲁，塔鲁扫了一眼长长的单子，脸色变得越来越严峻。侯赛因也凑过来，两个人神态严肃地用科拉坦语商量了一会儿。

罗涛小心地问道：“怎么样？他有没有跟那个人联络？”塔鲁抬起头，神色依然严峻：“现在还无法确定，有几个号码我们还需要再查一查。这样，涛，明天早上你再打一份今天晚上的详单，我们还需要再进一步确定。不过，记住一定不要让列雷知道。一切按原计划进行，我们还是争取后天签约，项目的进程尽量不要受到影响。”尽管塔鲁这么说，罗涛心里还是觉得不太舒服，这个项目看来不会像表面上看起来那么顺利，情况很复杂，列雷到底是在跟谁联系会让塔鲁这么在乎呢？罗涛知道这种问题暂时还是不要问，如果塔鲁想告诉自己，他自然会说的。

第二天早上，罗涛赶过来接他们去公司参观，顺便打印了列雷房间电话的通话清单，列雷确实够忙的，又是长长的一份单子，罗涛把单子小心翼翼地放进公文包里，什么时候单独和塔鲁在一起的时候再交给他。也不知这份单子会给这个项目带来什么样的影响，罗涛默默地祈祷项目会顺利进行，不受影响。

塔鲁和侯赛因上次来的时候，公司还未搬进新的厂区，如今新的办公楼更加气派雄伟，而现代化的生产线布置得井然有序。身着白大褂、戴着眼镜的技术工人往来穿梭，一派繁忙紧张欣欣向荣的景象。罗涛本来对参观工厂是很有信心的，可一想到塔鲁他们昨天刚被巨华抢去，肯定参观了巨华的生产线，不知对比起来会有一个什么样的结果。巨华的生产线，罗涛未去过，可听去过的人讲那可是非常壮观。

列雷和塔鲁两个人还是看得很认真，时不时地问一些问题，罗涛注意到他们的某些问题明显能看出是参观完巨华生产线后才能问出。侯赛因则落在后面，脑袋耷拉着，无精打采地迈着方步。生产线一位新来的员工在他旁边喋喋不休地用带有浓重口音的英语介绍着，尽管侯赛因好像要睡着了，也丝毫不减那位员工的热情。

参观完生产线和公司展厅，照例又是公司介绍和产品宣讲。罗涛趁机去见了秦荣剑，秦荣剑听完罗涛讲巨华抢客人的事，很少发火的秦荣剑也不禁满面怒容："巨华做得也太过分了，这件事我一定会向信产部和机电商会汇报的，他们也太猖狂了。看来，这个项目我们还要加大力度。这次签完协议，后面的工作还要更加抓紧。这样吧，下周我去一趟科拉坦，去做一做大使的工作，见一见基鲁克部长，帮你推动一下项目。对了，你是说塔鲁要走了，将来是他的哥哥罗伯特负责，对吗？"

罗涛点头称是："对，本来这次是罗伯特来，可他又临时改变了主意，不来了。"秦荣剑想了想说："后面的运作，这个罗伯特是个关键人物，一定要和他搞好关系，他有什么要求都要尽量满足他。巨华对这个项目肯定是极尽捣乱之能事，所以我们一定要把罗伯特、部长等关键人物和我们绑得死死的，以免节外生枝。另外，你一直张罗要做的一些公关活动，回去之后可以马上开始行动，不要让巨华诋毁我们的行动得逞。"秦荣剑顿了顿，神色严峻地说："罗涛，这个项目关系到我们公司海外事业的生死存亡，容不得一点闪失，我们一定要全力以赴呀。"

塔鲁他们听完公司的宣讲，又由秦荣剑陪着去见了马力。看来公司对这个项目是非常重视，连马总都亲自出面了。中午在公司贵宾餐厅吃了工作餐后，在沐浴着暖暖的阳光的公司会议室里，几个人喝着香醇的咖啡，都有点昏昏欲睡。而罗涛却没有心情和时间品味咖啡或小睡一会儿，他知道过一会儿开始的谈判才是此次行程的重中之重，他的精神一直处于紧张之中。但下午的洽谈却出乎意料地顺利。三方首先确定项目的投资规模、范围及进度，由于罗涛已做了精心的准备，真正做到了有理有据，所以三方很快达成了共识。

而谈合作协议的时候，由于龙腾对塔鲁的高要价早已有了准备，再加上双方前面几个项目合作得很好，这次双方并没有太大的分歧。而列雷似乎有点心不在焉，许多条款并没有太坚持就轻易地妥协了。很快，三方就协议的大多数条款也达成了共识。

罗涛非常高兴，没想到这次谈判会这么顺利，看来今天就有望把协议签了。大家又就几个还有分歧的条款商议了一会儿，秦荣剑爽快地说："好吧，我们龙腾公司非常有诚意来做这个项目，这些条款我们同意让步。大家休息一会儿吧，我们马上准备一份修改完稿的协议，今天我们就可以签了。我去请我们的马总。马总对这个项目很重视，签协议他能在场最好了。"

会议室里洋溢着一片喜庆的气氛，大家都很高兴，互相开着玩笑。罗涛说："唉，今天忘记准备香槟了，签完协议应该开香槟庆祝。"侯赛因点头赞同道："是呀，没有香槟太扫兴了。今晚晚餐你请大家好好喝一顿做补偿吧，你可一定要备点好酒。"

塔鲁忽然悄悄地把罗涛拉到一旁，他向室内扫了一眼，看列雷没有在，就对罗涛说："列雷房间昨天晚上的电话清单你打印了没有？现在他不在，我正好看一看。前天，他倒是没有和那个人联系。"罗涛忙从公文包里拿出电话单，递给塔鲁。

塔鲁接过单子，快速扫了一眼，他的脸色一下子变了。他把侯赛因叫过来，二人拿着单子用科拉坦语嘀咕了半天。他们二人的脸色越来越不好，而罗涛的心也不断地下沉。看来，事情有些不妙。

列雷回到室内，他马上注意到了塔鲁和侯赛因的异常表情。他不解地问："发生什么事了？"塔鲁只是愤愤地盯着列雷，什么也没有说。

这时，商务支持部的同事把修改好的三份协议递给了列雷、塔鲁和罗涛三人，探询地说："你们再看一遍，如果没什么问题，就可以用这个正式签字了。"塔鲁突然把协议摔在会议桌上，他大声说："各位，今天这协议不能签了，我正式宣布，之前我们的谈判承诺全部作废，协议的签署将无限期推迟。"

列雷脸色剧变，他质问塔鲁道："你这是什么意思？你怎么能出尔反尔，不讲信用？"塔鲁冷笑道："不知道是谁不讲信用？你和你父亲答应过我们什么，你不会不记得吧？"他把罗涛打印的电话详单摔给列雷。"你自己看看吧，就昨天一个晚上，你就和那个人通了三次电话，每次都不少于十分钟。你还想让我说什么？你这个背信弃义的浑蛋。"

列雷接过电话单，脸色惨白，他定了定神，张了张嘴，最终什么也没有说。他转过身对罗涛说："涛，非常感谢你的热情款待，我会记住你这个朋友的。现在，我已没有必要在这里了，请你再帮我一次忙，派车送我回酒店，好吗？"

当列雷拎着包离开会议室时，恰好秦荣剑陪着马力，说笑着走进会议室，列雷只是冲他们俩挥了挥手，转身快步离开。马力不解地望着秦荣剑，脸上现出不悦之色。秦荣剑脸上的笑容渐渐凝固，他尴尬地问罗涛："马总亲自出席签字仪式了，他怎么这个时候走了？到底发生了什么事？"

→ 40 塔鲁后来向罗涛详细解释了事情的来龙去脉。原来，科拉坦这次选举，以前不成气候的反对党突然异军突起，声势大振。反对党的主席是什叶派的穆斯林领袖阿里，是从英国留学回来的政治学博士。经过调查，发现原来有国外的财团在支持反对党，它们提供了大量的资金支持反对党的各种竞选宣传活动，列雷父亲的沙特皇家投资集团就是其中一家主要支持阿里博士的财团。一时间阿里博士成了国内外闻名的改革派，阿里博士主张与共和军讲和，建立一个联合政府，大力推行民主，反贪污腐败，并与英美等国建立亲密的联盟。这些主张倒也赢得了各阶层众多民众的支持。

基鲁克后来找到列雷父亲，以提供投资机会为交换让其停止对阿里博士的支持。后来双方达成交易，列雷的父亲保证他们将不再与阿里博士有任何联系，而基鲁克就将这个运营大项目交给他们去做。可没想到列雷他们现在却还在与阿里博士藕断丝连，塔鲁发现了证据后，决定立即中止与他们的合作。按塔鲁的话讲，怎么能够养肥一只敌人的看门狗。

列雷当晚就离开上海返回沙特去了。这突发事件令秦荣剑和罗涛措手不及，尤其是在马总面前丢了脸。塔鲁一再表示，他们马上会去找另一位投资人，项目不会耽误的，如果一切顺利的话，下周秦荣剑去科拉坦的时候，就可以和新的投资人签合作协议。塔鲁马上和他父亲以及罗伯特通了电话，通报了情况让他们马上开始与新的投资人联络。这才令罗涛心里稍微宽慰了一些。

罗涛后来不断地反思，自己如果不按塔鲁的要求打印电话详单，是否这次风波就可以避免了？可他转念一想，纸里包不住火，如果项目进行到一半，再发生这种事，那时再想从头再来，可就真来不及了，所以这件事早暴露也许是件好事。但愿项目以后会越走越顺。

第二天，塔鲁和侯赛因去杭州和苏州游玩，罗涛让刘佳陪他们去，自己则请了一天假，回老家去看一看。自从母亲去世后，罗涛还一直没时间回家奔丧，直到今天才总算能够腾出一点空闲的时间。坐在回家的飞机上，罗涛的心情越来越沉重。以前每次回家，罗涛的心里都充满了欣喜和轻快，那种马上要见到亲人和故乡的期待会令罗涛激动不已。可这次却完全不同，随着离故乡越来越近，罗涛却有了一丝从没有过的悲伤和恐慌的感觉。

从小到大，母亲可以说一直是罗涛心灵的港湾。每次回家，吃完母亲做的红烧肉，躺在家里的破旧沙发上，喝着母亲亲手给他沏的家乡的野山茶，听着母亲有一搭没一搭地唠叨着家常，他会觉得心里好似有着碧海蓝天似的平静，困扰多时的失眠也神奇地不治而愈了，母亲平缓亲切的声音好似美妙的催眠曲，会令罗涛很快进入甜蜜的梦乡。母亲每次都会调小电视音量，把被子盖在儿子的身上，静静地坐在儿子的旁边爱怜地望着儿子熟睡的面容。

这次回家却再也吃不到母亲做的红烧肉了，再也听不到母亲温柔的唠叨了，许多事情只有失去了才知道珍贵。“母亲，我多想再见你一面。”罗涛的眼泪止不住地流了下来。“先生，您怎么了？”路过的空姐注意到罗涛的眼泪，俯下身温柔地问，并递给罗涛一张纸巾。

罗涛忙接过纸巾擦去眼泪，摇头说：“我没事，谢谢！”他又掩饰地拿起插在座椅靠背上的报纸。罗涛注意到年轻美丽的空姐有几分像李青怡，这令罗涛不禁思念起李青怡来。这个时候如果有李青怡陪伴在身边，那该有多好。他不禁又遐想着如果母亲没有过世，她会不会喜欢李青怡呢？肯定会的。美丽大方的李青怡肯定会让母亲满意的。母亲一直想着抱孙子，想到这里，禁不住又是一阵酸楚涌上心头。

报纸上的一条消息引起了罗涛的注意，那里面出现了给母亲治过病的那位张大师的名字。“昨天，政府依法取缔了张天顺气功协会，据有关人士介绍，张天顺气功协会没有正式注册登记，是非法组织，并涉嫌非法集资和无照行医等犯罪行为。”罗涛感叹道，这个骗子总处被绳之以法了，要不然，这个所谓的大师还不知要害死多少人呢。

罗涛风尘仆仆赶回家时，姐姐没在家。后来在姐夫的帮助下，罗涛在一个隐蔽的小巷里找到姐姐。姐姐正和几个人在小巷的天井里站成几排，不断重复着几个奇怪的动作，这应该就是所谓的练功吧。姐姐的面容有些憔悴，见到姐姐，罗涛喉头一酸，眼泪又差点流出来。可姐姐像是没有见到他，还在那里认真地做着动作。直到那组动作做完，她才转身走向罗涛。可她的脸上没有一丝激动，只是淡淡地说："你回来了，我带你去见母亲。"

在母亲的墓碑前，罗涛跪倒在地，不停地呼唤着："妈妈，儿子回来看你来了。不孝的儿子回来晚了。"罗涛直喊到嗓子哑了再也出不来声了才停止，他疲惫地瘫倒在地上，身体接触着冰冷潮湿的土地，他觉得心里一片清凉，人终归是要与黄土为伍的，这是不可避免的归宿。

姐姐拉起罗涛，脸上还是淡淡的表情。她平静地说："妈妈走得很安详，一点痛苦都没有，她现在在天堂享福呢。小涛，你不要太难过了，母亲最后的日子是她一生中最快乐的日子，那些天我们天天一起练功，别的什么都不想。最后母亲身上的病全好了，她是大师进步最快的弟子。"

罗涛尽量压抑着怒火，问道："母亲临走时，有没有说什么？"姐姐依然是平静的语调："母亲说她见到了一道金光和白鹤，她就要骑白鹤走了，并叮嘱我要好好练功。"

罗涛哽咽地问："母亲有没有给我留什么话？"姐姐冷酷地说："没有，在最后这段日子里，母亲一次也没有提过你。"

罗涛后来决定当晚就赶回上海，他觉得已没有必要留在家乡过夜，他在家乡的家园已经永远失去了。他还从来没有这么思念过科拉坦，他第一次有了迫不及待赶回科拉坦的冲动，那里似乎才是自己的家。因为那里有一位美丽善良的姑娘在等着自己，他要扑向她的怀中，把自己这些天的委屈一股脑地倾诉出来，他会在她那里得到慰藉的。

姐夫开他那辆破旧的出租车送罗涛去机场，姐姐在罗涛刚要上车的时候，喊住罗涛，将一本薄薄的小册子塞给罗涛："小涛，保重，没事的时候可以看看这个。"姐姐眼里的温情一闪而过，她随即平静地说："小涛，相信我，妈妈走的那天，我确实也见到了金光和白鹤。"

在机场候机的时候，罗涛掏出了那本薄薄的小册子，封面上印着几个大字："张氏宇宙气功心法。"罗涛没有翻开小册子，而是直接走到垃圾桶边，将小册子塞了进去。可他心里已原谅了姐姐，她是活在自己的世界里，那是另一个不同的世界，那里有她的幸福和理想。在那里，她能找到心灵的平静和安息之所，这也许就是她命运的归宿吧。

罗涛在上海又待了一天，面试了几个准备派往科拉坦的人选。等塔鲁他们四处游玩回来之后，罗涛和他们会合，一起返回了科拉坦。

盖罗国际机场还是一样的破旧寒酸。走出盖罗国际机场，罗涛第一次觉得科拉坦的天空是那么地蓝，那酸臭味也显得那么亲切。当罗涛走近自己的公寓时，那种亲切感就更加强烈了，这里现在可以称为自己的家了。他感觉自己有一种像出了很长时间的差，总算回到家里的感觉。

苏拉迎了出来，他帮罗涛将行李安顿好，垂手站在一旁，轻声问道："老板，晚饭在家里吃吗？"罗涛注意到苏拉好像不太高兴，就问道："怎么了，你怎么不高兴？发生什么事了吗？"

苏拉摇头说："没什么，老板。如果你在家吃，晚上我就准备你一个人吃的饭，好吗？"罗涛惊奇地问："我一个人的饭？李小姐、艾琳娜，还有小媞雅呢？"

苏拉犹犹豫豫地说："老板，你还不知道吗？艾琳娜已经回法国了，小媞雅去上寄宿学校了，李小姐这些天几乎天天都在外面吃饭，今天可能也不会例外吧。"罗涛心里咯噔一下："艾琳娜回国了？为什么？她还有一个月才能完成学业呢，怎么回国了？"

苏拉的眼神闪烁，吞吞吐吐地说："老板，我也说不清楚。你还是等李小姐回来问她吧。"罗涛愣在那里，看着神色紧张的苏拉，知道从他嘴里问不出什么了，就摆摆手让苏拉走了。

罗涛来到楼上，走进艾琳娜的卧室，只见室内空空荡荡的。罗涛回国前，艾琳娜温柔地在罗涛脸上一吻的情景还历历在目，如今人去楼空，显得很凄凉。艾琳娜怎么突然走了，罗涛百思不解。而苏拉提到李青怡天天都在外面吃饭，更让罗涛困惑，她是跟谁出去吃饭呢？这些问题只有李青怡才能给出答案。

罗涛没有等待太久，李青怡就回来了。她冲进客厅，脸上带着甜蜜的笑容，猛地扑进罗涛的怀里，她用力楼紧罗涛，喃喃地说："罗涛，你总算回来了，想死我了，我再也不会让你离开我了。"她红润的嘴唇很快寻到了罗涛的唇，她用力吻着罗涛，罗涛觉得一阵酥麻的快感从唇扩散到全身。他觉得有一团火在体内燃烧着，烧得他神志不清，头晕目眩。他用尽全身力气回吻着李青怡，直到两个人都喘不过气来。

在楼上李青怡卧房的床上，罗涛有些昏昏欲睡。从客厅转战到卧房，几度激情过后，罗涛已有些疲倦。李青怡的头枕在罗涛胸前，手指在罗涛小腹上画着圈，亲昵地说："罗涛，你想我了吗？你知道我有多想你吗？每天我都睡不着觉，我想你在做什么呢？会不会想我？不过，看来，你倒挺老实的，没招惹别的女孩。"

罗涛的意识有些朦胧，他含糊地回答道："我也很想你，别的女孩我连一眼都没有看。"恍惚中，罗涛渐渐进入了梦乡。

五、幕后的黑手

李青怡走了之后，罗涛来到书房工作。他需要尽快采取行动来消除那本可恶的《科拉坦新闻周刊》的影响。针对这次事件，他很快制定了一份危机公关计划。

→41　第二天早上吃早餐的时候，罗涛才想起了艾琳娜和小媞雅。坐在对面的李青怡情绪很好，她欢快地哼着歌曲。罗涛打断李青怡的歌声问道："艾琳娜怎么突然回国去了？是谁把小媞雅送到寄宿学校去的？"

李青怡愣了一下，随即轻描淡写地说："艾琳娜家里有急事就急忙回国了，媞雅是我的一个学生帮助找的寄宿学校，那个学校条件很好，小媞雅在那里会受到很好的教育的。她在我们这里住，也不是一个长久之计呀，这样处理最好了。”

罗涛有些不高兴地说：“你怎么也不跟我商量一下？”李青怡秀眉微蹙，着急地争辩道：“我这可真是费力不讨好。我这么做还不都是为你好。我知道你想帮小媞雅，可你让她在这里住真是不太合适。如果出了什么事，你不但自身难保，而且再也帮不了她了。现在这么处理，两全其美，何乐而不为呢？”她又靠近罗涛轻声说：“再说，我不也是为了我们两个。安安静静的两人世界多好，我们可以想干什么就干什么，就像昨天晚上。”她突现娇羞之色，脸微微一红，低下了头。

李青怡的培训课程还有最后两天就结束了。课程结束后，李青怡的去留问题令罗涛十分为难。以前他一直在逃避这个问题，如今已经迫在眉睫了。从感情上讲，他当然希望李青怡能够留下来，可一想到罗伯特，罗涛就如梗在喉。让李青怡留下来就遂了罗伯特的愿，他的用心太明显了，罗涛可不希望事情向那个方向发展。他突然想起苏拉说李青怡这些天每天都出去吃饭，她会不会是跟罗伯特出去吃饭呢？罗涛的心情又变得沉重起来。

罗涛赶到世贸大厦办公室的时候，萨基德和陈天桥、李大中已在办公室里工作多时。罗涛和他们打过招呼，关心地问萨基德：“规划做得怎么样？还顺利吗？”萨基德点点头：“没问题，保证按时完成。”

陈天桥背着萨基德做了个鬼脸。罗涛转向陈天桥和李大中：“你们两位怎么样？在科拉坦还习惯吗？”陈天桥叹了口气：“萨基德整天逼着我们干活，他可真是认真啊，我们都快被他折磨死了。来这么长时间了，还哪里都没去过呢，每天都是办公室和宿舍，两点一线。”

李大中问道：“罗总，科拉坦有什么好玩的地方吗？”罗涛笑道：“我来了两年多了，从来那一天开始就一直在找好玩的地方，到现在也没找到。别说好玩的地方，就是稍微干净点的地方都难找，这个国家就是这样，悲惨呀。这样吧，周末我带你们到科拉坦当地人家里去做客，见识一下当地的风土人情，看一看科拉坦的美女。”二人自是拍手称快。

罗涛给侯赛因打了个电话，询问新的投资人找得怎么样了，侯赛因兴奋地回答：“涛，没问题，新的投资人已经找到了，进展得很顺利。没有了列雷，我们的项目一样做，而且会进展得更快。这样吧，今晚我们一起吃个饭，三方在一起谈一谈，把合作协议敲定。”罗涛答应请他们吃中餐，地点就定在了天香阁。

放下电话，罗涛心里的石头落了地，心情轻松起来。小金打来电话，他先是寒暄了几句，然后邀请罗涛后天到萨利姆家做客。罗涛高兴地说：“好呀，我们来了几位新同事，后天是周末，正好带他们去玩玩。”小金爽快地说：“没问题，把他们都带来吧。对了，你们穿得稍微正式一点吧，后天是我的婚礼。我找你好几次了，还好你回来了，要不然，你错过了我的婚礼，那可太遗憾了。”

罗涛好奇地问：“怎么这么快？后天就举行婚礼了？你小子动作也太快了。”小金在电话里叹了口气：“罗总，我也是没办法呀。妮曼怀孕了，你知道科拉坦人很在乎这个的，我要是不答应，他们还不杀了我。”

罗涛调侃道：“你个臭小子，真是身在福中不知福。娶个这么漂亮的科拉坦新娘还委屈你了？萨利姆也算是科拉坦的名门望族，你小子还不知足？还想娶总理的女儿吗？说正经的，恭喜你了，妮曼是个好姑娘。后天，我们全体出动，去给你捧场。你还缺什么，尽管说，可别给咱们龙腾人丢脸。”

放下电话，罗涛心里充满了欣喜，真是件喜事呀。他决定去给小金买个礼物，科拉坦人最喜欢金饰品，那就给妮曼买套金首饰吧。他转念一想，还是明天让李青怡一起去帮着挑一挑，女人更懂这些东西。

可紧接着的几个电话把罗涛的好心情完全破坏了。第一个电话来自科拉坦电信的计划总经理，他寒暄了几句后，直截了当地告诉罗涛有人寄给他一份最新一期的《科拉坦新闻周刊》，里面有专门写龙腾的文章，内容对龙腾十分不利。后面几个电话都是和罗涛关系不错的科拉坦电信官员打来的，都是告诉罗涛这件事的，他们也都收到了那本杂志。

罗涛急忙冲出办公室，奔向世贸中心旁的售报亭。罗涛经常到这个报亭买报纸杂志，可他从来没有听说过或注意过《科拉坦新闻周刊》，可现在在报亭前，罗涛一眼就发现了《科拉坦新闻周刊》摆在很显眼的位置，封面上赫然是罗涛的照片。在照片上，他慷慨激昂地挥舞着拳头，他的面前是举着横幅群情激奋的示威人群，是发生风波那天拍的，当时示威刚开始，罗涛走到示威群众面前做解释劝解的工作，可如今这照片给人的感觉却是罗涛在向示威群众挑衅似的。

罗涛拿起杂志翻了翻，杂志印刷得很粗糙，照片也不太清晰，第一篇文章就是写龙腾的。罗涛快速浏览了一下，只觉得一团怒火在胸中燃起。文章详细描述了这次示威风波，说龙腾对科拉坦员工一直是残酷剥削，员工们忍无可忍才举行示威，而龙腾却无情地镇压。文章还专门提到罗涛是怎么作威作福飞扬跋扈，还亲手杀死了与他抗争的司机。文章最后提到像龙腾这样的公司就应该被赶出科拉坦，而罗涛应该被绳之以法，施以绞刑。

看完文章，罗涛气得猛地合上杂志，把杂志摔在了地上。报亭老板吓了一跳，他赶忙问："老板，你不喜欢这本杂志？我以前从没卖过，这是昨天早上有人特意送来的。"罗涛追问道："是谁送来的？他送来了多少本？"报亭老板回答道："是一个戴墨镜的骑摩托车的陌生人送来的，总共有二十多本吧。"

罗涛掏出钱包说道："这本杂志我全买了，你算一算多少钱？"报亭老板十分惊讶："你喜欢这本杂志呀，看你把书摔在地上，我还以为你不喜欢呢。我马上叫人给你送去。"

回到办公室，望着这一摞杂志，罗涛知道他要马上采取行动。他喊来了陈天桥和李大中，把桌子上的杂志递给他们，笑着说："你们不是想逛一逛科洛城吗？今天就让你们逛个够，你们一人带一辆车分别向南和向北，不要放过任何一个报刊亭，在每个报刊亭寻找这本《科拉坦新闻周刊》，不管有多少本，都全部买下来。"看到两人疑惑的目光，罗涛又严肃地说："这件事很重要，关系到我们公司在科拉坦的生死存亡，我希望你们认真地去做，不要让一本杂志漏下。"

罗涛把几个保安也派出去，沿街大肆搜购这本杂志。这次示威风波后，罗涛已经通过侯赛因让部长控制媒体，不要报道此事。事情已过了一段时间，也确实没有什么媒体报道这件事，可怎么突然又冒出了这么一本杂志。很显然这是一本没什么影响的发行量很小的杂志，按常理，即使它登了什么消息，也不会有什么大的影响，可如果有人利用它，情况就不一样了。利用它的人可能加大印数，也可以专门把它寄给想送达的人物。这肯定又是巨华所为，是可忍，孰不可忍！他们也太过分了。这是一笔血债，一定要让他们用血来还，罗涛愤愤地想。

晚上，在天香阁一间隐秘的包间里，侯赛因和罗伯特准时出席，那位新的投资人将会晚一点到。罗涛、罗伯特和侯赛因一边等待这位神秘的客人，一边闲聊着。罗涛问："塔鲁怎么没有来？是不是这次去中国玩得太累了？"侯赛因在研究着罗涛带来的威士忌，听到罗涛的问话他抬起头回答道："甭提了，塔鲁现在在忙着催债呢。他下周就出国了，走之前得把未尽事宜处理处理。许多人忘恩负义，尊敬的部长阁下帮了他们的忙，他们过后就忘了。不过不要忘了现在还是我们的天下，想赖账的话会有他们好受的。"罗涛想起部长家晚宴上萨利姆受到的威胁，不禁有些担心，也不知道萨利姆有没有将钱给部长。

罗涛又和罗伯特寒暄了几句，罗伯特拿出一本《科拉坦新闻周刊》，指着封面上的照片调侃说："罗先生的照片拍得不错嘛，显得很英俊勇武啊。"这本杂志果然也寄给了通信部的主要官员，而且这么快就到了罗伯特的手里。罗涛气愤地说："很明显这是巨华搞的鬼，他们的手段也太下作了。歪曲事实，捏造谎言，恶意中伤。不过，中国有句古话，叫做'谣言止于智者'，我相信他们的谣言不会起什么作用的。"

罗伯特斜眼看着罗涛，轻轻地摇了摇头："罗先生，你可不要小看谣言的影响，这会给我们的大项目带来障碍的，千万不要掉以轻心。我们现在做的项目本来就有很大争议，如果你们公司口碑不好，我们很难和你们合作，这会引起更多的非议。"

虽然还差一位客人，可侯赛因已为自己倒满了一杯威士忌。他一口喝掉大半杯酒后接过罗伯特的话头说："涛，是呀。部里对这个项目有很大的争议，而常务副部长一直对项目持异议。为了扫清障碍，我们正想办法把他换掉。在这个敏感时刻，我们可不想你们公司再惹麻烦。"

罗涛赶忙回应说："放心，我们会想办法解决这个问题的。咱们先不说这些了，来！喝酒。"罗涛给罗伯特也倒了一杯威士忌，举起了酒杯。

罗伯特没有理会罗涛，严肃地说："罗先生，我再强调一次，你千万不要轻视这个问题，你也要明白，我们不是只能和你们合作。我透露一个消息，你们的大使前两天专程会见了尊敬的部长阁下，特意推荐你们的竞争对手巨华。看来，你们对手的市场手段很高明嘛。"他顿了顿，看了看罗涛的反应，又接着说："罗先生，你们公司的李小姐的事情怎么样了？据我所知，明天她的培训就要结束了。我现在明确告诉你，我希望她留下来负责这个项目。说实话，她留下来对这个项目会有很大的促进作用。如果她不留下来，那就不好说了。"

罗涛的脸涨得通红，强压着怒火，可他不知道自己还能忍多久，他只觉得自己就要爆发了，他也不知道自己会说出什么话，会做出什么事来。他跟罗伯特的正面冲突看来是不可避免了。

→42 幸运的是，罗涛对罗伯特的怒火最终并没有发出来。就在此时，那位

神秘的客人到了。神秘的客人是一位气宇轩昂的中年人，西服笔挺，脸色红润，他一进来就亮开大嗓门："对不起，我来晚了。又是塞车，我早受够了，太浪费时间了。我跟基鲁克部长多次建议，就应该限制三轮摩托上路，这样，塞车的问题就迎刃而解了，可部长大人就是不听。罗伯特，哪天跟你父亲说一说。嘿！侯赛因，怎么又喝上了？威士忌？部长那天还说呢，侯赛因什么都好，就是看见酒就不要命。老兄，小心贪杯误事呀。"他又转向罗涛："涛，好久不见了，你还好吗？"

罗涛想起这个人自己在部长家的晚宴上见过，他正是科拉坦的首富拉阿杜。看来项目转了个圈，又回到了项目发起人的手里。拉阿杜不愧是个人物，他的思路非常活跃，行事手段又老练周到。很快，他就引导大家就项目合作事宜朝着有利于他的方向发展。菜过五味，侯赛因的酒还未喝够，大家项目的事已谈得差不多了，最后约定由罗涛起草合作协议，下一次大家见面时就签协议。

罗涛情绪大振，他频频举杯劝酒。可罗伯特酒虽喝了很多，脸也红了，但显然头脑还是很清醒的，他凑近罗涛轻声说："你可别忘了，签约前你还要做两件事：第一，尽快消除那本杂志的影响，我不希望跟一个在科拉坦臭名昭著的公司合作。第二件事，不用我再说了吧，李小姐……"

罗涛打断罗伯特："第一件事绝对没问题，我已经有了一个完整的行动方案；这第二件事，不是我不答应，实在是我没有权力，无能为力呀。"罗涛知道不能跟他硬来，就再次采用推托的手段。他尽量装得很认真地说："你知道吗？李小姐是公司培训中心的，跟我们是两个部门。要调她过来，哪有那么容易的，需要他们部门同意，还要公司老总批准，需要很长时间呀。"

罗伯特眼里热切的光暗淡下来，他想了想说道："好吧，我直接去找你们老总。你们公司不是效率挺高的吗？我就不信这件事会这么难。"

阿拉杜刚给侯赛因灌下一大杯威士忌，转身对罗涛说："涛，我有一个问题，不知道该不该问，我听说巨华是中国最大的通讯公司，比你们公司大多了，产品质量也比你们龙腾的好多了，是这样吗？"

又是该死的巨华在捣乱，肯定又是他们在胡说八道。罗涛鼻子里哼了一声，说道："从数据上看巨华确实是比龙腾大。可你知道吗？龙腾是上市公司，财务数据都是透明的，我们一步步走得很稳健。可巨华是靠疯狂的贷款来维持其快速增长的。你知道巨华的负债率有多高吗？百分之三百。他们公司的风险太高了，这么高的负债率，说不定哪天资金链一断，公司就倒闭了。你想一想，假如说你货款都付了，就等着他的设备运来安装开通好挣钱，突然他宣布倒闭了，到时候你哭都来不及。或者你设备都用上了，它一倒闭，没人来提供技术服务，设备一出故障就变成废钢烂铁了，多可怕呀。”

罗涛看到一席话已吸引了三个人的注意，就又压低声音神秘地说：“听说，巨华的资金现在就很紧张，有几家银行要收回贷款，我估计他们恐怕支撑不到今年底。所以，他们现在这么疯狂。”不久前，针对巨华的海外宣传攻势，林祥曾特意给公司所有的海外销售打招呼，要他们大力宣扬巨华资金紧张，就快要倒闭了。罗涛一直觉得这么诋毁对手不是君子所为，可如今巨华如此不仁，自己也就只好不义了。

罗涛的这番话很有效果，只见拉阿杜和罗伯特惊恐地张大了嘴，脸上满是万幸的表情。他们肯定是在想幸亏没有和巨华做生意吧，罗涛得意地想，以后很长一段时间林小凡不会有好日子过了。

罗涛怀着一种亦喜亦忧的复杂心情回到了公寓。喜的是新投资人已经找到，大项目的进展又驰入了快车道；忧的是罗伯特对李青怡的事步步紧逼，李青怡的培训课程马上就要结束，自己确实不能再拖下去了。

李青怡见到罗涛的车回来，从客厅里奔出来迎接他，她显然是在专门等着罗涛。她很自然地接过罗涛手里的公文包和西装，冲罗涛甜甜地一笑：“这么晚才回来，我可等急了。”李青怡把罗涛直接引到楼上的卧室，笑着说：“好好洗个澡放松一下吧，看你一脸严肃，紧皱个眉头，像有什么深仇大恨似的，我去给你放水。”

看着走向浴室的李青怡的曲线玲珑的背影，嗅着她身上弥漫室内的撩人体香，罗涛感觉到一阵生理上的冲动，这种冲动就是爱情吗？自己真的爱李青怡吗？李青怡无疑是美丽、性感、迷人的，可自己只是迷恋她美丽的外貌和迷人的身体还是爱恋她整个人呢？罗涛只觉得心里越来越迷惘，而生理上的冲动却也越来越强烈。和李青怡在一起感受到的那种惊天动地、痛彻心腑、波涛汹涌般的快感是罗涛以前从没有经历体验过的，他现在只想再次体验那种快感，别的什么都顾不上了。罗涛快步追上李青怡，从后面猛地搂住她丰满柔嫩的身体，双手恣意抚摸、捏揉着弹性丰盈的肉体。李青怡瘫软在罗涛的怀里，放纵地发出满足的呻吟声。

舒服地躺在自己卧室的大床上，罗涛感觉到一种言语难以描述的轻松惬意。身边的李青怡在罗涛的脸上亲了一下，她抬起头深情地凝视着罗涛：“亲爱的，你长得真好看，我好爱你，只想这么和你躺着，什么都不干。”罗涛的脸上微微泛起了红晕。李青怡又笑着说："唉哟，还害羞了，我就喜欢你这个样子。亲爱的，你还从没有说过爱我呢，你现在就说你到底爱不爱我？"罗涛张了张嘴，嘟囔了一句："我爱你。"

李青怡显然不太满意，她又追问道："那你说说你最爱我什么，说三条吧。"罗涛假装想了想说道："我喜欢你漂亮。"李青怡脸上一副理所当然的表情，然后满怀期待地又追问道："那第二呢？"罗涛故意慢慢地说："第二吗，我喜欢你性感。"李青怡哼了一声，又问道："第三呢？"罗涛故意停顿了一下，过了一会儿才说："第三，我喜欢你的床上功夫。"

李青怡使劲拧了一下罗涛的胳膊："你好坏！你根本就不爱我。"罗涛搂紧李青怡，叹口气说："你已经使我上瘾了，我现在整天想着你，没心思干别的。你是不是给我喝了什么迷魂药？"

李青怡又用力拧了下罗涛的胳膊，笑着说："是啊！我偷偷地在你的饭菜里下了爱情毒药，叫你一辈子都离不开我。"李青怡的玩笑话却使得罗涛一惊，一种莫名的恐惧感在罗涛的心底慢慢弥漫开来，他禁不住倒吸了一口冷气。

第二天早餐时，李青怡高兴地哼着歌，显然情绪很好。她突然抬头盯着对面埋头喝粥的罗涛说："唉！难怪人们说恋爱中的女人智商最低，你看我，重要的事都差点忘了和你说，今天是培训的最后一天，晚上我们和培训学员一起吃饭，你能不能来参加？"罗涛想了想，点头说："好呀，今晚正好没事，我去参加。咱们就搞个结业典礼吧，给每个学员再发一份小礼物。"

李青怡在罗涛的脸上亲了一下说："你能来太好了，不过你可得买单呀。毕业证我这边有，可小礼物得你破费了。对了，你们大项目的事谈得怎么样了？昨天你见到罗伯特了吗？"一提到罗伯特，罗涛的心里又像压了一块大石头，他愤愤地说："项目进展倒是很顺利，可这个罗伯特真的太讨厌了，他竟然要给老总打电话说你的事。他算老几？他也太过分了，以后你少跟他来往。"

李青怡脸色微红，她皱了皱眉说："你不要对罗伯特有偏见，他是个好人，他这么做也是为了帮我，是我提出来让他帮我留下来做销售的，你不要怨恨他。我和他真的没有什么的，你放心吧，我只爱你一个人，不要吃醋了。"

被李青怡说中了心事，罗涛显得有些尴尬，他急忙辩解说："谁吃醋了？别瞎说，他一个黑不溜秋的丑八怪，我吃他的醋？不就是仗着是部长的儿子吗，有什么了不起的。"李青怡扑哧一笑："还说没吃醋？离八百里都能闻到酸味。行了，乖宝宝，我只爱你一个人，就你最帅，别的男人都是丑八怪，我一眼都不会瞧的。”

李青怡走了之后，罗涛来到书房工作，他需要尽快采取行动来消除那本可恶的《科拉坦新闻周刊》的影响。针对这次事件，罗涛很快制定了一份危机公关计划传回了公司。罗涛又拿起那本《科拉坦新闻周刊》翻看着，这家杂志社肯定是被人买通了，可他现在没有证据。罗涛把杂志翻过来，看了看杂志的封底，他惊奇地发现上面竟有杂志社的地址和电话。罗涛心里一阵狂喜，这可好办了，他拨了杂志上的电话，铃声响了很久，没有人接。罗涛又仔细看了看书上印的地址，“科洛城第四行政区春天路 1272 号”，他决定亲自去一趟探个究竟。

幕后的黑手现在很疯狂，为了安全起见，罗涛决定找几个人来帮忙。罗涛考虑了一下，给普劳哥打了个电话，让他带几个兄弟过来玩玩。罗涛在客厅里焦急地等待着普劳哥的到来，心里感到十分地激动和紧张，幕后的黑手也许很快就要暴露了，自己很快就可以复仇了。

苏拉在门口探头探脑，罗涛招手叫他进来：“什么事？偷偷摸摸的像个小偷。”苏拉四顾无人，从怀里小心翼翼地掏出一张纸条递给罗涛。罗涛接过纸条，只见上面是艾琳娜的笔迹：“涛，如果你有机会到法国，想要见我的话，可以到下面的地址找我。”接着是法文的地址，落款是“爱你的艾琳娜”。苏拉小声说：“老板，这是艾琳娜走之前偷偷塞给我的，让我交给你，你可千万别说是我给你的。”

→43 苏拉的话令罗涛十分不解，他瞪了一眼苏拉，厉声问：“你说清楚一点，到底怎么了？你给我艾琳娜的纸条怎么会怕人知道？你是怕谁知道？”苏拉吞吞吐吐地说：“我是怕李小姐知道。”罗涛一愣，他追问道：“你为什么怕李小姐知道？快点告诉我。”苏拉靠近罗涛压低声音说：“老板，我本来不该多说。艾琳娜小姐走的那天和李小姐发生了激烈的争吵，后来艾琳娜小姐就匆匆忙忙地回国了。李小姐警告我不要告诉你吵架这件事，只许说艾琳娜小姐是因为家里出事了才回国的。”

罗涛正要细细拷问那天到底发生了什么，一阵汽车喇叭声从室外传了过来，是普劳哥到了。罗涛挥手让苏拉离开，自己则迎了出去。普劳哥还是开着那辆红色宝马，后面还跟着两辆三菱吉普。普劳哥从车里跳下来，潇洒地吸了一口粗大的雪茄，吐了个烟圈，然后冲后面的车摆了摆手，从后面的两辆吉普车里跳下来五六位手提木棒身高体壮的大汉。普劳哥对罗涛笑了笑："涛，我的朋友，这些人手够不够？"

罗涛点了点头说："足够了，我们是去一家编辑部，告诉你的人不要轻举妄动，听我的命令再动手。"

在车上，普劳哥拿出一把黑黪黪闪着亮光的手枪给罗涛看，他夸耀道："这枪很漂亮吧！这是一把经典的勃朗宁 M1911 手枪，威力很强大，以后它就是你的了。现在有人想害你，局势又这么乱，你最好随身带着它。"他拿着枪演示了一下如何使用后，把枪放入皮枪套交给了罗涛。罗涛小心翼翼地把枪收好，暗自祈祷千万别让自己有机会使用它。

车子很快就到了春天路上，可车队在路上转了几个来回也没有发现 1272 号，看来这个地址是假的。罗涛懊恼地把杂志摔到了一边，愤恨地说："这帮骗子，连一个真实的地址都不敢留。我要是抓住他们，就一枪把他们崩了。"

中午，罗涛请普劳哥到喜来登酒店的科拉坦餐厅吃饭。普劳哥兴致勃勃地品着红酒，对愁眉苦脸的罗涛说："我的朋友，这酒真是不错。别不高兴，来，喝点酒。"看罗涛喝了一口酒，情绪稳定了些，普劳哥小心地问道："到底是什么人在和你作对？你告诉我，我来帮你出气。"

罗涛叹了一口气："唉！还不是我们的竞争对手搞的鬼，我现在虽然没有证据，可百分之百确定是巨华的林小凡在幕后操纵。他们可真是不择手段呀，为了拿项目什么事都做得出来，甚至不惜让无辜的人去送死。"

普劳哥摇了摇头说："涛，我对你们做的生意是一点都不懂。可我在做生意的时候，为了争地盘，死几个人可是很正常的。争地盘可就是你死我活的战争，输了你就没有饭吃，就得饿死。我想只要是做生意，只要是为了钱，不管什么行业，道理应该是一样的。你说的那个什么巨华的做法是很过分，可你也应该跟他们对着干呀，为了吃饭嘛。这样吧，不用你出面，我来对付这个林小凡，你是要活的还是要死的，一句话就行了。我保证巨华以后再也不敢和你们捣乱了。"

想象着瘦长的林小凡满脸鲜血地跪在自己的面前，罗涛的脸上露出笑容。可他很快冷静下来，怎么也不该这么做，还是得找到证据，通过正当渠道去告巨华。如果自己这么做，那么自己和普劳哥这样的黑社会流氓又有什么区别？

谢绝了普劳哥的提议后，罗涛将一叠钱塞入普劳哥的口袋里，笑着说："朋友，谢谢你，寻找那个司机皮里尔的事你还要帮忙，争取尽快找到他。”

普劳哥是满口应承。望着眉开眼笑的普劳哥，罗涛心里感叹道，有些友谊是需要用钱来维持的，这就是所谓的酒肉朋友吧。不过虽然在普劳哥身上花了不少钱，可他确实很讲义气，帮了自己不少忙，这也算是物有所值吧。

回到公寓后，罗涛接到了林祥的电话。这次罗涛回国，林祥正好在国外出差，所以在国内没有见到他。林祥在电话里显得很不高兴，寒暄了几句后，他不耐烦地问：“李青怡是谁？还有一个叫罗伯特的人又是谁？今天这个叫罗伯特的人打电话过来自称是通讯部长的儿子，要求我们让这个李青怡留下来负责销售。我记得部长的儿子不是叫塔鲁吗，怎么又冒出了一个罗伯特？”罗涛赶忙解释了一通，实际上这件事罗涛早就汇报过，可林祥从来都是这样，什么事和他说完他就穿耳而过，过后又会埋怨你不跟他汇报。

林祥听完罗涛的解释，显得很是气愤：“罗涛，怎么搞得这么乱七八糟的？这个李青怡的培训一结束，就让她马上回国。我们要引导客户，不能客户说什么就是什么。简直是荒唐，他还想安排我们的工作。这个李青怡是不是也太轻浮了？这样子影响多不好。不是我说你，罗涛，科拉坦乱七八糟的事这么多，你要负好责任呀。尤其是我们的员工，不管哪个部门的，都不要出任何事。如果真出了什么事，我可要追究你的责任。”

林祥的训斥令罗涛很不舒服，可他只能静静地听着。罗伯特也太过分了，他还真的给总部打电话了。现在这事情搞得是骑虎难下，看来，李青怡的梦想要破灭了，她很难留下来了。罗涛的心里不知是高兴还是难过，他自己也说不清。

罗涛又汇报了危机公关计划，林祥沉吟了半晌，说道：“我马上去跟秦总汇报一下。这笔费用可不小呀，我们现在资金还是很紧张的，你账上的钱不要乱花呀。”

罗涛在公寓里徘徊着，思绪很乱，罗伯特、李青怡的形象交织在一起，令他心烦意乱。从国内回来这几天他和李青怡的感情在急剧升温，也许是这次回国失去家园的感觉令他急于在别处找到心灵的港湾。可毋庸讳言，他感觉自己已经离不开李青怡了。罗涛还清楚地记得第一次在盖罗国际机场见到李青怡的情景，身着红色T恤的她就像来自上苍的一束神圣的火焰，那圣洁而又令人蛊惑的光芒照亮了罗涛心灵的每一个角落，那不正是他一直在苦苦寻觅而不可得的东西吗？

可李青怡真的像她美丽的外貌一样圣洁无瑕吗？她真的爱自己吗？李青怡又

有一个什么样的过去呢？自己对此是一无所知。罗涛又想起了艾琳娜，艾琳娜的事李青怡为什么要撒谎呢？罗涛伸手拉了拉客厅内的铃绳，苏拉小跑着撞进客厅。

罗涛盯着苏拉，神态严肃地说："苏拉，你一点儿也不要隐瞒，把李小姐和艾琳娜吵架的事详细给我讲一下。"苏拉张口结舌，愣了半天才鼓足勇气说道："我也不太清楚发生了什么事。你走的第一天，李小姐回来得很晚，好像还喝了酒。后来我听到楼上有争吵的声音，过了一会儿，艾琳娜跑到楼下来，眼圈通红，好像是哭过。我问她怎么了，她什么也不说。后来，连着两天都是如此。第三天，楼上吵得很厉害，最后，艾琳娜哭着跑下来，拎着箱子，让司机直接送她去机场。她临走之前偷偷地把那张纸条给我，让我交给你。李小姐后来跟我讲不要告诉你吵架的事，如果我要是告诉了你，她绝对不会饶了我。第二天，她又把小媞雅送去了寄宿学校。"

看到罗涛的脸色渐渐阴沉，苏拉忙说："老板，你别生气，李小姐是个好人，也许是有什么误会吧。老板，你可千万别说是我说的。"苏拉的脸上满是恳求的表情。

李青怡下午很早就回到了公寓，她很兴奋，换上了那套性感的纱丽，催促罗涛换衣服去参加晚宴："快点吧，我的学生们都在等着你。你别美，大家是等你买单呢。"

罗涛坐在沙发里没有动，他凝视着李青怡，不知该从何说起。李青怡看了一眼身上的衣服说："怎么？又嫌我穿得太少了？那我去换一套吧。没想到你年纪轻轻的还这么封建。走吧，一起上楼去换衣服。"说着，她伸手拉起罗涛，顺势将丰满温润的身体投入罗涛的怀中，紧紧拥住他。她灵巧湿润的红唇在罗涛的耳朵上轻啜着，娇喘着说："你怎么这么看我？来呀，咱们速战速决，参加晚宴之前先来点'快餐'。"

罗涛猛地从李青怡的怀抱中挣脱开来，脸色晕红气喘吁吁的李青怡瞪着美丽的大眼睛不解地望着神情冷峻的罗涛："你怎么了？"罗涛避开李青怡的眼神，低声说："罗伯特给公司总部打电话了，不知怎么打到林总那里了。林总对这件事很生气，他让你立刻回国。"

李青怡的脸色骤变，眼泪在眼圈里打转，她哽咽着说："怎么会这样呢？我真的不想离开你。你为什么不替我争取呢？"罗涛犹豫了一下说道："说实话，我也不是太想让你留下来。这里又不是什么好地方，环境这么差。再者，罗伯特对你这个样子，我实在是不放心。”

李青怡的眼泪流了出来，她气愤地说：“罗涛，你根本就不爱我。你知道我的梦想，你知道我多么想留下来做销售，可你却一点儿也不帮我。你一点儿也不如罗伯特，他为了我什么都肯做。可你呢，你太自私了。你也不想一想，这样子罗伯特还会跟我们合作吗？我知道那个大项目很重要，这样肯定对这个项目会有不好的影响的。”

罗涛听到李青怡提起罗伯特，气就不打一处来：“还不是因为这个罗伯特乱打电话，才造成这种局面？你还替他说话，你不觉得他的做法过分吗？你要是留下来，他不定会对你怎么样呢。”

李青怡什么也没说，转身向楼上跑去。罗涛叹了一口气，慢慢地跟了上去。推开李青怡卧室的门，罗涛看见李青怡站在窗前，她在轻声啜泣着，肩膀抽动着。罗涛觉得一阵心痛，他轻轻走过去，从后面搂住李青怡的腰，轻声抚慰道：“亲爱的，看到你这么不高兴我真的很难过，我真的希望你能开心。我觉得其他一切都不重要，我们两个能在一起就行了。我早已厌倦了这种生活，打算明年去美国读管理学博士，到时候，你就辞职陪着我去吧。在美国我们过着无忧无虑的生活，你再给我生个儿子，我要从小教他踢足球，让他学小提琴。答应我，好吗？”

→44 李青怡轻轻挣开罗涛的拥抱，她忍住啜泣淡淡地说：“罗涛，我的梦想是去美国生活，可我希望带着我亲手挣的一千万美元去。罗涛，就算你有一千万美元，那也不是我自己挣的，我不会和你去的。何况你也不会有一千万美元，现在这个机会多么难得，可你一点儿也不帮我。”

罗涛的心猛地沉了下来，李青怡想挣一千万美元看来并不是开玩笑。自己的银行户头上只有可怜的一百万人民币，而明年自己又将去过清贫的学生生活。读完博士，自己也是想去商学院过个穷教授的生活，这显然和李青怡的梦想相去甚远。

一千万美元在罗涛看来是个天文数字，谁能够帮李青怡实现这个梦想呢？罗涛不得不心痛地承认，也许罗伯特有这个能力。罗涛觉得自己的心被嫉妒和无奈疯狂地撕咬着。人生下来就是不平等的，自己并没有一个当部长的父亲，甚至连父亲的记忆都没有，老天太不公平了。

李青怡转过身，望着罗涛，眼神中满是一种令人心酸的绝望。她突然紧紧搂住罗涛："我真的不想离开你，你一定要帮帮我。你再给林总打个电话给我争取一下，好吗？只有你才能帮助我实现梦想。求求你了，我真的一天也不想离开你，我爱你，你一定要帮帮我。"说到后来，她又呜咽起来。

女人的眼泪是罗涛无法抗拒的，何况又是自己心爱的女人的眼泪。虽然心里一万个不愿意，罗涛还是掏出手机拨通了林祥的电话。电话接通了，罗涛离开李青怡向卧室门外走去，他感觉到背后投来的李青怡充满希望的目光。

罗涛正考虑该如何说李青怡的事，电话那边林祥语调急促地说："罗涛吗？我正要给你打电话。我现在在秦总这里，那个李青怡你一定不要让她走，让她留下来，听到了吗？一定要让她留下来，培训中心那边我会去协调。喂，你等一下，秦总和你说话。"

罗涛第一次听到秦荣剑的语调如此不悦："罗涛，李青怡的事你怎么从来没跟我汇报过。竟让罗伯特把电话打到总部。我说过，对罗伯特我们一定要尽全力搞好关系。这是多好的机会呀！马上通知李青怡留下来，就任命她为这个项目的客户经理。以后,让她专门做罗伯特的工作。你也有了一个得力助手分担工作嘛。"罗涛突然觉得十分悲伤，这也许是自己最不希望看到的结果。李青怡终于留下来了，而且还是专门做罗伯特的工作，也许这就是命运使然，谁也阻挡不了。

秦荣剑在电话里继续说着："你的危机公关计划我看了，很好，马上开始操作吧。正好，下周我就去科拉坦，帮你壮壮声势。你就安排在这个计划里吧。具体行程明天传给你。"

罗涛恍恍惚惚地走回李青怡的卧室，他怎么也掩饰不住心中的失望。李青怡充满希望地望着罗涛，看到罗涛的表情，李青怡的脸色也变了。她轻声问道："还是不行吗？"罗涛尽量平静地说："秦总让你留下来做客户经理，他会跟你们培训中心协调的。"李青怡愣了一下,旋即脸上绽开了灿烂的笑容。她跑过来抱住罗涛，欢叫蹦跳着，在罗涛的脸上亲了一下，欢快地说："我就知道你会帮我的，你怎么舍得我离开你。我要好好谢谢你，来吧，喂你一顿'快餐'，由我买单。"

晚宴前的"快餐"让李青怡的胃口大开，情绪高涨，在庆祝培训结束的宴席上，她像个花蝴蝶往来穿梭于席间，不时发出清脆的笑声。罗涛的情绪始终不高，他心里觉得有些堵得慌。秦荣剑的话总是在他的耳边回响："这是多好的机会呀！

就让她专门做罗伯特的工作。”

培训学员大多是年轻人，而科拉坦人又个性开朗，喜欢歌舞，不久之后，宴席就变成了欢笑的海洋。音响里放着欢快吵闹的科拉坦乐曲，年轻的培训学员们载歌载舞，喧闹异常，似乎要把这个临时借用的军队的简陋食堂的顶棚掀开。几乎每个科拉坦人都是跳舞的高手，节奏感极强，一到节假日或有什么婚丧嫁娶之类的活动，可以说是全民皆舞，上至白发苍苍的老翁，下至几岁顽童，无不扭得不亦乐乎。难怪科拉坦人这么贫穷却总是认为自己很幸福呢，有舞跳，有饭吃，还有什么不满足的呢？李青怡很是享受这样的气氛，她和几个学员对跳着，扭动着腰肢，风骚妩媚之极。

李青怡跳了一身汗后回到罗涛身边，一边擦着汗，一边对罗涛说：“你怎么不去跳？又在装深沉呢。”罗涛鼻子里哼了一声，没有理她。李青怡靠近罗涛，在罗涛的耳边呵了一口气，轻声说道：“怎么，又吃我的醋了吗？来，我专门陪你跳一曲。”说完她伸手去拉罗涛。

罗涛轻轻甩开李青怡的手，摇了摇头。李青怡把身体贴紧罗涛，嘴唇几乎贴到罗涛的脸上：“乖，听话，陪我跳个舞，你会忘掉一切烦恼的。”李青怡柔软的身体和芬芳的体香令罗涛有些心烦意乱，可他还是坚定地摇了摇头。李青怡伸手在罗涛的大腿上掐了一下：“不乖是吧？看我晚上怎么收拾你，我要让你跪地求饶。”

现场的音乐突然停了，屋子中央空出一块地方。一位长发披肩怀抱吉它的歌手来到了中间。罗涛认出这位歌手正是在部长家晚宴上表演过的歌手。他唱的正是那首打动过罗涛的哀怨的歌曲。歌手富有磁性的嗓音把这首歌的哀怨伤感演绎得淋漓尽致。

罗涛又一次被打动了，他觉得自己完全沉浸在歌曲所营造的哀伤甚至可以说悲怆的氛围里。他觉得自己好似回到了童年，回到了那一个凄风冷雨的夜晚，五岁的罗涛焦急地等待着母亲和姐姐回来，他一天没有吃饭了，已经饿得一点力气也没有了。更令他害怕的是母亲从没有这么晚回来过，那种孤独绝望和害怕被遗弃的感觉充斥了他稚嫩的心灵。不知不觉地他仿佛又来到了母亲的墓地，埋在地下的母亲再也不会轻声抚慰他了，他最终还是被遗弃了。在这个世界上，再也没有人真正关心爱护自己了。罗涛的鼻子一酸，一行热泪不争气地流了下来，他怎么也控制不住。

歌曲唱完了，李青怡这才注意到罗涛的眼泪，她递给罗涛一张纸巾，什么也没说。罗涛接过纸巾，擦了擦眼泪，掩饰道："你别瞎想，我只是眼睛进东西了。"

李青怡招手把那个歌手叫了过来。歌手解释这首歌是一首流传很久的科拉坦民歌，唱的是一个民间传说——"爱湖"的故事。

传说科拉坦以前有一种怪兽，形似鳄鱼，个头儿却有鳄鱼的十倍大。怪兽口能喷火，又能腾空飞翔，凶猛之极。怪兽后来寄居在一座美丽的湖里，经常出来骚扰周围居住的村民，有好多人都被怪兽残害了。

村长后来带人赶了许多牛羊献给怪兽，乞求怪兽不要再残害人类。怪兽却提出了个令人为难的条件，它要村长把村里最漂亮的姑娘献给它，这样它就不再吃人了。村长回村宣布了这件事之后，村里许多姑娘都躲了起来，村长很是为难。村长的女儿阿古丽是村里公认的美女，而且又温柔善良，看到这种情形，她主动站出来，要把自己献给怪兽，以拯救全村的人。

阿古丽的恋人是村里最强壮最勇敢的小伙子阿努尔。阿努尔为了拯救自己的恋人，手执锋利的科拉坦刀，来到湖边要与怪兽搏斗。凶狠的怪兽钻出湖面，阿努尔拼命与怪兽搏斗，虽然刺伤了怪兽，可终因怪兽过于强大，最后被怪兽一口吞下，而受伤的怪兽沉入了湖底。

阿古丽得知恋人为己身亡，来到湖边悼念恋人，她悲痛欲绝，不想与恋人天各一方，最后也纵身跳入湖中。两个人的故事感动了真主，真主亲自清除了怪兽，将怪兽化为一座小山，而阿努尔和阿古丽则化身为两株连理树。后来，许多恋人都来到这个湖前山盟海誓，据称恋人们同时喝下这湖水，就会今生今世不变心，永远不分离。而这个湖也就被称为阿古丽和阿努尔的爱湖，简称爱湖。

歌手又将歌词大意翻译了一下："勇敢的阿努尔，英武又勤劳，就像那科拉坦的雄鹰一样。美丽的阿古丽，温柔又善良，就像那天上的月亮一样。为了阿古丽，勇敢的阿努尔愿意与凶猛的怪兽搏斗。为了阿努尔，美丽的阿古丽情愿与冰冷的湖水为伴。阿古丽深深地爱着阿努尔，他们两个人永远不再分开，就像那科洛鱼离不开科洛河水。阿努尔深深地爱着阿古丽，他们两个人再也不会分开，就像那科拉坦雄鹰离不开库朗山。"

这个故事深深地吸引了罗涛和李青怡。李青怡感兴趣地问道："实际上真有这个湖吗？"歌手点头说："当然有，爱湖在南部山区，离卢瓦城只有几十公里远，曾经是科拉坦著名的旅游胜地。不过，现在那里已在共和军的控制之下，已经好长时间没人敢去那里了。”

罗涛掏出钱包，从中抽出几张钞票递给歌手：“谢谢你给我们讲了这么一个美妙的故事。你的歌声非常好听，将来有机会我介绍你到中国去表演。”

歌手离开后，李青怡笑着望着罗涛说：“你一定要带我去一次爱湖。”罗涛摇头说：“你不要命了，我曾经去过卢瓦城，风景是很美，可我差点送了命，而爱湖又在共和军的控制范围内，太危险了。”

李青怡拉住罗涛的胳膊摇了摇，撒娇地说：“再危险我也要去。你看阿努尔为了阿古丽什么都肯做，看你爱不爱我了。”罗涛苦笑地摇了摇头，如果自己是阿努尔，李青怡是阿古丽，那么怪兽是谁？而真主又在哪里？

音乐声突然停止了，一位学员手持麦克风走向中央，大家都停下来望着这位学员。学员用沙哑的嗓音对着麦克风说道：“告诉大家一个悲痛的消息，我们尊敬的通讯交通部常务副部长利科多先生今天下午遭遇车祸，不治身亡。真主保佑，让我们为尊敬的副部长大人默哀三分钟。”

回公寓的路上，李青怡显得非常疲惫和伤感，她把头靠在罗涛的肩上，伤感地说：“人的生命真是太宝贵了，可又是这么地脆弱，说没就没了。你认识这位副部长吗？”罗涛回答道：“我跟他没少打交道。这个人虽然有点倔强傲慢，可绝对是个好人，一个少有的正直的人。”

李青怡又喃喃地说：“罗涛，我真的好羡慕阿古丽，有一个人会为了她献出自己宝贵的生命。你会是我的阿努尔吗？”罗涛轻轻拍了拍李青怡，随口应道：“我就是你的阿努尔，你放心，我为你什么都肯做的。”

李青怡打了个哈欠，迷迷糊糊地说道：“我的阿努尔，那你一定要带我去爱湖，我们要在那里订下誓约，永不分离，答应我……”她的声音越来越小，眼睛也闭上了。睡梦中的李青怡的脸庞像天使一般纯净，脸上带着甜蜜的微笑。一股爱怜之情涌上罗涛的心头，他低头在李青怡的脸颊上轻吻了一下。在这温情脉脉的时刻，罗涛突然想起一件事。这件事如梗在喉，令罗涛烦躁不安。李青怡真的像她外表看起来那么单纯善良吗？罗涛觉得他不能再等了，今天一定要得到答案。

回到公寓，李青怡从睡梦中醒来，下了车，她又靠在罗涛的肩上撒娇说：“唉，我太累了，你把我抱上楼去吧，我的阿努尔。”罗涛轻轻推开李青怡，严肃地说：“我有件事想问你。”说完他转身向客厅走去。李青怡愣了一下，也跟着走进客厅。

→45 坐在客厅的沙发里，罗涛思考着如何开口。李青怡看着一脸严肃的罗涛，不解地问道："有什么严重的事？看你绷个脸，吓死人了。"罗涛没有看李青怡，脸朝着窗外低声问道："艾琳娜到底是为什么走的？我听说她走之前和你天天吵架。"李青怡一愣，想要解释什么，罗涛摆手制止了她，又继续说道："我不在的这些天你每天都不在公寓吃饭，每天都有饭局，是谁这么热情天天请你吃饭？"

罗涛话里明显的讥诮语调使李青怡的脸色涨红起来，她气愤地说："我已经告诉你了，艾琳娜是因为家里有事回国的。我们两个是吵了一架，可这跟她回国一点关系都没有。谁告诉你我和她天天吵架了？我是和罗伯特出去吃了一次饭，可也只有一次。他后来请了我好多次我都没有去。再说了，下了班我愿意和谁出去吃饭是我的自由，谁都没有权力管。这又是谁造的谣？你告诉我是谁说的，我要和他当面对质。"

罗涛突然意识到自己这么问等于把苏拉出卖了，可此时后悔已来不及了。他不置可否地哼了一声，没有理会李青怡的质问，说道："你自己做了什么你自己最清楚。我并不是要管你，只是你的一些做法让我不能理解，我实在是看不懂你到底是一个什么样的人，我希望得到你的解释。"

罗涛的话让李青怡更加气愤，她强硬地说："我不想跟你解释任何事情，你有什么理由来怀疑我说的话？难道我的话还没有一个佣人的话可信吗？你就这么相信一个佣人吗？你不说我也知道是苏拉说的。你不用否认，肯定是苏拉说的。可你真正了解苏拉吗？你知道苏拉背着你都干了些什么吗？苏拉真的就像表面看起来那么忠诚可靠吗？我现在就让你看看你忠诚的佣人的真面目。"李青怡快步走到客厅门口用力拉了拉铃绳，罗涛想阻拦已来不及了。

苏拉小跑着来到客厅，他看到怒气冲冲的李青怡，吓得脸色惨白。李青怡厉声对苏拉说："你现在当着我的面告诉你的老板，你老板回国期间，我和艾琳娜吵过几次架，我出去吃过几次饭。"看着声色俱厉的李青怡，脸色惨白的苏拉吓得双腿颤抖，一句话也说不出来，他可怜巴巴地看了一眼罗涛，低下了头。

罗涛知道在这种情况下，苏拉是什么都不敢说的，他对苏拉挥了挥手说："你先走吧。"李青怡拦住了苏拉："等一等，你告诉你的老板，你每天买菜贪了多少钱。"苏拉的头更低了，低得几乎都要探到腰部。李青怡提高了音调："你告诉你的老板，我让你买的鱼你花了多少钱，而市场价又是多少，为什么你花的钱比市场价高了一倍还多？还有你买的牛肉、青菜、水果，你都仔细讲一讲。用不用我再帮你算一算，这几年来你买菜赚了多少钱！”

苏拉可怜巴巴地抬起头，眼里含着泪水，嘴唇颤抖着说：“李小姐，我错了，请你原谅我吧。”李青怡鄙夷地哼了一声：“现在知道后悔了，可是已经太晚了，当初你贪钱的时候想什么了？”

苏拉的眼泪刷刷地流了下来，他转向罗涛：“老板，我知道错了，饶了我吧，我以后再也不敢了。”罗涛挥了挥手不耐烦地说道：“好了，不要哭了，快滚出去吧。”苏拉擦了擦眼泪，胆怯地看了一眼李青怡，转身低着头走出了客厅。

罗涛望着余怒未消的李青怡，不知道说什么好。本来自己是想质问她，没想到反而闹成这个样子。他只好抚慰道：“你别生气了，对苏拉也不要太苛求了。科拉坦的厨师没有不贪钱的，就像科拉坦的司机没有不偷油的。这也难怪，他们的工资太低了。好了，不要跟一个佣人一般见识了。”

罗涛抚慰的话并没有起到什么作用，反而令李青怡更加激动，她涨红着脸，眼圈也红了，哽咽着说：“我太失望了，我在你的心目中到底是一个什么位置？在你的眼里我还不如一个佣人吧。他明目张胆地贪污，被我发现了，他就来诋毁我，挑拨你我的关系，可你竟然还偏袒他。你一点都不爱我。我真是瞎了眼，怎么会爱上你。看来男人没有一个好东西，都是自私自利、喜新厌旧的骗子。我把什么都给了你，一心一意地爱你，可我得到了什么？”她转身蒙着脸，悲伤地呜咽着。

李青怡悲伤的哭声使罗涛的心里一阵刺痛，罗涛最受不了女人的眼泪了，他走过去从后面搂住了李青怡。李青怡挣扎了一下，哭得更厉害了。罗涛搂紧李青怡的纤腰，轻吻着李青怡裸露在外的脖颈肩膀，轻声说：“别哭了，你别瞎想。你知道我有多爱你吗？相信我，为了你，我愿意做任何事情。我会像阿努尔一样为我的阿古丽献出我的一切。我的阿古丽，咱们两个结婚吧，我们就定居在爱湖边，和那株连理树天天相伴，我们在那里可以经营一个农场。你再给我生一堆小阿古丽小阿努尔，每天鸡飞狗跳、儿女绕膝，其乐融融，真是神仙样的生活。”一边说着，罗涛一边轻轻抚摸着李青怡的身体。

李青怡渐渐停止了哭泣，她被罗涛的话逗笑了：“去你的，想什么呢，谁给你生孩子，还养猪养鸡，真是个农民。罗涛，说实话，你真爱我吗？”罗涛用力吻了一下李青怡的脖颈：“相信我，我爱你。”

李青怡沉默了一会儿，轻声严肃地说道："罗涛，如果你真爱我，就带我去爱湖，我们在那里山盟海誓，永不分离。答应我，好吗？"罗涛微微犹豫了一下，他十分清楚爱湖那里极度不安全的局势，可怀中美丽女人的期待令他胸中豪气大生，怎么能让自己心爱的女人失望呢？罗涛用坚定的语调说道："亲爱的，我答应你，我一定要带你去爱湖，不管那里有多危险，我都会带你去，我要在那里向你求婚，我们要在那里对着爱湖，对着阿古丽和阿努尔发誓，永不分离永不变心，我会永远爱你，全心全意地爱你。"

一阵轻轻的敲门声传过来，听到敲门声，罗涛倒有一种如释重负的感觉，他实在不知道接下来还该说些什么。他轻轻松开李青怡，假装生气地说："谁这么讨厌，在这个时候敲门。"说完，他快速走到房门前，拉开了房门。

罗涛刚要冲着敲门者发火，却一下子愣住了。门外站着苏拉，眼圈红红的，令罗涛奇怪的是他肩上背着一个大包袱，手里还拎着一个脏兮兮的帆布包。没等罗涛开口问，苏拉沙哑着嗓子说："老板，我要走了。我已离开家乡好多年了，也该回家看看了。老板，你是个好人，我对不起你，我做的错事，请你原谅我。我现在就走了，再见了老板，我以后会回来看你的。"说完苏拉转身向楼下走去。

罗涛张口想要喊住苏拉，可嘴里像塞了棉花，怎么也发不出声音。罗涛只觉得心里空荡荡的，像缺了什么东西似的。一直跟随自己的苏拉也走了，罗涛不禁又想起了萨达姆、蒙田、布里克，一个个都走了，而自己还会在这里待多久呢？一阵莫名的伤感涌上心头。

回到房间里，李青怡看出罗涛的不快，问道："发生了什么事？"罗涛叹了一口气："唉，苏拉走了，一个个都走了。"

李青怡很不以为然，她哼了一声："为了一个佣人，值得不高兴吗？他早就该走了，早走早好，要不然他说不定还会干出什么呢。看你，耷拉个脸，苏拉对你真的就这么重要吗？"罗涛摇了摇头，掩饰地说："唉，我是觉得他做菜的手艺不错，走了挺可惜的。"

李青怡不屑一顾地说："就他那手艺，也就对付着能吃，你的眼光太差了。以后我来做菜，你就等着享口福吧。过一段时间，可以从我家乡找一个小保姆，要会做川菜的，人也要看着顺眼干净的，不要像苏拉，看着就倒胃口。"李青怡越说越兴奋，像这个房子的主妇一样盘算着将来幸福的生活。

罗涛却怎么也高兴不起来，眼前总是浮现出苏瘦高的身影。他会去哪里呢？

以后还会见到他吗？罗涛的心里竟充满了挥之不去的牵挂。难道真是“日久生情”吗？罗涛摇了摇头，现在这种状况苏拉确实不适合再在这里干了，没有办法，天下没有不散的筵席。

在浴室里，赤裸着身体的罗涛和李青怡挤在浴缸里，李青怡在认真地往罗涛的身上抹浴液，罗涛闭着眼睛，感觉自己像个孩子似的任李青怡摆布，那种感觉很奇怪，他觉得自己很享受。

李青怡一边认真给罗涛洗澡，一边好奇地问道：“听说小金的科拉坦妻子很漂亮，是不是真的？”罗涛闭着眼睛随口回答道：“小金娶的是萨利姆的三女儿，叫妮曼，长得非常漂亮，美若天仙。”李青怡听到这话，突然停了下来，她严肃地问罗涛：“你们总去萨利姆家玩，你难道就没对天仙动心？”罗涛还沉浸在惬意的享受中，没注意到李青怡严肃的态度，漫不经心地调侃道：“妮曼是很漂亮，但可惜被小金捷足先登，先下手为强了。朋友妻不可欺，我又能怎样？”

李青怡突然伸手在罗涛身上用力掐了一下，罗涛疼得叫出声来：“唉哟，你干什么？”罗涛睁开眼，只见右臂上一大块明显的青紫色。李青怡高声说道：“罗涛，我最恨的就是三心二意的男人，我警告你，我可是把一切都交给你了，如果你敢对我不忠，我可饶不了你。”

李青怡的声音变得十分尖厉，美丽的脸蛋上也是冷酷如霜的表情，罗涛下意识地伸手护住了右臂。罗涛的动作把李青怡逗笑了：“真是个胆小鬼。来吧，乖，我好好给你洗干净。”面带笑容的李青怡现在是如此地美丽、温柔、妩媚，和刚才发怒的她判若两人。哪一个才是真实的李青怡呢？罗涛闭上眼睛困惑地想。

→46 伊莎贝拉女子模范学校位于科拉坦城东郊12区，罗涛和李青怡乘坐的奔驰车在校车门口没受到任何阻碍，直接开到了学校操场中央。罗涛和李青怡从车里下来，注意到一群身着校服的女学生在远处向这边张望着，李青怡伸手拉着罗涛的手向教学楼走去。身着浅蓝色莎丽式校服的女学生越聚越多，她们一边望着罗、李二人，一边窃窃私语。在众多女孩的注目下，罗涛觉得有点不自在，脸也微微涨红了。

校长伊莎贝拉的办公室像伊莎贝拉本人一样十分朴素，只有一张木桌和几只破旧的椅子。罗涛试了试其中的一把椅子，摇了摇头，还是站着比较安全。伊莎贝拉一点也没在意罗涛的反应，她语速极快地滔滔不绝地对罗涛讲着：“科拉坦女孩只有不到百分之十能上学，而穷人家的女孩几乎没人上学，一代又一代，她们只能重复悲惨可怜的命运，文盲、操持家务、社会最下层的地位。这就是我为什么要创办这个学校的原因，我要改变科拉坦妇女的命运，我要从头做起，从她们的教育做起。我也希望能得到像您这样的慈善家的大力支持。我们学校的收费十分低廉，只要五百美元就可以改变一个女孩一生的命运。”

李青怡打断伊莎贝拉：“校长女士，我们是来看媞雅的，她怎么样了？带我们去看一看吧。”

在一间阴暗潮湿的房间里，身着不合身校服的小媞雅蜷缩在一张小床上，在认真地读手里的一本厚厚的书。她显然入了神，罗涛、李青怡和伊莎贝拉走进房间也没有引起她的注意。罗涛轻喊了一声：“媞雅。”小媞雅这才抬起头，愣愣地望着罗涛，半晌才反应过来，她猛地从床上跳下地，飞奔向罗涛，猛地扑入罗涛的怀里，轻声抽泣起来。罗涛抱起媞雅，轻拍着媞雅后背抚慰着，小媞雅的哭声却越来越高，她哭着说：“爸爸不要我了，你也不要我了，谁都不要我了，罗叔叔，不要丢下我，带我回去吧。”小媞雅的哭声使得李青怡和伊莎贝拉脸色尴尬，李青怡走向小媞雅，轻声问道：“小媞雅，别哭了，你不喜欢这里吗？告诉阿姨这里好不好？”

小媞雅止住了哭声，望着李青怡，欲言又止，她把头埋入罗涛的怀里，用力抱着罗涛，好像生怕罗涛跑掉似的。

在回公寓的路上，媞雅的手一直紧紧拉着罗涛的手，一刻也不放松，罗涛则轻抚着媞雅的头。李青怡叹了一口气：“没想到这个学校条件这么差，对学生这么刻薄。不过，这是科拉坦，能这样已经不错了。”她转向罗涛，心事重重地问：“你打算怎么处置她呢？”

罗涛摇了摇头：“我无论如何也不会把她再送回那个猪窝，去受那个罪。”

李青怡脸色微变：“你不要怨我，我可是一心一意为你着想，你能一直留一个佣人的孩子在家里住吗？房子是公司花钱租的，这样算怎么回事？肯定会有人说闲话的。这个学校的条件是稍微差一些，可一个佣人的孩子，能有学上就很不错了，难道还要上贵族学校吗？你不要太感情用事了，你这样会毁了自己的。”李青怡的语速越来越快。

媞雅望着明显不悦的李青怡，吓得更加靠紧罗涛。罗涛用力握紧媞雅的手，皱紧了眉头，他紧闭嘴唇，对李青怡的话没做任何回应。无法否认，李青怡的话是有一定道理的，可对布里克的负疚以及媞雅对他的依恋使罗涛下定了决心，绝对要让媞雅接受最好的教育，就是要让媞雅过上贵族子弟的生活。

李青怡感觉到了罗涛的不快，她没有再说什么。回到公寓后，李青怡只是默默地把小媞雅安顿在二楼的一个空房间里。罗涛则坐在楼下书房的沙发里发呆，到底怎么处置小媞雅确实是一个难题。在这里住，确实不是长久之计，还是应该给她找一个好一点的寄宿学校，贵族学校也未尝不可。

身穿那套性感莎丽的李青怡打断了罗涛的思绪，她在罗涛面前转了个圈，问道："我漂亮吗？跟你去参加婚礼不丢你的人吧。"李青怡脸上化了浓妆，显得有点妖冶狐媚。

罗涛这才想起今天要去萨利姆家参加小金的婚礼，他站起身："我也换一下衣服。"说完上下打量一下李青怡，犹豫地说："你还是换一套衣服吧，这套还是有点太显眼了。"

李青怡摇头，坚定地说："我就穿这一套，我就是要每个人都注意到我。对了，我还给你买了一套当地的民族服装，你一定要换上。"

拗不过李青怡，罗涛换上了崭新的镶着亮片的白色科拉坦长袍，他对着镜子看了看，显得很英俊潇洒，心里不禁暗暗得意，可他的得意不久就变成了后悔。从公寓出来后去接几个同事一起去萨利姆家参加婚礼，二人的衣着立刻成了众人打趣的对象。赵军眯着眼睛摇头晃脑，嘴里啧啧有声："哇塞！太漂亮了，帅哥美女，配上这么漂亮的衣服，可真是一对金童玉女。"小刘问道："罗总，今天到底是谁结婚？是小金，还是你们二位？"

李青怡脸色泛红，打断二人的调侃："呸，少贫嘴了。跟他结婚，谁稀罕。我们得快点走了，你们快换衣服。"说完，白了罗涛一眼，好像罗涛是幕后主谋似的。

李大中认真地问道："去参加婚礼非要穿得这么正式吗？本地风俗习惯就是这样吗？"罗涛正不知如何应对小刘的玩笑，赶忙接过话头："是啊！一定要穿得正式一些，最起码要穿长袖衬衫和西裤，当然，像我这样，能穿科拉坦长袍就更好了。"陈天桥愁容满面地说："我可没带长袖衬衣，这里这么热，谁还会带长袖衣服？"罗涛看了看陈天桥身上松垮的黑色T恤和满是污垢的牛仔裤，好像陈天桥天天都是穿的这一套衣服，从来没换过。罗涛皱眉道："咱俩身材差不多，我借你一套衣服吧，如果你不嫌弃的话。”

换完衣服，仍是罗涛、李青怡坐同一台车，而其余四人坐另一台车向萨利姆家奔去。坐在后座上的李青怡忍不住扑哧笑出声："陈天桥穿你的衣服真是好笑。同样的衣服穿在你身上就显得那么好看。”看罗涛露出美滋滋的表情，李青怡玩笑道："看你美的，还知道姓什么吗？不过，陈天桥可真是太脏了，每天都穿那一套衣服，从来都不换，身上的味儿真让人受不了，我跟他说话，都得屏着气。”

罗涛摇了摇头，叹气道："他们员工宿舍都有佣人给洗衣服的，不明白他为什么不换衣服。这种类型的人还不少呢，以前有几个工程师也是这样，不修边幅，许多本地员工都不理解。”李青怡撇嘴道："肯定是农村来的，没养成好的生活习惯，说实在话，这也是给中国人丢脸，这些乡下人真不该出国。”罗涛皱了皱眉，自己也应该算是农村来的，至少也是小地方出来的，这句话隐隐刺痛了罗涛。李青怡没看出罗涛的不快，继续说着："人的素质习惯真是不同，也是很不容易养成的，难怪人说贵族要几代人才能培养出来，只是有钱，也不过是个土暴发户而已。不过，有钱还是一切一切的基础，有了钱才能开始讲究品位修养。所以，我的首要目标就是挣够钱，然后好好培养下一代。”李青怡陷入幸福的遐想中。

萨利姆的家坐落在科洛城北郊，这里是所谓科拉坦中产阶级的居住区域，地价相比罗涛他们现在居住的使馆区便宜多了。相应的，环境也差多了。这一大片新开发区内几乎没有什么绿化，车开过去，扬起一阵呛人的尘雾。小区内的建筑也是千奇百怪，风格极度不统一。欧式的，阿拉伯式的、科拉坦式的极度豪华的、非常简陋的，让人怀疑自己是不是进入了时光隧道或万国建筑博物馆。

看着车窗外景色的李青怡摇了摇头说："这里环境太差了，太丑了。萨利姆怎么就住这里呀。”罗涛向窗外望了望说："这里也算是富人区呢，只有富人才能盖得起房子，穷人也就搭个棚子，凑合一下。我们住的那可是超级富豪住的区域，那里的房价可比中国贵多了。”

李青怡不屑地说："倒找我钱，我都不会在这里住，太差了。小金怎么能忍受这么差的环境？”不知为什么，罗涛总觉得李青怡的话里有些酸溜溜的味道。

萨利姆家房子的设计还是很好地体现了主人的品位和素养，二层的白色小楼是传统科拉坦式建筑，总共有五间卧房，一楼一进房门是一间很大的客厅，摆满了传统的科拉坦古式家具和艺术品，也夹杂着一些来自中国的艺术品，显示着主人与中国的特殊关系。

客厅里已坐满了来参加婚礼的客人，这一拨中国人的到来，在客人中引起了不小的骚动。在客厅中间的萨利姆忙迎了出来，他紧紧与罗涛拥抱后，又转向李青怡赞叹道："李小姐今天可真漂亮。"罗涛又介绍赵军他们给萨利姆。萨利姆转身将坐在客厅中间沙发里的几个客人赶起来，让罗涛他们坐下，又大声吩咐佣人准备茶点，整个客厅里注意力的焦点都转在了罗涛他们几个人的身上，尤其是李青怡的身上。

罗涛赶紧问萨利姆："新郎新娘呢？还有什么要帮忙的吗？"萨利姆摇头说："都准备好了，哪里还要你帮忙，你们就负责吃好玩好就行了。金和妮曼在楼上化妆呢。"李青怡站起来："我去见见新娘子，化妆我可在行，肯定能帮上忙。"萨利姆招手叫来一位女佣，让她带李青怡去了楼上。

萨利姆则坐在罗涛身边，对赵军几人爽朗地笑着说："怎么样，小伙子们，在科拉坦还习惯吧？"没等几个人回答，萨利姆继续高声说道："肯定很不习惯吧。我去过中国很多次了，我知道中国比科拉坦强太多了，你们刚来肯定不习惯。可你们知道吗？二十年以前，两个国家还是差不多的，中国最近是发展得太快了，可科拉坦呢，整天打仗，国家是越来越穷了。"他停下来，把佣人端上来的甜食点心硬塞给几个人，"这是我太太自己做的，你们一定要尝一尝，比外面卖的可强多了。"

陈天桥把递给他的黑色奶球几口吞了下去，脸上露出痛苦的表情，他悄声说："怎么这么甜？"科拉坦的甜食那才称得上是甜食，比中国的甜好几倍，罗涛到现在还不习惯。见陈天桥吃完了，萨利姆期待地问："味道怎么样？"陈天桥勉强地点头道："不错，不错。"说完，悄悄地冲罗涛做了个鬼脸。萨利姆脸上露出满意的笑容，他俯身又挑了一个更大的黑色奶球递给陈天桥。陈天桥赶忙摆手："饱了，不要了，不要了。"

萨利姆把奶球硬塞给陈天桥："不要客气，到这里就像在自己家一样，想吃什么就吃什么。一定要把这个吃完，不要剩。"陈天桥望着手里的奶球，尴尬地笑了笑，张口咬了一小点在嘴里含着。另外几个人看到这种情形，都尽量憋着笑，放慢了吃的节奏。

萨利姆高昂激亢的声音继续着："过一段你们就会习惯科拉坦的，就像罗。你们知道他刚来时有多艰难吧？现在你们生意做大了，龙腾也有名了，可一开始，没人相信你们的产品，没人听过龙腾的名字。我带着罗，一个人一个人去说服，让他们给我们一次机会，可一次又一次地碰壁甚至受到羞辱。可我们还是坚持住了，最终我为你们公司拿到了第一个项目。罗那时候可是天天往我家跑，我对罗说，这就是你自己的家，任何时候我家的大门都是为你敞开的。我跟你们说，对你们也一样，以后什么时候想来，我家的大门都是敞开的。”萨利姆一边说着，一边继续把甜点往大家的手里塞。

萨利姆的话使罗涛陷入了回忆，他还记得那一天，他和萨利姆又碰了个钉子。在科拉坦电信一间幽暗的办公室里，等了好长时间才见到的规划经理态度傲慢地看了一眼罗涛递过来的宣传资料和小礼物，打断罗涛的介绍，不耐烦地说：“我们要采购的是质量可靠、技术先进的三层交换机，不是玩具和皮鞋之类的垃圾。你们中国人不要把这里当垃圾场，把这些垃圾拿走。”说完，他把资料和小礼物扔到了地上。

萨利姆后来一再解释那位规划经理和他原有些过节，这次是借机报复，绝对不是针对罗涛或中国人，可罗涛无论如何也平复不下情绪。“中国人”“垃圾”的话语和摊在地上的龙腾宣传资料总是回响和浮现在他的脑海中。在萨利姆的家中，他和萨利姆喝干了萨利姆偷藏的威士忌后，忍不住伏在沙发上失声痛哭起来，那种痛彻心扉的羞辱，啮咬着他已忍受到极限的脆弱神经。

萨利姆已喝醉了，在一边呼呼大睡，罗涛越哭越伤心，来科拉坦这么长时间所受的委屈、痛苦和孤独令他不能自持。

→47 萨利姆的声音使罗涛从回忆中惊醒过来，萨利姆站起来说：“来吧，我带你们去外面花园看看，我种了好多科拉坦独有的水果，摘一些给你们来尝一尝。”罗涛摆了摆手说：“好，你们去吧，我上楼去看一看新郎新娘。”

罗涛意识到已经有一段时间没有见到妮曼了，以前可是几乎天天都要见面的。从什么时候开始和妮曼亲如兄妹的关系渐渐变得疏远了呢？罗涛想不起来。可今天妮曼就要做新娘了，罗涛突然有一种想要见一见妮曼的强烈渴望。

楼上的几间卧室里也乱哄哄地挤满了人，没有见到李青怡的身影。小金被一群人围着在化妆，他摆手跟罗涛打了个招呼，脸上是疲惫而又幸福的笑容。罗涛注意到二楼的露台上有人，就推开露台的门，不禁愣住了，只见李青怡一个人正在打电话，听不清她在说什么，可隐约觉得她的语调特别温柔。罗涛想了想，转身退出露台，关上了门。李青怡有时还是有点叫人捉摸不透。

科拉坦的传统婚礼像大多数伊斯兰国家的婚礼一样分成三次举行，女方亲属一次，男方亲属一次，正式婚礼一次。由于小金是外国人，不可能在本地有那么多亲友，婚礼就简化为两次。今天是招待双方亲友，狂欢庆祝，明天才是正式的婚礼。

今天就在萨利姆家旁空地上搭了个大棚子，靠棚子的一侧搭了个舞台，中间是雕花的木床，用丝绸锦缎和鲜花装饰得华丽缠绵，新郎新娘就坐在木床上接受大家的祝福。木床的前面摆着一张铺着黄色台布的桌子，上面摆着一篮子鲜花，一盆科拉坦甜点和红色颜料。一阵子载歌载舞之后，先是父母亲属，然后是亲友依次来到木床前，捧一把鲜花洒落在新人面前，然后分别喂一口甜食给新郎新娘，故意捉弄人的就会挑一块最大的甜食硬喂给新人，新人是不能拒绝的。最后，祝福的人会沾一点红颜料点在新郎新娘的额头上。

已领教过科拉坦甜食的陈天桥悄声说："这结一次婚得吃多少甜食，我可不想在这儿结婚。"李大中望着木床上的妮曼说："能娶这么漂亮的新娘，吃多少甜食我也不在乎。"小刘赞同道："新娘真是太漂亮了，像仙女一样。小金真有福气。"赵军叹了一口气："唉！来晚了，早来一点，就没小金什么事了！"他又望了望远处的女宾席说："科拉坦美女还是很多，咱们都要努力呀。罗总，带头做个榜样吧。"

罗涛摇头说："我已经老了，这事就得看你们年轻人的了。你们向前冲，我掩护。"远远望过去，浓妆的妮曼身着鹅黄色丝袍，显得那么美丽绝俗，在朦胧的灯光下确实像极了下凡的仙女。

祝福完毕，照例是载歌载舞大吃大喝。新郎新娘还是待在木床上，依规矩，他们是不能离开木床的。李青怡从女宾席赶过来，拉罗涛去跳舞，罗涛摇头拒绝。赵军站起来："我陪你跳，怎么能拒绝美女呢。"李青怡瞪了罗涛一眼，拉着赵军奔向欢腾的人群。

小刘端着装满食物的盘子坐在罗涛旁边，高兴地说："科拉坦的食物还是不错的嘛。罗总，以后多带我们来参加这种活动，整天闷在办公室宿舍里，都快闷死了。"罗涛点头道："好办，想参加婚礼太容易了，科拉坦人可巴不得在他们的婚礼上有外国人露脸撑场面呢，我可以保证让你天天参加婚礼，用不了几天，你就会受不了的。"

跳得一身汗的萨利姆来到二人身边，他满脸兴奋高声说："朋友们，怎么样？玩得开心吗？菜的味道如何？我可是特别请的喜来登酒店的大厨，你们一定要尝一尝科洛熏鱼，棒极了。涛，你怎么不去跳舞？我给你找一个舞伴。"罗涛赶忙要阻止，可萨利姆已起身向欢乐起舞的人群走去。罗涛摇了摇头，这个萨利姆还是那么地热情爽朗，有时是有点过于热情爽朗了。

小刘嘴里塞满了食物，看萨利姆离开，含糊不清地问道："他这个代理很厉害吧？让我们做成了这么多的项目。"罗涛摇摇头："他只是我们的前代理，我们的代理早就换了。"

小刘睁大眼睛："什么？看你们之间的关系还很好呀。"罗涛喝了口奶茶道："现在关系是好，刚换的时候，关系曾经非常紧张，而且他马上去找了另一家公司与我们竞争，你猜是哪家公司？"

小刘脱口而出："难道是巨华？"罗涛点头道："是他把巨华引入了科拉坦，当然我们龙腾也是他引入的。可他很快就又跟巨华闹翻了，你猜他又怎么做的？"小刘带着难以置信的表情说："难道他又去找了大宋？"

罗涛笑着说："你猜的还真准，他又去找了那家总部在北京的大宋。可他现在也不是大宋的代理，我想你也能猜到他是哪家的代理。"小刘张大嘴艰难地吐出了几个字："WT 银河。"看罗涛又在点头，小刘惊叹道："萨利姆也太牛了，给中国这几个主要的通信厂商都做过代理。不过，他代理的厂商可是一个比一个差，WT 银河都快破产了。"

罗涛知道萨利姆最近的日子其实挺难过，自从和龙腾分手后，萨利姆没做成过一个大项目，只靠着几个小项目勉强支撑着。他也曾想把一些小的新项目交给萨利姆来做，可被侯赛因一口否决："独家代理就是独家代理，不管大项目小项目都要给我来做。"侯赛因高昂着头，手里高举着合同的模样浮现在罗涛的眼前。当初为拿到项目而不得已签的独家代理合同后来成了侯赛因和塔鲁的敛财工具，任何项目无论他们出没出力，都要抽取佣金。罗涛有几次都想翻脸了，还是被秦荣剑压了下去，"小不忍则乱大谋"。

萨利姆其实还是挺能干的，对招投标程序非常熟悉，头脑也很灵活，罗涛从他身上学到了好多东西。可在这个世界上只有才干和聪明是远远不够的。而有些人一生下来就什么都有了，罗涛愤愤不平地想。比如罗伯特吧，有一个当部长手握实权的爸爸，他不用费力就什么都有了，地位、金钱、教育、前程，以及爱情或美女。罗涛想到这里，心里不禁一痛。无疑罗伯特是可以帮助李青怡实现梦想的理想人选，自己拿什么来跟他竞争呢？罗涛感觉到一种无助又无奈的心痛。

小刘也加入到跳舞的人群中，现在只有罗涛一个人孤独地坐在杯盘狼藉的长条桌旁。帐篷中间，人群欢快地舞动着，快节奏的科拉坦民族舞曲在空中弥漫着放纵的快乐感觉，每个人脸上都带着真诚的快乐，每个人都像个容易满足的孩子跳着叫着。罗涛望见小刘赵军他们几个笨拙地扭着身体，虽然不够优美，可他们脸上带着发自内心的笑容，显然很是享受。科拉坦妇女平时是非常保守的，可跳舞时例外。她们的动作幅度很大，一点也没有害羞的感觉，只是尽情地展露着她们曼妙的身姿。即使裹挟在天生的舞林高手里，李青怡还是非常显眼，她跳得非常专业，而且很投入，显得异常地性感迷人。奇怪的是萨利姆没有在人群里，他答应给罗涛找的舞伴也一直没有现身。

罗涛望着充满欢乐气氛的人群，突然有一种不祥的预感，这种欢乐太美好以至于显得有点不真实。在这个悲惨的国度，在这个残酷的世界里，这么美好完美的快乐怎么会存在。好像在印证罗涛的悲观想法，不远处传来一阵嘈杂的杂音，与欢快的乐曲极不协调。罗涛腾地站了起来，好像是激烈的争吵声。跳舞的人们显然没有注意到，依旧在欢跳着。声音越来越大，一定发生什么事了，罗涛循着声响的方向向帐篷外走去。

→48

在帐篷口东侧不远外，围着一小群人，他们在激烈地争吵着什么。罗涛赶忙走过去，眼前的情景让他大吃一惊。只见萨利姆被几个黑衣人围在中间，他的脸上带着血迹，嘴里大声嚷着与几个人撕扯着，可几个黑衣人很快就将萨利姆制服了。萨利姆被按倒在地上，嘴里还在发出愤怒的咆哮。旁边站着的一位白衣人走到萨利姆身边，从腰里掏出一把银色的长柄手枪，俯下身把枪抵在萨利姆的头上。

罗涛吓了一跳，他一边大叫 :“别开枪！别开枪！”一边冲向白衣人。等走近一看，罗涛不禁大吃一惊，白衣人竟然是塔鲁。塔鲁抬头看了一眼罗涛，没有停止手上的动作，他扣动了扳机。只听“砰”的一声巨响，罗涛闭上了眼睛。

“这次只是给你一个教训，下次我的枪口不会偏一毫米的。”罗涛睁开眼，只见塔鲁举着冒着烟的枪，示意几个黑衣人把萨利姆拉起来。满身尘土的萨利姆脸色惨白，刚才紧擦着他头皮的一枪显然把他吓坏了，他浑身颤抖着，摇摇晃晃的站立不稳。

塔鲁看着萨利姆冷笑着说："现在才知道害怕。别以为我不敢杀你，杀你就像杀一只绵羊一样简单。我已经给你延了两次期限了，可钱在哪里？尊敬的部长大人亲自给你减到两个百分点，可你竟想一分钱也不付，想混过去。我可不像我父亲那么慈悲为怀，今天就两条路，一是乖乖地把钱交出来，而且要把六个点全吐出来，一分也不能少。另一条路我也不用多说了。"说完，塔鲁把手中的枪挥了挥。

罗涛靠近塔鲁轻声说："今天是萨利姆女儿的婚礼，能不能延缓几天，我保证他会把钱交给你的。"塔鲁斜眼瞧了瞧罗涛，轻蔑地说："涛，我下周去美国之前，一定要把这些事处理完。萨利姆都是自作自受。我现在作为你的朋友警告你，这事跟你一点关系也没有，你再插手，可别怪我不客气了。"塔鲁眼里骇人的凶光令罗涛不禁打了个冷战。

枪声显然惊动了狂欢的人群，帐篷内的音乐戛然而止，许多人涌出帐篷向这边张望。塔鲁摇了摇头，对刚刚能站稳的萨利姆说："我给你十秒时间考虑选哪一条路，要命还是要钱？"他把手里的枪又放在了萨利姆的头上。

参加婚礼的人们向这边走过来，塔鲁冲着人群大声说："不要过来，否则我就开枪打死他。"随即他把萨利姆带向路边停着的一辆吉普车旁，枪依然放在萨利姆的头上。人群停在远处不敢靠近，只是向这边观望着，空气似乎都要凝固了。突然，一声少女的惊叫打破了寂静："爸爸！爸爸！快放了我爸爸！"

身穿漂亮婚纱的妮曼从人群中冲出来向吉普车这边跑过来，罗涛几步跨过去，将妮曼拦腰抱住。"放开我，你这个胆小鬼。"妮曼像疯了似的挣脱开，继续奔向塔鲁。妮曼冲到塔鲁面前，大声叫道："放开我的父亲，你们凭什么打人抓人？他犯了什么罪？"

塔鲁眯着眼睛感兴趣地望着由于激动和剧烈奔跑而气喘吁吁脸色红润的漂亮新娘，把枪收了起来。他冷笑着对萨利姆说："你倒是有个漂亮女儿。好吧，我给你多一个选择。把你女儿送给我，我们的账就可以一笔勾销。"他挥手命令黑衣人把萨利姆放开，自己走到妮曼的面前，伸手在她的脸上摸了一把。

只听一声清脆的响声，塔鲁捂着脸向后退了一大步。妮曼一定是用了全身的力气，塔鲁的脸上留下了殷红的印记，是女人精致小巧的手的形状。一个黑衣人冲上来把妮曼双手扭到了身后，妮曼奋力挣扎着。塔鲁揉了揉脸，走近妮曼，用露着凶光的眼睛紧盯着妮曼。妮曼停止了挣扎，她面对着塔鲁大声骂道："浑蛋！强盗！流氓！真主一定会惩罚你的。"随着妮曼的骂声，塔鲁不耐烦地摇了摇头，把手枪拔了出来指向妮曼。

萨利姆吓得惊叫一声，他冲到塔鲁面前，扑通一声跪倒在地："塔鲁公子，请您不要跟我女儿一般见识，她很不懂事，我向您道歉，实在对不起。"塔鲁低下身，猛地倒转手枪，抬手用枪柄猛地砸在萨利姆的头上，萨利姆惨叫一声，摔倒在地，头上流出了鲜血。塔鲁望着倒在地上的萨利姆冷笑着说："这是代替你女儿挨的。你知道，我从来不打女人。可打我的脸肯定要付出代价的，不管是男人还是女人。"塔鲁又挥手向黑衣人命令道："把这个女人带走。"旋即又用威胁的语调对萨利姆说："明天中午十二点之前，带着钱来换你的宝贝女儿。记住，要现金，一分钱也不能少。"

大家望着塔鲁他们带着妮曼向车里钻去，都愣在那里不知如何是好。突然，一声怒喝响起，"站住。"一个人影一闪冲到了车前，他大声骂着："他妈的王八蛋，欺人太甚，老子和你们拼了。"银光一闪，一个黑衣人惨叫一声，倒了下去。银光又闪起来，可紧接着一声枪响，银光停顿了一下，随即消失了，那个人影倒了下去。

这一切发生得太突然了，罗涛只是愣在那里，大脑一片空白，反应不过来到底发生了什么。过了一会儿，罗涛脑子里突然有了一个可怕的意识，那个人最后骂的一句是汉语，地地道道的汉语。罗涛只觉得一阵晕眩，爆发出的女人的哭声好像一点一点地在远离。

在科洛市立医院急救病房外，罗涛和李青怡等中国同事焦急地等待着。小金已被送进去将近一个小时了，他胸部中了一枪，罗涛不知道具体在什么部位。是他第一个跑过去抱起小金的，只见小金胸部满是鲜血，手里紧紧攥着一把科拉坦军刀。小金在看到岳父被打后，跑回家拿着这把军刀赶回来，却见到妮曼被带走，他冲过去一刀砍倒了一个黑衣人，自己马上被枪击中了。

罗涛认出了那把军刀，那是他作为奖赏送给小金的。那是去年三月的一天，小金笑嘻嘻地说："我要是三天内解决了这个问题，给我什么奖励？"那是客户抱怨了很久的一个问题，离科洛城不远的某市局机房每到凌晨三点就会有告警，可又查不出什么故障，客户都快给逼疯了。新来不久的小金自告奋勇地去解决这个难题，罗涛自然很是高兴，回复道：“我请你吃一顿大餐。”看小金不是太感兴趣，罗涛问道：“你个臭小子，想要什么尽管说。”

小金的眼睛转向罗涛办公室墙上挂着的那把漂亮的科拉坦军刀。那把军刀是科拉坦陆军的吕贝尔将军送给罗涛的，是科拉坦最有名的工匠精心打制的，用的是最好的材料。罗涛曾跟军事迷小金吹嘘过这把刀，小金就一直惦记着。罗涛虽然有点舍不得，可真要能解决那个老大难的告警问题，忍痛割爱还是值得的。罗涛点头说：“臭小子，一直惦记着我的宝刀呢。好吧，三天之内解决问题，刀就是你的了。不过，可别光吹牛，看你的实际行动了。”

三天之后，小金带着红红的双眼来见罗涛，他在机房熬了三天三夜，终于把问题给解决了。罗涛当即从墙上摘下军刀递给小金，小金接过军刀亲了一下，高兴得蹦了起来。后来，罗涛经常见到小金小心地擦拭那把军刀，爱不释手的样子。

一位医生从急救病房走出来。罗涛赶忙迎过去，焦急地问道：“医生，他怎么样？”医生紧皱眉头，摇了摇头叹了口气说：“我已经尽了全力了。可他的伤实在是太重了，没有办法了。你们进去跟他告别吧，他没有多少时间了。”

罗涛、李青怡等人冲进病房，只见脸色苍白的小金躺在房中间的病床上，小金的衣服上和病床上沾满了鲜血，一位护士在撤掉旁边的一些医疗仪器。小金大睁着眼睛，艰难地喘着气，罗涛伸手握住小金的手，小金的手凉冰冰的，没有一点热气，罗涛感觉到生命正在一点一点地远离他。

李青怡已经满脸是泪，其他几个人眼圈也红了。罗涛转头望着小金。小金喘气越来越困难，他费力地张着嘴，半天才挤出几个字：“救救……妮曼，答应我。”罗涛点了点头：“放心吧！我一定会把妮曼救出来。”

→49 第二天早晨，当李青怡走进书房时，罗涛慌忙将手里的东西塞进衣袋。罗涛昨晚几乎一夜未睡。小金是凌晨一点走的，他后来一直处于昏迷之中，罗涛一直在医院陪伴。而李青怡的眼睛则明显地红肿，得知小金的死讯，她痛哭了一场。

看到罗涛的慌乱，李青怡疑惑地问：“你手里拿的什么东西？”罗涛掩饰地说：“没什么，我有事要出去一会儿，中午可能会回来晚，不要等我吃饭了。”说完转身向门外走去。

李青怡赶上来，伸手拉住罗涛，焦急地问道 ：“你要去哪里？你刚才手里拿的是什么？”罗涛甩开李青怡的手，眼睛避开李青怡，轻描淡写地说 ：“你问这么多干什么？我出去见客户。”说完继续向外走去。

李青怡拦在罗涛面前，坚定地说 ：“你不告诉我去哪儿，我就不让你走。看你不自然的样子，心里肯定有鬼。”说着，李青怡突然伸手向罗涛的衣袋摸去，罗涛猝不及防，等他反应过来，李青怡手里已多了一把闪亮的勃朗宁手枪。

李青怡不知所措地拿着枪，惊恐地问 ：“你这是要去哪里？干吗带着枪？你可不要一时冲动干傻事。”罗涛叹了口气，说道 ：“你不要管那么多，把枪还给我。”说完，伸手去抢李青怡手里的枪。

李青怡把枪藏在身后，向后躲闪着。罗涛抓住李青怡的手臂，用力向自己的方向拉扯着。李青怡奋力挣扎着，罗涛心里突然升起无名怒火，他疯了似的使出全身力气将李青怡的手臂扭转过来。李青怡惨叫一声，手枪掉落在地翻滚了几圈停在书房门口，李青怡也失去平衡跌倒在地。李青怡坐在地上用手抚着青紫的手臂，轻轻啜泣起来。

这时书房的门慢慢地被推开，一个小脑袋顺着门缝伸了进来。身上只穿着睡衣的媞雅睁着大眼睛惊讶地看着两个人，看到地上的枪，她吓了一跳，惊恐地问道 ：“叔叔，阿姨，你们吵架了吗？是因为我吗？”没等二人回答，她突然俯下身把枪捡起来，转身向楼上跑去。

罗涛没来得及制止，媞雅已经跑远了。李青怡停止了啜泣，她被媞雅的举动惊呆了，半天才反应过来，她慌忙对罗涛说 ：“快点追上她，危险。”罗涛急忙追了出去。

媞雅住的二楼拐角的最小的那间客房房门从里面锁上了，罗涛用力敲了几下，高声叫道 ：“媞雅，快把门打开，我是罗叔叔。”里面一点反应也没有。罗涛继续高声说道 ：“媞雅，不要害怕，叔叔和阿姨不会再吵架了。我们吵架跟你一点关系也没有，快把门打开。”

李青怡和几个佣人也跑了上来，李青怡和佣人也冲里面喊了半天话，可门还是没有开。罗涛想起来，保安那里还有备用钥匙，赶忙叫人去喊保安来开门。保安打开房门，罗涛第一个冲了进去，可眼前的情景叫罗涛大吃一惊，媞雅站在窗前，脸向着窗外，手里举着那把勃朗宁手枪，枪口正对着自己的头。

罗涛恐怕刺激到媞雅令她扣动扳机，就没有再向前进，站在那里轻声说道："媞雅，罗叔叔非常喜欢你，你千万不要干傻事，把枪放下。"媞雅扭头看了一眼罗涛，这时李青怡也冲了进来，看到眼前的情景，她吓得惊叫起来。罗涛赶忙去捂李青怡的嘴，可为时已晚，李青怡的惊叫声已发了出来。媞雅听到惊叫声，手一抖，扣动了扳机。

罗涛闭上了眼睛，他实在不忍看那悲惨的血肉横飞的场面。可奇怪的是，他并没有听到枪声，他睁开眼，只见李青怡已奔到媞雅面前，伸手夺下了枪。感谢真主，枪没有响。罗涛反应过来，枪的保险还没有打开。李青怡将枪递给罗涛，转身将媞雅搂在怀里，轻声安慰道："乖媞雅，阿姨喜欢你，你不要害怕，阿姨再也不会送你走了。"

安顿好媞雅，罗涛和李青怡坐在客厅的沙发上，面面相觑，都是一副后怕的表情。李青怡摇了摇头说："没想到会这样，这个小孩也太敏感了。"罗涛叹了口气，说道："我很理解媞雅。穷人家的孩子就是很敏感，自尊心又强，总怕被别人瞧不起。你知道，媞雅在很短的时间内接连失去了母亲和父亲，后来照顾她的萨达姆和苏拉又一个个地走了，她又感觉到我们想把她送走。那种被遗弃的感觉，不亲身经历，你是不会理解的。那种感觉真是太恐怖了，我小的时候……"

罗涛想起了自己的童年，声音哽咽起来，再也说不下去了。他仿佛又回到了童年，那又冷又饿又孤独的感觉占据了他整个身心。罗涛喃喃地说："媞雅……也许是对的。我有时也有和她一样的想法，也许到了另一个世界，所有的贫穷、不公、恐惧、烦恼都会烟消云散，那里有一直爱我们不会抛弃我们的亲人，那里是阳光明媚、无忧无虑的天堂。"

李青怡伸手把罗涛揽在怀里，轻轻拍着罗涛的后背："好了好了，别瞎想了。乖宝宝，我永远不会离开你的。我的乖宝宝，我会一直喜欢你的。"罗涛靠在李青怡温暖柔软的怀抱里，好似又回到了母亲的怀抱。

过了一会儿，李青怡轻声问道："罗涛，你拿着枪是不是要去找塔鲁？你可千万不能去干傻事。小金并不是塔鲁杀的，是他手下人干的，是小金先杀了他们一个人。你这样去，等于是飞蛾扑火。你想一想，我，还有媞雅，还有公司的这些同事，都需要你照顾。我们公司的生意还需要塔鲁，不能把他惹急了。你千万不能太冲动，那样也太自私了。"

罗涛从李青怡的怀里挣脱出来，他突然想起来他还有重要的事情要去做。罗涛站起来，严肃地说：“我必须去见塔鲁，你知道吗？我答应了小金要救出妮曼，那是小金临终时的请求，我一定要遵守我的诺言，一定要把妮曼救出来。萨利姆今天十一点就要去见塔鲁，可他竭尽所能也凑不到足够的钱，我只好把我账户上的钱先借给他，可这样还是凑不够那个数。我知道缺一点钱塔鲁也绝不会善罢甘休的，我只好和萨利姆一起去见他。无论怎样，我都要救出妮曼。”

李青怡吃惊地问：“你账户上的钱不是公司的钱吗？你怎么能挪用公款？要是被公司发现了，你会被开除的，甚至会进监狱。你借了多少钱给他？萨利姆的生意一直没有起色，那么多钱，他怎么能还得上？你有没有认真想一想，这笔亏空的钱你将来怎么处理。将来要是……”

罗涛打断李青怡的话，神色严峻地说：“现在是人命关天，十万火急的时候，我哪还能想那么多？再多的钱也没法跟人命比，先把人救出来再说。大不了，拼了这条命。”李青怡无可奈何地叹了口气说：“你怎么还是这么不成熟，这么冲动？这一切还不都是为了钱，人命也是有价的。你一定要冷静下来，想清楚再行动。你跟塔鲁拼命能解决什么问题？只会把事情搞得更糟，甚至会害死更多人。”

罗涛不得不承认李青怡说的话是有道理的，可小金希冀的眼神闪现在他的眼前，他一定要信守承诺救出妮曼，他觉得胸中燃起熊熊烈火，他冲着李青怡咆哮道：“那你说我该怎么办？就眼看着妮曼被这群野兽折磨，什么都不做？我怎么对得起死去的小金？我怎么能冷静，你说我还能怎么做？我还能做什么？”罗涛低垂下头，伸出手发了疯似的捶打着自己的胸膛，嘴里发出哀号。

李青怡拦住罗涛的手臂，轻声说：“罗涛，你不要这么折磨自己，这一切都不是你的错。这件事上，你已经尽了全力了，不要再管了，把它交给我吧。”罗涛吃惊地抬起头：“交给你？你想干什么？”

李青怡轻咬着嘴唇想了想，望着罗涛说道：“塔鲁现在已经非常疯狂，不可理喻，直接去找他肯定解决不了问题。我想去找一找罗伯特，现在他们家族的生意是由他负责，他还是很讲道理的，也愿意帮我们。我想跟他说一说，应该可以的。”

罗涛觉得心里一阵刺痛，去找罗伯特确实是个办法，可罗涛怎么会愿意让李青怡去求他呢？罗伯特对李青怡的心思再清楚不过了，李青怡再主动去求他，那还不是羊入虎口。罗涛坚定地摇了摇头：“我绝对不会让你去求罗伯特的。”

李青怡微笑着说：“小傻瓜，我就知道你会这么说。对我你还有什么不放心的，我可把什么都给你了。罗伯特是个好人，他很绅士的，你就放心好了。我会掌握分寸的。”看罗涛还是不置可否气哼哼的样子，李青怡搂紧罗涛，深情地在罗涛的唇上吻了一下。“乖宝宝，我只爱你一个人，放心吧，在家乖乖地等我的好消息吧。对了，你赶紧通知萨利姆，让他先不要去见塔鲁了，你的钱也先拿回来吧。”

好不容易说服了罗涛后，李青怡给罗伯特打了个电话，在电话里把事情详细讲了讲，求他帮忙解决。罗伯特很爽快，答应马上放人。“这个塔鲁，瞎搞什么，都搞出人命了。我们都是合作伙伴嘛，怎么能为了钱就抓人，搞得像敌人似的。”在电话里，罗伯特气愤地说。他又同意将萨利姆应交的钱减回到两个点。

事情很顺利地解决了，罗伯特又邀请李青怡去吃午餐，正好顺便谈一谈项目的事，这是一个无法拒绝的邀请。李青怡换了三套衣服，罗涛才无奈地同意。可罗涛痛苦地发现，即使穿上这套最保守的套装，李青怡还是显得十分美丽迷人，浑身散发出艳丽性感而又高雅不俗的诱人气息。

从李青怡走后，罗涛就一直坐卧不宁，什么都干不下去。他明知道李青怡和罗伯特去吃午餐不会很快回来，可他还是忍不住不时地向门口张望。他期盼着二人话不投机，草草收场，最好是能大吵一架，李青怡哭着跑回来，发誓以后再也不去见罗伯特。可如果李青怡哭着跑回来，还有可能有更可怕的原因，罗涛可不希望是这种结果。

就在罗涛胡思乱想的时候，他的手机响了，吓了他一跳，是国内的长途电话，罗涛赶忙接听，电话里传出秦荣剑的声音：“罗涛吗，我是秦荣剑，我下周四陪同外经贸部的领导去科拉坦访问，将会停留三天时间。我们一定要好好利用这个机会，大力推进我们的项目进程。这个大项目可是公司今年最重要的项目，关系到海外部甚至是整个公司的生死存亡，绝不能失败。你好好安排一下，明天把在科拉坦的日程安排发回公司。A 市电信的李总可能也要一起过去，他正在办手续，你要好好安排接待一下，显示一下我们公司在科拉坦的实力。对了，培训部那李青怡，现在怎么样了？”

罗涛踌躇了一下，回答道：“她很好，陪客户吃饭去了。”秦荣剑很感兴趣地问：“是不是陪部长的大儿子？”

罗涛回应道：“对，就是那个罗伯特。”秦荣剑的语调难掩兴奋：“好，太好了。工作很有进展，做得很好，这我就放心了。你要盯紧一点，叫她多和客户接触，搞好客户关系。尤其是那个罗伯特，是这个项目的最关键人物，一定要不惜一切代价和他搞好关系。”秦荣剑停顿了一下，关心地问：“罗涛，你怎么了？怎么无精打采的？生病了吗？一定要注意身体。”

→50 天色已黑，清真寺的钟声响了，在召唤人们去做每日必做的祈祷。李青怡总算回来了，她脸上带着兴奋的红晕，没注意到罗涛阴沉的脸色，她兴奋地说：“谁说科拉坦没有好玩的东西？我今天可见识到了。你猜罗伯特带我去干什么了？去打猎，而且是坐直升机打猎。我还开了一会儿直升机，还打到了一只羚羊呢。”

注意到罗涛的不高兴，李青怡解释道：“是不是因为我回来晚了你不高兴？我早就想回来了，可罗伯特今天玩得很高兴，又讲了好多项目的事，我实在是不好意思扫他的兴。你知道吗？罗伯特计划在本月内把这个大项目的合同签订。但他还希望我们能做两件事：第一，尽快消除我们公司近期的坏影响，树立公司的正面形象；第二，搞好和新的通讯交通部常务副部长的关系。如果这两件事搞定了，他保证我们公司能拿到这个项目。对了，他已经帮我们约好了，明天10点去见副部长。”

憋了一肚子火正要发作的罗涛听了李青怡的话，情绪也振奋起来，梦寐以求的大项目总算有实质性进展了。如果能在月底签合同，那可真是太好了。罗涛又紧张又兴奋地说：“明天10点就去见副部长？我知道常务副部长是非常重要的人物，项目的具体操作都要靠这个副部长。第一次见面，我们得好好准备一下。”

晚上李青怡做了几个拿手的川菜，罗涛开了一瓶红酒，二人坐在餐桌前，面面相觑，气氛竟有几分尴尬。李青怡突然格格地笑了起来：“我们两个在一起多长时间了，才一个来月，可我怎么觉得我们在一起好长时间了，像老夫老妻似的。”

罗涛脸红了红，不知所云地嘟哝了一句，埋头大吃起来，他一天也没怎么正经吃饭，此刻对着美味的川菜，他哪还顾得上别的。李青怡只是盯着罗涛看，眼里充满了柔情。罗涛嘴里含着饭含糊不清地问：“你怎么不吃？很香。”

李青怡摇了摇头说：“我一点都不饿。我是专门给你做的。你呀，一点都不知道照顾自己，看都饿成什么样了。不过，我喜欢看你吃饭狼吞虎咽的样子，像我养的一头小牛，或是我的乖儿子。”罗涛伸手点了点李青怡，无奈地说：“吃了你做的饭，竟然要被你占这么大的便宜。”

待罗涛吃得差不多了，李青怡忽闪着大眼睛调皮地问罗涛：“我可是帮了你的大忙了，救了你的小情人，又给你带来了项目的好消息，你该怎么谢我？”罗涛倒了两杯红酒，递给李青怡一杯，端起自己的酒杯与李青怡碰了一下杯：“别乱开玩笑，小金的尸骨未寒，这种玩笑不能乱开。不过，我确实要好好谢谢你，你说吧，想要什么？”

李青怡抿了一口酒，眼珠转了转说：“不能太便宜你了，我要好好想一想。这样吧，你先欠着吧，将来等我想起来了再让你谢我。我现在只想让你好好亲我一下。”

罗涛躺在客厅的沙发上，头枕在李青怡的大腿上。李青怡用手轻抚着罗涛的头发，哼着家乡的小调。她突然停下来，问道：“你说常务副部长很重要，我不太明白。既然部长答应了帮我们，难道副部长还能不同意吗？”

罗涛调整了一下头的位置，回答道：“这就得给你讲一讲科拉坦的政治制度了。科拉坦独立后还是保留了英国殖民地时期的文官制度，整个国家行政机构都是由这些经过层层考试选拔的各级文官来把持的，类似中国古代的科举制度。而整个文官官僚体系的最高层即是各个部的常务副部长，这是文官们能爬到的最高位子，而各个部的部长是由选举获胜的政党组阁选派的。现任政府的部长自然都是独立运动的功臣，克拉元帅的亲信，而他们几乎都是军人出身，所以真正具体管理、运作这个庞大官僚机构的最高首领就是常务副部长。可想而知，如果一个部的常务副部长不真正配合，项目怎么可能成功？”

李青怡的手停了下来，她担心地问：“那这个新的副部长会不会配合我们呢？”

罗涛笑了笑说：“不要担心。我刚才查了查资料，还打电话问了几个人，对这个副部长的经历有了一些了解。这个副部长名叫扎曼，来自科拉坦南部山区，出身贫寒，可自幼聪明绝伦，在学校考试从来都是第一名。他以第一名的成绩从最著名的科洛大学法律系毕业后，参加了政府初级文官选拔考试，连续几轮考试都是第一名，做了几年公务员后被政府选派赴英国伦敦政经学院深造，回国后参加高级文官考试，又获得第一名，随后官运亨通，一路高升直至去年升任常务副部长。在调任通讯交通部之前，扎曼在农业部任职，那纯是一个清水衙门，能调任通讯交通部对扎曼绝对是一个难得的机会。我想以他这么聪明的人，肯定会知道怎么做的。”

李青怡佩服地说：“你怎么知道得这么多。我倒觉得这个扎曼和你挺像的，家境贫寒，考试总是第一，名校毕业，聪明绝顶。不知道长得什么样，会不会像你一样英俊？”李青怡在罗涛的脸上轻拍了下，继续说：“你可别骄傲啊，一定要继续努力，要越来越英俊。”

罗涛轻哼了一声：“我可没当上什么副部长，这辈子希望也不大了。”李青怡反驳道：“我可不稀罕什么副部长。上一任的副部长还不是个短命鬼。你现在这么年轻，前途不可限量。”

李青怡的短命鬼的话使罗涛一激灵，他想起来前两天罗伯特说过的话，“我们正想办法把一直对此项目持异议的副部长换掉”。怎么这么巧，常务副部长就在这时候出了车祸。罗涛突然觉得不寒而栗，难道这车祸并不是什么意外，而是有人故意设计的？

上一任的通讯交通部常务副部长利科多已在任超过十年。利科多是科拉坦通讯业界绝对的权威，在科拉坦通讯业工作了三十多年，在技术上、经验上以及人脉上无人可以匹敌，所以利科多许多时候不是太把基鲁克部长大人放在眼里，罗涛也曾经吃过他的苦头。

从去年开始，忍无可忍的基鲁克开始偷偷地清洗利科多的亲信党羽，首先从科拉坦电信开始。科拉坦电信的CEO利马卡虽是利科多的亲信，此时见风使舵投靠了基鲁克，按照基鲁克的安排偷偷地开始了清洗，重要的位置一个个换上了对基鲁克忠心的人。而到换掉培训部总经理拉希德的时候，基鲁克的清洗到了顶峰，也到了全面公开的阶段。说起拉希德的被换掉，倒是跟罗涛有直接的关系。

想到这里，罗涛叹了口气说：“我以前就跟你说过，江湖险恶。前副部长利科多的死，也许没有那么简单，跟这些人打交道，还是小心点为好，他们什么事都做得出来。”

李青怡满脸惊奇地问：“什么？副部长难道是被人害死的。是谁？难道是……”罗涛打断李青怡的话：“没有真凭实据，不要乱说。我只是提醒你小心一点。我给你讲个故事吧，还是跟你的老本行——培训有关。”

见李青怡点头称是，罗涛就继续说道：“故事发生在今年年初，我们的上一个GSM项目包括一项在中国上海的培训——网络规划与优化，总共十个人的名额。当然，这种好事肯定又是一番明争暗斗。最后，好不容易选定了十个人，包括培训部总经理拉希德，科洛市一个区的电讯局长，监察室主任等。这里面还有三个特殊人物，是基鲁克部长的秘书长法兹和其余两位秘书。而真正搞网络规划的却是一个也没有。摆明了，这就是一次公款旅游而已。

“由于这次培训有这位秘书长法兹参加，而他又帮过我们很多忙，将来还会有用得着他的地方，我特意让你们海外培训组的黄楠特殊关照一下，尽量满足他们的要求。经过与他们的协商，这两周的培训全部安排了旅游，一次课也没上。好吃好喝好玩伺候着，临走又送了不少礼品。当然，花费不菲，黄楠还跟我抱怨说，这哪是培训，简直跟接待部长一个规格。

“他们回来之后，我去一一拜访，大多数人是感激涕零。我当时想，这笔钱花得还是值得的。可没想到培训部总经理却和大家的反应完全相反，他满脸不高兴地说：‘我们付了你们一大笔培训费，不是去旅游的，而是去学习技术的，可你们一节课也没有安排，这叫什么培训，我不会给你们在培训完成证书上签字的。’”

李青怡愤怒地说：“这个人也太差了，让他们旅游反而成了罪过了。”

罗涛叹了口气：“是啊。后来了解到这个拉希德是对我们特殊照顾法兹有意见，本来他认为他的级别最高，理所当然地应该受到最高接待，可法兹的风头完全盖过了他，令他很不高兴。尤其是有一次，他看中了一件价值数千元的工艺品，而黄楠拒绝给他买单，令他在众人面前很尴尬。”

李青怡感叹道：“咱们可真不容易，一不小心就得罪人了。花钱反而得罪人。”

罗涛又接着讲道：“本来一个培训部的总经理算不上太重要的人物，得罪了也没什么了不起的。可恰恰在这个时候，我们整个工程完成了终验，需要收工程尾款，而这个培训完成证书对我们的收款还是很重要的，没有这个证书，我们几百万美元的工程尾款将无法收回。人在屋檐下，不得不低头，我只好带着一千美元的现金，去他家里偷偷打点。可拉希德拒不收钱，一副大义凛然的样子，坚持要我们重新做一次培训。重新做一次培训，不单我们会颜面尽失，时间也耽误不起，我们的培训中心至少要过一个月才能排上课。公司可是在像催命似的天天催促这笔款项，再等一个月，那怎么可以？没办法，我只好去找了侯赛因。侯赛因马上带着我去见了拉希德，侯赛因打着部长的旗号，要求他在证书上签字。”

李青怡显然被故事吸引住了，她问道：“这个人可真难搞，可部长的面子他肯定会给吧？”

罗涛摇了摇头说：“没想到拉希德完全不给部长面子，很坚决地拒绝签字，并且当着大家的面，羞辱了一番我们公司，声称我们龙腾公司很烂，完全没有什么技术实力。我后来才知道，拉希德是副部长利科多的远房侄子，所以才敢如此猖狂。侯赛因没有办法，只好带着我去找了基鲁克部长大人。基鲁克听完侯赛因和他的秘书法兹的叙述，脸色变得铁青。他马上签署了一道命令，派人立即送到科拉坦电信。科拉坦电信的 CEO 利马卡亲自宣读了这份命令。拉希德听完命令，当时就瘫倒在地。”罗涛停了下来，他脑海里想象着拉希德的形象，威武的大胡子，硕大的肚子，浑身都是肥肉，说话时间长了就要喘一会儿气，他瘫倒在地至少要三四个人才能把他扶起来。

李青怡好奇地问：“你别卖关子了，基鲁克到底下了一道什么命令？”罗涛说道：“拉希德被调往南部山城卢瓦任电信局长，这个职位已空缺了两年了，因为没有人愿意去那个每天都有恐怖袭击的地方。很快，下一任培训部总经理就上任了，他上任后做的第一件事就是签署了那份培训完成证书。这件事之后，科拉坦电信的许多官员见了我都毕恭毕敬的。”

讲完了故事，罗涛感觉眼皮有些沉重。后面发生的事，罗涛并不想告诉李青怡，拉希德调任卢瓦城不久，就死于一次恐怖袭击中，他被炸成了碎片。现在分析起来，那到底是不是真的恐怖袭击还真是值得怀疑。蒙眬中，罗涛模模糊糊地听到李青怡的呓语：“好酷啊。看来，部长的权力实在是太大了。罗伯特答应帮助我实现梦想，看来并不是吹牛。他还说，我的梦想就要实现了，不知道是不是真的……”伴着李青怡的呓语，罗涛进入了梦乡。

六、雄鹰行动

招标也有两个问题，一个是如何缩短整个招标所需的时间，另一个就是如何能确保合格的公司拿到这个标。我们需要精心设计整个招标程序，准备巧妙的招标文件，在尽可能短的时间内达到预想的结果。

→51　通讯交通部的大楼坐落在东郊，与总理府和议会大厦只隔了一条街，和许多政府大楼一样是英式建筑，是英殖民地的遗留物。大楼是一座四层的石砌建筑，因年久失修而显得有些破败不堪，室内的家具也是破旧的古董，地上铺着肮脏的地毯。常务副部长的办公室就在最高的四层，门口的牌子还是新的，显得和周围的环境格格不入。

按照罗涛的习惯，重要的会面至少要早到

十五分钟。这次，罗涛和李青怡正好在九点四十五赶到了常务副部长的办公室，坐在办公室外间的常务副部长的助理纳西尔热情地接待了他们。罗涛把准备好的一份礼物送给他之后，他就更加热情了。他吩咐仆人给罗涛和李青怡准备了丰盛的茶点，摆了满满的一桌子。

纳西尔身材不高，却很结实，留着络腮胡，脸上总是带着宜人的微笑。他热情地说："中国和科拉坦是老朋友，我最喜欢中国人了。中国现在可真是发展得太快了，你知道吗？我家里几乎所有的电器都来自中国，质量好又便宜。对了，我前不久刚买了一套高尔夫球杆，中国产的，便宜得叫人不敢相信。将来这个世界可就是中国人的天下了。"

纳西尔的一席话着实叫人听着高兴，罗涛刚想谦虚一下，桌上的电话响了。纳西尔满脸堆笑地拿起电话，弯着腰以十分谦卑的语调对着电话听筒小声回应着。罗涛猜想电话那边肯定是副部长大人，果然不出所料，纳西尔放下电话，脸上依然堆着笑说："扎曼部长大人请您二位进去。"

扎曼的办公室并没有像其他人的办公室一样那么黑暗，整个房间带着明快的色调。坐在宽大的办公桌后的扎曼看到罗涛和李青怡走进来，急忙站起来迎向他们，热情地和他们握手。科拉坦通讯交通部常务副部长扎曼五十多岁，相貌堂堂，中等身材，保养得很好，高挺的鼻子，深邃的眼睛，表情相对严肃。不知为什么，罗涛一下子就对扎曼有了好感，他好像和其他的科拉坦官员不太一样。

和扎曼的谈话相当有成效。扎曼不像大多数科拉坦人那样话很多，可每句话都切中重点，且很有见地。扎曼对龙腾通讯也很感兴趣，他连着问了几个很有深度的问题，幸亏罗涛做了充分的准备，才没有被问住。双方又闲聊了几句，扎曼问李青怡在科拉坦习不习惯，业余时间都干些什么，又邀请二人晚上去他家里做客，今天正好有一个科拉坦传统文化沙龙，有很多有趣的表演。

就在罗涛觉得谈话快要结束了的时候，扎曼突然话题一转非常严肃地说："罗涛先生，尊敬的部长大人一周前通知我来承担这个重担，特意交代我最重要的任务就是这个固网运营的大项目。我一直在思考怎么把这个大项目做好。说实话，我一开始对这个项目还心存疑虑，尤其是对你们公司的能力。经过这次会面，我的疑虑打消了，对这个项目我很有信心。我们国家非常贫穷落后，独立几十年来，我们是有一些发展，可发展得太慢，尤其是跟中国比，现在简直是一个天上一个地下。作为一个国家的高级公务员，我感到非常惭愧。"扎曼像在跟一位老朋友谈心，显得非常真诚。

“大力发展公共基础设施是一个国家经济腾飞的基础，尤其是通讯基础设施。科拉坦现在的电话普及率只有千分之三，我知道现在装一部电话有多难，我一个亲戚排队排了三年了，还是没有装上电话，他跟我说他愿意花十倍的价钱，只要能装上一部电话。所以，这个项目是一件对国家对人民都有利的好事，我会全力支持的。当然，对企业来讲，赢利是第一位的，如果无利可图，没有人会愿意做的。让出一些利可以激发企业的积极性，加快这个项目的进程，对此我完全理解。

“我知道这个项目部长很着急，希望尽快完成。可科拉坦有一句老话，‘奔驰的马会摔跤’，太快了就会出问题，反而会更慢。我们是可以直接发固网运营牌照给你们，可我很清楚我们政府的程序，直接发运营牌照肯定要启动国家立法程序，要经过国家财务委员会的批准，国家建设委员会的批准，总理府办公室的批准，然后要经过最高法院的裁定以及人民议会的审议。整个程序，没有几个月是走不完的。所以这个运营牌照，最好还是经过招标程序。”

听到这里，罗涛的脸色骤变，当初就是为了避开招标才提议做固网运营的。扎曼看出了罗涛的疑惑，他继续说道：“经过招标，因为有法可依，就可以避开这些立法程序，不用经过那些繁琐的审批。当然，招标也有两个问题，一个是如何缩短整个招标所需的时间，另一个就是如何能确保合格的公司拿到这个标。我们需要精心设计整个招标程序，准备巧妙的招标文件，在尽可能短的时间内达到预想的结果。另外，我想强调一点，这件事肯定要注意保密。一定要选取可信赖的人参与，并且参与的人要越少越好。如果在发标之前消息泄露，整个项目将会功亏一篑。说实话，我现在手下没有几个人可以信赖，也没有相应的技术专才，只有依靠你们了。我考虑我们这次行动应该尽快开始，我们以后就叫它‘雄鹰行动’。”

回公司办公室的路上，李青怡疑惑地问：“我不太明白扎曼的说法，要搞招标，不是要很慢吗？”罗涛摇了摇头说：“这个扎曼确实是很聪明，他的计划确实是现阶段唯一可行的最快的办法。如果不搞招标，会有很多非议，他很难交代，而且所需要的层层审批，更是很难通过。而招标自己完全可以控制，如果准备好了，完全可以在短时间内完成招标。比如说，可以规定发标后一天内交标，一天评标，这样两天时间就够了。”

李青怡又问道：“可是招标不是每个公司都可以参与的吗？那这个牌照拍卖

不就是谁出价高谁就赢吗？又怎么能确定我们公司拿到这个标呢？”

罗涛耐心地回答道：“有很多方法可以解决这个问题。可以设置参加投标公司要达到的条件，比如公司的头儿应该姓马不能姓尹。也可以设置两阶段评标，分为技术评标和商务评标，只有技术评标通过了，才开商务标。比如五个公司参加投标，经审查只有三家符合条件，那两家公司的老总都不姓马，这两家直接就被刷掉了。剩下的三家开始技术评估，经过认真评估，只有一家公司能达到招标的技术要求，那么只有这一家公司的商务标会被打开，无论这家公司的价是高是低，它都会是赢家。整个程序表面上看来又绝对是公正合理的，让人无法挑剔。谁让你不符合要求了？谁让你们公司的老总不姓马了？”

李青怡感叹道：“这里面的学问还挺大的，我要好好向你学习，以后还是每天给我讲讲课吧。这个扎曼也确实够可以的，还叫什么‘雄鹰行动’，神秘兮兮的，搞得像地下党似的。不过，倒是挺好玩的。”

罗涛严肃地说：“这可不是说着玩的事，这件事不仅关系到我们公司两亿美元的订单，而且关系到科拉坦以后的政局和许多人的前途命运，可以说是生死攸关。这件事一定要注意保密，不要和任何人讲。”

李青怡吐了下舌头说：“别说得这么严重，我可胆小。我倒是想把这个情报卖了，可不知道卖给谁。这个情报我想怎么也值一千万美元了吧。”

罗涛把头扭向车窗外，一队队示威的人从车窗外掠过，大选临近，反对党开始大造声势。无疑李青怡只是开个玩笑，可罗涛不喜欢李青怡的这个玩笑，如果真有一千万美元的诱惑，李青怡会不会出卖公司，甚至出卖自己呢？罗涛知道挣一千万美元是李青怡的梦想，为了这个梦想，也许她什么都会干的。可爱情的价值呢？罗涛想：如果有人出一千万美元交换自己的爱人，自己会不会动心呢？绝对不会的，罗涛在心里说服着自己，金钱是买不来真正的爱情的，人不能太贪婪了，要那么多钱又有什么用？一个人这一辈子又能花多少钱。可李青怡为什么想要这么多钱？罗涛回头看了眼李青怡，李青怡显然也陷入了沉思，在灿烂阳光的照耀下，李青怡像是罩上了圣洁的光环，显得特别地美丽、纯洁和神圣。

回到公司的办公室，罗涛思考了一会儿，给常务副部长办公室打了个电话，纳西尔在电话里也显得彬彬有礼，他一听到是罗涛，立刻就转给了副部长扎曼。罗涛没有寒暄，而是单刀直入地说：“副部长大人，我建议‘雄鹰行动’马上开始。”

→ 52 和扎曼通完电话，罗涛又给侯赛因和秦荣剑分别打了电话。放下电话，罗涛有一种要上战场前的那种兴奋紧张感。

他尽量压抑着自己的兴奋，把萨基德、李大中和陈天桥叫到自己的办公室。罗涛问了一下他们工作的进展情况，得知网络规划和技术方案已经完成，而可行性研究报告的技术部分也已完成，所有的财务分析方面的基础数据也都准备好了。他们现在正在根据新收集的证据进一步完善网络规划。

罗涛笑着对萨基德说："在如此短的时间内就完成了这么复杂的项目方案，如果没有你的帮助，肯定是做不到的。太感谢你了。"萨基德打断罗涛的话："千万别这么说。第一，我们是朋友，帮忙是应该的；第二，我能参与到这么大的项目的规划中，非常兴奋，好像又回到了年轻的时候，我现在觉得自己年轻了至少三十岁。我应该谢谢你给我这次机会。"

罗涛又问陈天桥和李大中："李工，陈工，这一段工作感觉怎么样？"李大中感慨地说："确实学到了不少东西，这个老头还是很厉害的，理论扎实，经验丰富，头脑灵活，记忆力非凡，真是服了。"陈天桥也赞同道："是呀，这小老头简直神了，我一开始还不服，跟他争执过几次，可最后都证明是我错了。我建议把他正式招聘到我们公司，做个顾问，能起很大作用。"

罗涛早就想过请萨基德到龙腾工作，陈天桥的想法倒是和他不谋而合，可罗涛现在还有更重要的事去做，他随口附和道："好建议，我会考虑的。"他又转向三个人装做很随意地说："差点忘了说了，明天通讯部有一个研讨会，讨论这个项目，在古都肯特堡举行，可能会开个两三天。你们几个收拾一下行李，明天一早就出发。记住，所有的资料文档都要带过去。"罗涛想了想又说道："这样吧，我和你们一起去，明天早上六点咱们在办公室会合，一起走。"

陈天桥高兴地说："好啊，能去别的城市转一转，太好了。这个肯特堡在哪里？有什么好玩的地方吗？"罗涛回答道："肯特堡离科洛城大概有三四个小时的车程，有一些古迹，倒是值得去看一看。开完会，可以让萨基德带你们去转一转。"

陈天桥连连点头，脸上带着满意的笑容。看陈天桥这么高兴，罗涛有些于心不忍，因为他知道，这一次陈天桥的旅游梦想是不可能实现的。

和萨基德三个人谈完话后，罗涛又单独留住萨基德，把一个信封递给他："这里是两千美元，作为你这一段工作的酬劳。等整个工作做完了，我会另有重谢。”萨基德接过信封，不好意思地说：“我本来不应该要这笔钱，可退休后，明显入不敷出，我还得尽快买房子，唉！没办法。”

罗涛对萨基德充满了同情，他现在住的房子是国家公务员的免费房，退休后一年之内就要搬出去，而正直廉洁的萨基德在工作期间并没有像其他科拉坦电信的官员一样捞钱，现在科拉坦的房价又非常贵，萨基德的处境肯定很艰难。

送走了萨基德，罗涛又开始忙着准备接待外经贸部代表团的事。逐步拟订了一个计划后，罗涛把李青怡叫过来，准备和她一起商量一下。代表团周四中午到，罗涛计划当天下午请代表团参观龙腾公司办公室，并去市区科拉坦电信的一个机房参观龙腾正在运行的设备；晚上，龙腾公司宴请代表团。周五上午，代表团分别会见基鲁克部长和扎曼常务副部长；周五下午，会见政府其他要员；周五晚上，龙腾公司举行大型的答谢宴会，邀请代表团和科拉坦各界名流要员参加。周六上午，代表团访问中国大使馆；中午，龙腾公司、大使馆人员和代表团共进午餐；下午，送代表团赴机场回国。

罗涛把他草拟的计划递给李青怡，李青怡看过后，假装上了年纪的领导的样子粗着嗓子说：“很好，小伙子，安排得不错，本副部长很满意，以后你就是我的接班人了。”

李青怡的表演倒是活灵活现，罗涛强忍住笑说：“正经点，秦总很重视这次访问，千万不能搞砸了。我们也应该利用这次机会来搞一次公关宣传活动，把我们公司最近蒙受的污蔑和坏影响一扫光，罗伯特不是也要求我们树立公司的正面形象吗？这次正好是个好机会。”

李青怡问道：“你准备搞什么公关活动？”罗涛想了想说：“我还没完全想好。这次访问的日程很紧，唯一可利用的时间就是周五晚上的答谢晚宴。无论搞什么活动，我们都应该在周五晚上和答谢晚宴一起搞，可以达到一箭双雕、事半功倍的效果。这次整个行程最重要的一环就是周五的答谢宴会，一定不能出一点纰漏，这样吧，你就全权负责答谢宴会的安排，其中包括公关活动的策划。我让赵军、小刘来协助你，我给侯赛因打个电话，让他也派两个人来帮你。我给你开几张空白支票，需要钱就去银行取。怎么样，可以吗？”

李青怡想了想说：“可以倒是可以，可你怎么像在交代后事，我想知道这么重要的事你为什么要我全权负责？”罗涛回答道：“因为我没有时间去做。你知道时间很紧，我还有许多其他的事要做，确实忙不过来。我下午要去大使馆，商量接待代表团的事。明天我要去开一个重要的会，后天晚上才能回来。”

李青怡好奇地问：“你要去开会？什么会这么重要，非要这个时候去开？”罗涛压低声音说：“你知道，那个‘雄鹰行动’明天就开始了。明天我会带着萨基德、陈天桥和李大中参与这次行动，这期间还有很重要的谈判。而这次接待的活动安排也同等重要，这可就要靠你了。”

李青怡面色有些不悦：“好啊，你连我都信不过，‘雄鹰行动’这么重要的事都不告诉我。我可以负责整个代表团接待的事，可我有个条件，那就是你要把‘雄鹰行动’原原本本地告诉我，不要对我保密。”

罗涛有些尴尬地说：“我怎么信不过你了？我本来正想告诉你呢。这样吧，我们一起到大使馆经商处去见孙参赞，在路上我再仔细给你讲一讲我们具体的行动计划。”

中国驻科拉坦大使馆经济商务参赞处就在大使馆的隔壁，仅一墙之隔，经商处的建筑风格与布局和大使馆没什么区别，就像是一个缩小了的大使馆。罗涛对这里可是非常熟悉，他熟络地和门口的保安打了个招呼，拉着略显紧张的李青怡直接来到了三楼孙参赞的办公室。

坐在办公桌后的孙参赞戴着老花镜正捧着一本中文杂志认真阅读，罗涛和李青怡进来他都没有发觉。罗涛轻咳了一声，孙参赞放下杂志，慢慢地抬起头，发现是罗涛，他赶忙站起来热情地说：“是小罗呀，好久不见了，你跑哪儿去了？”孙参赞相貌堂堂，举止不凡，一看就不是一般的人物。他满头银发，精神矍铄，一点也看不出已年近六十。孙参赞是一位资格很老的外交家，在多个国家做过参赞，来科拉坦已经五年了，明年就要退休了。孙参赞对中国企业走出来非常支持，对企业的要求几乎是有求必应。罗涛找他办事，他从来没有推脱过，总是热情地帮忙。

罗涛走近孙参赞，一边和孙参赞握手，一边说：“最近一直很忙，前一段又回了趟国，也没时间来看您老人家。”罗涛又递给孙参赞一个公司的纸袋，里面是的顶级龙井。“这是我回国带回来的，是今年最好的新茶，您尝尝。”

孙参赞是北方人，可最喜欢喝绿茶，尤其是西湖龙井。罗涛每次回国，都会给孙参赞带一些好茶。孙参赞接过纸袋，笑道：“不要给我老头子送东西了，浪费。留着礼物，给客户多送点，多拿几个项目，你们多拿奖金，我老头子也就高兴了。”

罗涛又把李青怡介绍给孙参赞，孙参赞上下打量了一下李青怡，赞叹道：“好漂亮的小姑娘呀，简直像个电影明星。”又半开玩笑地说：“真是可惜了，这么漂亮的姑娘来到科拉坦这个鬼地方，小罗，你可要好好照顾我们美丽的女同胞，要是让她受了委屈，我可饶不了你。”

闲聊了几句后，罗涛赶紧切入正题，介绍了外经贸部代表团访问的事，又把自己编排的访问日程交给孙参赞过目。孙参赞戴上老花镜，仔细看了看日程说：“你们龙腾公司可真行呀，我们今天才接到通知，你们的日程就已经排好了，消息灵通啊。好啊，本来你们企业就是主角，我们搭台，你们唱戏，现在你们把台都搭好了，我们也乐得轻闲。不过，周四晚上你把外经贸部的同志留给我们，我们经商处请客，其余的日程就按你们的安排办，我们肯定会全力配合的。”

孙参赞又从抽屉里拿出一张纸，递给罗涛：“这个代表团的名单你们肯定也有了吧，这上面打勾的就是周四我们要留下来的人，其余的人你就看着安排吧。”

罗涛接过名单，笑着说：“好吧，孙参，您挑剩下的边角料，我全收下……”罗涛看着名单，突然停止了调侃，脸色大变。

孙参赞注意到罗涛的变化，问道：“怎么了，有什么问题吗？要是有什么困难你尽管说，我们可以再商量。”罗涛赶忙掩饰自己的失态，回答道：“没问题，您老人家放心吧，我们一定会尽力做好接待工作的。李小姐会和经商处密切配合，保持联系的。”

孙参赞一直送他们走出大门，嘴里还在叮嘱着：“小罗，开车可一定要小心呀，千万别开太快。”

在回公司的路上，李青怡评论道：“这个孙参赞可真是个好人，又很有外交家的风度，就是有点 唆，也许是人老了的缘故。”罗涛摇了摇头说：“你是说他不停地叮嘱开车小心吗？这可是有原因的。你知道吗？孙参赞在这里待了五年了，这五年里，单是中国公司办事处负责人就有不下十个人出车祸死掉了，你也看到了，这里的交通状况真是太差了。孙参赞是真的担心再出事呀，我理解他的苦心呀。”

李青怡点头称是：“这么说来，我对这个孙参赞的印象更好了，中国的外交官还是不错的嘛。对了，刚才你看那份名单的时候，到底是怎么了？”罗涛伸手从文件袋里拿出那份代表团名单递给李青怡：“你自己看看吧。”

李青怡接过名单看了看，依然满脸困惑。罗涛进一步提醒道：“你应该知道通讯业界那句著名的话，‘奔牛知马力，土狼见尹新’。”李青怡惊讶地张大嘴：“你说什么？名单上的尹新真就是巨华的总裁尹新吗？大名鼎鼎的尹新要来科拉坦了？”

→53 龙腾通讯一直是以奔牛的形象闻名，巨华技术则一直大力宣扬所谓的土狼精神，而龙腾和巨华的总裁马力和尹新又都是业界的传奇人物，有好事者将二人的名字和奔牛及土狼套入那句成语“路遥知马力，日久见人心”，变成了“奔牛知马力，土狼见尹新”，这句话在通讯业界广为流传。

巨华技术的总裁尹新是退伍军人出身，退伍前是一位团长，退伍后来到深圳创业，建立了巨华技术，先是做国外交换机在国内的销售代理，然后开始自主研发通讯产品，经过短短十年的发展，巨华技术成为中国最大的通讯设备厂商，在中国市场把传统的西方通讯业巨头杀得丢盔卸甲、头破血流，尹新也成为了一位传奇人物。尹新虽然大名鼎鼎，可从未接受过媒体任何形式的采访，显得非常神秘。

罗涛在代表团名单上看到尹新的名字，自然是大吃一惊。这次访问是龙腾发起的，主要目的是借助政府的力量帮助推动项目，树立龙腾的正面形象，可代表团里竟然有了巨华的人，而且还是大名鼎鼎的尹新，这到底是怎么一回事？根据以往的经验，这次访问如果让巨华参与进来，他们肯定会极力捣乱的。这样的话，后面的工作将会异常艰难。更令人不安的是，尹新竟然亲自出马，也不知林小凡使用了什么手段，罗涛感觉到一种巨大的压力。

回到办公室，罗涛给秦荣剑打了个电话，通报了这个情况。秦荣剑也很惊讶，他沉吟半晌：“看来巨华收集情报和政府公关的能力比我们想象的还要强大得多，我们这么注意保密，他们还是提早得知了我们这次行动，而且能在这么短的时间内做工作把他们的人加进代表团，这真是太可怕了。事已至此，我们只好见机行事了。马总这一周不在公司，否则我可以让马总也过去。不过，也没什么可担心的，毕竟这次活动是由我们组织和发起的，我们只要控制住整个日程安排，他们又能掀起什么风浪？我会让我们北京办事处的同事立刻去做工作，放心吧。你的重点还是要放在‘雄鹰行动’上，一定要注意保密，巨华什么事都干得出来。”

尹新的到来给这次活动带来了很多不确定因素，这次活动的安排应该准备得更仔细一些。可秦荣剑说得很对，'雄鹰行动'才是重中之重，这个才是实质的具体的东西，其他宣传公关活动只不过是掩人耳目和堵别人嘴的辅助手段而已。当然这些活动又不可能不搞，这可是罗伯特特意要求在签合同之前要做到的。

李青怡带着赵军和小刘要去喜来登酒店商谈租借场地的事，问罗涛去不去。罗涛想了想，决定还是和他们一起去，明后天他都不在，今天可以多帮帮他们，毕竟自己搞过多次类似的活动了。

在去喜来登酒店的路上，李青怡把罗涛的手放在她的胸口上，轻声说："我突然觉得特别紧张，你看，我的心跳得多快。"罗涛感觉到李青怡怦怦的心跳声，安慰道："有什么好紧张的，不过是来一个副部长嘛，有什么可害怕的？"

李青怡把头靠在罗涛的肩上，闭上眼睛柔声说："说实话，副部长我一点也不害怕。不知为什么，我一听说尹新要来，就特别紧张。不过有你在，我的心里就踏实多了。我从没有见过尹新，倒真想看一看尹新长得什么样。"

罗涛笑道："尹新又不是魔鬼猛兽，有什么可害怕的？不过，你要见到尹新，肯定会失望的。据说大名鼎鼎的尹新长得很一般，甚至可以说是很丑。"李青怡睁开眼睛，反驳道："我干吗会失望？我又不想找他当老公，他长得俊还是长得丑跟我有什么关系？说正经的，我们的公关活动到底想怎么搞。"

罗涛想了想说道："这次活动的主题是树立我们公司的正面形象，消除对手恶意诽谤所造成的负面影响。我考虑这样做，一个是宣传我们公司在科拉坦做过的项目，为科拉坦通讯事业做了多大的贡献，为科拉坦人民造了多少福，现在科拉坦的通讯设备价格下降了多少，为科拉坦节省了多少财政支出；再一个主题就是我们为科拉坦创造了多少个就业机会，宣传我们对员工有多好，有很高的福利待遇，很多的培训发展机会等等，这个也可以借助我们的招聘广告来宣传。再就是我们公司可以捐些款，赈灾或援建学校，显示我们公司是有社会责任感的公司，不只是到这里赚钱来了。前两个主题的宣传材料我已经让公司市场部帮忙准备了，现在应该准备得差不多了，你可以跟市场部联系催一催。招聘广告也已经定好从星期三开始在《科洛新闻早报》上连登三天。"

李青怡笑道："你几乎把什么都准备好了，我都不用做什么了。"

罗涛有点心不在焉地说："还有好多事要做呢，邀请媒体，邀请政府官员和通讯业客人，准备演讲稿，安排宴会接待等等。最重要的是，公司刚刚批下来五万美元的捐款，要确定到底怎么捐这笔钱才能达到最好的效果。我初步考虑两种方案，一种方案是，前一段南部山区闹水灾，可以捐这笔钱赈灾；第二种方案是像在中国一样，援建一所学校，希望小学。”

李青怡一下子挺直身体，兴奋地说：“对这笔捐款，我有一个绝好的主意。这次活动保证能办得非常轰动，你就等着好消息吧。不过，我要先保密，不告诉你，到时候会给你个惊喜。”

→54 第二天早晨，窗外的鸟鸣声将罗涛从睡梦中叫醒。李青怡开门走了进来，她身穿一套淡绿色绣花旗袍，修长的粉颈上一串珍珠项链耀眼夺目，她化了淡妆，一股淡雅的香气直扑罗涛的鼻翼。李青怡冲罗涛笑了笑说：“你醒啦。”

罗涛摇了摇头说：“我头有些痛。你穿这么漂亮，要去哪里？有约会吗？和谁？”李青怡淡淡地笑了笑说：“我是去约会一位英俊潇洒风流倜傥的大官。看你紧张的，你忘了吗？副部长扎曼邀请我们今晚去他家参加艺术沙龙。你身体这么不舒服，我就自己一个人去吧，你好好休息吧。”

罗涛挣扎着坐了起来：“我还是和你一起去吧。副部长第一次见面就邀请我们去他家，肯定是有什么事要谈，现在这个关键时刻，我不应该错过。你能给我沏杯浓咖啡吗？”

在去副部长家的路上，罗涛一直沉默着，他觉得自己处于一种麻木的状态，身体和情感的感觉都已经失灵似的。李青怡把头靠在罗涛的肩上，轻声说：“我知道你还在为小金的事情感到难受，可你还是要想开一点，不要太往心里去了。我真的很担心你的身体。”

罗涛轻轻地拍了拍李青怡的肩：“我没什么事，你放心吧，我会调整好的。”

李青怡抬起头，忧虑地望着罗涛：“我觉得你应该去看一看心理医生，你怎么会有这样的想法？”

扎曼的家在西城区的公务员住宅区里面，他的房子也是政府分配的，由于是常务副部长，分配的是这片住宅区最里面的一栋红色二层小楼，典型的英式建筑，也是英殖民时期的遗产。房子虽然显得旧了一点，但面积很大，里面装饰得简朴而又不失典雅，墙上挂了许多富有民族特色的挂毯和壁画，地上铺着硕大的科拉坦地毯，客厅和房间里都是传统的科拉坦家具，并且陈列着许多科拉坦木雕和铜器，显得非常传统而又富有艺术气息。

身穿灰色科拉坦长袍的纳西尔一路小跑地出来迎接罗涛和李青怡。他带着二人来到房子后面的花园，花园很大，打理得整洁漂亮。花园里面摆了很多藤椅和茶几，大多数的椅子上已坐了人。罗涛注意到来的人都是科拉坦本地人，没有一个外国人，而罗涛和李青怡自然是非常显眼，尤其是身着旗袍的李青怡更是成了引人注目的焦点。纳西尔领着二人来到角落空着的藤椅旁，让二人坐下，给二人倒了两杯饮料，笑着说："副部长大人问了好几次你们到没到。这个艺术沙龙每两周举行一次，主要是为了推广和保护科拉坦传统文化艺术，从没有请过外国人参加。副部长大人第一次见面就请你们参加，可见他多么喜欢你们。"

花园中央搭了一个简易的台子，上面站着几个身穿白色长袍的高矮不齐看起来很搞笑的人，他们手持话筒在热烈地说着什么，台下的人不时地爆发出哄笑声。纳西尔介绍说这几个人是科拉坦最有名的"拉图"演员，"拉图"是科拉坦一种传统的喜剧形式，有点像美国的脱口秀。罗涛点了点头说："中国也有类似的艺术形式，叫做相声，以讽刺幽默见长。很可惜，我听不懂科拉坦语，不过看起来很好笑。"

和二人聊了一会儿，纳西尔又去忙着招待别的客人。台上又换上了另一拨人，演奏传统的科拉坦乐器——科拉坦三弦琴，一种像唢呐似的科拉坦"多东"笛和科拉坦鼓。无论什么样的科拉坦乐曲总会透着那么一点悲伤，乐曲虽然非常优美动听，可罗涛却是越听情绪越悲伤。

突然非常熟悉的旋律响了起来，罗涛一下子就记起来，这是那首哀婉柔情的《爱湖》。长发歌手弹着吉他走上台，用富有磁性的略微沙哑的声音深情地吟唱着：

勇敢的阿努尔，英武又勤劳，
就像那科拉坦的雄鹰一样。
美丽的阿古丽，温柔又善良，
就像那天上的月亮一样。
为了阿古丽，
勇敢的阿努尔愿意与凶猛的怪兽搏斗。
为了阿努尔，

美丽的阿古丽情愿与冰冷的湖水为伴。

阿古丽深深地爱着阿努尔，

他们两个人永远不再分开，就像那科洛鱼离不开科洛河水。

阿努尔深深地爱着阿古丽，

他们两个人再也不会分开，就像那科拉坦雄鹰离不开库朗山。

这首哀怨的歌曲像有魔力似的一下子钻入了罗涛的心里，他一时有些恍惚，不知身在何处。

“罗涛，你怎么了？”李青怡的声音将罗涛拉回到现实。罗涛的手紧紧地拉着李青怡的手臂，神情黯然。李青怡轻声说：“你最近的压力太大了，还是早点回去休息吧。我会和扎曼解释的。”

台上的歌手还在深情哀怨地吟唱着，罗涛定了定神，只觉得心里好似针扎似的难受。他强忍着心痛，摇了摇头坚定地说：“别大惊小怪的，我没事。”

李青怡忧虑地望着罗涛，还想说什么，这时纳西尔急匆匆地走过来，他低声说道：“副部长大人想要见你们，请您二位跟我来。”

罗涛和李青怡跟着纳西尔离开后花园，走入房子里。纳西尔领着二人顺着有着雕花铁扶手的楼梯来到二楼，又一直走到走廊尽头的一间房间外。纳西尔轻敲了两下门，推开门，示意罗涛和李青怡走进去，他自己则转身离开。

罗涛和李青怡走进房间，房间里没有开灯，显得有点昏暗，这是一个很大的书房，整个一面墙都是硕大的书柜，里面摆满了各式各样的书。靠着另一面墙的则是一个西式的酒柜，里面摆满了琳琅满目的洋酒。靠窗则是一圈棕色的真皮沙发，茶几上摆着几件西方的雕塑，一瓶打开瓶盖的威士忌放在茶几的中央，几只加冰的酒杯散放在茶几上。这是一个典型的西式书房，而且正是罗涛梦想的书房布置。在一个阳光明媚的慵懒的周末，躺在宽大的真皮沙发上，一边读着有趣的书，一边畅饮着美酒，人生夫复何求？

现在沙发上坐着四个人，由于是背对着窗户，模模糊糊地只看见四个人影，看不清面容。罗涛和李青怡向前走了几步，罗涛的眼睛渐渐地适应了黑暗，看清了坐在沙发上的人。坐在中间的身穿白色长袍的人正是副部长扎曼，他左边的气宇轩昂的人也穿着昂贵的做工考究的白色长袍，罗涛认出他是科拉坦首富拉阿杜，坐在拉阿杜旁边腆着大肚子手拿酒杯的人正是侯赛因，而令罗涛略吃一惊而又有些不快的是坐在扎曼右边的人，此人身穿一套很显然是名牌的黑色休闲服，显得十分地年轻有生气，此人正是部长大人的大公子罗伯特。

扎曼对罗涛和李青怡招了招手，说道："欢迎！欢迎！快请坐。这三位我就不用介绍了吧，我想你们都是老朋友了。"拉阿杜冲二人点了点头，侯赛因则举了举酒杯，罗伯特似乎没有见到罗涛，从李青怡一进来，他的眼睛就一直盯着李青怡，一刻也没有离开。大方的李青怡也被罗伯特看得有点害羞，白嫩的脸上起了一道绯红，显得更加明艳照人。

扎曼咳嗽了一下，打圆场道："李小姐今天可真漂亮，这是中国的传统服装，叫什么来着？对了，叫做旗袍，确实非常漂亮。是不是，罗伯特？"罗伯特这才醒过神来，他忙点头赞同道："是呀，中国的传统服装真是漂亮，太漂亮了。"

拉阿杜爽朗地笑了起来："我看还是人漂亮，李小姐无论穿什么衣服都非常漂亮。"侯赛因也点头称是："我完全同意，不过中国这旗什么的穿上还真是性感。"他们对李青怡的夸奖在罗涛听来却是那么地刺耳，他强忍着心中的不快。幸亏很快扎曼就言归正传了，否则如果继续评价李青怡服装的话题，罗涛肯定会忍不住发作出来的。

待罗涛和李青怡坐下，扎曼收敛起笑容，严肃地说："大家都知道，我们的'雄鹰行动'已经开始启动了。可我们还有几件重要的事情要讨论一下。首先，是这个。"扎曼把一张A4打印纸递给罗涛，罗涛接过来和李青怡一起看了起来。这是一份投标保函的格式样本，倒也没有什么特别的，可当罗涛看到保函的金额时，不禁倒抽了一口冷气。他又仔细看了看，确认没有看错，确实是五百万美元。

投标保函是招投标时对投标人惯常采用的一种担保方式，让投标人抵押一定金额的保证金以确保该投标人有足够的实力和诚意来参与投标。通常投标保函由投标人的银行开据，上面说明保证金的金额并列出一些保证条件，如投标人违背了保证条件，银行将会把保证金无条件支付给招标人。投标保函的金额并没有统一的规定，从几百美元直至几万美元都可以，依项目的大小和性质而定。可五百万美元的保函金额，罗涛还是第一次见到。

扎曼注意到罗涛的反应，解释道："为了确保这个项目万无一失，我考虑设立这一个门槛。五百万美元的保函将会确保把没有实力的小公司挡在门外，而且这五百万美元的保函还有另一个作用，根据科拉坦中央银行的规定，超过三百万美元的担保必须经过科拉坦中央银行的备案，这至少要四天的时间。而我们考虑从发标开始到交标截止只给三天时间，这样的话就没有任何一家公司能够按时提供投标保函。”

罗涛疑惑地问：“没有一家公司能提供投标保函？那我们不是也参加不了？这招标又有何意义呢？”

扎曼冲罗涛眨了眨眼，意味深长地说：“保函的格式已在这里了，正式招标时用的就是这个格式，一个字也不会差的。”

罗涛恍然大悟：“我明白了，我们现在就可以开始办投标保函，而其他公司等拿到招标文件时再去办，时间已来不及了，这样就只有我们一家能参加投标了。这个主意真妙！”

扎曼和拉阿杜都微笑点头。罗伯特又插言道：“开这么大金额的保函，时间肯定是很紧张的。我希望龙腾公司马上就能开始办理，并全力以赴尽快开出保函。当然，还要注意保密，让尽量少的可靠的人参与。此事泄露出去，我们就前功尽弃了。”

→55 罗涛愣了一下，不解地问道：“我还是有点不明白，这次是联合投标，我们负责设备供货和工程网络建设，而投资和运营则由拉阿杜先生负责，投标主体也应该是拉阿杜先生的拉阿杜咨询公司，这样的话，投标保函应由拉阿杜先生负责，为什么我们公司还要出保函？”

扎曼倒了两杯酒，递给罗涛和李青怡：“你们尝一尝，三十年的纯正苏格兰单麦威士忌。”他又端起自己的酒杯喝了一口，闭着眼睛品了品酒的滋味，才回答罗涛前面的问话：“这个保函的设计将可以保证只有一家公司能真正投标，可这也带来一个极大的风险。虽然说，只有一家公司投标也未尝不可，可毕竟还是太显眼了，很容易被人抓住把柄。你们没有来的时候，我们刚刚商量过，我们觉得最好还是引入第二家公司，而这家公司是名义上投标，只是掩人耳目之举。可这家公司又不能是一家随便抓来的小公司，那样就太假了。可有实力的大公司谁又会愿意费这么大的力气来做这假投标的事呢？”

扎曼停了下来，意味深长地望着罗涛，没有继续再说下去。罗涛当然已经明白他们是希望龙腾来充当这个假投标的角色，他沉吟了一下，觉得这件事倒也没有什么太大的风险，只是会有一些开保函和投标的费用花费损失，而好处是这样一来就更深地和他们绑在一起了，他们可就很难把龙腾甩掉了。

罗涛没有急于表态，他加了一块冰在酒杯里，又倒了一些苏打水，晃了晃酒杯，喝了一口后赞叹道："确实是好酒，副部长大人的品位很高雅呀。我有个英国同学，他的家族是做苏格兰威士忌的世家，哪天我叫他送几瓶好品质的酒，请副部长大人品鉴。"

罗涛又品了一口酒后，才言归正传："由我们龙腾公司来假投标，我没有什么意见。可这笔投标的费用确实也不是个小数目，这笔费用怎么算呢？"

罗伯特插言道："嘿！你们龙腾这么大的公司难道还在乎这么一点钱吗？你们要是不愿意做也可以。我们之间可还没有签合作协议呢，我们不会强迫你们做这个项目的，还有好多公司拼着命想要挤进来呢。"他又转向李青怡说道："不过，鉴于我们之间的合作还是很愉快的，李小姐，我向你保证，到目前为止，你们公司还是我们的首选合作伙伴。这样吧，这笔费用从我的佣金里面出，侯赛因，你记住了，别忘了写在协议里。好了，这笔费用就算我送给李小姐的生日礼物，生日快乐，李小姐。"

罗涛尴尬地愣在那里，心里十分不是滋味。他不知道今天是李青怡的生日，李青怡从来没有告诉过罗涛她的生日是哪天，即使告诉罗涛了，这些天有这么多的事发生，罗涛估计也不会记起来的。可罗伯特竟然知道并且记住了李青怡的生日，在这一刻他显得特别地体贴和绅士。看到李青怡惊喜的表情，罗涛心里就更加酸溜溜的。

商量完事情后，扎曼站了起来望着李青怡说："李小姐，听说你在大学期间可是学校有名的歌星，今天正好是艺术沙龙，可否请你赏脸演唱一首中国民歌？我们可都很期待欣赏美妙的中国民歌。"这又让罗涛大吃一惊，他知道李青怡歌唱得很好，可从没听说她还是什么大学时代的歌星。

李青怡也是一愣，赶忙说道："我已经好久不唱歌了。当着这么多人的面，还是不要丢脸的好。"她又嗔怪地望了一眼罗伯特："又是你瞎说，要害得我出丑了。"罗伯特冲李青怡挤了挤眼睛，一脸得意的笑容。又是罗伯特，好像罗伯特对李青怡的了解比自己对李青怡的了解要深得多。

罗涛坐在花园角落里的一把椅子上，望着舞台上的李青怡，心里不知是什么滋味。在台上的李青怡显得那么美丽迷人，光彩夺目，全场的人显然都被她吸引住了，大家都在屏住呼息凝神聆听着。她唱的是那首著名的《茉莉花》，她的歌声一点也不逊于专业演员，不但技巧高超而且歌声里充满了真挚的情感，歌声甜蜜婉转而又不失高亢嘹亮，像有魔力似的一下子就钻入了人的心里，拨动着人的心弦。

扎曼走过来坐在罗涛旁边的一把椅子上，小心地观察了一下罗涛的表情说："李小姐的歌声太美妙了，我还是第一次听到这么好听的歌，这是一首爱情歌曲吧？"罗涛不置可否地点了点头，他注意到不远处的罗伯特很陶醉地伴着歌的节奏晃着脑袋。

扎曼凑近罗涛轻声说道："罗，我需要你一个小小的帮助，我有个侄子是做生意的，他总是缠着我让我帮忙，我哪里懂什么做生意，怎么帮他？可我这个侄子从小就跟着我，他的父母又去世得早，我真是不忍心不帮他，而且他绝对是个诚实又靠得住的人，也挺能干的。我想你们公司做这个项目肯定会有一些需要外包的工程，如果方便的话，能否给我侄子一些生意做？他有一家工程建筑公司，好像也做过好多电讯方面的工程，应该有些经验的。"

突然爆发的热烈掌声打断了扎曼的话，李青怡的《茉莉花》唱完了，扎曼和罗涛也加入了鼓掌的行列，有几个年轻人吹起了口哨，场面十分热烈。李青怡鞠躬感谢后，就要走下舞台。一位手持话筒好像是主持人模样的人拦住了她，显然是想让她再唱一首歌，李青怡则不停地摇着头。台下的掌声更热烈了，李青怡无奈地望了望台下，点了点头。她走回舞台中央，对着话筒轻声说："谢谢大家！我就再唱一首中文歌曲，歌曲的名字叫《可惜不是你》。"

珠圆玉润、起伏委婉如天籁般的歌声再次响起，好像是从李青怡心底里流出的清泉酿制的美酒，甘美清冽又回味悠长，令人心旷神怡而又伴着丝丝的忧郁悲伤。

这一刻，突然觉得好熟悉
像昨天今天同时在放映
我这句语气，原来好像你
不就是我们爱过的证据
差一点，骗了自己骗了你
爱与被爱不一定成正比

我知道被疼是一种运气
但我无法完全交出自己
努力为你改变
却变不了，预留的伏线
以为在你身边，那也算永远
仿佛还是昨天
可是昨天，已非常遥远
但闭上我双眼我还看得见
可惜不是你，陪我到最后
曾一起走却走失那路口
感谢那是你，牵过我的手
还能感受那温柔

扎曼转过头望着罗涛继续着刚才的谈话："罗，给你添麻烦我实在是很抱歉，如果这事很为难，我不会强求的，就当我没有讲过。我知道你们也很不容易。"扎曼的眼睛里透着同情和理解，罗涛觉得自己几乎被感动了。

罗涛真挚地回复道："副部长大人，您太客气了。这事就包在我身上了，我们反正也要找本地的分包商，肯定会照顾您侄子的。"

扎曼微笑地点了点头，伸手拍了拍罗涛的肩说："谢谢！我就知道你是个爽快的人。来，我介绍我的侄子和你认识。"他冲不远处的一张桌子招了招手，一个剃着光头留着络腮胡的年轻小伙子哈着腰跑过来。

扎曼指着罗涛介绍说："迈赫迪，这位是龙腾的总经理罗涛先生，看看人家，年纪轻轻就当上总经理了，你以后要好好跟罗涛先生学学。"迈赫迪忙不迭地和罗涛握手，满脸的恭敬和谦卑。扎曼站起来让迈赫迪坐在自己的椅子上，和罗涛打了个招呼后转身离开了。

迈赫迪递给罗涛一张名片，上面写着"科拉坦通讯工程建设公司"，头衔是"CEO"。罗涛仔细看了看名片，好奇地问道："科拉坦的电讯工程公司我都很熟的，我怎么从来没听说过你们公司？我听你叔叔说你们公司做过许多工程，很有经验，能给我介绍一下你们都做过哪些工程吗？"

迈赫迪睁圆了眼睛，伸手尴尬地挠了挠铿亮的秃头，吞吞吐吐地说："工程？

好像是做过……名字记不起来了，通讯的……”迈赫迪费力地咽了口口水，瞪着眼睛凑近罗涛说：“唉，说实话吧，我哪里懂什么通讯工程，我这个公司一周前刚刚成立，都是我叔叔的主意。看在我叔叔的面子上，您以后还得多帮帮我，我可是什么都不懂。”

罗涛恍然大悟，扎曼的确聪明，迈赫迪的通讯工程公司只是他名正言顺捞钱的幌子和工具而已。乌鸦有聪明与愚笨之分，可再聪明的乌鸦也还是乌鸦，还是黑的。

说出了实情的迈赫迪感觉轻松自在了许多，他张着大嘴望着台上的李青怡，掩饰不住眼神里的贪婪，他对着罗涛赞叹道：“罗老板，您的太太可真是太漂亮了。”罗涛狠狠地瞪了他一眼，迈赫迪吓得一抖，轻声自言自语道：“我怎么又说错话了！”

终于曲终人散了，罗涛打电话叫司机把车开到大门前，自己站在大门口等着李青怡。李青怡还在与罗伯特等人告别，罗伯特拉着李青怡的手，低声说着什么，李青怡的脸上带着甜蜜的微笑。李青怡唱完两首歌一走下舞台就被罗伯特截住，后来她就一直和罗伯特坐在一起。不知道他们都在谈些什么，认识这么长时间了，怎么还有那么多话要说？罗涛不耐烦地来回踱着步。罗伯特不知说了什么好笑的话，李青怡爆发出一串银铃般的笑声。罗涛转身钻进车里，今天他经历的已经够多的了，不想再受任何刺激了。他命令司机打开音响，哀婉悲怨的小提琴曲响了起来，那是马思涅的《沉思》，这是罗涛最喜欢的一首小提琴曲，可现在这哀怨的曲子令罗涛更为郁郁寡欢了。

当李青怡告完别，钻进车里时，罗涛差点睡着了。罗涛对司机说了一句“回家”后，就陷入了沉默，他一句话也不想说。李青怡望了一眼满脸阴郁的罗涛，咽下了已到嘴边的话。一路上二人都沉默着，只有那令人悲伤的小提琴曲一遍遍地回响着。

回到公寓后，罗涛径直向自己的房间走去，把李青怡留在后面，他现在只想好好地睡一觉，什么都不想。可他突然想起了一件事，停下来转过身，面对着李青怡，李青怡则满脸期待地望着他。罗涛避开李青怡情意绵绵的眼神，从衣袋里摸出那张投标保函格式，递给李青怡，冷冷地说：“我已经向秦总汇报过投标保函的事了，明天一早你给财务部钱部长打个电话，把这个格式直接传真给他，记住一定要直接传真给他，中间不要经过任何人。”

李青怡接过那张纸，点了点头，眼神还是火辣辣的。罗涛继续冷冷地说："我明天早晨一早就去开会了，这事只好麻烦你了。晚安！"说完，罗涛转身向自己的卧室走去。

"等一等。"李青怡跑了几步追上罗涛，她从后面抱住罗涛，充满弹性的丰满乳房紧贴在罗涛的后背上，红润的嘴唇贴近罗涛的耳垂，李青怡那甜美的喘息令罗涛耳根酥痒，她以令人浑身酥软的娇滴滴的声音说道："今天是我的生日，不要丢下我一个人，好好地爱我，让我过一个有爱的生日，好吗？"

→56

科洛城的早晨无疑是美丽的，刚露个头的太阳没有白天的那般火热，而红色的旭日霞光把科洛城镀上了一层朦朦胧胧的美丽的亮色，白日的喧嚣肮脏这时都没了踪影，连平日里吵闹的乌鸦也闭上了嘴，只余下一片宁静和恬适。现在还不到早上六点，街道上空无一人，马路上也没有车，科洛城还在沉睡中。

一阵刺耳的闹钟声将罗涛从沉睡中惊醒，他迷迷糊糊地坐起来，伸手将闹钟按了。身边的李青怡翻了个身，嘟哝了一句，又不动了。罗涛轻手轻脚走下床，把被单给李青怡盖好，转身走进浴室抓紧洗漱，他今天要早早出门。

罗涛乘坐的丰田小霸王面包车在六点十分赶到了世贸大厦门口，萨基德、陈天桥和李大中已等候在大厦的门口。上车之后，陈天桥就连打了两个哈欠，嘟囔道："这么早起床，可真遭罪，闹钟响的时候我正做梦和科拉坦美女约会呢，真可惜。"李大中捶了一下陈天桥："就你这个邋遢样，哪个美女会看上你？继续做你的梦去吧。"

车启动后不久，陈天桥的鼾声就传了出来，李大中也头一顿一顿地打着盹，只有坐在司机座位旁边的萨基德精神抖擞目光炯炯地注视着前方。罗涛起初还看着窗外的景色，不久也觉得眼皮沉重，很快他也进入了梦乡。

一阵争吵声将罗涛从睡梦中惊醒，罗涛睁开眼睛，发现车停在路边，萨基德和司机在激动地争吵着什么。看罗涛醒了，司机转过头委屈地看着他。罗涛问道："怎么了？发生了什么事？"

萨基德回答道："司机走错路了，我告诉他，他还不听。这条路明明是往南科比城的路，去肯特堡的路是从这里向北。可司机坚持说是你告诉他去南科比城的，我想他肯定是听错了。”

罗涛沉吟了一下，很随意地说道：“我忘了告诉你们了，昨天晚上接到通知，研讨会不在肯特堡举行了，改在南科比城了。”他命令司机继续向南科比城开，又闭上了眼睛。蒙眬中，他听到萨基德在打电话，而陈天桥在不满地嘟哝着：“这些科拉坦人，一点计划性也没有，说改就改，害得我空欢喜一场，还以为会到肯特堡玩一玩呢。”

南科比城比肯特堡近多了，八点多钟车就到了。南科比城是一座只有几十万人口的小城镇，可像科拉坦的其他城市一样肮脏、拥挤、混乱，尘土飞扬的街道上挤满了乱哄哄的人群。丰田面包车沿着拥挤的街道小心翼翼地向前开着，南科比城显然很少来外国人，罗涛他们三个中国人很引人注目，许多人都对着车子指指点点。

丰田面包车好不容易穿过拥挤的市区来到了目的地——南科比城临近郊区的一座大庄园，这里是通讯交通部在南科比城的一处招待所。整个招待所戒备森严，大门口站着持枪的军警，庄园周围的围墙很高，院子里稀稀落落落地散布着几座二三层的小楼，掩映在参天的松柏和枝叶茂盛的果树中，每座小楼前都有持枪的军警。招待所的大门口挂着横幅，上面写着“科拉坦科洛城固网运营研讨会”。

陈天桥冲罗涛伸了下舌头说：“罗总，这里怎么像个监狱似的？”李大中看着院子里的花圃和果树反驳道：“别瞎说，哪有这么漂亮的监狱，这里更像一座疗养院，多安静。”

他们被一位军官带到最里边的一座小楼里，萨基德、陈天桥和李大中被安排住在了二楼，而罗涛则住在了三楼。房间干净清爽，标准三星级酒店的配置。罗涛正在整理旅行箱，传来敲门声，打开房门一看，是纳西尔。纳西尔说他就住在罗涛的隔壁，他也是刚到，他又神秘兮兮地说：“副部长大人也来了，就在我的房间里，他现在请你过去。”

罗涛来到纳西尔的房间，扎曼正在房间里等着他，寒暄几句后，扎曼严肃地说：“今天是周二，我们准备在周六发标，所以准备标书的时间只有四天，时间很紧。我从部里和科拉坦电信调了几个人，都是精兵强将，而且都是信得过的人，当然技术标主要还靠你们的人了。最重要的一点是一定要保密，否则我们整个的设计就会落空的。我们调过来的人也都是以参加研讨会的名义通知的，而且原来也是通知他们去肯特堡，他们现在都还蒙在鼓里。”

罗涛点头赞同道："保密是很重要。我是严格按您的要求做的，我们的人也以为是来参加研讨会的。"

扎曼又继续说道："整个做标书期间，我们更加要注意保密。过一会儿我们开会的时候，我会要求大家将所有的通讯工具交上来，我们会切断这里和外界的所有联系，直至标书正式发出为止。我们的人住在另一座楼里，你们几个就在这座楼里工作，尽量不要出这座楼，以免被别人看见，纳西尔负责我们的人和你们之间的沟通协调。我中午就会离开，我希望你在这里待到明天，等所有大的原则性的东西定下来之后再走。"

罗涛点头同意："好的，我明天晚上再走。"

扎曼站起来和罗涛握了一下手说："辛苦你了。我现在马上过去给我们的人开会，你现在可以去给你们的人一个惊喜了。记住，把他们的手机都收上来。我会专门派一位军官来协助你的，他会严格搜查一遍。"罗涛暗自叹了口气，不知道萨基德他们三个对这样的待遇会有什么样的反应，陈天桥不知又会怎样抱怨呢。

第二天晚上，当罗涛赶回科洛城的公寓时，已是凌晨1点了。罗涛轻手轻脚地走上楼，轻轻地推开李青怡的房门，可李青怡的房间里空无一人。罗涛又走进自己的房间，只见李青怡躺在自己的大床上睡着了。罗涛凝视着李青怡天使般纯净美丽的脸庞，胸中一股怜爱油然而生，他俯下身在李青怡的脸颊上轻轻地吻了一下。

罗涛突然注意到李青怡的身边放着一本打开的黑色的日记本，一只蓝色的墨水笔压在上面，看来李青怡是在写日记的时候睡着了。罗涛不知道李青怡还有写日记的习惯，禁不住好奇心，他轻轻地拿起笔记本看了起来。李青怡的字娟秀清丽，真是字如其人，翻开的那一页上写了大概半页纸。

今天可能是我来科拉坦以来最累的一天，做了好多事情，该做的不该做的都做了。不过还是很顺利，没出什么大娄子，我对自己的能力还是很有信心的，应该奖赏一下自己。一想到明天，我就很紧张，尹新来了，但愿不会发生什么，真希望一切都很顺利。

真的很想他，很挂念他，不知道他那边怎么样。跟他在一起，觉得很舒服，他是一个善良单纯的好人，可他是我理想的归宿吗？一想到将来，我就觉得迷惘和紧张。人一旦进入了这个江湖，许多事都是身不由己的，又是无法避免的，我不知道到那时候我如何来面对，真想离开这一切，远走天涯海角，可是太迟了，现在已无法回头了。也许我应该早点……

日记写到此戛然而止，看来李青怡写到这里时实在熬不住睡着了。看到这里，罗涛是如坠雾中，李青怡写的"他"是指自己吗？她又为什么对未来有这么多的担忧呢？罗涛刚想再看一看前面的日记里都写了什么，李青怡翻了一下身，而她伸出的胳膊一下子将日记本碰落在床上。李青怡慢慢地睁开了眼睛，看到罗涛，她一下子坐了起来，伸手紧紧搂住罗涛的脖子："亲爱的，你总算回来了，想死我了。你想我了吗？快告诉我你是怎么想我的。"她丰满湿润的红唇搜寻着罗涛的嘴唇，两个人疯狂地吻在一起，直至喘不过气来。

从曼谷到科洛的飞机是下午两点到，罗涛带着李青怡、小刘、赵军和两位本地员工一点半就来到了科洛盖罗国际机场贵宾室。盖罗国际机场的贵宾室很寒酸，只有那几排有海绵垫的靠背椅才显出那么一点科拉坦标准的豪华，昏暗的灯光使得破旧的顶棚墙壁愈加惨不忍睹，昭示着此贵宾室的年代久远。

除了全副武装的保安和两个机场工作人员，贵宾室里只有罗涛他们几个人，显得冷冷清清的。罗涛已去问过几次机场的工作人员，得到的回答都是飞机会正点到达，可他还是十分烦躁不安，来回踱着步，不时地向机场跑道张望着。他也不知道自己紧张什么，只不过总是觉得哪里有点不太对，总是预感会有什么事发生似的。

贵宾室的出口突然传来一阵嘈杂声，罗涛转头望过去，只见一辆崭新的奔驰S500和一辆中巴车停在了出口的车道上，从中巴车下来十几个身穿黑色西服的人，他们的黑色西服都是统一的样式，领带也是统一的黄色。李青怡他们几个也发现这个新情况，走到窗前向外望着。

奔驰车上下来一个瘦高的高个儿，也穿着黑色的西装，系着米黄色斜条领带，脸上戴着大号的墨镜，瘦高个儿四下打量了一下，很神气地一挥手，向贵宾室里走来，那些穿黑西装的人紧随其后。

戴墨镜的瘦高个儿把一个证件对着门口的保安晃了一下，然后大踏步地走进贵宾室，后面的人一路小跑地紧跟着。瘦高个儿来到贵宾室的中央，摘下了墨镜谨慎地四下打量着，好像是一位将军在打仗之前勘查地形。瘦高个儿正是巨华驻科拉坦的首代林小凡，罗涛的死对头。

罗涛知道自己担心的事终于发生了，他好奇地注视着林小凡，看他到底想要干什么。林小凡的眼神越过罗涛向贵宾室的入口望去，好像罗涛是透明的。他走到贵宾室连接机场跑道的入口，绕着出口来来回回地走了几圈，突然停了下来，冲着跟着他的那十几个人做了个手势，这群穿黑西装的人向机场入口聚拢过去，过了一会儿，只见他们沿着机场入口排了个半圆形，一个挨一个，将机场入口紧紧地围了起来，一点缝隙也不留。入口处的两位荷枪实弹全副武装的保安从来没有见过这种场面，他们张大了嘴巴，半天也合不上，手不自觉地摸向了手里子弹已经上膛的自动步枪。

→57 看到巨华的人将机场入口围住，罗涛明白林小凡是想明抢了，不禁感到又好气又好笑。他走近林小凡，笑着说道："林大首代，您这是演的哪一出啊？"

林小凡好像才看见罗涛似的，假装惊奇地说："哎哟，罗总啊，好久不见了，可真巧啊，你也来接人？最近听说你们公司可是不太顺利，死了好几个人了吧，我劝罗总还是小心点。"

罗涛强压着怒火，尽量平静地说："林小凡，我告诉你，这次是两国之间部长级的正式访问，从头到尾都是我们公司组织的，日程早已经安排好了，也经过使馆经商处同意认可的。你不要在这里捣乱，真惹出什么乱子，你可吃不了兜着走。"

林小凡冷笑了一声："你不要拿部长吓唬人，我还就不吃这一套。我不知道什么访问不访问的，我们尹总好不容易来科拉坦一次，我们来机场接一下总行吧，这招谁惹谁了，犯什么王法了？"

从贵宾室的窗户望出去，只见飞机已经降落，停在跑道上，飞机上泰航的双环形标志非常清晰。罗涛知道客人们都是坐的头等舱，所以很快就会下飞机通过外交优先通道走入贵宾室的，现在再找使馆经商处已经来不及了，他需要尽快解决这个问题。

他想了一下，对林小凡说道："好吧，你们接你们的尹总，我们接我们的秦总，咱们井水不犯河水，请你们站到那一边，我们站在这一边，咱们各接各的客人，互不干扰，免得争执起来，大家脸面上都不好看。”

林小凡脸上露出不屑的笑容：“罗总，还记得上海俏江南吗？还记得我当时是怎么求你而你又是怎么拒绝的吗？虽然克拉夫人的访问取消了，可我永远都不会忘记这件事。你现在还在梦想着我们可以井水不犯河水吗？做梦去吧。不过，你放心，我会把你们的秦总留下来的，我们不会把他接走的。”

罗涛握紧了拳头，靠近林小凡说：“林小凡，你理智一点，这可是正式的外事活动，你这么捣乱，真搞大了，把这次活动搞砸，那丢的可是我们中国人的脸。”

林小凡显得更加不屑：“罗涛，你可真是笨得够可以的。你还不明白，我就是要捣乱，就是要把这次活动搞砸了。丢不丢中国人的脸我不知道，可我知道这一定会丢你的脸。”

罗涛实在压不住火气了，猛地冲到林小凡面前，伸手揪住了林小凡的领带，而林小凡则捉住了罗涛的衣襟，两个人撕扯起来。李青怡惊呼一声，赶忙赶过来试图拉开两人，可两个人都在气头上，力气大得惊人，李青怡怎么也拉不开。几个巨华的人和小刘、赵军赶过来，这才拉开了两人。两个人的样子都很狼狈，林小凡的领带断了一截，衬衫的领子也撕开了，而罗涛的衣服被撕开了一个大口子，二人还在怒目而视，气呼呼地喘着粗气。机场的工作人员和保安跑过来惊讶地看着这难得发生的一幕。

这时，一个巨华的人惊呼：“林总，人已经下来了，飞机上的人马上就到了。”林小凡反应很快，他急忙招手命令手下的人：“站好队形，不要乱。”巨华的人马上又排好一个半圆，围在贵宾室入口。林小凡把领带解开塞进了西装口袋里，站在巨华队伍的中间位置，回过头来得意地望了一眼罗涛。

小刘恨恨地说：“这帮混蛋，就知道用这些下三滥的手段，巨华的人没一个好东西。”赵军则焦急地问：“现在我们该怎么办？”

罗涛抚着手背上被林小凡抓破的伤口，沉吟了一下说：“一会儿人到的时候，你们也冲上去抢。记住，去抢看起来官最大的那几个人。”李青怡惊奇地问：“这怎么能行？我们还是不要太冲动了，我们这几个人怎么能抢得过他们。”

罗涛很肯定地说：“放心吧，你们尽管上去抢，我有办法让巨华的人乖乖地把人交给我们。”几个人明显对罗涛的话将信将疑，可还是像视死如归的战士一样冲向了被巨华的人包围的入口。

客人已来到了入口，最前面并排走着三个人，后面紧紧跟着代表团的另外七八个人。前面三个人的中间一位个头不高，戴着金丝边眼镜，身着深灰色西服，脸上带着谦和的微笑，显然此人就是副部长。左边的一位，面容清秀，个子高高的，身材挺拔，穿着笔挺的西服，正是龙腾的少帅秦荣剑副总裁。右边是一位体态稍显臃肿的老人，不太整齐的灰白头发，不太合体的西服，长得很普通，甚至有些丑陋土气，就像很普通的一位农村的村支书，罗涛认出来这个其貌不扬的老头正是大名鼎鼎的尹新，自己曾在国内的某客户那里见过他。尹新虽然其貌不扬，可他的身上却显然有一种遮掩不住的不平凡的气质，他正对着副部长表情生动地说着什么，副部长显然被吸引住了，他凝神倾听着，脸上原来官样的微笑变成了发自内心的愉悦的笑容，秦荣剑在旁边也略显尴尬地陪着笑。

尹新卓越的口才可是业界流传的神话，他在巨华内部的许多讲话在业界广为流传，精辟大气，非常富有哲理和战略前瞻性，很有主席的风范。据说尹新非常喜欢研读主席的著作，看来所言不虚。此次，尹新亲自出马，果然出手不凡，看来在尹新的非凡魅力的影响下，秦荣剑恐怕只好叨陪末座了。

一行人刚一踏入贵宾室的大门，穿黑西服的巨华人就潮水般一拥而上，几乎像是在劫持人质一样冲到客人旁边，一只手抢过客人手中的旅行箱，另一只手拉着客人的胳膊向贵宾室出口走去。没等这些人缓过神来，紧接着龙腾的几个人有如又一股潮水冲过来，和巨华的人争夺着客人的旅行箱和胳膊，一时间场面十分混乱。

副部长的旁边围了三个人，他的胳膊被几只手向三个方向拉扯着，脸上的眼镜也被撞歪了，显得很是狼狈。秦荣剑副总的身边也有两个人，他的旅行箱横在空中被这两个人争夺着，一只胳膊也被二人捉在手中，他只能无奈地望着二人。其余人的情况也大同小异，被争夺着，裹挟在这一片混乱的洪流中。

显然是尹新土气的形象使他得以独善其身，龙腾的人和巨华的人都去争夺那些看起来像是重要人物的人，而没有人去注意这位“村支书老伯”。尹新站在混乱的人群的边缘，眯着眼睛困惑地看着这混乱的局面。

罗涛知道现在是行动的时候，他走到尹新面前，伸出手来：“尹总，您好！欢迎来到科拉坦。”尹新的握手很有力，可脸上依然是困惑的表情。罗涛继续说道：“尹总，我是龙腾通讯驻科拉坦的首席代表罗涛，虽然是竞争对手，可我非常敬佩您，敬佩您领导的巨华公司，巨华确实是我们中国人的骄傲。可是，说实话，这次副部长的访问从一开始就是我们龙腾公司一手策划的，整个活动的日程也早就安排好了，今天下午是去我们公司参观，巨华能参与这次活动尤其是尹总能参加这次活动，我们感到很荣幸也非常欢迎。可现在您看这种场面，实在是丢中国人的脸，你们公司本地的负责人派了二十来位身强力壮的小伙子，把机场入口团团围住，要把这些客人抢走。为了不丢中国人的脸，我们可以主动退出，今天就听巨华的安排。我马上就命令我们的人停手。”

尹新上下打量了一下罗涛，又看了一眼还在争来抢去的人群，面向人群突然高声喊了一声：“住手！”他的嗓音十分洪亮又带着一种无可置疑的威严，所有的人都停下来向尹新望过去。尹新又大声问道：“哪位是巨华的负责人？”

在争夺副部长旅行箱的林小凡急忙走到尹新的面前，笑着说：“尹总，我是林小凡，巨华驻科拉坦的首代。”尹新压低声音问道：“我想问你一个问题，你如实回答。这次活动本来是龙腾组织的吗？”

林小凡也压低声音回答道：“尹总，对，是他们组织的。可我怎么能就这么放弃呢？我记着您的教导，‘永不放弃，永不言败，在绝望中寻找希望’，我……”

脸色变得铁青的尹新猛地打断林小凡的话：“愚蠢，简直是太愚蠢了，永不放弃怎么会是这种做法，你不会用用你的脑子。丢脸都丢到国外来了，而且是当着我们政府官员的面。”说着他突然伸手使劲打了林小凡一记耳光，清脆的响声在贵宾室里回荡着，大家一下子全都愣住了，林小凡伸手捂着脸，脸色惨白地望着尹新。

尹新转向副部长说：“部长，我们公司的小孩子不懂事，让您见笑了。我们后面完全听从龙腾的安排。”他又转向罗涛说：“小罗，下面有什么活动，我听你的安排，我们都跟着你走。”尹新望着罗涛，铁青的脸上带着似乎是很真诚的笑意。

→58 尹新的一个耳光确实使得林小凡老实了许多，随后的整个活动都进展得非常顺利。代表团参观了龙腾的办公室，又去参观了科拉坦电信的一处机房，而龙腾的设备正在运行中，值班的局方人员对龙腾的设备自是赞不绝口，夸得罗涛自己都有点不好意思了，看来之前偷偷塞给当天值班人员的那笔小钱确实挺起作用的。

当天晚上，张大使和孙参赞在大使馆宴请代表团的人，而秦荣剑则和罗涛、李青怡在罗涛的公寓里商量工作。罗涛详细汇报了‘雄鹰行动’的安排，秦荣剑很满意。李青怡又简单汇报了这两天的活动安排，秦荣剑满意地点头说："不错，小李很能干嘛。我当时可是亲自给你们胡总打电话把你要过来的。怎么样？这一段工作和生活上还适应吗？有什么困难和要求尽管提出来。"

李青怡脸微微一红，笑着说："谢谢秦总的关心，这里虽然艰苦，可我还能忍受，我只是希望能尽快把项目拿到。只是……"李青怡欲言又止，转头望了一眼罗涛。

秦荣剑皱了皱眉说道："怎么了？是不是罗涛这个臭小子欺负你了？不要怕，尽管告诉我。"李青怡摇了摇头说："没有，罗涛对我很好。只是他有时……"

就在此时，李青怡的手机响了，她停住话头低头看了一眼手机上的号码，说道："对不起，是罗伯特。"秦荣剑赶紧催促道："那你快接吧，客户的事最重要。"

李青怡接听电话的声音很甜蜜性感，笑着说了几句话后，她脸上的表情渐渐变得严肃。接完电话，李青怡对秦荣剑说："罗伯特今天晚上想请您吃饭，他说有很重要的事想和您商量，他还说想和您单独见面。"她有些不好意思地望了一眼罗涛，看来是罗伯特不想让罗涛参加这次会谈。罗涛有些困惑不解，罗伯特有什么事想瞒着他呢？

秦荣剑也是满腹狐疑，他皱着眉来回踱了几步，疑惑地问李青怡："罗伯特有没有讲他想和我谈什么？"李青怡摇了摇头。秦荣剑想了想说："好吧，那就让李青怡陪着我去赴这场鸿门宴吧。罗涛，最近你也很辛苦，今晚你就好好休息休息吧。"

罗涛心神不宁地在公寓里焦急地等待着二人的归来，他一直在揣测着罗伯特和秦荣剑谈话的内容，可是却怎么也理不出个头绪。他突然感到一阵强烈的挫败和羞辱感，作为龙腾公司在科拉坦的负责人，竟被公司最重要的代理人也是最重要的客户给排除在重要的高端会议之外，罗伯特一定是故意这样做的，他的用意很明显，为了羞辱他，或者甚至是甩掉他，而这一切似乎都跟李青怡有关。而李青怡对和罗伯特的关系到底是怎么想的，对和自己的关系又是怎么想的，罗涛心里实在是没有一个明确的答案。刚才李青怡似乎还想跟秦荣剑告自己的状，不知道她想说什么。

夜很深了李青怡才回来，罗涛蜷缩在沙发上睡着了，李青怡轻轻地推醒了罗涛。罗涛睁开眼，一脸的茫然，看到李青怡，这才清醒过来，问道："怎么这么晚才回来？"

李青怡淡淡地笑了笑说："秦总的英语水平虽然很一般，和罗伯特倒是很谈得来，秦总也和罗伯特签了这个大项目的合作协议，所以花的时间很长。谈完以后，看时间太晚了，秦总就直接回酒店去了，他让我告诉你他明天再跟你详细讲项目的事。"李青怡显得很疲倦，连连打着哈欠。

望着李青怡疲倦的样子，罗涛却奇怪地有了一种强烈的冲动，他猛地搂住李青怡，疯狂地在李青怡的脸上亲吻着。李青怡一脸惊异地轻轻推开罗涛说："涛，你这是怎么了？我今天觉得好累，想好好洗个澡早点休息。你也早点睡吧，明天还有好多重要的事要做呢。"

罗涛愣了一下，可紧接着又猛地扑到了李青怡的身上，他不顾李青怡的躲闪，更加疯狂地亲吻着李青怡的脸颊，双手则在李青怡的身上粗鲁地抚摸着。李青怡很快就放弃了抵抗，任罗涛疯狂而又粗鲁地动作着。罗涛脑子里只有一个念头，李青怡是属于他的，他要全部拥有李青怡，而只有在这个时候他才感觉到李青怡是完全属于他的。

第二天，罗涛十分后悔自己昨天晚上野蛮粗鲁的行为，可却一直没有机会向李青怡道歉，因为这一天他们忙得连说一句悄悄话的时间都没有。上午和部长及常务副部长的会见时间很紧凑，两个人的办公室不在一个地方，距离较远，所以衔接上不能出一点错误，很紧张，好在后来进行得还是很顺利。

罗涛一直担心巨华还会生出什么风波，可林小凡自从挨了一记耳光后就一直没有出现，不知道在忙些什么。而上午的会谈尹新都参加了，可他在会谈的时候没有多说什么，只是甘当配角。整个活动期间尹新的表现都很乖顺，不显山不露水的，一点也不像传言中的那个叱咤风云的英雄人物，看来尹新还是很守信用的。

本来当天下午侯赛因是安排代表团会见苏亚雷将军的，可苏亚雷将军临时有急事，会见取消了，据说是因为前线战事吃紧。可这样政府高层就只见了基鲁克部长，显得龙腾的代理有点没面子。侯赛因立即紧急联系，费了九牛二虎之力终于安排了和现任政府的四号人物——人民议会主席铁姆的会面。据侯赛因讲，铁姆平时是很难见到的，而且别看他只是人民议会的主席，可他是克拉夫人最信任的人。铁姆在战争年代是克拉元帅的卫队司令，并且掌管着对独立战争胜利居功至伟的情报特务机构。独立之后，虽然铁姆出任人民议会主席，可庞大的情报特务机构还是在他的掌握之中，所以即使是基鲁克和苏亚雷对铁姆也要忌惮几分。

科拉坦人民议会大厦是一个很特别的圆拱形建筑，是科拉坦标志性的建筑之一，非常有名。铁姆的办公室在大厦的中间一层，很不起眼的位置，很隐蔽，门口没有任何标志，门也非常窄小，从外表根本看不出这里是这座大厦最高首领的办公室。从外面那扇窄小的门进去,里面却是别有洞天,整个房间装饰得十分奢华。罗涛在科拉坦还从没有见过这么豪华考究的装修，高档大理石的地面上铺着殷红色的厚厚的波斯地毯，进口的高级意大利真皮沙发，十分考究的进口大班台和皮转椅，房间里摆满了精美的雕塑，墙上挂满了各种风格的油画，可罗涛总觉得这个房间哪里有点不对头。仔细观察了一下，罗涛发现了是哪里不对，是房间的颜色和灯光，房间的整体基色是粉红色，而灯光也调成了朦朦胧胧的粉红色，这使得这里不像是一间办公室，而更像是一间新房，尤其是那些雕塑和油画，有相当一部分的主题都是裸体的女人，再加上房间里浓郁的令人窒息的香水味，使得房间充满了一种淫靡颓废的气息。

大家在房间里等候多时，铁姆才从一扇隐秘的小门里露面，隐隐约约地可以看到里面是一间卧室，有一张很大的雕花铜床。铁姆身材高大，穿着一套做工考究的西服，可明显发福的身材已经完全走了样，硕大的肚子如果没有皮带的束缚几乎就要拖到地上，肥嘟嘟的胖脸上有一个恶心的小肉瘤，大大的蒜头鼻上油光锃亮，苍白无血的脸色和耷拉的大眼袋昭示着主人的耽于酒色，而最吓人的是他的眼睛,充满了杀气和贪欲,令人不敢对视。早听说过铁姆是个特别阴险狠毒的人，许多人都很怕他，可铁姆的面相岂止是吓人，简直是令人作呕，会叫人做噩梦的。罗涛怎么也想不明白这样一个人怎么会深得克拉元帅和夫人的器重，而又怎么会爬上这么高的位置。

铁姆走出来坐在沙发上，几个身穿黑袍的身强体壮的保镖站在他的身后，警觉地四下张望。铁姆坐下后，一句话也没说，只是神态傲慢地扫了大家一眼，他的眼神最后停在了李青怡的身上，足足停留了有几秒的时间才移向别处。李青怡不禁打了个冷战，悄悄地握紧了坐在旁边的罗涛的手。

铁姆在整个会谈中一直心不在焉，他几乎一言未发，只是偶尔抬头向李青怡的方向看两眼。这样的会谈自然很快就结束了，铁姆站起来和大家一一握手告别，罗涛又例行公事地邀请他参加龙腾公司今晚要举行的答谢宴会，铁姆依然什么也没有说，可最后临到和李青怡握手的时候，铁姆大人握手的时间明显长了许多，而且他终于开口说话了，尖利的声音和他的形象很不符。他问李青怡叫什么名字，是不是龙腾公司的，来科拉坦多久了，李青怡用颤抖的声音小心地一一回答。铁姆满意地点了点头，转身走回了他那间卧室。

大家从议会大厦出来后，都在轻声地议论铁姆的怪异。侯赛因解释说铁姆近两年身体不太好，以前他可不是这样，很健谈好客的。李青怡的脸色还未缓过来，她轻声对罗涛说："我从来没有这么害怕过一个人，他的眼神令人不寒而栗。"

代表团的人大部分已坐进了车里，罗涛和李青怡也正准备上车，就在这时，铁姆的一位保镖急匆匆地赶过来，他走到李青怡面前低声说："李小姐，我们主人对你们公司很感兴趣，特意请您再给我们主人介绍一下你们公司。"李青怡不自觉地向后退了一步，她伸手紧紧抓着罗涛的手，轻声说："罗涛，我害怕。"

罗涛握紧李青怡的手，挡在李青怡的面前，对保镖说："让我去吧，我是龙腾公司驻科拉坦的负责人，更适合去给你们主人介绍。"保镖的脸上露出为难的表情，他犹豫地回答道："我们主人特意命令我邀请李小姐，我实在不敢违背命令，还是请李小姐跟我回去吧。"罗涛摇了摇头，坚决地把李青怡挡在身后，和保镖怒目而视，一时间三个人僵立在那里。

→ 59 秦荣剑从车上下来，走到罗涛和李青怡面前，问清了情况后，他笑着说："铁姆是一位很重要的人物，他对我们公司感兴趣，这是好事啊，能有这么一个机会介绍我们公司是很难得的。这样吧，罗涛，你和李青怡一起去见铁姆，再好好宣传宣传我们公司。我留一辆车等你们。"

罗涛看了看秦荣剑坚定的眼神，点了点头，对保镖说："走吧，我和李小姐一起去见你们主人。"保镖有些无奈地带着二人走进大厦，快步向铁姆的办公室走去。

进办公室后，保镖请二人坐在沙发上，走到那间卧室门口，轻声说了几句科拉坦语，显然是通报邀请的客人来了，然后保镖就退出了办公室。过了一会儿，一位佣人在沙发前的茶几上摆了诸多精致的甜食糕点和一瓶香槟，也退了出去。

二人忐忑不安地等着铁姆，不知后面会发生什么，而李青怡则一直紧紧地握着罗涛的手。卧室的门打开了，铁姆从里边慢慢地走了出来，他新换了一套白色长袍，脸上带着笑容，可当他看到和李青怡坐在一起的罗涛时，脸上的笑容凝固了。铁姆慢吞吞地走到沙发旁边，坐了下来，他原本苍白的脸色已变得红润，从他的身上传来一股浓烈的酒气，看来他刚才一定喝了不少酒。铁姆冲二人很勉强地笑了笑，气氛显得有些尴尬。

铁姆又慢吞吞地说道："我对你们公司很感兴趣，所以特意请李小姐给我详细介绍一下。"他凶狠的眼神射向罗涛，显然是嫌罗涛不识趣地陪李青怡一起回来。

罗涛假装不知道铁姆的用意，脸上赔着笑说："谢谢铁姆大人对我们公司的兴趣和关心，我是龙腾公司驻科拉坦的负责人罗涛，那我就来简单介绍一下我们公司。"于是，罗涛开始认真地介绍起龙腾公司，从龙腾的历史开始讲起，一直到龙腾在科拉坦的丰功伟绩。虽然铁姆明显地心不在焉，显得很不耐烦，可罗涛还是越讲越高兴，口沫四溅，滔滔不绝。

铁姆看罗涛的介绍没有要完结的意思，终于忍不住打断罗涛的讲话："非常感谢你的介绍，我对你们公司的印象非常深刻。今天，就先讲到这里吧。"他望了望罗涛，又望了望李青怡，犹豫了一下："我现在有点事想单独和李小姐谈谈，你先请回吧，我会把李小姐送回去的。"

没想到铁姆会这么直接地提出要求，罗涛和李青怡都一下子愣住了。罗涛心里的怒火腾地升了起来，这个家伙怎么这么不要脸，他尽量压着怒火说道："铁姆大人，我和李小姐是同事，有什么事您尽管讲，不用在乎我在不在场的。"

铁姆的脸更加阴沉了，他恶狠狠地望着罗涛，声音里充满了威胁的意味："我刚才已说得很明白了，我想单独和李小姐谈谈，请你先走吧。"罗涛感觉到李青怡更用力地握紧了他的手，李青怡的手凉冰冰的。罗涛毫不示弱地回望着铁姆，坚定地说："我的话也说得很清楚，我绝不会留下李小姐一个人在这里。"

铁姆盯着罗涛，摇了摇头，冷笑着说："我只不过是想和李小姐单独谈两句话，我不明白你为什么这么无礼。我提醒你，这里是科拉坦，你们公司是来这里做生意的，你知道我是谁，我可以让你们公司一笔生意也做不成的。现在，我请你再考虑一下，给我十分钟时间，我单独和李小姐说两句话，之后什么事都没有了。”

铁姆以生意来要挟使得罗涛心里的怒火更盛，中国的女性难道是可以为了生意出卖自己的吗？中国的女性是神圣不可侵犯的，岂是你们这些科拉坦小丑可以随便亵渎的。罗涛马上回复道：“不用再考虑，我再次明确告诉你，我绝不会把李小姐单独留在这里。我们是来做生意的，可我们也是有尊严的，李小姐有权决定她想见谁不想见谁，我们不会为了生意出卖自己的尊严。也请你自重些。”

罗涛的话把铁姆激怒了，他的眼里露出疯狂的光，猛地站了起来，从衣袋里掏出一把银色的长柄手枪对准了罗涛，李青怡吓得尖声惊叫起来，整个房间里的空气都要凝固了。

罗涛站起来挺直胸膛面对着铁姆，他大声说道：“我是绝不会把李小姐单独留在这里的，除非你打死我。我想提醒你一句，我们是中国人，来自每年都给你们巨额援助的中国，不是任你宰割的科拉坦人。我不希望这件事变成影响两国关系的大事。”

铁姆脸色又变得惨白，他什么也没有说，把手枪收起来很快就消失在他那间神秘的卧室里。李青怡伸手紧紧捉住罗涛的手，眼里含着泪，声音颤抖着说：“罗涛，吓死我了，他要是真开了枪，唉！太可怕了。咱们快点离开这里，快点，我害怕。”

走出议会大厦的大门，李青怡还在发抖，她担心地问道：“这次把他彻底得罪了，他又这么疯狂，说不定会怎么报复我们呢，我真担心。”罗涛鄙夷地望了一眼议会大厦，安慰道：“有什么可怕的，我就不信他敢真的报复我们，说说而已，我可太清楚科拉坦人的胆量了。你放心吧，有我呢。”

当天晚上的招待晚宴是本次活动的重头戏，罗涛和李青怡二人自然也是忙得四脚朝天。通讯交通部常务副部长扎曼亲自出席了晚宴，通讯交通部总经理以上的官员和科拉坦电信几乎所有的重要官员也都到场了，还有龙腾其他行业的客户和各界名流富商也来捧场，再加上特意邀请来的各大媒体记者，使得喜来登酒店最大的宴会厅也显得有些拥挤，场面十分热烈隆重。而尹新这次根本就没有露面，省却了许多可能发生的尴尬。

看到人来得差不多了，秦荣剑宣布招待会正式开始，他用结结巴巴的英语致了欢迎词，副部长、扎曼和张大使也分别讲了话，都对龙腾大加赞扬一番。随后是一段介绍龙腾和龙腾在科拉坦所做项目的视频录像，尤其是大力宣扬了龙腾对科拉坦通讯领域所做的贡献，而后又播放了招聘广告，在今后一年内，龙腾准备在当地高薪招聘二百名员工，并欢迎在座的各位推荐人才，一时间大家群情激奋议论纷纷。

活动进行得很顺利，没有出什么纰漏，看来李青怡还是很有组织才能的，这么大型的活动还是安排布置得井然有序。这时秦荣剑又结结巴巴地致了祝“酒”词，自助餐开始了。李青怡选的是喜来登酒店自助餐里最高级的一等，所以食物非常丰盛，而且到场的也都算是很有身份的人了，可在科拉坦吃自助餐时常见的场面还是发生了，大家蜂拥而上争抢着食物，没有人排队，没有人谦让，一时间场面十分混乱。

李青怡看着这混乱的场面摇了摇头，对罗涛说：“这些科拉坦人怎么会这样？他们抢什么？是怕食物没有了吗？这可是自助餐。”罗涛叹了口气说：“都是贫穷和人多惹的祸。”

李青怡扑哧一声笑了出来：“看你，不愧是MBA，把什么事都能上升到理论的高度。我担心的是，这种样子，我们两个什么时候能吃上饭。中午都没有吃饭，我可饿坏了。”

罗涛看到侍者正给主宾桌上菜，扎曼、张大使、孙参赞、秦荣剑和科拉坦电信CEO利马卡等人坐在主宾桌上，自然不能让这些大人物端着盘子和大家去抢，有专门的侍者根据他们的需要为他们取食物。一个侍者端着盛得满满食物的盘子向主宾桌走去，罗涛急忙赶过去拦住侍者，接过了盘子，又命令侍者再去重装一盘，侍者看了看罗涛，无奈地走了。

罗涛端着盘子回到李青怡旁边，得意地说：“来，快吃吧，这应该是哪个中国人点的，应该符合你的口味。”李青怡笑道：“刚才还嘲笑科拉坦人呢，你这做得比科拉坦人还过分。”

罗涛笑着反驳说：“还说呢，还不都是为了你这馋嘴的小猫，害得我做了强盗，快吃吧，别饿坏了。”李青怡情意绵绵地望了一眼罗涛说：“你也肯定饿了，一起吃吧。”

罗涛摇了摇头说：“我稍等一会儿吧，我还得照顾照顾这帮客人，你先吃吧。”罗涛在乱哄哄的宴会厅中转了一圈，挨个和熟悉的客人们打招呼，问一下食物合不合口味，还需要什么之类的。转了一圈后，罗涛又回到李青怡的身边，她已经吃完了，用纸巾小心翼翼地擦着嘴心满意足地说：“看来，饥饿真是最好的厨师，到科拉坦之后我还从没有吃过这么好吃的菜。”

罗涛倒了两杯果汁，递给李青怡一杯，望了一眼远处的贵宾主桌说：“走，咱们去敬杯酒，不，敬杯果汁去。”主宾桌上，副部长表情生动地正在对身边的扎曼讲着什么，扎曼饶有兴趣地倾听着，而且好像整桌的客人都被田副部长的讲话吸引住了。

罗涛和李青怡端着果汁来到贵宾桌前，正听到副部长讲话的尾巴：“……中国人喝了一大口二锅头，对魔鬼说，把那个美国人和俄国人给我叫回来。”大家都被逗笑了，尤其是马参赞笑得简直都要岔气了，也不知是真有那么好笑还是马参赞故意装笑拍马屁。副部长这时才发现立在旁边的罗涛和李青怡二人，忙招呼二人过来。

罗涛忙走到田副部长面前，举起杯子说道：“部长，我们敬您一杯，非常感谢您对我们民族企业的大力支持。”副部长端起自己的杯子与罗涛和李青怡碰了一下说：“要是这么说，我还真不敢喝了。我们现在提倡对所有企业一视同仁，都要给予国民待遇，要不然有人又会挑理了。不过，话又说回来，对于你们走出来的高科技企业，我们国家肯定是大力提倡和全力支持的，你们是我们国家的骄傲和未来的希望。看到你们这些高素质的朝气蓬勃的年轻人才，我真是很高兴啊。”他转头看了看张大使和马参赞，摇了摇头说：“我们是老了，将来就看这些年轻人的了。”

罗涛和李青怡又一一与扎曼、张大使和马参赞等人碰杯感谢。这时，一直在播放的中国乐曲突然停了下来，一个浑厚而富有磁性的声音响了起来：“请大家注意了，耽误大家几分钟时间，我要给大家讲一个故事。”宴会厅一端的舞台上一位中年男子手持话筒站在那里，大家的注意力一下子都被吸引过去。罗涛认出此人是科拉坦小有名气的演员，深受科拉坦民众喜爱、很能煽情的阿提夫。

阿提夫来干什么，他要讲什么故事，罗涛很是疑惑。可这显然是事先安排好的，罗涛满是疑问地看了一眼李青怡，李青怡冲他调皮地眨了眨眼，这个精灵古怪的李青怡不知又搞什么鬼，在这种场合但愿李青怡别搞出什么出格的事。

→60　阿提夫待大家安静下来都在注意他的时候，伴着迂缓抒情的音乐用他富有磁性的极富感染力的声音继续讲着故事：

有一个可爱的女孩，今年十岁，很不幸的是，她出生在一个很贫穷的家庭，母亲只是一个佣人，父亲是一个保安，他们的收入都很低。可这个女孩又是很幸运的，她的父亲母亲都非常爱她，他们不希望他们唯一的宝贝女儿和他们一样是文盲，他们不希望他们的女儿长大了和他们一样只是做个佣人，他们希望女儿能够改变她的命运。于是他们省吃俭用拼命工作，送女儿进了学校。为了供女儿上学，母亲又多找了一份工作，每天从天不亮就开始工作，一直忙到深夜。这个女孩非常懂事，她知道她上学的机会是多么地不容易，父母为供她上学是多么地辛苦，所以她非常努力地学习，是学校里最好的学生，她每天又花好多时间帮助母亲操持家务，好减轻一些母亲的负担。父亲母亲虽然辛苦，可回到家里看到可爱的女儿在读书学习，在读那些他们永远也看不懂的书，就感到很欣慰，他们看到了希望，对未来充满了憧憬，将来女儿也许可以当个受人尊敬的医生、工程师或者会计师。

这样的日子辛苦而又快乐幸福，可好景不长，辛苦劳作的母亲得病了，而且越病越重，住进了医院，家里的生活立即困难起来，仅仅十岁的女孩早早挑起了生活的重担，她要操持全部的家务，还要照顾生病的母亲，可她也没有放弃学业，每天只睡几个小时，坚持学习。她只是希望母亲的病能很快好起来，全家人又能回到以前那快乐充满希望的生活。可她的愿望落空了，母亲的病是绝症，治不好了。母亲是死不瞑目，她实在是放心不下自己的女儿，临终前，母亲拉着父亲的手一再叮嘱，无论如何都一定要让女儿上学。

母亲去世之后，父亲为了还债，为了供女儿上学，他也拼命地去做几份工作。懂事的女儿则承担了全部家务，照顾自己和父亲。可不久之后，父亲也病倒了，而且很快就去世了，无论爱读书的女儿多么需要他这个父亲，他还是毅然决然地去了，只留下孤苦伶仃的女孩一个人。只有十岁的小女孩，失去了这世上她唯一的亲人，她今后的路还能有什么选择？为了生存，她只有去做人家的童工，去做人家的佣人，这一辈子不被饿死就是幸运的了，上学将只会是一个永远也实现不了的梦想。这么聪明、勤奋、懂事的一个小女孩，她的命运注定要如此悲惨吗?

真主保佑，小女孩并没有沦落街头，她遇到了好人，父亲打工时的一位同事收留了她，可这个善良的人也很穷，他没有能力抚养这个女孩，他只是一个厨师，没有自己的家，寄居在主人的家里。厨师为了让小女孩有个安身之所，就去请求他的主人留下小女孩做个童工，他觉得主人是个好人，也许会答应这个请求，留下小女孩的。

出乎厨师的意料，主人收留了小女孩，但并没有让小女孩做童工，他专门腾出了一间客房给小女孩住，还给她买新衣服，像对待一位公主一样对待她。更让小女孩高兴的是这位主人又让她背起了书包，她又回到了梦寐以求的学校，她从此过着做梦也想不到的幸福生活。

阿提夫停了下来，他注意到许多人在偷偷地擦着眼泪，知道自己的煽情目的已经达到了，让主人公出场的时机已经到了。阿提夫提高了嗓门说道："这个故事并不是一个童话，而是就在我们身边真实发生的，那个幸运的小女孩现在就在现场，大家想不想认识一下她？好的，让我们欢迎我们的小主人公出场。"

阿提夫的故事刚开了个头，罗涛就依稀猜到李青怡是要拿小媞雅来做文章，他心里就有些不太高兴，怎么能用媞雅来做公关活动？等到阿提夫让故事的主人公出场，罗涛不禁大吃一惊，难道李青怡会安排媞雅在这种场合抛头露面吗？这可是有点过分了。怪不得今天早上李青怡花了很长时间精心帮媞雅梳妆打扮，他转过头瞪了李青怡一眼，李青怡显然会错了意，她冲罗涛得意地做了个鬼脸，好像她干了多么了不起的事似的。

音乐变得高亢激昂，舞台后的一个小门打开了，从里面走出一个漂亮的科拉坦妇女，她领着一个显得有些惊慌的小女孩。小女孩正是媞雅，媞雅今天特意打扮了一下，身穿她那套漂亮的新衣服，头上插了一束小红花，手上也拿着一束盛开的白玉兰。一群记者蜂拥而上，照相机的闪光灯不停地闪烁，从没有经历过这种场面的媞雅吓得把头埋在科拉坦妇女的后面。

阿提夫从记者群中挤过去，来到媞雅的身边，俯下身对着话筒问道："媞雅，是谁给你买的新衣服？又是谁让你去上的学？"整个大厅安静下来，大家好奇地等着小媞雅的回答。

小媞雅伸出头来，望着阿提夫，犹豫了一下轻声回答道："是罗叔叔。"阿提夫转身对着大家高声重复道：“她说是罗叔叔。”他又接着问媞雅：“这位罗叔叔现在在哪里？你能指给我们看吗？”

惊慌失措的媞雅向四下里张望着，寻找着，大厅里的人都好奇地看着她。罗涛这时很想躲起来，可是已经太晚了，媞雅已经看到了他。她猛地推开阿提夫，向罗涛跑去。人们让开了一条路，媞雅跑到罗涛面前，扑入罗涛的怀里，放声痛哭起来。被迫面对着这么多陌生人的媞雅一直很害怕，她觉得受了很大的委屈，此刻突然见到罗涛，不禁真情流露，哭了起来。罗涛搂着媞雅，轻轻拍着她的背安慰道：“小媞雅，别哭，别害怕，有叔叔在呢。”

记者们反应过来，又围在罗涛和媞雅的旁边，闪光灯又是一阵闪烁。阿提夫的声音又响了起来：“这位收留媞雅的好心老板就是龙腾通讯科拉坦分公司的总经理罗涛先生。龙腾公司认识到在科拉坦还有许多像媞雅一样的孤儿和穷人的小孩上不起学，他们这次特别捐助五万美元在科洛城建一所免除所有费用的高质量学校，就命名为媞雅希望学校。让我们为龙腾公司和罗涛先生鼓掌致敬。”

在震耳欲聋的掌声中，秦荣剑站起身走上舞台，从一位工作人员手中接过一张巨大的支票样本，举起来向大家展示着。罗涛觉得怀中的媞雅更紧地抱紧自己，她颤声说：“罗叔叔，我害怕，不要把我送走，好吗？”罗涛继续拍着媞雅的背回答道：“放心吧，叔叔绝对不会把你送走的。”

整个活动结束后，罗涛和李青怡送秦荣剑回酒店。秦荣剑显得很是疲惫，可又很兴奋。他高兴地对罗涛和李青怡说道：“这次活动搞得非常成功，客户和领导都很满意，而给小女孩捐款的主意太棒了，可以称得上是画龙点睛啊！你们两个辛苦了。”李青怡笑着说道：“这是我们应该做的，秦总，你这两天也累坏了，好好休息休息吧。”

秦荣剑摇头道：“没关系，我可是原来清华足球队跑不死的中场，底子好着呢，受这点累算什么。我听说小李排球打得挺好，是吗？”李青怡脸微微一红，谦虚道：“在大学时瞎打一通，我胆子大，自告奋勇当的队长，其实水平很一般。很长时间不打了，现在恐怕就更不行了。”

秦荣剑感叹道：“是呀，我已很多年没有碰过足球了，就靠着以前打下的这点底子了，你们可别学我，长年在海外更要注意身体，应该坚持锻炼。罗涛，听到了吗？”

罗涛一直昏昏沉沉的，听到秦荣剑的问话随口回答了一句。李青怡扑哧一声笑了出来：“看他有气无力的，还锻炼身体呢，每天就喜欢睡觉，还自称是个足球迷呢。”罗涛伸手掐了李青怡一下，李青怡伸舌头冲罗涛做了个鬼脸。

到酒店后，秦荣剑对李青怡说：“小李，你先回去早点休息吧，我和罗涛说几句话。”李青怡点头道了晚安，转身走了。

跟随秦荣剑回到他住的房间后，秦荣剑脱下西装外套，解开领带，又将皮鞋脱掉换上拖鞋，然后十分放松地坐入室内靠窗的沙发里。他冲罗涛摆了下手说：“你坐吧。”罗涛坐在秦荣剑对面的沙发上，不安地猜测着秦荣剑要和他谈什么。

七、出人意料的任命

人都是有弱点的，战神阿喀琉斯战无不胜强大无比，可他的脚后跟如被箭射中也会立即毙命，而李青怡无疑就是我们射向强大敌人的弱点的一支利箭。我们一定要充分利用好这个武器。

→61　秦荣剑却好久没有说话，他闭着眼睛，身体深深地陷在沙发里，很疲惫的样子。这间房的色调是喜来登酒店传统的古旧色，在落地台灯的昏暗灯光映射下，房间更显得有些压抑阴沉。罗涛突然注意到对面的秦荣剑显得有些苍老，他的脸色很难看，眼角上有很明显的鱼尾纹，头顶的头发也稀薄了许多。原先在众人面前那个英姿勃发、精力充沛的少帅在卸尽铅华的夜深人静的后台竟变成了这么一个苍老疲倦的，甚至有些可怜的老人。

罗涛也没有说话，还是让秦总多休息一会儿吧。秦荣剑终于睁开了眼睛，他注意到了自己的失态，赶忙挺直身体，道歉道："对不起，我实在是太累了。我真想好好睡一觉，什么都不想，一觉睡到天亮，可我已经很久没有睡过一个整觉了。一躺到床上，闭上眼睛，脑子里就都是项目，根本就睡不着。你看我的头发越来越少，每天早上一梳头都是一大把一大把地掉，压力太大了。今年已经是我们走向国际市场的第三个年头了，离年底只有两个月的时间了，可今年内的任务还有大半没有完成呢。罗涛，今年可就全靠科拉坦的这个大项目了，而整个公司的国际业务的成败都在这个项目上了，我真不敢想象这个项目失败了会怎么样，无法想象。"

秦荣剑停顿了一下，抬眼盯着罗涛严肃地说道："为了公司的长远发展，为了公司的进一步海外扩展，为了我们海外业务的生死存亡，这个大项目一定要成功，不能有半点闪失。"罗涛还从没有见过秦荣剑这么严肃过，这个大项目的重要性秦荣剑已说过无数次，这次又这么认真地谈这事，后面肯定还有什么话要说。

秦荣剑伸手爱惜地抚了抚头顶的头发，意味深长地说道："罗涛，项目的重要性我已说过无数遍了，不要嫌我烦，因为这个项目实在是太重要了。现在，我也不想多说那些大道理了，这个项目对你我个人前程的重要性，我想你也很清楚，就是为了我们自己，也要不惜一切代价把这个项目拿下来。人生短暂，一生中重要的机会也就那么几个，稍纵即逝，一定要抓住这种能改变人命运的机会。我是深有体会的，回想起来，我能走到今天这步，也就是几个重要的机会被我抓住了，否则的话，我的人生会完全不同的。"

说完这番推心置腹的话，秦荣剑突然话题一转问道："罗涛，你看影响这个项目的成败的最重要的因素是什么？"秦荣剑突然的问话让罗涛有点摸不着头脑，他不知道如何回答这个问题。这个问题的答案可以有很多个，选择哪个答案就看问问题的人的目的是什么了。可罗涛实在猜不出秦荣剑为什么要问这个问题。

秦荣剑等了一会儿，看罗涛没有回答的意思，就继续说道："影响这个项目成败的因素有很多，也有许多是致命的因素，可就目前项目进展程度和我们可掌控的因素来看，现在影响这个项目成败的最重要的因素是一个人。"

秦荣剑停了下来，伸手打开桌上一瓶矿泉水，喝了一口。罗涛听秦荣剑说到一个人，心想他肯定又是说罗伯特。秦荣剑不止一次说过要做好罗伯特的工作，要不惜一切代价做好罗伯特的工作，这次可能又要老调重弹了。

可秦荣剑的话很是出乎罗涛的意料。“这个人我想你也应该能猜出来。这个人就是李青怡。我来科拉坦这几天，这种感觉越来越强烈，李青怡将会是决定这个项目的最重要的因素，而我们公司现在最大的优势就是拥有李青怡。”

秦荣剑的一席话使罗涛目瞪口呆。秦荣剑没有理会罗涛，而是继续说道：“人都是有弱点的，战神阿喀琉斯战无不胜强大无比，可他的脚后跟如果被箭射中也会立即毙命，而李青怡无疑就是我们射向强大敌人的弱点的一支利箭。我们一定要充分利用好这个武器。如何更好地利用这个武器，使这个武器的效用最大化，将是决定我们项目成败的关键，也是我们以后工作的重点。”

罗涛听到秦荣剑这么直白的话，心里不知是什么滋味，他只感觉到那个自己一直敬重仰慕的高大形象一下子坍塌了。秦荣剑的声音还在继续着：“李青怡是非常敬业的，她自己也有非常强烈的意愿将项目做成，这是非常难能可贵的。我们一定要全力支持、鼓励她的积极性，充分发挥她的能力，不能有一丝一毫的阻碍和不信任，要以大局为重，要把事业放在第一位，把项目的成败放在第一位，这就是场战争，和平时期的战争。为打赢这场战争，我们肯定要舍弃和牺牲一些东西，可这一切都是值得的。战争胜利了，不单是我们更大的群体的利益能够得到保证，得以生存，我们个体牺牲的利益也会得到应有的，甚至加倍的补偿的。相信我，罗涛，我不会让大家白白付出的。”

罗涛很晚才回到公寓，李青怡躺在罗涛的大床上睡着了，显然她是一直在等着罗涛回来，实在熬不住才睡着了。罗涛注视着李青怡，秦荣剑的话还回响在耳边：“明天，我会正式宣布李青怡的任命，科拉坦分公司的副总经理，让她全权负责这个大项目。我希望你不要有任何想法，要全力支持她，充分利用好我们这个宝贵资源。”

罗涛对秦荣剑这番推心置腹的谈话，无疑感到非常失望和不解。堂堂的国内首屈一指的高科技企业怎么会一门心思地想要利用人性的弱点，竟把公司的命运压宝在眼前这个柔弱的女子身上。可李青怡真的只是像表面上看起来那样的一个柔弱的女子吗？也许秦荣剑是对的，只有这个万人迷美女才能保证项目的成功。可自己又算什么呢？秦荣剑明确指出不要让自己有任何阻碍，这到底是什么意思呢？秦荣剑为什么要这么说呢？突然，一个可怕的想法涌上心头，难道是李青怡向秦荣剑抱怨自己管得太多了？如果真是这样，那这个李青怡可真是太复杂了，她是怎么看待二人的关系的呢？自己难道只是她前进路上的一粒垫脚石而已吗？

李青怡突然惊叫了一声，慢慢地睁开了眼睛，她愣愣地望着站在床前的罗涛，突然跃起身伸手搂住罗涛，迷迷糊糊地说："罗涛，不要离开我，我不能没有你。"罗涛可以感觉得到怀中柔软身体的软弱无助，一股爱怜之情油然而生，他不禁抱紧李青怡。

李青怡在罗涛怀中轻轻地啜泣着说："罗涛，我做了一个噩梦。所有的人都不理我，还骂我打我，最可气的是你就站在边上，什么也不做，只是不停地冷笑。后来，我被关在一个铁笼里，只有你站在外边，我喊你救我，可你置之不理，还转身就走。我拼命地喊你，可你还是绝情地走了。"李青怡的身体颤抖着，哭声越来越大，眼泪淌满了脸颊，洇湿了罗涛的衣服。

罗涛伸手轻轻擦拭着李青怡的眼泪，爱怜地安慰道："我不会离开你的。别伤心，小傻瓜，那只是做梦，梦里的事和现实都是相反的。放心吧，不管怎样，我都绝对不会离开你的。只怕到时候你会嫌我烦，赶我走呢。"

李青怡抬起头，泪眼婆娑地望着罗涛问道："你真的不会离开我吗？无论我做了什么你都会原谅我吗？"罗涛用力地点了点头。李青怡满意地搂紧罗涛，喃喃地说："亲爱的，我要你好好地爱我，现在就要。"

第二天早上，代表团去使馆做报告并和使馆工作人员联欢，就不用秦荣剑作陪了，秦荣剑就来到了龙腾在世贸顶层的办公室。这个办公室秦荣剑去年就来过一次，这一次望着罗涛办公室里的大班台，秦荣剑开的玩笑跟上次来的时候一模一样："你可真是当上老板了，办公桌比我的都大，业绩也要成比例呀。"他又走到落地窗前，望着窗外的风景，喃喃自语道："这里的风景可真美。不容易呀，我们要是能再有十个科拉坦就好了。"

过了一会儿，秦荣剑命令罗涛将所有人叫到会议室，萨基德、陈天桥和李大中他们三个还没有赶回来，可昨天国内新派来的几个人到了，再加上本地新招的几个人，会议室里倒也不显冷清。

秦荣剑带大家都坐好了，照例先是鼓励大家一番，大讲了一通公司高速增长的业绩以及海外业务发展的美好前景，又夸了一通科拉坦分公司给公司海外业务做的贡献，又表扬了一番罗涛。"作为公司海外业务的著名产粮区，科拉坦分公司可以说是公司海外业务的一面旗帜。我相信科拉坦分公司也会是我们公司人才培养的基地，随着我们公司海外业务的快速发展，我们需要大批有实践经验的国际化的人才，经过在科拉坦的历练，我们这里一定会走出很多首代、客户经理、工程经理和项目经理来。希望大家能珍惜在科拉坦工作的机会，好好干，积累经验，提升自己，成为我们海外业务的骨干和中坚。”

秦荣剑看大家的情绪被调动起来，就话题一转切入正题：“现在宣布一项任命。为了更好地开展工作，加强管理，特任命李青怡为科拉坦分公司副总经理，负责大项目管理工作，希望大家能够大力支持她的工作，把科拉坦分公司的工作做得更好，使我们公司的国际业务能更上一个台阶。”

→62 大家散去后，秦荣剑让李青怡和罗涛留下。李青怡脸色微微涨红，有点兴奋可又显得有些忐忑不安，她望了望罗涛，有点不好意思地对秦荣剑说：“秦总，这么快就提拔我，别的资历深的同事会不会有意见？我也有点担心我现在对科拉坦的情况还不是那么熟悉，工作万一做不好怎么办？”

秦荣剑笑道：“小李，这可不像你的性格，怎么前怕狼后怕虎的？不要有任何顾虑，我们公司从来都没有论资排辈过，谁有能力谁就上，跟年龄、资历没有任何关系。你放心，我和罗涛会全力支持你的，是不是罗涛？”

罗涛赶忙点了点头，尴尬地笑了笑说：“放心吧，我一定尽全力支持你。”秦荣剑满意地点了点头说：“好吧，你们一定要全力以赴密切配合做好那个项目的工作，不要出一点纰漏。现在，我们来商量一下下一步的计划。”

这时，李青怡的手机响了，李青怡看了一下显示的号码，轻声说：“是罗伯特。”秦荣剑示意她赶紧接听。李青怡接听电话的声音十分甜蜜、温柔，脸上也带着甜美的笑容。秦荣剑冲罗涛使了个眼色，罗涛假装没看见，觉得心里像被针扎了似的。

李青怡接完电话，看着二人略显激动地说：“罗伯特说标书已准备好，今天上午就会正式发标，他让我们好好准备，拉阿杜也会派两个人过来一起做标书。他还提醒我们做的假标不要太不像样了，也应该差不多才行，他不希望被人抓住任何把柄。”

秦荣剑点了点头说：“他说的有道理，这样吧，下午A市电信的大批人马就会到了，我们就和他们合作一起来做，借助他们的力量把这个假标书做好。”

这时，罗涛的电话又响了，是扎曼的秘书，他通知罗涛标书已发。按照规定，招标通知已在几个主要报纸上发表，现在正式通知龙腾去购买标书。

听完电话，罗涛看到桌上正好有一份《科拉坦晨报》，就拿起来在上面找了起来，费了好大的劲才在一个很不起眼的版面上发现了那个小小的招标通知，通知也写得语焉不详。罗涛把报纸递给秦荣剑，可就在这一刹那，头版上的一幅小照片引起了他的注意，他拿回报纸，仔细看了起来，照片是科拉坦总理克拉夫人和尹新的合影，下面写着中国著名通讯企业巨华公司总裁拜见科拉坦总理克拉夫人，并捐款十万美元。罗涛不禁变了脸色，难怪尹新昨天没露面，他竟然见总理去了，这个林小凡可真够能折腾的。

秦荣剑和李青怡注意到罗涛惊奇的神情，也凑过来看那张照片。李青怡惊呼一声："咦！这不是尹新吗？他竟然去见了总理。"

秦荣剑认真地看完下面的文字，笑了笑说："没什么，花十万美元合个影，代价也太大了。我们还是把精力集中在项目上，这些虚的东西没有什么实质性作用，咱们还是好好研究一下下一步的计划吧。"

可罗涛还是觉得有点不对劲，但愿巨华只是在做一些表面文章。罗涛想了想，认真地说："要是让 A 市电信的人参与进来，我们当然不能让他们知道我们是假投标，可完全分成两拨人马来做标书，我们的人手又不够。我看最好是两个标的技术标就用一个方案，商务标分头去做，反正不管真标假标，技术标肯定是由我们公司来做，我们就做一个方案，稍微改头换面一下变成两个方案。我们最好兵分两路，李青怡带两个做商务方案的人和拉阿杜的人一起就在我们住的公寓里做标书，不要让 A 市电信的人知道。在这个办公室，我们全力来做技术标，商务标就让 A 市电信的人来做。李青怡可以经常过来把做好的技术标书拷过去，在那边集成，最后由拉阿杜的人去交标。这样，两份标书都不会耽误的。"

秦荣剑点了点头："这样很好，A 市电信对这个项目很重视，跟我说过好几次，如果不让他们参与，他们会有意见的，我们以后还要和他们合作的。我们正好利用他们来做假标，反正中不了标也不能怪我们。可是一定不要让他们起疑心，不然反而弄巧成拙。一定要安排妥当，比如说，我们兵分两路，可李青怡经常回来拷贝文件，会不会让他们起疑心？"

罗涛想了一下说："我们就说李青怡是和我们的代理联系，需要经常让代理检查我们做的东西，我们不让任何人知道我们在做另一个标，包括我们自己人，这样就不会有任何走漏风声的可能。”

秦荣剑站了起来，情绪激动地说："好吧，我们的战斗就要打响了，我期待着你们大捷的好消息，到时候我一定会给你们摆庆功酒的。”

秦荣剑的激励还是很起作用的，李青怡斗志昂扬地带着两位技术支持部的同事奔赴战场——罗涛和李青怡住的公寓，他们将在那里艰苦奋斗三天时间，直到交标为止。每次准备标书，都是最累人的时候，经常要二十四小时连轴转，直到标书交上去才能松一口气。李青怡以前从没有做过标书，这次把这么重要的任务交给她负责，罗涛还是有点不放心。做标书是个技术活，这里面的讲究可是很多，有时候一小点疏忽就会导致满盘皆输。他考虑在最后一天把萨基德派过去帮帮她。

看到标书发出来了，秦荣剑的情绪明显地放松了很多，在回酒店的路上，秦荣剑伴着车里音响放的悠扬的小提琴乐曲打起盹来，甚至发出了轻微的鼾声。罗涛于是特别指示司机开慢点，平稳一点，好让秦荣剑多睡一会儿。罗涛觉得有点理解这个在龙腾一人之下万人之上的少帅了，他的压力确实太大了，真是挺不容易的。可一想到李青怡，罗涛的郁闷又一点点积聚起来。他怎么也不能接受明目张胆地利用李青怡的美色来做工作，甚至作为主要的手段。更为要命的是，这个女人是他心爱的女人，眼看着她与别的男人交往是一种巨大的痛苦，可李青怡本身却又乐于做出牺牲，她不想失去令她实现梦想的机会，这就更令罗涛痛苦难耐。罗涛不知道李青怡做出牺牲的底线在哪里，秦荣剑乃至整个公司对这种营销手段的底线又在哪里，罗涛甚至想不明白自己对这件事忍耐的底线在哪里。他很想和秦荣剑探讨一下，可又很难启齿，他很怕自己会忍不住爆发出来。

秦荣剑的轻松没有持续很长时间，一件奇怪的事情使秦荣剑又一次绷紧了神经。回到酒店后，秦荣剑开始收拾行李，由于长期在国外奔波，他带的东西很简单，只有两套高档西装和几件衬衫，一个可随身携带上飞机的小旅行包就全装下了。可当秦荣剑打开酒店的保险箱时，脸色不禁大变，罗涛凑过去看，只见保险箱里空空如也，里面什么都没有。

秦荣剑摇头道："奇怪了，我明明把协议放在保险箱里，怎么会不见了？”见罗涛困惑不解，秦荣剑就进一步解释道："星期四晚上我和李青怡去见罗伯特，我和他不是又新签了一份协议吗？复印件你已经有了，那份协议的原件我带回来就放进保险箱了。”秦荣剑的神色很是严峻，这份协议里面有很多比较敏感的内容，如果落入别人手里，不知会发生什么事。

罗涛又帮助秦荣剑在房间里里外外搜了一遍，可还是没有找到，二人面面相觑，心情都沉重起来。罗涛低声说："难道又是巨华搞的鬼？要不我去找侯赛因帮忙查一查。"

秦荣剑的脸色越来越难看，他在房间里踱了几圈，叹了口气道："这件事情暂时先不要让我们的代理知道，不要把事情搞大，免得节外生枝。我们还是先尽全力把这个标做好，把这个项目拿下来。不过，你一定要小心。竞争对手是不会放弃的，他们什么事都做得出来，一定不能掉以轻心，要注意做好保密工作，不到最后一刻就不能有一丝松懈。看来，马总的分析是对的，'攘外必先安内'，我们现在进军国际市场，战场更大了，战争更残酷了，可我们的头号敌人还是同一个，我们可绝不能心慈手软。"

秦荣剑看了看手表说："这件事以后再说吧，现在就当什么都没有发生过。你送我去大使馆见王大使吧。我让你准备的东西准备好了吗？"秦荣剑来科拉坦之后，一直想找机会单独会见王大使，好做做工作，可一直到临走前，王大使才安排了三十分钟的见面。

一直到离开科拉坦，秦荣剑紧皱的眉头也没有松开过，甚至在中午代表团吃午饭的时候，秦荣剑也有些失态的沉默阴郁。幸好因为要赶飞机，午餐匆匆结束，大家都没有太注意。

临上飞机的时候，秦荣剑悄悄把罗涛拉到候机室里无人的一角，低声说："看来，对手做了不少工作，手段高明啊。以后要当心一点王大使，当然也不用太担心，作为一名堂堂的国家大使他也不可能做出什么太出格的事。"从秦荣剑的话中可以知道龙腾已不可能从他那里得到任何支持，他已全面倒向巨华。

这一连串的事件无疑令秦总有些心慌意乱。"现在看来，科拉坦整个的战局并没有像我原来想象的那么乐观，罗涛，现在可就全靠你们了。"秦荣剑犹豫了一下，接着说道："形势很严峻，要多留个心眼，还是要多发挥李青怡的优势，这一点非常重要。"

罗涛神态严肃地点了点头："放心吧，秦总，我们一定会尽力的，我就是拼了这条命也要把这个项目拿下来。"秦荣剑伸出双手紧握罗涛的手，他的声音有些哽咽："我知道为了做成项目你付出了很多，经历了很多困难艰险，甚至冒着生命危险。这些，我是不会忘记的。再坚持一下，我们一定会胜利的。"

→63

送走秦荣剑等一行人不久，罗涛又接到了A市电信的代表团。代表团一共有十几个人，电信公司总经理李总亲自带队，他的几个部门经理都跟了过来，包括罗涛的老同学——电信规划室主任高明，这些人都是他的亲信。看来他们对这次访问很重视，这令罗涛心里有点不安。这次摆明了是要利用人家来假投标，做无用功，可又没法明说，这种明目张胆的欺骗是最令罗涛的良心感到不安的。

在喜来登酒店的总统套房里，李总坦诚的谈话令罗涛更加羞愧不堪。李总年近六十，可是精神矍铄，头脑清晰，又很是和蔼可亲，清瘦的脸上一双眸子炯炯有神，似乎能看透人的心理。罗涛安排他们入住酒店后，赶忙跟老同学透露投标的事，高明则急忙带着罗涛去见李总。

听完罗涛的解释，李总用锋利的眼神盯着罗涛问道："这个项目怎么又忽然改成招标了？标怎么又发得这么急？这么短的时间内，能做出标吗？不会是有人捣鬼吧。"罗涛忙解释道："我们经过仔细研究发现不招标恐怕拖的时间会更长。标发得急也是特意设计的，如果我们都做不出来标，就没有哪个公司能做出来了。"

李总笑道："照你这么说，那是你们有意安排的了，这个项目我们有百分之百的把握中标了？"

罗涛笑了笑说："李总，可以说是我们有意这样安排的，我们中标的把握也很大，可百分之百的把握我实在是不敢说，在这种国家，任何事情都有可能发生，任何一个人都有可能被收买，没有人可以百分之百保证成功。"

旁边的高明脸色一变，不满地说："罗涛，你总吹嘘你们和部长的关系有多好，而项目又完全掌握在部长手里，现在你又说不能保证百分之百成功，你也看到我们有多大的诚心，来了这么多人，我们李总十分信任你们，这才带了这么多人过来。可现在忽然这么急，又改成招标形式，也不事先跟我们打个招呼，你现在又说不能保证成功，这让我们很难做。"

李总摆手止住高明的抱怨，他神色严肃地对罗涛说："我理解你们的苦衷，这毕竟是在人家的地盘上，能做到这样已经很不容易了，我们这次本来是想先考察考察投资环境，再做决定是否投资做这个项目，现在既然情况这么紧急那我就擅自做个决定，和你们合作来投这个标。可既然决定投这个标了，我们就要全力以赴确保我们能中标，这就全靠你们了。当然有什么需要我们做的，你尽管提出来，我们会全力配合的。”

李总果然言出九鼎，很快代表团的人全体杀到龙腾办公室忙碌起来，几个人发了几句牢骚，被李总坚决地顶了回去。罗涛就让他们全面负责编制商业运营计划，又派了两个人和他们一起做财务分析。罗涛正和萨基德他们几个人在会议室里讨论方案时，李总在门口喊他出来。李总轻声说：“如果要是方便的话，给我派辆车，我想出去遛一遛，我在这里也帮不上什么忙。当然，如果不方便，就算了，不要勉强。”

罗涛赶忙派了一位新招的粗通中文、比较精明的司机带李总出去，又叮嘱他要小心，不要走太远，早点回来。李总笑了笑说：“我又不是小孩子，你们忙你们的。六点之前我肯定赶回来。”

忙起来的罗涛很快就忘了这件事，直到高明他们有个方案要请示李总，到处找李总找不着，罗涛才想起来李总出去的事。一看表，已经七点多了，答应六点之前赶回来的李总还是了无踪影，李总国内的的手机在科拉坦没有漫游没法用，又没有人知道那位新来的司机的手机号码，和他们联系不上。看到高明他们很是焦急，罗涛安慰他们说科拉坦虽然很乱，可科洛城的治安还不错，尤其是外国人更安全。科拉坦人对外国人很尊重，绝不敢在太岁头上动土的。估计李总是遛高兴了，忘了时间了。

可时钟走到八点，李总还是没有回来，派出去找的几个人也没发现任何踪迹。罗涛也不禁担心起来，这么长时间还没有回来，难道真出什么事了。A市电信的人都无心做事，凑在一起焦急地议论着。

罗涛想了想，给侯赛因打了个电话。电话里侯赛因很不高兴：“这个时候怎么会出这种事？这位先生也太不小心了，我们现在都忙得没时间吃饭，哪有工夫管他呀。再说，他们也就是做做假标，对我们的项目也没什么大的影响，我们还是先忙着做标吧。过两天再去找，也不会饿死他。”

虽然知道侯赛因说的是玩笑话，可罗涛还是气得把电话摔掉，他现在哪还有心思开玩笑。他又给李青怡打电话，让她去找罗伯特帮忙。

打完电话，他呆坐在座位上，心绪不宁。难道又是巨华搞的鬼？他们也太过分了，步步紧逼，简直是丧心病狂。转念一想，如果真是他们搞的鬼，估计也就是捣捣乱，他们不敢把一个堂堂中国电信的高级官员怎么样，这样影响也太坏了，他们会吃不了兜着走。巨华的目的应该就是要扰乱我们，让我们不能专心做标。

估计巨华拿到标书后肯定是傻眼了，这么短时间内根本做不出标来，这才使出这种下三滥的手段。现在这种形势下，绝不能受他们的干扰。罗涛稳定情绪打起精神，走出办公室，看见A市电信的人和龙腾的员工们三三两两聚在一起议论着，他就催促大家赶紧专心工作，李总不会有什么事的。

高明把罗涛拉到一边，气愤地说："你怎么变成这样了，真是让龙腾给洗脑了。我们李总生死未卜，你一点儿都不在乎，只在乎那个什么破项目，是人命重要，还是项目重要？"

罗涛平静地说："高明，我理解你的心情，可光着急有什么用。我已经找了内务部长，大批警察很快就会出动去寻找李总。他不会有什么事的，你放心吧。根据我的分析，这些人的目的应该只是想吓吓我们，干扰我们做标，我们不应该受到干扰，不能让那些人达到他们的目的。"

罗涛的话使高明更加气愤，他脸色涨红高声喊道："这可是关系到我们李总生死的大事，你还在这里瞎分析，我问你，万一不是这么回事你能负得了责吗？我才不在乎什么破项目，我现在就出去找去，你在这儿忙你的项目吧。"

高明的话使罗涛心里一动，自己真是变了吗？他叹了口气，把高明拉进自己的办公室，安抚地说："老同学，别生气，你说我能不急吗？其实我比你还急呢。李总要是真出了什么事，我可怎么交代呀。可瞎着急有什么用？科洛城可是有上千万人口，凭你一己之力，人生地不熟的，你上哪儿找去。"

高明还是气呼呼的，他瞪了罗涛一眼说："可我们也不能就在这里干等着，我可坐不住，总得干点什么呀，不能全都指望着别人。"

罗涛觉得高明说的也有一定的道理。侯赛因和罗伯特是能调动警察，可警察的效率很低，什么时候能找到人还真不好说。罗涛考虑了一下，拨通了普劳哥的电话。听完罗涛的请求，普劳哥热情的语调马上降了下来，他显得犹豫，吞吞吐吐地答应帮罗涛查一查。看普劳哥态度不太积极，罗涛提高声调说："普劳哥，你还当不当我是朋友？这件事对我太重要了，你一定要帮我，这个人要是出点什么事，我的一切就都毁了。"

普劳哥沉默了一会儿，低声说道："我的朋友，我确实有我的苦衷。你上回要我查的那个司机皮里尔，我其实早就查到了他在哪里。可我没敢告诉你，因为收留他的人来头不小，和警察的关系很好。如果我告诉了你，你肯定会让我帮忙。可我现在不敢动他，说起来这个人以前还和我有仇，可是我最近生意上出了点事，警察还盯着我呢，我可不想在这个时候去惹他。这次这件事我估计十有八九还是他干的。既然这事对你这么重要，为了朋友，我现在就去查查。”

过了不久，普劳哥的电话就打回来了：“涛，确实是他干的，把那个中国人绑走了，是你的司机做的内应，我也知道他们藏在哪儿。可是，涛，如果你告诉警察，他们马上就会知道消息溜走的。”

罗涛想了一下问道：“他们有多少人？都有什么武器？”普劳哥叹了口气：“你还想自己动手吗？我的朋友，我真拿你没办法。他们只有四五个人，没有什么武器，几把刀而已。涛，我倒是可以帮你料理了，我也可以借机报仇，可做完之后，那帮警察不会饶了我的。”

罗涛低声说：“警察那边我想办法搞定，你知道我和部长大人的关系。他们这次这么瞎搞，已经把部长大人惹火了。你放心吧，我保证你不会有事的。”

二十分钟之后，一辆面包车和一辆红色宝马停在世贸中心楼前，身着黑色西装的普劳哥跳下宝马车和等在楼前的罗涛拥抱了一下，他吸了一口嘴里的粗大的雪茄，喷了一口烟笑着说道：“涛，我可全是为了你。”他指了指车里坐的十几个壮汉，“我最好的手下都带过来了，你放心，我们会把他们碾成粉末的。你和我们一起去吗？”

罗涛点了点头，手则不自觉地摸了一下衣袋，那里装着普劳哥送给他的那把手枪，里面已装满了子弹。这次去不但是要解救李总，还要找到那个杀人凶手皮里尔。虽然很有可能遭遇凶险，可罗涛还是决定亲自去抓住那个皮里尔，揪出幕后黑手，这个时刻他已等了很久了。罗涛转身对站在身后目瞪口呆的高明和几个A市电信的人说：“你们回去吧，用不了多长时间，我就会把李总安全地带回来。”

高明看到这种架势，脸色变得惨白，他颤声说：“罗涛，这些人怎么像流氓似的，我和你一起去吧。”罗涛摇了摇头：“你不了解情况，去了只会碍手碍脚的，放心吧，有我在，我肯定会保证李总的安全的。”

高明拍了拍罗涛的肩：“那你小心点，最好和平解决，能不动手最好。”罗涛点了点头，他很了解这位老同学，胆小怕事，以前在学校的时候自己就经常替他出头。罗涛知道这个世界上的许多事情是无法和平解决的，这一次肯定不会是例外，只是看血流的多少而已。

→ 64 在赶往目的地的车上，普劳哥给罗涛讲了讲他的仇人的情况。这个人叫乌玛，原来也是科洛城里一个黑社会小头目，和普劳哥曾为抢地盘而大打出手，因此结下了仇，可后来这小子不知道怎么和警察结交上，当上了线人，替政府跑跑腿，做一些政府不便出面做的事，混得还不错，听说还办了一份报纸。

罗涛心里一惊，忙追问道："报纸？你确定他办的是报纸而不是杂志吗？"普劳哥没想到罗涛对这个小事会有这么大的反应，他想了想说："我也就是听别人当个新鲜事说的，具体是报纸还是杂志，我还真是不太清楚。这件事情很重要吗？"

罗涛不置可否地点了点头。这件事当然重要了，罗涛觉得心跳陡然开始加快了，司机皮里尔、示威游行、《科拉坦新闻周刊》、记者的闪光灯，这一切都联系在了一起，自己离那个幕后黑手已经越来越近了。

前面的面包车拐进了一条小巷后，突然停了下来，普劳哥的宝马车也停了下来。罗涛突然发现这个地方有点面熟，好像以前来过。

这是一条典型的狭窄的科拉坦小巷，街道上积满了尘土和垃圾，两边破烂的建筑向中间挤压着仅能通行一车的本就窄小的车道，令人感到非常压抑。罗涛注意到刚刚好像是经过了科洛邮局。这个地方自己来过，就在巷子口那幢灰色小楼前，他曾经撞倒一辆三轮车。当时，罗涛从天香阁一路跟踪那个刀疤脸的白色丰田车，在巷子口撞车之后，车就跟丢了。当时那辆车就是拐进了这条巷子后消失了。

面包车里的大汉都下了车，普劳哥也跳下车，他又狂吸一口雪茄后，把雪茄使劲地摔在地上，他伸手从一个大汉手里夺过一条铁棒，向众人挥了挥手。两个手持铁棒的大汉领头向巷子尽头的一座二层灰色小楼冲去，普劳哥和余下的人也紧跟着冲了过去，罗涛被裹挟在中间懵头懵脑地也冲了过去。他只觉得心跳得很快，心脏几乎要蹦出胸膛，他不自觉地把手枪掏出来紧紧握在手中。

可激烈的战斗只持续了很短的时间，领头的两个大汉踢开门后，众人蜂拥而入，房里的几个人还没有来得及反抗就被按倒在地。普劳哥手持铁棒领头向楼上冲去，只听一声惨叫，等罗涛冲上楼，只见楼上一间卧室的房门敞开着，一个人躺在地上痛苦地呻吟着，地上还有一把匕首。此人身穿白色长袍，右脸颊上有一道显眼的伤疤。普劳哥向地上的刀疤脸用力踢了一脚，喝道："还想跟我斗，睁大眼睛看看，今天我就让你死得很惨。"这刀疤脸正是罗涛在天香阁后花园见过的那个人，当时林小凡正鬼鬼祟祟地给他什么东西。

在隔壁的一间卧室里，罗涛找到了被反绑着双手头上罩着头套的李总。罗涛赶忙叫人解开绳索，取下头套。李总除了受到一些惊吓外，没有什么大碍，精神状态还好，他说这些人倒也没有怎么为难他，还给过他食物和水。

普劳哥把乌玛拉下楼，楼下四五个他的手下趴在地上。罗涛仔细地挨个看了一遍，眼睛最终停留在最边上身穿肮脏灰色长袍的人身上，他走过去，喝令穿灰袍的人站起来，可穿灰袍的人蜷缩成一团，好像很害怕的样子，就是不站起来。普劳哥伸手把灰袍人用力拉起来，使灰袍人全身颤抖着站立在罗涛的面前，不出所料，灰袍人正是罗涛一直在寻找的杀人凶手司机皮里尔。比起上一次见到他，皮里尔显得更加消瘦，简直可以说是骨瘦如柴，瘾君子的特征更加明显，他浑身颤抖着，结结巴巴地求饶："老、老板，我不是、不是故意要杀人的，这、这不是我的错，你饶了我吧。"

罗涛把手枪抵在皮里尔的头上，蒙田苍白无血的脸又浮现在眼前，扣动扳机的冲动使他屈紧了食指。皮里尔猛地跪在罗涛面前，哀号道："老板，都是他们逼我干的，我不干，我们就打我，不给我吃的，不给我药，都是他们逼的，我也是没办法，饶了我吧，老板，我还有十个小孩要养活呢。"罗涛把枪移开了一点，皮里尔看到罗涛态度有所缓和，赶紧趁热打铁，他指着乌玛尖声说："都是他指使的，就是他让人逼我干的，这些坏事都是他干的，是他找的记者，是他鼓动的罢工，他又四处寄送杂志来污蔑你。老板，都是他干的，我是不得已呀，你饶了我吧。"

大家的注意力又都移到了乌玛身上。罗涛注意到房间的一角堆满了杂志，正是《科拉坦新闻周刊》，墙上挂着的一块铭牌上写着"科拉坦新闻周刊编辑部"。罗涛压抑着怒火，走到乌玛面前，低声问道："为什么？你为什么要这么害我？"乌玛擦了擦嘴角的血迹，斜了罗涛一眼："新闻自由，科拉坦是民主国家，我们愿意报道什么就报道什么，皮里尔是个疯子，你们不要听他的。"

罗涛把枪抵在乌玛脑袋上，厉声说："你这个浑蛋！你害死了多少人？我可以马上打死你。你现在想留一条命的话，就告诉我实话，这一切是不是和巨华有关？是不是和那个林小凡有关？"乌玛闭上眼睛，咬紧牙关，一声不吭。

普劳哥拉开罗涛，冷笑道："这种人还是交给我吧。"说完，猛地抡起铁棒狠狠地砸在乌玛的腿上，乌玛一声惨叫跪在地上。普劳哥的铁棒紧接着又狠狠地落在乌玛的身上，乌玛不停地发出惨叫，他滚到房间一角，痛苦地呻吟着说道："别打了，我说，我告诉你们实情。”

罗涛挥手制止住抡起铁棒还要砸下去的普劳哥，凑近乌玛，想听他会说些什么。就在这时，只听一声怒喝：“不许动！”罗涛转回头，看见房间里冲进来一群手持轻重武器身穿军装的士兵，为首的军官手里端着一把冲锋枪，脸色严峻地命令着：“把武器都放下！”看到这架势，罗涛只好把手枪放在地上，普劳哥等人也把铁棒放在了地上。

经过一番搜查和检验身份后，军官命令将乌玛、皮里尔等人都绑了起来，又命令把他们带走。罗涛赶忙拦在军官面前，着急地说道：“你们不能把他们带走，他们是杀人凶手，还绑架了我们的人，我还有很重要的问题要问他们。”罗涛注意到普劳哥在着急地给他使眼色。

军官冷酷地望了望罗涛，伸手用力把他推开，不屑地说道：“不想活了，你难道还想阻拦总统卫队吗？”说完，领着人押着乌玛等人走了。

普劳哥后来解释道，总统卫队的前身是独立战争时期克拉元帅的警卫队，归铁姆直接调遣。建国之后，总统卫队负责克拉夫人等政府首脑的安全保卫工作，还负责间谍情报特务工作，在科拉坦国内有着至高无上的权力，谁都惹不起，不知道乌玛怎么和总统卫队又扯上干系了。

罗涛赶紧通知了侯赛因，让他立刻去查一查。他又让李青怡去找罗伯特帮忙，一定要找到乌玛和皮里尔。乌玛和皮里尔的口供很重要，如果能让他们供出是巨华的林小凡在背后指使他们来陷害龙腾，巨华将会陷入这一巨大丑闻中，甚至会被逼退出这一市场，龙腾将会不战而胜。

回到龙腾的办公室，大家都还在焦急地等待着，看到李总平安归来，大家都松了一口气。李总掩饰地说：“对不起大家，让你们担心了，我一点儿事都没有，大家抓紧时间工作吧。时间不等人，我们一定要把这个标做好。”

当办公室里只剩下罗涛和李总时，罗涛歉疚地说：“对不起，李总，让你经历了这么大的危险。”李总哈哈笑道：“我要谢谢你把我救出来，其实这件事还是怪我自已，不该一个人出去乱逛。再者，那个司机一开始就有点鬼鬼祟祟的，很不自然。我早点警觉提防一下就好了。小伙子，你很勇敢，要是在战争年代，你肯定会是一个好兵。”

李总又望着罗涛，认真地说：“科拉坦的形势比我想的要复杂得多，这里也确实很不安全，可作为一个退伍老兵，上过前线的人，在科拉坦我仿佛又回到了老山前线。我活这一把年纪了，确实还是想再做一些值得回忆的事情。巨华这么不择手段地来争这个项目，正说明这是一个很好的项目，也说明你们龙腾的工作做得很好。经过这件事，我的决心更坚定了，我们A市电信决不退缩，坚决和龙腾合作做好这个项目。小伙子，我老头子喜欢你，放心吧，我支持你和巨华竞争。”

星期三早上八点，经过几天几夜的奋战，罗涛终于把最后一个投标箱封好，在封条上签上了字。罗涛伸了个懒腰，揉了揉通红的眼睛，再过一个小时，就要截标了，总算把标书赶出来了。他和大家击掌庆贺之后，叫大家赶紧回去休息，而他还不能休息，他自己还要亲自去交标。罗涛感觉到一种从未有过的轻松，离胜利越来越近了。这个项目做完后，自己一定要休个长假，去哪呢？泰国、马尔代夫，还是法国？不知为什么，他忽然想起了艾琳娜，她那天真纯美的笑容突然浮现在他眼前。罗涛摇了摇头，自己可能是太累了，累得不着边际地胡思乱想起来。

李青怡匆匆地从公寓那边赶过来，她偷偷地冲罗涛做了个胜利的手势，罗涛知道她那边也很顺利地做完了。李青怡更加辛苦，她要两边跑，把这边做完的方案拷贝带过去，她已有了很明显的黑眼圈，显得有点憔悴。

在去通讯交通部交标的路上，当两个人单独坐在车里的时候，罗涛爱惜地轻抚着李青怡的手背：“这几天可把你累坏了。”李青怡把头靠在罗涛的肩膀上：“没什么，你不是更辛苦？你去抓那个皮里尔，可把我担心坏了，多危险呀，以后可不要再做傻事了。”

罗涛点头道：“放心吧，我有分寸的。我这次还真觉得累了，刚才还想等这个项目做完了就和你去休个长假，咱们一起去泰国吧，很好玩的。”李青怡柔声说：“休假我可一点都不敢想，这个项目恐怕不会那么快结束吧，我现在只想好好睡觉。交完标，我们回公寓好好睡一觉吧，我要睡上三天三夜。”

通信交通部三楼的会议室在通讯交通部大楼的背面，里面的灯超过大半都损坏了，显得很阴暗。会议室里破旧过时的笨重家具使得房间更显拥挤。罗涛、李青怡指挥几个本地员工将四个大纸箱摆在会议室的中间，那里面是这些天他们辛苦的结晶。而在会议室的中间，已经另有四个纸箱摆在那里，上面有拉阿杜咨询公司的标志，里面是和龙腾的标书几乎一模一样的由李青怡和萨基德监制的拉阿杜咨询公司的标书。几个拉阿杜的手下冲着罗涛和李青怡点头致意。

纳西尔带着几个人推开会议室的门走了进来。由于这个项目的重要性，扎曼指派纳西尔亲自负责。纳西尔和罗涛等人寒暄了一番之后，看了一眼墙上的挂钟，时钟已经指向八点五十八分。纳西尔耸了耸肩，装模作样地假装遗憾地说："看来只有你们两家公司对这个标感兴趣，真是太遗憾了！好吧，那我们就不等奇迹发生了，现在就开标吧。"

就在纳西尔的几个手下准备开箱验标时，会议室的门被猛地推开，林小凡神气活现地闯了进来，他望了一眼墙上的时钟，得意地说："还有两分钟，好险啊！差点赶不上了。"他的身后跟着一群人抬着四个印着巨华标志的纸箱。

纳西尔惊得目瞪口呆，他不自觉地向罗涛这边望了一眼，罗涛惊慌地和他对视一眼，他们一时间都显得有点手足无措。林小凡待手下人将箱子摆放整齐后，望着纳西尔说道："还有一分钟了，应该不会再有奇迹发生了吧？纳西尔先生，开标吧。"

→65 在常务副部长扎曼家里那间西式的书房里，虽然透过白色窗纱透进来的阳光还是那么温暖明媚，可房间里的几个人的心情就好像外面阴雨连绵似的。扎曼坐在沙发中间紧锁着眉头，纳西尔低垂着头站在扎曼面前，坐在沙发上的罗伯特、侯赛因、罗涛、李青怡和拉阿杜也都表情阴郁。开完标，得知有意外情况发生后，扎曼赶紧把大家招集到他的家里密议。

扎曼听完纳西尔对开标现场的描述，脸色更加凝重，他想了想不甘心地问道："保函你查了吗？"那至少需要五六天才能开出的巨额投票保函应该是一道无法逾越的鸿沟。纳西尔头垂得更低了，低声说道："我仔仔细细地看了好几遍，没有一点儿问题。"扎曼摇了摇头："怎么没有从科拉坦中央银行听到一点儿风声？"

侯赛因叹了口气说："中央银行那帮人牛得很，他们一点都不通融，别指望他们会透露客户信息的。部长大人的面子都不给的……"

罗伯特不悦地打断侯赛因的絮叨："现在不要扯这些事情了。我们精心设计的招标程序并没有按照预想的轨迹前进，而是中途出轨了。很明显，我们内部出了问题，尊敬的部长大人已经知道了这件事，他非常不高兴，要求我们一定要严查到底。"他冷酷的目光逐一扫过每个人，最后停留在扎曼的脸上。

扎曼情不自禁地打了个寒战，他尽量镇静地说："实际上我们制定的计划是无懈可击的，到目前为止，进展得也还算顺利，只是有这么一小点纰漏。而且我知道这家中国公司历来是以极富进取心和侵略性而闻名的，他们也许会有多种我们未知的渠道来获取情报，即使这种情报是绝密的。”他的眼睛瞟向罗涛和李青怡。“中国人应该比我们知道得更多。涛，也许你可以帮助我们，巨华公司是怎么获得这个绝密的情况的？”

没等罗涛回应，李青怡气得站了起来，她的脸涨红了，气愤地回击道：“副部长大人，您说这话是什么意思？我们和巨华虽说都是中国公司，可我们是竞争对手，甚至可以说是不共戴天的死敌，你怎么能够怀疑我们，最不可能泄密的就是我们了，你们倒是更值得怀疑。”

罗涛忙拉了一下李青怡，示意她坐下。看到一向很镇静的扎曼脸上变了颜色，罗涛忙安抚道：“我相信我们大家都不愿意看到这种情况发生，虽然这次行动我们尽量保密，可有很多环节很多人参与，还是有多种可能泄密，每个环节都有可能出问题。我建议我们都严格调查一下我们自己的人，既不放过一个坏人，也不要冤枉一个好人。”拉阿杜赞同道：“是啊！大家不要激动，都自己好好调查一下，还是慎重一点好。”

罗伯特皱了下眉，不置可否地点了点头：“我也会启动特别调查的，这样吧，你们把所有参与项目可能泄露情报的人列出来给我，一个也不要漏掉。我就不信我查不出来。”罗伯特的声调越来越冷，脸色也越来越阴沉，冷酷的眼神在几个人的脸上扫了一圈，“查出来的人不管是谁，我都不会饶了他，我要亲手宰了他。”他伸手在自己的脖子上做了个砍头的动作。

就在这时，侯赛因的电话响了，罗伯特不满地瞪了他一眼，侯赛因刚要把电话按掉，看到电话号码后，他像被烫了一下似的跳了起来，颤声说：“是尊敬的部长大人。”他赶忙接听，脸上堆起谄媚的笑容：“是的，尊敬的部长大人，大公子是在这里，您稍等，我这就把电话给他。”

罗伯特接完他父亲的电话，脸色更加阴沉。他望着扎曼，不满地说道：“尊敬的部长大人很不高兴，这个项目不能再拖了。你们知道吗？阿里博士秘密地去了一趟英国。英国佬已经明确表明了他们的态度，我们如果不加大我们宣传的力度，大选的结果还真不好说呢，可这一切都需要资金的支持。尊敬的部长大人明确表示一定要不惜一切代价尽快启动项目，做好，为我们的选战提供及时的资金上的支持。”

扎曼急忙说道：“请尊敬的部长大人放心，现在项目还控制在我们的手中，虽说投标保函我们挑不出什么毛病，但我们还有技术评标这一关呢。我相信在这么短时间内准备标书，他们的技术标肯定会有很多毛病的。技术评标这一关他们肯定是过不了的。他们掀不起什么大风浪的，我们会按原定计划按时完成的。”

罗涛和李青怡下午送走了 A 市电信代表团。李总走之前，特意把罗涛叫到一边说 :“罗涛，在这种环境下工作，当心点。有什么需要我帮忙的，就直接给我打电话。”罗涛满怀歉疚地说 :“李总，真不好意思，你们好不容易来这一趟，净让你们干活了，还让您遭遇了那么大的凶险。”

李总拍了拍罗涛的肩膀，真诚地说 :“别说这种话，以后我们肯定会常来的，还有可能长驻在这里和你并肩战斗呢。我相信你们一定能够战胜竞争对手，拿到这个项目，我就在国内等着你的好消息了。”

从机场回公寓的路上，罗涛叹了一口气，说道 :“唉，李总真是个好人呀，这么利用他们骗他们，我真是感到有些于心不忍。”李青怡握紧罗涛的手，说 :“你呀，心眼儿太实，真不适合做商人，应该换个职业。不过，你倒适合做个好老公。”

罗涛伸手把李青怡揽在怀里，说 :“那我就辞职做你的好老公吧，做你的贤内助。你去做生意养着我。”李青怡轻轻推了一下罗涛道 :“嘿，别顺杆爬，自我感觉良好了。谁稀罕你做老公了？让我养你也可以，先把厨艺练好吧。”

罗涛伸手假装抹眼泪 :“呜，我太失败了，想做个英雄不够格，要做个吃软饭的人家也看不上，我还是找棵歪脖树吧。”

李青怡用力掐了一下罗涛，正色道 :“别闹了，在这种形势下你还有心情开玩笑。巨华的能量也太大了，你说我们下一步该怎么办？”

罗涛把头扭向车窗外，低声说道 :“能怎么办？走一步，看一步呗。只要部长站在我们这一边，巨华再怎么折腾也没有用。”李青怡点了点头说 :“你这么说，我就放心了。”她又问道 :“你说，罗伯特能调查出来是谁泄露情况给巨华的吗？”

罗涛摇了摇头说 :“这事哪会那么容易查出来，牵涉到这么多人，这么多环节。可是我有一个不详的直觉，我觉得我们公司内部有问题，这个情报是从我们公司泄露出去的。”

李青怡睁大眼睛，禁不住惊叫了一声，然后把头猛地埋入罗涛的怀里轻声说道 :“罗涛，我害怕。”

接下来两天，主持评标的纳西尔遇到了很大的麻烦，本来以为很容易就能找到漏洞的巨华的标书却是无懈可击，因为巨华的技术方案几乎和龙腾的一模一样，只是把所有的产品品牌换成了巨华。这使得一向很绅士的扎曼也发了好几次脾气。也难怪，这次招标可是扎曼精心设计的，但没想到会这么不顺利。

周末晚上，李青怡接到罗伯特的电话，让她去他家里一趟。罗涛脸色一沉，正想又要独自过一个凄惨的周末了，李青怡却说罗伯特让罗涛也一起去。

在部长家二楼的书房里，纳西尔、侯赛因和拉阿杜已等在那里，罗伯特还是一脸阴沉，只是看到特意精心打扮的李青怡后脸色才算好转了些。罗伯特待罗涛和李青怡坐好，就不满地气呼呼地发作起来："罗先生，这次巨华的技术方案跟你们做的是一模一样，这怎么解释？你知道这让我们有多被动吗？你知道巨华的合作方是谁吗？是我们的老朋友——列雷先生。当然，他们不是用的沙特蒙第尔投资集团的名义，可我们一查就查出来参与投标的当地公司就是沙特蒙第尔投资集团在科拉坦注册的全资子公司。列雷父子还和阿里博士藕断丝连，这事越搞越复杂。罗先生，跟你们合作我可真是累啊，风波不断。这个项目要是不能按部长大人的要求按时完成，就只能怪我瞎了眼睛选错了合作伙伴。"

罗涛不明白罗伯特为什么这么大火气，就反驳说："罗伯特，你这么说是什么意思？你怎么就肯定是我们公司这边出的事呢？这么多环节，这么多人都有可能出问题呀。"

罗伯特叹了口气，凶狠地盯着罗涛说道："我看你见不到死羊羔就不会放夹子，我这就把人带上来让你瞧一瞧。"他转身冲侍立在门口的一个卫兵挥了一下手，卫兵转身走出了房间。

过了一会儿，门被推开，卫兵回来了，跟随在他身后的是另两个卫兵，他们架着一个人走进了房间。被架着的人灰白的头发，身上穿的西服已经看不出什么颜色，上面布满了血迹，衣服也被撕扯得一缕缕的。当被架着的人抬起头时，罗涛不禁惊呼起来。这个人虽然脸上满是伤痕肿块，可罗涛还是一下子认出这个人是萨基德。

罗伯特凶狠地盯着萨基德："你不要再硬挺了。你看看，你对得起你的老板罗先生吗？罗先生对你这么好，这么信任你，可你却背叛他。我知道你在科拉坦电信的名声还是不错的，你肯定不是为了钱背叛罗先生的，快告诉我，是谁找的你？你只要告诉我真话，我就既往不咎放过你。"

萨基德抬起肿胀的双眼，费力地望着罗涛，他嘶哑着嗓子喘着粗气说道："涛，我实在是对不起你，今生今世我是无法补偿你了，来世我一定会报答你的。"他又转向罗伯特，费力地骂道："你们这帮吸血鬼，贪污腐败，鱼肉百姓，无恶不作。看看，好好一个国家被你们折腾成什么样了。物价飞涨，民不聊生，我堂堂一个全国知名的技术权威，清正廉洁了一辈子，可退休了竟要无家可归了。我就是为了钱，有了钱，我才能买得起房子，这都是被你们这些吸血鬼给害的。你们这帮吸血鬼，我死也不会放过你们的。"

罗伯特脸色一沉，冷笑一声说："我很快就会遂了你的心愿的。"他冲卫兵一摆手："拉下去，处理掉吧，离这里远一点。"

萨基德被拉走之后，罗涛觉得胸口一痛，他怎么也不敢相信清正廉洁、刚直不阿的萨基德会为了钱而出卖情报，而罗伯特竟变得如此凶残。仅仅因为这种事就把人杀掉，看来这个项目确实是非同小可，自己现在也陷得太深了。他担忧地看了一眼李青怡，她恐怕陷得更深了。罗伯特凶残的本性越来越暴露出来，不知道他还会干出什么事来。

罗伯特打破了室内死一般的寂静："我们通过内线抓住了给巨华传递情报的司机，他供出是萨基德给他的情报。不要相信萨基德为了钱的鬼话，我们已经查出来萨基德和阿里博士曾是大学同学，关系还不一般呢。处死萨基德是给大家一个清楚的信号，谁想阻拦这个项目，谁就会落得和萨基德一样的下场。尊敬的部长大人已经下命令，本周内招标工作一定要完成，下周内项目要完成报批，项目正式启动。"

罗伯特冷酷的目光射向纳西尔："纳西尔先生，明天无论如何要宣布技术标结果，把巨华废掉，然后马上开始商务评标。下周一早上，尊敬的部长大人希望在他的办公桌上看到评估报告。"

罗涛心里轻松了一些，这个项目的进度加快了，应该很快就要结束了。秦荣剑梦寐以求的大项目就要成了，这么多人的辛苦努力总算可以得到回报了。可罗伯特接下来的话使罗涛刚轻松一点的心又揪紧了。"萨基德被抓住了，可这并不意味着我们的调查就结束了，萨基德只是提供了标书的情报，可他对投标保函一点儿也不知情，还有别人也背叛了我们，我们还会继续调查的，不管涉及到谁，我们都绝不会手软的，他会和萨基德一个下场的。"

罗涛想起了一件事，他问罗伯特："前两天绑架A市电信李总的人不知道找到没有？如果有这些人出面作证是巨华指使他们干的，我们手里可就握了一张王牌，任凭他们怎么折腾，我们都不怕了。只要我们公司上报中国政府，他们至少要退出科拉坦市场。”

罗伯特回避着罗涛热切的目光，回答道："据最新消息，前天晚上，这帮匪徒在狱中企图暴动越狱，已经全部被击毙。我们没有证据，这件事只能到此为止了。”

罗涛心里咯噔一下，这条有利的线索被突然掐断了，而且是铁姆的谁也惹不起的总统卫队所为。乌玛等人越狱被击毙，怎么这么巧，恐怕不会那么简单吧？事情变得更为复杂了，难道铁姆也跟这件事有联系？也许有更大的凶险等在前面。可罗涛已经被卷入这个巨大的漩涡里，身不由己，只能随波逐流见机行事了。

→66 经受了罗伯特的压力后，扎曼和纳西尔果然加快了进度。第二天一早，罗涛就接到了通知，上午十点到通信交通部开会，会上将宣布技术评标结果。

罗涛和李青怡将近十点才来到通信交通部那间阴暗拥挤的会议室。这次评标宣布会也许是罗涛感觉最轻松的一次，结果从一开始就是设计好的，半点儿悬念也没有，只是中间出了巨华这么个小波折，可这就像一只蚂蚁试图阻挡前进的车轮，无论它怎么折腾，都只会白费力气的。侯赛因和拉阿杜的两个手下已等在会议室里，大家都显得很轻松。侯赛因和罗涛开着玩笑，吓唬罗涛说："涛，你来晚了，纳西尔刚刚宣布完结果，只有巨华通过了。”罗涛转身假装要走，笑着说："那我得赶紧回去收拾行李回国了。”

时钟已经指向十点，可纳西尔还没有露面，巨华的人也没有露面。罗涛突然觉得有点紧张，不会又有什么变故吧？已经出现了一次“奇迹”了，应该不会再有什么“奇迹”发生吧？罗涛悄声对李青怡说："巨华的人怎么没来？难道纳西尔根本就没有通知他们？或者是他们已经知道了结果，不想来了？”

没等李青怡回答，会议室的门猛地被推开，戴着墨镜的林小凡风风火火地高昂着头闯了进来。他傲慢地四下打量一下，找了个最中央的位子坐了下来。他带来的两个人也忙不迭地坐在他旁边。林小凡摘下黑镜，可以清楚地看到他的眼睛里布满血丝，头发乱蓬蓬的，米黄色斜条纹领带也扎得歪歪扭扭，白色衬衫的扣子扣错了一颗，衬衫好笑地向右上角倾斜着。看来，林小凡是才得到消息匆匆忙忙穿衣服赶来的。罗涛觉得心里的一块石头落了地，巨华应该不会再折腾出什么事来了。

林小凡尽量掩饰着自己的紧张不安，他扫了一眼室内的众人，笑道："我怀疑通信交通部不是科拉坦的，而是美国的。今天就宣布评标结果，这效率也太快了，快赶上我们巨华的效率了。"

罗涛没有理会林小凡，让你笑，一会儿你就哭了。又过了一会儿，纳西尔带着两个人推门而入，纳西尔眼睛也红红的。看来巨华标书的毛病很难找，昨晚也许熬了一夜。纳西尔坐下后，没有和任何人打招呼，低头看着手里的一张纸，说道："根据标书规定，我们的整个评标分为两个阶段，即技术评标和商务评标。为保证项目能够高质量地完成，只有通过第一阶段技术评标的投标方的商务标才会被评估，选出最适合的投标方中标。这一点标书里写得很清楚，我也就不再啰唆了。现在宣布第一阶段技术评标结果。"纳西尔停了下来，可他还是低着头，没有看任何人，房间里一时间鸦雀无声，好像空气都要凝固了。明知不会有任何变故发生的罗涛也不由得紧张起来，他好像能听到自己的心跳声。林小凡明显非常紧张，他躁动不安地整了整领带，又干咳了几声，在令人不安的寂静中显得非常刺耳。

纳西尔终于斟酌好了词句，开口说道："这一次共有三家公司参加投标，巨华、龙腾和拉阿杜公司。经过公平、公正、认真地评估，综合考虑各家公司技术方案的优劣，以及各家公司的实力和在科拉坦的以往经验，各家公司的综合评分如下：拉阿杜咨询公司156分，龙腾通讯有限公司153分，巨华技术有限公司95分。这次技术评标的及格分数为120分。这样，通过这一轮技术评标进入下一轮商务评标的就只有两家公司，拉阿杜咨询公司和龙腾通讯公司，请你们两家代表留下来，接下来我们将开你们两家的商务标。"

纳西尔一口气说到这里，才抬起头看了一眼林小凡："很遗憾，林先生，贵公司没有通过第一阶段的技术评标，请您把贵公司的商务标带回去吧。"

林小凡愣在那里，好似不相信自己的耳朵。过了一会儿，他猛地跳了起来，大声嚷道："这不可能，我们巨华的技术评分只有95分，凭什么？我要看评估报告。我们可是中国最大最好的通讯企业，你们凭什么不让我们通过技术评标？这绝对不公平，在中国龙腾根本跟我们就不是一个档次的，比我们差远了，他们怎能比我们的分高这么多。绝对不可能。"

纳西尔皱了皱眉，打断林小凡的吵嚷，冷静地说道："林先生，这里是科拉坦通信交通部，请您声音小一点。我再强调一遍，我们的评标绝对是公平、公正的，评估报告是我们内部保密资料，绝对不会给外人看的。至于贵公司在中国是比龙腾好还是坏，我一点儿发言权也没有，可我知道在这次评标中贵公司比龙腾确实是差多了。请林先生还是赶紧把标书带走吧。”

林小凡盯着纳西尔又愤怒地嚷道：“你们太过分了，一模一样的方案你们就敢给巨华这么低的分，这摆明了是欺负我们嘛。你们肯定是被龙腾买通了，跟他们串通好了整我们。你们不要以为你们能够一手遮天，这个世界还是有公正天理的。我要去告你们，去举报你们，你们就等着坐牢吧。”林小凡一着急说漏了嘴，竟然说是一模一样的方案。罗涛没想戳穿他，不必再和一个失败者计较了。

林小凡把自己坐的椅子向旁边猛地一甩，转身大踏步向室外奔去，他的手下忙不迭地跟了上去。走到门口，林小凡猛地站住，转回身凶狠地盯着罗涛喊道：“姓罗的，我知道这一切都是你捣的鬼，你欺人太甚，我告诉你，你不想让我活，我也不会让你好的，你等着吧。我要让你知道我们巨华不是那么好欺侮的。姓罗的，你会后悔的。”

罗涛摊了摊手，笑道：“我是问心无愧，你乐意做什么，请便吧。”林小凡哼了一声，转身走出会议室，把门使劲一摔，发出“砰”的一声巨响。

纳西尔望着不断摇晃的房门，摇了摇头。他望着房间里余下的人装模作样地说道：“祝贺各位了，现在我们来开商务标。”

罗涛后来第一时间打电话把这个好消息告诉了秦荣剑。听到这个好消息，秦荣剑高兴地说：“太好了！罗涛，好样的，我一直很担心再出什么事，没想到这么快就有结果了，现在我们离胜利只有咫尺之遥了。这个项目成功了，你就是海外部头号功臣。你知道吗？我们巴基斯坦二期和南斯拉夫移动两个大项目都丢掉了，如果这个项目再丢掉，我们海外部可就彻底死了。”秦荣剑又严肃地说道：“罗涛，离胜利越近，我们就越要小心。这个时候千万不能出任何差错，一定要保持警惕，小心竞争对手做出什么疯狂的举动。要全力做好罗伯特这个关键人物的工作。还是我上回那句话，要充分发挥李青怡的作用。”

秦荣剑又让李青怡接电话，秦荣剑和李青怡说了很长时间，罗涛心里竟不自觉地有些许的嫉妒。现在李青怡无疑在秦荣剑的心目中占有更重要的位置。

李青怡放下电话，看着罗涛探询的目光，笑着说：“没想到秦总年纪不大，就变得像老年人似的那么 唆，他翻来覆去地说让我搞好和罗伯特的关系。还说如果你要是有什么让我不满意的地方，就直接给他打电话，他会管你的。罗涛，这回你可落在我的手心里了。你得好好拍我马屁了，要不然我就给秦总打电话，让他好好训训你。”

看到罗涛尴尬的表情，李青怡扑哧一声笑了出来：“你不用害怕，只要你好好表现，我不会向秦总告状的。”李青怡又严肃地说道：“对了，罗伯特今天还邀我一起吃饭呢。”

罗涛一愣，赶忙说道：“你最好找个借口推掉，罗伯特这个人绝对不像表面上那样温文尔雅，你也看到了他昨天凶残的样子，他现在很疯狂，你现在去见他，我真的不放心。”

李青怡摇头道：“你放心吧，我不会有什么事的。秦总说得很对，现在这么关键的时刻确实要小心，我一定要跟紧罗伯特，不能让竞争对手有任何可乘之机。”看罗涛还想说什么，李青怡坚定地说：“这次我一定要去，你不要拦着我，你不会希望我给秦总打电话吧。放心吧，我会把握好分寸的。”

接下来几个小时里，罗涛不知道是怎么熬过来的，他只觉得心里好似有一把刀，搅得他是坐卧不安，他甚至点燃了好久未碰过的香烟，可弥漫的烟雾只是使他更加烦躁。

经过几次虚惊之后，又一次听到汽车喇叭声而冲出客厅的罗涛终于见到李青怡从天蓝色的丰田卡罗拉中下来，罗涛只觉得鼻子一酸，一行眼泪不争气地流了下来。

回到客厅，李青怡让罗涛躺在沙发上，头枕在她的腿上，她伸手轻轻抚摸着罗涛的头发，轻柔地说：“傻瓜，哭什么，我这不是好好的吗？放心吧，我不会有事的，我不会离开你的。”待罗涛情绪平静下来，李青怡说道：“罗伯特对你很不满意，一再和我抱怨，说你给他惹了很多麻烦。他还说都是为了我，才和龙腾合作的，要不是因为我，他早就不理龙腾了。”罗涛只觉得一团怒火在胸中燃烧起来，这个罗伯特总是故意在找自己的碴儿，自己为这个项目出生入死，做了这么多的事，可他还是不满意。

李青怡看罗涛满脸不高兴，又赶忙说道：“别听他胡说八道，我才不理他呢。告诉你一个好消息，罗伯特说明天就要宣布商务标中标结果，同时评估报告也会马上报给部长批准。部长批准后，项目马上就正式启动。他让我们现在就开始准备好供货合同，尽快和拉阿杜签订合同。他已经通知拉阿杜准备好钱，不单是买执照的钱，还有设备的预付款。他希望项目尽可能快地启动。”

罗涛猛地坐起身兴奋地说：“这么快！这么说，再过两天，就能签合同了。按照我们公司的规定，签了合同就算实现销售了，我们的任务就算完成了。太好了，项目做成了，你就再也不用去见那个该死的罗伯特了。我已想好了，公司现在正在开拓发达国家市场，签完合同，我就跟秦总申请换个地方，你不是想去美国吗？我们就申请去美国开拓市场，离开这个鬼地方。”

李青怡望着兴奋筹划未来的罗涛，突然变得忧心忡忡起来。她抬眼望着窗外，喃喃自语道：“事情要是有这么简单就好了。”

→67

第二天，纳西尔又把罗涛、李青怡和拉阿杜等人叫到会议室，这一次他的宣布很简单。他没有说一句废话，只是宣布拉阿杜咨询公司以六十五万美元的报价中标，并要求拉阿杜咨询公司准备好钱，待部里批准以后，马上交钱办理运营执照。

罗涛回公司后，很快就准备好了供货销售合同草稿发给拉阿杜。因为主要的条款以前和拉阿杜都已经协商好了，所以拉阿杜很快就有了反馈，他又提出了一些新的要求，虽然都不是什么大的问题，可是这些要求还是显得有些过分，都是对拉阿杜自己单方有利的要求。罗涛想了想，决定还是把拉阿杜的反馈意见和合同草稿传回公司等秦荣剑审批，这种关键时刻还是让秦荣剑做决定吧。

按照合同规定，拉阿杜将会购买按照龙腾做的配置同等数量的设备，价格则按照龙腾以前做的科拉坦电信的项目的价格来算。付款条件跟以前的不太一样，预付款多一些，有百分之三十的预付款，余下的百分之五十的货款在设备到货之后支付，另百分之二十在完成终验之后付。这个合同的条件看似还不错，可是实际上百分之三十的预付款龙腾一分钱都拿不到，根据秦总和罗伯特签的协议，这笔钱龙腾将要百分之百转付给罗伯特。这个项目最终确定的金额为三亿美元，也就是说九千万美元的预付款将会只是在龙腾的账上转一下手而已。而龙腾总共需要付给罗伯特百分之四十三的佣金，比以前的项目的佣金还要高出八个百分点，这是秦荣剑上回来亲自答应给罗伯特增加的，而那次会谈罗伯特特意没有让罗涛参加。后来，当秦荣剑给罗涛看双方新签的协议时，罗涛惊得跳了起来，这种大项目能有百分之十的佣金就相当可观了，可他们竟要百分之四十三，这也太荒唐了。秦荣剑苦笑了一下："有得做，挣得少一点，总比饿死强啊。这个项目可是我们公司的救命粮啊。别忘了，还有个虎视眈眈的巨华在那里等着呢。"

秦荣剑那苦涩无奈的笑使罗涛心里很不是滋味，是啊，秦荣剑也是有苦衷啊，不答应罗伯特能行吗？不过，现在不枉秦荣剑的苦心，这个项目总算要成了。

李青怡推开办公室的门闯了进来，她今天没怎么化妆，头发简单地扎了束马尾巴，穿了一套白色休闲服，显得别有一番风情。罗涛从沉思中醒过神来，愣愣地望着李青怡。

李青怡望着罗涛说："你忙完了吗？走啊！"罗涛一头雾水，不解地问："去哪里？"李青怡笑道："瞧你这记性，今天早上我们说好了要去河边散步去的。"

罗涛这才想起来早晨李青怡说过，这段时间整天工作，再不调解调解就会闷死了，罗涛后来随口答应陪她去散步。罗涛把桌上的文件整理了整理，站起身说道："我都忘了，这个项目总算忙到头了，是该放松放松了。"

两个人沿着波光鳞鳞的科洛河慢慢地闲逛着，李青怡伸手自然地挎着罗涛的胳膊，她好像陷入了沉思，脸上带着微笑。嗅着路旁果树的香味，听着鸟叫声，罗涛觉得十分地轻松惬意。

二人静静地走了好长一段路，还是李青怡打破了沉默："我怎么感觉是在梦中似的，一眨眼来这里一个多月了，觉得时间过得好快呀。可又经历了这么多事，又像是在这里待了很长时间似的。还记得我们第一次见面吗？"

罗涛脑海中闪现出那团跳动在机场大厅的红色火焰，从那一刻起，他的心里就烙下了深深的印记。

李青怡沉浸在自己的思绪里，喃喃地说："我可记得你的样子，老实说印象不太好，我当时想这个人怎么总是拉着个脸，而且我刚到就赶我走，别的男人见到我可都是紧着献殷勤呢。可没想到，后来发生了那么多的事，你的形象一点点地在改变。我还记得我那次生病，你那么着急地抱着我就跑，在你的怀里我觉得特别地温暖和安全，当时我就想永远躺在你的怀抱里。"

李青怡抬起头凝望着罗涛，柔声问道："罗涛，你那时对我可真好，你会一直对我那么好吗？"罗涛用力地点了点头，李青怡眼中闪过欣喜。李青怡旋即摇了摇头说："罗涛，我知道你是个好人，心地善良，不光是对我。看你对小媞雅那么好，她遇到你可真是幸运。对了，我上午刚跟小媞雅的老师通过电话，小媞雅在新学校很开心。”

罗涛感激地说：“谢谢你的安排，小媞雅总算有了个好的归宿。等忙完这个项目我们一起去看看她，再把她接回来住两天。这些天实在是太忙了，忙得许多事都顾不过来了。还好，这个项目马上就要结束了，总算忙到头了。”

李青怡突然又显得有些忧心忡忡地说：“真希望这个项目马上结束，我真担心还有什么事会发生。”

罗涛很奇怪李青怡为什么还是忧心忡忡的，难道李青怡还知道什么自己不知道的事吗？他不解地问道：“现在不是就等部长签字批准，我们就可以签合同了吗？还能有什么事发生？你还有什么可担心的。”

李青怡愣了一下，解释道：“是呀，都这个时候了，还会有什么事发生？只是这个项目前面发生了这么多事，我还是有点担心。”

罗涛正想安慰李青怡两句，他的电话响了，是秦总打来的。秦总在电话里指示说合同可以签了，一些小的条款不用太在意了，可以多做些让步，不要因小失大，还是尽量争取早签合同，以免夜长梦多。他又问是否要搞一个签约仪式，好好宣传一下扩大影响，是不是需要他再来科拉坦一趟。虽然觉得不是太有必要，但罗涛还是回答说尽量安排一下。

秦荣剑在电话里沉默了一会儿，又说道：“这事，还是让李青怡问一问罗伯特吧。他要觉得有必要，我们就全力配合。这个关键时刻，你要督促李青怡全力跟住罗伯特，可不能出一点差错。我就等着你们的好消息了。”

罗涛把秦荣剑的话转达给李青怡，李青怡叹了口气：“看来，我们是一刻也轻闲不了了。秦总可真是……”李青怡没有说完后面的话，只是无奈地摇了摇头。

罗涛笑道：“秦总人还是不错的，尤其是对你那么好，你还对他有意见。”李青怡有些恼怒地瞪了一眼罗涛：“你是装傻，还是真傻。秦总还人好？他这么利用我还不全是为了他的官位。唉！不说了。”

李青怡拿出手机拨通了罗伯特的电话。一通上电话，李青怡的表情马上由阴转晴，语调也变得温柔甜蜜之极。罗涛转身走开几步，来到河边，背对着李青怡，以免受到刺激，可心里还是酸酸的。

阳光照耀下的科洛河显得那么平静怡人，微风习习吹过，河水荡起微微的涟漪，一群野鸭在河中央浮上浮下地游荡着。现在是科拉坦最好的季节，酷热已渐渐远去，在河边尤其显得凉爽。河边的果树许多都已开花结果，空气中充满着浓郁的花果香味。罗涛深吸了一口气，让心情尽量放松下来。科拉坦也不完全一无是处，也有好的地方。罗涛赶紧提醒自己，你在科拉坦受的苦都忘记了吗？这个地方确实不是久留之地，不要再有任何留恋，这个项目做完，就赶快离开。可李青怡会愿意和自己走吗？自己对李青怡好像还不是十分了解。她对两个人的关系到底是怎么看的？她和罗伯特的关系只是逢场作戏吗？还有她的梦想，她的那些神秘的电话是打给谁的呢？还有那段令人费解的日记？归根结底，她到底爱不爱自己呢？她的梦想还没有实现，她会罢休吗？可自己毫无疑问地深深地陷进了情网，罗涛痛苦地想他是绝对忍受不了没有李青怡的日子的，一想到此，他就有一种痛彻心扉的感觉。

李青怡灿烂的笑脸突然出现在罗涛面前，把他从思绪中惊醒。李青怡显得很高兴，她满脸笑容地说："罗涛，告诉你一个好消息，部长已签字批准了，罗伯特让我们今晚就和拉阿杜签合同。签约仪式就不用搞了，罗伯特希望我们不要张扬，知道的人越少越好，签得越快越好。就在我们住的公寓签约，时间定在今晚七点，拉阿杜和罗伯特七点会准时赶到我们公寓的。"

罗涛觉得心里的一块石头落了地，他猛地抱起李青怡转了一圈，冲着空旷的科洛河高声喊道："我们的大项目成了！我们成功了！我们就要离开科拉坦了！再见！亲爱的科拉坦！"

罗涛和李青怡把公寓的办公室简单装扮了一下。长条会议桌上铺了红色的桌布，上面摆上了中国和科拉坦的国旗，两份打印装订好的合同摊开放在桌子中间，桌子边摆了两把椅子，准备让罗涛和拉阿杜坐在上面签字，还有一瓶法国香槟酒等签完字庆祝用。罗涛还特意把自己那个奥林巴斯数码相机充好电，准备把这个历史时刻记录下来，这可是龙腾有史以来最大金额的一笔合同。

时钟敲过七点，罗伯特和拉阿杜并没有如约准时赶到。李青怡有些烦躁不安，罗涛安慰道："肯定是塞车，你也知道在科拉坦哪有准时一说，不晚一个小时就算很守时了。再说，什么都安排好了，晚一会儿签又有什么关系。"

可时钟指向七点半的时候，罗伯特和拉阿杜还是没有任何踪影，一直显得很轻松的罗涛也禁不住焦虑起来，他催促李青怡给罗伯特打个电话，可电话一直打不通。

一直等到八点多，李青怡总算把罗伯特的电话打通了，他说一会儿就到。打完电话，李青怡更加烦躁了，她感觉罗伯特好像很不高兴，肯定是有什么事情发生了。

二十分钟之后，罗伯特赶到的时候，证实李青怡的感觉是很对的，罗伯特确实是满脸不高兴，他紧皱着眉头，拉着脸一言不发地走进办公室，对罗涛的问候置之不理。

罗伯特扫了一眼办公室里布置的长条桌，走近桌子伸手把桌上的香槟酒拿了起来，冷笑了一声说："今天这个桌子是用不上了。不过这香槟酒倒真是好酒。"他转身盯着罗涛和李青怡说道："告诉你们一个消息，签约取消了。"

李青怡和罗涛都大吃一惊，不约而同地问道："取消签约？为什么？"

罗伯特意味深长地盯着二人说："严格地说，是签约推迟了。"他停顿了一下，迎着罗涛、李青怡疑惑地目光继续说道："就在两个小时之前，尊敬的部长大人接到总理克拉夫人的电话。她指示这个项目要暂停进行，因为巨华正式控告通讯交通部评标不公正，要求重新评标，他们直接把事情捅到了总理那里，总理命令由铁姆全权负责调查此事，项目暂停执行，等铁姆的调查有了结果再决定是否继续。"

→68 罗涛只觉得有如五雷轰顶，眼看就要到手的胜利就这么飞走了吗？没想到林小凡这么大胆，竟敢上告到总理那里。看来，他们是铁了心要跟龙腾竞争到底了，甚至不惜跟部长翻脸。而这件事克拉夫人竟然让铁姆全权负责调查，一想到铁姆，罗涛就觉得有一股寒气。上回因为李青怡的事，自己已经得罪了这个家伙，现在自己落入了他的手里，他肯定会借机报复的。

罗伯特望着目瞪口呆的二人，脸色越来越阴沉，他熟练地将香槟酒打开，"砰"的一声瓶塞射向棚顶，又弹落在地上。罗伯特自顾自地倒了杯酒，一饮而尽，他的脸上泛起了红晕，他望了望手中的空酒杯，突然把酒杯猛地摔在地上，吓得李青怡发出一声惊叫。

好像一杯香槟就已使罗伯特酩酊大醉，他斜着眼盯着罗涛，不满地说道："我还要怎么跟你说呢？罗先生，我一再强调要保密，要保密，可我们精心设计的招标程序形同虚设，巨华竟交出了和你们公司一模一样的标书，现在又出了这档子事，请问你们是真心想和我们合作还是只是想给我找麻烦？"

罗涛的火气腾地冒了起来，他走近罗伯特，双目直视着他，怒声反驳道："你凭什么这么说？我们一直全力以赴地配合你，你还这么说。这些事情都是巨华搞的鬼，我们也同样是受害者，你不去怨他们，反而来埋怨我们。"

李青怡赶忙拦在二人中间，打圆场道："罗伯特，你别生气，现在到了这一步，埋怨谁都没有用，我们最好想办法来解决。"李青怡拉着罗伯特的胳膊轻晃了晃。

罗伯特恨恨地瞪了一眼罗涛，叹了口气对李青怡说道："本来这种调查不难应付的，以前也经历过，只是走个过场而已。可你知道吗？尊敬的部长大人刚和铁姆通了电话，铁姆讲巨华不单单是控告评标不公正，还控告部长大人贪污受贿。巨华说龙腾和部长大人签有协议，项目成了，龙腾会付给部长大人巨额佣金。听铁姆的意思，他好像手里握有什么证据似的。"

罗涛惊得目瞪口呆，没想到巨华敢这么说，这事可真闹大了。罗伯特又提高了声调："我们之间签的协议，只有几个人知道。我们这边除了我和侯赛因外再没有别人知道，绝对不可能泄密的。我想知道你们那边都有谁知道这份协议，有没有泄密的可能。"罗涛心里咯噔一下，他想起了从喜来登酒店秦荣剑的房间的保险箱中不翼而飞的那份协议，难道这份协议是被巨华偷走了？现在巨华又用这份协议来控告部长和龙腾，这份协议可是铁证啊。

李青怡没注意到罗涛变化的脸色，立刻回复道："我们这边也绝对不可能泄密的。我们这边也只有我们秦总、罗总和我三个人知道，怎么会泄密呢？而且那天秦总和你签完字，第二天就直接把协议带回国了，我们都再没有见到这份协议。我们也没有对任何人说过，所以我们这边也绝对不会泄密的。巨华会不会是在诈我们？他们只是猜测，并没有什么真凭实据。"

罗伯特依然余怒未消，他愤愤地说："投标保函和标书都能泄密，我还怎么相信你们这次就能保守秘密？"李青怡一边冲罗伯特施以迷人的微笑，一边继续解释道："这完全是两码事，这个协议只有我们几个人知道，绝对不会泄密的。"

罗伯特渐渐平静下来，他摇了摇头说道："我实在是被你们吓怕了，以为你们这边又泄密了。现在看来，可能他们并没有什么证据。尊敬的部长大人以前已经向克拉夫人汇报过这个项目，只是佣金数额有一些偏差，如果他们没有证据就好办了。部长大人咬定原来的佣金比例，这也纯是为政府筹集党务经费和竞选基金，我相信克拉夫人也不希望项目耽误太久的。"

罗伯特的脸色渐渐好转，他又严肃地说："不过，铁姆很有可能派人来调查，询问你们，如果实在逼急了，你们可以说你们答应给部长百分之十的佣金，没有书面协议，只是口头答应。记住，就说是百分之十，千万不要说错了。”

罗作特不久就急匆匆地离开了，他是回去跟他父亲商量对策去了。望着地上的酒杯碎片，罗涛觉得心也好像碎了似的，心里空荡荡的。他叹了口气，瘫坐在沙发上愤愤地说：“本来以为大功告成了，没想到又出事了，现在就看部长大人的能力了。可我们又得罪了铁姆，不知道铁姆会不会借机报复我们。”

李青怡看罗涛唉声叹气的，只好强颜欢笑地打气道：“只要铁姆手里没有白纸黑字的证据，他又能把我们怎么样？毕竟这事还牵涉到部长基鲁克，而基鲁克的职位又比铁姆高，他也不敢做得太过分的。我们的当务之急是做好应对调查的准备，他们查不到什么证据最后也只能不了了之。对了，代理协议原件是被秦总带回国了，可我记得我们这里还有份复印件，现在得赶紧把它销毁。复印件放在哪儿了？”

罗涛慢吞吞地走到大班台前，打开右边锁着的抽屉，从里面抽出好那张代理协议的复印件，上面秦荣剑花俏的签名显得十分地醒目刺眼。罗涛看了看代理协议，抬头盯着李青怡说道：“这份复印件暂时还不能销毁，因为我们只有这一份了。实际上，那份协议的原件秦总并没有带回国，而是被偷走了。”

李青怡仿佛是没听懂罗涛的话，她愣愣地望着罗涛，半天才反应过来。她愤怒地喊道：“你说什么？协议被偷走了？这么重要的东西竟被偷走了？你们为什么不早点告诉我？这可太糟糕了，你们把一切都毁了。这么重要的事，你们为什么不告诉我？”

看着气愤至极的李青怡，虽然这份协议并不是罗涛弄丢的，罗涛还是觉得无地自容。这事又不能怪秦总，谁能想到东西放在保险箱里还能被偷走？可这事告诉李青怡，她又能做什么呢？

罗涛不知道说些什么来安慰她。他张了几下嘴，还是没有开口，听任李青怡愤怒地发泄。

第二天上午，罗涛一直在办公室里忐忑不安地等着消息，当然十有八九来的是坏消息。突然，门被推开了，把罗涛吓了一跳，只见赵军拉着小刘闯了进来。小刘直往后退，赵军瞪了一眼小刘，对罗涛说：“罗总，你答应小刘的事可还没办呢！”小刘忙说：“罗总，你别听他瞎说。”赵军又白了一眼小刘，说：“就你胆小，怕什么？罗总，你忘了你答应过请小刘吃科拉坦大餐的事了。”

罗涛这才想起，在做标书时，由小刘模仿罗涛的笔迹，签了整整四大箱的文件。当时罗涛随口说交完标请小刘吃科拉坦大餐。罗涛笑着对赵军说："我是说请小刘吃饭，你凑什么热闹，瞎积极什么？是不是想跟着蹭饭呀。"

赵军伸了伸舌头做了个鬼脸说："还是罗总了解我，我当然是想蹭饭了。"

罗涛看了看手表，已近午饭时间，就站起来说："那好吧，我遵守我的诺言，今天中午请大家去吃科拉坦大餐，把所有人都叫上。"

当罗涛去叫李青怡时，李青怡明显情绪不好，她瞪了罗涛一眼，低声说："现在这时候，你还有心思出去吃饭？"罗涛反驳道："就这个时候才需要出去散散心，闷在这里瞎发愁又有什么用？"

龙腾大批员工的到来使得喜来登的科拉坦餐厅一时间热闹起来。前几天做标书，大家都很辛苦，这次难得放松一下，大家都很高兴，只有李青怡还是闷闷不乐。赵军和别的同事几次想开玩笑逗李青怡开心，都没有成功，李青怡始终愁眉紧锁，好像在想着什么心事似的。

一位身穿制服的服务员在给李青怡撤换餐盘时，悄悄地俯身在李青怡耳朵边轻声耳语了几句，李青怡脸色一变，犹豫了一下，站起身匆匆走了出去。李青怡突然离去，连声招呼都没打，肯定发生了什么事，罗涛很担心。他告诉赵军他们吃完饭先走，不要等他和李青怡，说完起身也走出了餐厅。

罗涛费了一番周折才在喜来登底楼的酒吧里发现了李青怡。喜来登饭店的酒吧是科拉坦这个伊斯兰教国家唯一的一个可以合法公开饮酒的地方。所以，虽然这里的酒很贵，可是却生意兴隆，人气很旺。现在虽然只是中午，但酒吧已稀稀拉拉地坐着各种肤色的客人。在酒吧最里边的一个角落里，李青怡和一个身穿黑色长袍的科拉坦人面对面坐在那里交谈着，黑衣人和李青怡都表情严肃。黑衣人伸手递给李青怡什么东西，李青怡过了一会儿才伸手接过去，显得很不情愿。罗涛慢慢走近二人，黑衣人的面容也渐渐看清了，罗涛只觉此人非常面熟，可又想不起来在哪里见过。

黑衣人发现了罗涛，他俯身低声向李青怡说了几句什么，然后站起身，冲罗涛点了一下头，急匆匆地离开了。罗涛坐在李青怡的对面，只见李青怡脸色很是凝重，罗涛不禁疑惑地问道："刚才那个人是谁？你怎么跑到这里和他见面？"

李青怡表情愈加凝重，眼中满是愁苦。她轻声道："他是铁姆的人。"罗涛想了起来，此人是铁姆的秘书，上次曾经在议会大厦和他打过交道。罗涛警觉地问：

"他来找你干什么？"

李青怡什么也没说，把手里的东西递给罗涛，那是一张印刷精美的请柬，上面写着"恭请尊敬的李青怡小姐参加人民党议会主席的家宴"。请柬是淡粉底烫金字，上面印满了玫瑰花的图案。

罗涛气得一拍桌子："这个铁姆真是个疯子，竟给你送这种恶心的请柬。"李青怡望着怒气冲冲的罗涛，幽幽地说道："他的手下说铁姆只邀请了我一个人，还特意请了位中国厨师来准备食物。"

罗涛更加气愤难平，这个铁姆真是太过分了，他把中国女人想成什么了。李青怡怔怔地望着脸气得通红的罗涛，压低声音说道："他还说我只能一个人去，不能有第二个人的影子，如果我们公司想继续做那个项目的话。"

罗涛愣在那里，没想到铁姆竟然用大项目来要挟，太无耻了！太卑鄙下流了！

李青怡惨然一笑，喃喃地说："我真不知道该怎么办？"

罗涛把那张请柬猛地用力丢在地上，愤怒地说："怎么办？难道你还真想去吗？这个卑鄙无耻的流氓让他等着去吧，让他做他的美梦去吧！"

李青怡显得更加矛盾，她痛苦地说："那我们的项目怎么办？不答应他，他肯定会疯狂地报复，我们的项目就肯定成不了了。我们这么多人的努力，这么多人的希望，这么多人的梦想，包括我自己的梦想就都会付诸东流，我实在是太……"

李青怡的话使得罗涛更加气愤，他猛地打断她的话，高声嚷道："什么项目不项目的，这个项目丢掉了又有什么大不了的？我绝对不会让你去的。项目丢了，秦总怪罪下来，我们就辞职。我绝不允许你为了这么一个项目而去牺牲自己，这还有什么可考虑的？"

李青怡咬着嘴唇，脸色变得惨白，她盯着罗涛颤抖着说："罗涛，你以为我只是单单为了这个项目成功吗？或者是为了秦总，为了龙腾吗？有许多内幕许多事情你都不知道，事情并没有表面看起来那么简单。有许多事情我本来不想告诉你的，现在看来我应该向你坦白一切。当你听了所有的事情后，我们再来做决定，好吗？"

李青怡的话使罗涛平静下来。李青怡有时是显得挺神秘的，她现在到底要坦白什么？要坦白的事和要不要去见铁姆又会有什么联系呢？罗涛望着李青怡，静静地等着她揭开谜底。

→69 李青怡想了想，慢慢地说道："我就给你讲三件事吧。第一件事，就是这个项目不单是拯救龙腾海外事业部的项目，也不单是使秦总和你保住官位的项目，它也是一个能使我实现梦想的项目。

"你知道那天罗伯特和秦总谈协议的时候，为什么不让你参加吗？你肯定以为他是为了羞辱你，让你在秦总面前觉得难堪吧？可实际上，他是别有深意的。对这个项目他原先预期的佣金比例是最低百分之三十五，他劝我帮他把佣金谈到百分之四十三。如果成功了，他就从多出的八个点中拿出三个点给我。而他知道如果有你在场，你一定会竭力反对提高佣金比例的。所以他就直接把你排除在外，不让你参与谈判。那天谈判的时候，罗伯特连蒙带吓，我也帮忙劝了劝，秦总被迫答应了将佣金比例提到百分之四十三。罗伯特很高兴，他答应在收到我们转给他的预付款后，就付给我一千万美无。钱将直接转到我在香港的账户上。你知道我的挣一千万美元的梦想，这个项目成功后，我的梦想就能实现了。"

罗涛目瞪口呆地盯着李青怡，不敢相信自己的眼睛，眼前这个李青怡还是那个清纯善良的小女孩吗？她竟然私底下和罗伯特达成这种幕后交易。这个项目做成，她竟然能拿到一千万美元，这是罗涛做梦也想不到的。做成这个项目，自己能拿到多少奖金呢？三十万人民币？五十万人民币？还是一百万人民币？罗涛突然觉得自己很傻，罗伯特和李青怡背着自己搞这些事，自己竟一点儿也没有察觉。一千万美元！罗涛怎么也不敢相信这个天文数字和眼前这个看起来清纯美丽的女孩有什么联系。

罗涛觉得有些口干舌燥，他招手叫来服务员，点了两杯啤酒。李青怡稍停顿了一会儿，又继续说道："罗涛，这件事我虽然没有告诉你，可是实话告诉你，这笔钱是为我们两个人准备的，我知道你是爱我的，我想为我们的将来做好准备。拿到这笔钱后，我计划我们两个人移居美国，在那里快乐轻松地生活。你虽然不是一个好商人,可你是个可靠的善良的男人,你会是个好丈夫好父亲的。你知道吗？我对爱情本已心灰意冷，对男人更是深恶痛绝。我本来以为我这辈子再也不会对任何一个男人动心的，可是没想到在这里遇到了你。"

李青怡的眼神火辣辣的，看得罗涛有点脸热心跳。李青怡继续说道："我要坦白的第二件事就是我的感情经历。你肯定想知道我为什么想要挣一千万美元吧，我下面的故事可以解释一切。”李青怡移开深情凝视罗涛的眼神望向远处，仿佛回到了过去。她的声音也变得幽怨深远，仿佛空谷回声似的。罗涛拿起酒杯，灌下一大口啤酒后，凝神倾听着李青怡的故事。

从前有个女孩，是大学里有名的校花，又是学校排球队的队长，还是校园十大歌手。多才多艺的美女自然十分引人注目，也引来了许多追求者。情窦初开懵懵懂懂的女孩在众多追求者中选择了本校一位年轻有为、赫赫有名的博士，年纪轻轻的博士在科研上已卓有建树，是学校重点培养的人才，可谓前途无量。在博士的帮助下，女孩毕业后顺理成章地留校任教，和博士也很快结了婚。婚后的生活很幸福甜美，也很平淡无奇。博士继续忙着他的科研，女孩教着她的课，过着安稳也可以说是安逸的生活。如果女孩后来没有遇到那个男人，也许她会和博士白头偕老，平安稳定地度过这一辈子。

那是二人婚后第三个年头，由于博士科研任务很重，二人商定暂时先不要小孩。可女孩所教的课程又不多,就有许多空闲时间,有些时候就显得有些无聊寂寞。尤其是博士科研任务重的时候，经常几天几夜不回家，独守空房的女孩就更觉空虚无聊了。

女孩后来没事就去打排球，在排球场上，她遇见了一个高大英俊的男孩。男孩是学校特招的体育特长生，已经大四了，是校排球队的主力。常在一起打球，渐渐地女孩觉得男孩看自己的眼神在些不太对，男孩也总是主动和她接触，找话说。女孩害怕了，她害怕自己抵御不了这个英俊帅气的男孩的诱惑，她也觉察到自己心中暗涌的激情洪流。她要把它抑制在萌芽之中，于是她不再去排球场，再也不见那个令人心跳的男孩了。

没过多久，女孩在自己的课堂上见到了男孩，他冲她露出灿烂迷人的笑容，女孩却心慌意乱地弄掉了手中的课本。男孩为见到女孩特意选修了她教的一门课。女孩又不可能不去教课了，只好忍受着男孩在课堂上火热的眼神。女孩知道这样下去早晚要出事，因为这个男孩实在是太帅了，很有棱角的英俊的五官，一米八五的个头儿，健壮匀称的身材比例，再加上他那迷人的笑容，恐怕没有哪个女孩会不落入他的情网的。

事情很快就发生了，那天女孩上完课回到自己的公寓，刚把房门打开，突然闪出一个人从后面紧紧抱住了她，是那个男孩，他下课后一直尾随到此。女孩很想抵抗，可她的身体背叛了她。在男孩有力的拥抱中，她的身体融化了。而随后男孩那热情似火的吻使得女孩更加全身酸软无力，她只觉得头晕目眩，瘫软在男孩的怀里。

这一次之后，女孩本想结束这不道德的婚外情，可上帝好像是要故意毁掉这个女孩似的。博士有一个出国参加培训的机会，为期一个月。女孩百般阻拦，不让博士出国，可这么好的出国机会博士怎会轻易放弃，博士还是坚决地走了。只不过分离一个月嘛，有什么大不了的，而且小别胜新婚呢。可当博士结束培训偷偷提前回国，准备给老婆一个惊喜，好好体验一下小别胜新婚的感觉时，他完全被自己家中卧室里的情景惊呆了。自己的妻子正和别人在床上寻欢作乐。

李青怡停了下来，她的眼睛有些湿润，声音也有些哽咽，她拿起面前的啤酒杯，猛喝了一大口后继续说道：

女孩觉得非常对不起博士，马上提出离婚。博士后来表示可以原谅女孩，以后会花更多时间陪女孩。可女孩还是毅然决然地离开了博士。因为她不想再欺骗好心的博士，她并不爱他，从没有爱过。和博士在一起她从没有体验过和那男孩在一起的那种惊心动魄、天崩地裂般身心愉悦的感觉，那才是爱情。女孩搬出了博士的公寓，只带了一只皮箱。她在离学校很远的地方租了个房子，和那个男孩同居在那里。男孩毕业后不久，两个人结了婚。男孩在一家中学找到一份体育老师的工作，工资很低，虽然女孩的工资也不高，可两个人生活也够了，二人倒也过得幸福快乐。

可是不久之后，女孩怀孕了，二人的生活开始困难起来。男孩开始抱怨，想到要出生的小孩，男孩觉得自己那微薄的工资实在负担不起，他决定辞职做生意。一开始倒也赚了些钱，令男孩颇为志得意满了一阵。可是小孩出生后不久，男孩的生意就遇到了麻烦，一家人的生活也陷入了困境。为贴补家用，女孩未休完产假就赶回学校上课，业余时间也去培训班讲课挣钱，又要照顾小孩，很是辛苦。而男孩的生意越来越没有起色，他的情绪也变得很坏，他开始酗酒，每天都喝得醉醺醺地回家，回家后就在女孩身上发泄。后来短短一年时间，女孩就做了三次人工流产。她几次想离开男孩，可一想到可爱的儿子，女孩只能忍着。儿子长得跟他父亲一模一样，漂亮极了。女孩不忍心让自己的儿子这么小就没有了父亲。

李青怡轻轻拭去眼角的一颗泪珠，眼睛望着远处继续讲道：

这种痛苦煎熬的日子持续了一段时间。那个男孩不知怎么认识了一位美国来的女华侨，一个有钱的老女人，据说有千万美元资产。二人竟打得火热，那个老女人要把男孩带到美国去，男孩决定跟女孩离婚，给她一笔钱作为补偿。女孩马上去办了离婚手续，但一分钱也没有要，她不想要那个抢走她丈夫的女人的臭钱。拿到离婚证那天，女孩对天发誓要挣到一千万美元，有了一千万美元，她就要把儿子带到美国去生活，让她的前夫和那个老女人看看。女孩很快辞去了薪水微薄的教师工作，把儿子送回老家父母那里，应聘加入了一家以高薪著称的高科技通信公司。

→70 李青怡把望向远处的眼神移回来，盯着罗涛说道：“这就是我的故事，那个女孩就是我。现在你知道我为什么要挣一千万美元了吧，你知道我为什么这么想做成这个项目了吧。罗涛，我知道你对我很好，我知道你对我的情意，所以这一千万美元也是为我们两个准备的，不，还有我的儿子，是为我们三个准备的。我要为我的儿子找个好父亲。你知道吗？由于多次做人工流产，我已不能生育了。我要找一个真心爱我，不在乎我的过去，不在乎我的不能生育，又能像爱自己亲生儿子那样爱我的儿子的负责任的男人。罗涛，你就是我寻找的那个人。你善良又有责任感，又那么喜欢小孩子。看你对毫无血缘关系的媞雅都那么好，你一定会对我儿子好的。”

李青怡脸色微微泛红，用微颤的双手从衣袋里拿出一张照片，递给罗涛。上面是一个四五岁的小男孩，睁着明亮的大眼睛笑得非常迷人。“看，这是我儿子的照片，漂亮吧？跟他爸爸长得一模一样，很可爱。我一直瞒着你，偷偷给他打电话，他总问我什么时候能接他过来……”李青怡这时才注意到罗涛的表情变化，她停住了叙述，关心地问道：“你怎么了？”

罗涛没有接那张照片，他突然觉得有些恶心，眼前的李青怡仿佛在不断地变换着形状，令他有些头晕。而那张照片上有着迷人笑容的男孩化做了一把榔头重重地敲打着罗涛的心。罗涛只觉得自己心中那块圣洁的领地已被重重地玷污了，自己的梦想被彻底地粉碎了。一想到这个和他的恶魔父亲长得一模一样的男孩叫自己爸爸，罗涛就觉得胃里一阵痉挛。不，他绝对忍受不了，他想要一个和自己长得一模一样的儿子，他想要一个血管里流淌着自己的血液的儿子，他不想要一个与自己毫无关系的人做自己的儿子。

李青怡伸手轻轻晃了晃神情恍惚的罗涛："喂，罗涛，你怎么了？你看见我儿子的照片没有？是不是很漂亮？他叫丁丁，和他爸一个名字，给你看看。"李青怡把照片塞向罗涛的手里。

罗涛猛地抬手将李青怡的手挡开，那张照片从李青怡的手中飞了出去，慢慢地飘落在那张粉红色的请柬上，照片上的男孩还在迷人地微笑着。罗涛愤怒地吼道："我不想看，我不想看和你那个混蛋老公长得一模一样的儿子的照片。"

李青怡愣在那里，脸色变得惨白，她没有再说什么，只是慢慢俯下身将照片和请柬拣起来，转身向酒吧外走去。可以看到她的肩膀抽动着，显然是在哭泣。

望着李青怡楚楚可怜的背影，罗涛想冲上去将她揽在怀里轻声安慰。这一切都不是她的错，她承受了很多痛苦，应该被心爱的人搂在怀里抚平心灵的创伤。可罗涛的腿好像灌了铅，一步也迈不开。他只是向侍应生挥了挥手，沙哑着嗓子喊道："给我来一大瓶威士忌。"

一道很强的光射进罗涛的眼睛，罗涛蒙蒙眬眬地睁开眼睛。他伸出手挡着刺眼的阳光，只觉头痛欲裂，浑身酸痛，连抬手的力气都没有，他知道自己是喝醉了。他觉得口干得很，禁不住轻轻呻吟了一声："水！"一个身影映入眼帘，逆着光模糊地显现着丰盈玲珑的美丽曲线。是李青怡？罗涛胸中又是一种刺痛。美丽的倩影渐渐靠近，罗涛费力地张大眼睛，来人不是李青怡，是一个浓妆艳抹的妖冶的女人，身上衣着暴露，令人不敢直视。

女人俯下身轻声说道："主人，您需要什么？"一股浓烈的香水味直冲罗涛的鼻子。罗涛慢慢地恢复了意识，他渐渐地想起在酒吧发生的事情。这个女人是莉萨，就是那个普劳哥曾经想送给罗涛的来自北部的美女。在酒吧里罗涛在喝干了不知道是第几杯酒后，莉萨不知道从哪里冒出来，坐到了他身边。她幽怨地解释说普劳哥造的假酒喝死了人，已经被抓了起来，她没了依靠，只能到这个酒吧来陪酒。罗涛掏出一把钞票塞给莉萨，让她陪自己喝酒。罗涛记得的最后一件事是自己从椅子上滑到地上，坐在地上冲着莉萨傻笑。

现在罗涛是躺在自己的卧室里的床上，他努力地回想自己是怎么回到公寓的，却一点儿印象也没有。他费力地说："给我一杯水。"喝干了莉萨端给他的一杯水后，罗涛觉得好些了，他慢慢坐起来，轻声问道："现在是什么时候了？我是怎么回来的？"

莉萨温柔地说："现在已经下午三点多了。你昨天喝得酩酊大醉，不省人事，是我把你送回来的。你好重呀，累死我了。你昨天还吐了一床一地，是我帮你收拾的。"

一种强烈的愧疚感涌上心头，他从床头柜上拿起摆在上面的钱包，从里面点出几张百元美钞递给莉萨说："你可以走了。"

莉萨推开罗涛的手，气愤地说："你以为我只是为了钱吗？我不要，我这就走。"说完，她转身就走。罗涛怔怔地望着莉萨的背影，她是一个好姑娘，人还是真不能光从外表和地位来判断好坏。

莉萨突然停住，又转身走了回来，她从衣袋里掏出一张纸条递给罗涛说道："这个是那个脾气大的小姐留给你的，她昨天晚上在我给你换衣服时闯进了卧室，让我把这张纸条交给你。后来，我见到她拎着皮箱上车走了。"

罗涛心头一震，脾气大的小姐肯定是李青怡了。李青怡昨天晚上走了？去哪儿了呢？罗涛接过纸条，望着莉萨真诚地说道："莉萨小姐，谢谢你，你是个好女孩。"

莉萨走后，罗涛打开手中的纸条，上面是李青怡清秀的笔迹，是一封辞职信，写得非常简单，只是说由于个人原因决定从即日起辞职离开龙腾，下面是签名和昨天的日期。

罗涛跌跌撞撞地冲进李青怡的卧室，只见房间里空荡荡的，原来温馨的房间现在变得冷冰冰的，那些毛绒玩具和鲜艳的化妆品都已经不见踪影。窗台上那枝红色的玫瑰已经凋谢，花朵蔫蔫地耷拉着，更增添了一种悲惨的氛围。望着空空的房间，罗涛腿一软，差点跌坐在地上。他知道李青怡是真的走了，再也不会回来了。

这时罗涛房间里传出了手机铃声，罗涛猛地跑回房间，应该是李青怡，她肯定是不放心自己，又给自己打电话了。可是手机里传出的却是秦荣剑焦急的声音："是罗涛吗？给你打了好几次电话，怎么都不接？到底发生了什么事？项目的事怎么样了？合同签完了吗？”

罗涛只觉一股热流涌上喉咙，他哽咽着说：“秦总，李青怡走了。”秦荣剑的声音更加焦急：“你说什么？李青怡走了？发生了什么事？她去哪儿了？”

罗涛强忍着哭泣，低声说：“昨天晚上李青怡给我留了一封辞职信，收拾行李离开了，去了哪里我也不知道。”

秦荣剑半天没有吭声，最终嘶哑着声音着急地说道：“我不管你们之间发生了什么事，无论如何都不要影响这个项目。我命令你马上找到李青怡，把她追回来，要不惜一切代价留下她。你告诉她我给她加双倍的工资。罗涛，只要她肯留下来，不论什么条件都要答应她，千万不要让她被巨华拉去。你现在马上去找，听到没有？罗涛，你倒是说话呀？罗涛……”罗涛猛地把手机合上，扔到了一边。他呆呆地望着窗外，听任手机铃声一遍遍地响着。

八、惊变

那照片下面写着一行小字："巨华科拉坦分公司新任CEO李小姐和沙特皇家蒙第尔投资集团代表签署科洛城固网运营项目供货协议。新任通讯交通部长铁姆出席了签字仪式。"

→71　三周之后，罗涛在公寓的客厅里把最后一件东西塞进皮箱，直起腰，望着地上大大小小的几个旅行箱。毕竟在这里待了两年多了，如今就要离开了，还是有些割舍不下。他的眼睛又瞄向书桌上那张几天前的报纸，那是他特意保留下来的。上面有一张彩色照片，照片上一个身穿深色套裙的女人十分显眼，在质量低劣的报纸上依然显得十分美丽动人，依稀可以辨出李青怡的模样。罗涛每见到这张照片，心就如针扎般疼痛，可他还是留下了这张报纸，因为这是他拥有的唯一一张李青怡的照片。那张照片下面写着一行小字："巨华科拉坦分公司新任 CEO 李小姐和沙特皇家蒙第尔投资集团代表签署科洛城固网运营项目供货协议。新任通讯交通部部长铁姆出席了签字仪式。"

这些天发生了太多的事。李青怡加盟了巨华，而林小凡被巨华开除了，李青怡坐上了巨华科拉坦首代的位置。通讯交通部部长基鲁克、常务副部长扎曼因涉嫌贪污受贿而被抓起来关进了监狱，拉阿杜、侯赛因、纳西尔等人也进了监狱。腐败分子被抓起来，当地人民和舆论一片欢腾。而罗伯特逃到美国去了，铁姆则被调任为通讯交通部和内务部部长。科拉坦国内的政局也发生了戏剧性的变化，反对党阿里博士宣布和现任总理克拉夫人结盟参加竞选，如获胜，阿里博士将出任下一任副总理。

龙腾因牵涉进了这个腐败案而被列进了政府的黑名单，被禁止在科拉坦境内从事任何业务。龙腾公司的所有人员前几天就已经陆陆续续地撤走了，只留下罗涛一个人处理一些遗留的善后事宜。明天，他也将会离开这个他奋斗了两年多的伤心之地。

罗涛叹了一口气，把报纸翻了过去，一切都过去了，一切都不能挽回了，自己还留着这张照片干什么，这只会触痛自己的伤疤。明天就要离开了，就让一切随风而去吧。

突然，一阵轻轻的敲门声传过来，罗涛走过去拉开客厅的门。门口站着两个穿白袍的人，头上都戴着帽子，脸上罩着黑纱，看不清面容。没等罗涛开口说话，两个人急忙闪进客厅，向门外小心地看了看，把房门快速关上。当两个人把面纱取下露出脸时，罗涛不禁惊呼起来："是你们？你们怎么来了？"

这两个人是罗涛以前的保安布里克和厨师苏拉，两个人都瘦了许多，可是却显得神采奕奕。布里克和苏拉与罗涛热情地握手互致问候。布里克看了看客厅里的行李箱，问道："老板，你要离开科拉坦了吗？"

罗涛点了点头说："是啊！明天的飞机。前天我还去看过媞雅，给她留了些钱。我们公司被列人了黑名单，我只能离开了。"

布里克笑着说："老板，你走就对了。你知道我们俩为什么来见你吗？"没等罗涛回答，他压低声音说："离开老板这里，我们俩都去投奔了萨达姆，加入了共和军。我现在是中队长，苏拉也是小队长了。前些天阿里博士背叛了我们，和现政府结盟，他们很快就会进攻我们的。我们的领袖已经决定要先下手，开始全面进攻，用武力推翻这个腐败腐朽的在人民头上作威作福的政府。大批的人已经潜入了科洛城，我们会里应外合进攻，很快战争就会打响，所有的机场、港口都将被封锁，不会让一个人溜掉的。我们两个人特意来通知老板，让你赶快离开科拉坦，过些天战争打起来就走不了了。”

罗涛感激地说：“谢谢你们两个还想着我。”

苏拉说道：“老板，你对我们好，我们不会忘记的。”布里克也激动地说道：“是啊，你对媞雅那么好，我真是不知如何感谢你。我们明天会把媞雅送到山上安全的地方去。对了，我们这次来，也是奉萨达姆将军的命令。”

罗涛惊奇地问道：“萨达姆将军？萨达姆当上将军了？”苏拉点了点头说：“对啊，萨达姆将军是这次行动的总指挥，他一再叮嘱我们两个要来通知你离开。仗一打起来，就太危险了。”

悄悄送走布里克和苏拉后，罗涛是百感交集。没想到萨达姆当上了将军。不过，萨达姆倒是很有能力的一个人，有勇有谋又很有威信和领导能力，早就觉得他不是个普通人。而残酷的战争就要爆发了，也许穷苦大众在战争胜利后会当家作主，可要打赢这场战争，又会有多少无辜的平民百姓遭殃。好在龙腾公司的人都已撤走了，自己明天也离开了，否则卷入战争的漩涡中不知道会发生什么呢。

罗涛又看见了书桌上的报纸，他心里猛地一惊，他想到了李青怡。她应该不会知道战争就要爆发了，她现在又跟这些当权者走得这么近，肯定会有危险的。自己应不应该去通知她呢？自从那天在酒吧分手之后，罗涛再也没有见过李青怡，只是时不时地会想起她。每次一想到她，罗涛心里就会一阵巨痛，他也想不清楚自己对李青怡现在到底是怎么样的一种感觉。爱恨交加？愧疚后悔？还是失望逃避？

明天就要走了，罗涛却一直觉得心里有什么东西割舍不下，原以为只是对科拉坦的日久生情，可布里克和苏拉带来的消息使罗涛一下子恍然大悟，他心里还是放不下李青怡。不管她以前做过什么，现在又正在做什么，他都忘不了她。他走之前，一定要去见她一面。

罗涛走出公寓，开着那辆天蓝色的丰田卡罗拉轿车疾驰向喜来登酒店。公司的车都卖了，这辆车罗涛特意留待明天才把它交给新主人。车里的音响放的是那首令人悲伤的罗比威廉姆斯的《Angels》，罗涛想起来第一次开车去机场接李青怡就是放的这首曲子。现在李青怡仿佛就坐在他的身边，她微笑着说："罗少总，酷少，你就是太闷了。"罗涛觉得眼泪从他的眼睛里慢慢流淌出来，他怎么也控制不住。他一定要见到李青怡，他一定要夺回李青怡，他绝对不能失去李青怡。

赶到酒店后，罗涛匆匆走到前台，查找李青怡住的房间。他只是听别人提起过李青怡在喜来登包了个房间，可具体的房间号并不知道。查到李青怡的房间号后，罗涛用大堂的电话给李青怡的房间拨了个电话，可是铃声响了很久也没有人接听，她没在房间。

罗涛在大厅入口旁的沙发上坐了下来，他要紧盯着入口，等李青怡一回到酒店，他就能立刻发现她。忐忑不安地等了好长时间，罗涛设计了好多种和李青怡见面时候说的话，可是都不满意。最后，他决定直截了当地紧紧抱住李青怡，大声说爱她。他不在乎她不能生育，他不在乎她已有了一个儿子，他不在乎任何事，他只想要她，要她跟他走，他会全身心地爱她，也会爱她的儿子的。

等得罗涛都快绝望的时候，李青怡终于回来了。一辆银色的奥迪跑车停在酒店大堂门前，李青怡从车里风情万种地走了下来。她穿着一套黑色真丝晚礼服，裸露出圆润的双肩和大半个酥胸。罗涛只觉心中流过一股热流，李青怡还是那么地美丽动人。罗涛猛地从沙发上站起来奔向大门口，可接下来的情景使得罗涛停了下来。车上又下来一个大腹便便的男人，他伸手搂住李青怡的纤腰，李青怡扭头冲他媚笑了一下，二人并肩向大门口走来。那男人脸上硕大的蒜头鼻和肉瘤在阳光下闪着光，显得十分醒目。这个男人正是如今科拉坦最有实权的人物——铁姆。

罗涛只觉得心在滴血，胃在痉挛着。他尽量控制着自己，勇敢地迎了上去，拦在了刚跨入大门的二人面前。李青怡和铁姆都愣住了，李青怡的脸色变得惨白，铁姆的脸色则阴沉得吓人。铁姆从头到脚打量了一下罗涛，手猛地伸向胸口的衣袋，仿佛是要掏枪出来。李青怡伸手按住了铁姆的手，柔声地说："亲爱的，你先回房间等我一下，我两分钟后就回去。"铁姆犹豫了一下，阴沉着脸一句话也没有说，转身向酒店里面走去。

李青怡目送着铁姆离去，没有看罗涛，冷冰冰地说："你还没有走？还来见我干什么？"

李青怡粉嫩的脖颈上那条硕大的钻石项链晃得罗涛有点睁不开眼，而李青怡冰冷的语调使得罗涛浑身一颤，准备好的话竟结结巴巴地说不出来。罗涛结结巴巴地说："我明天就走，走之前，我还是……还是……放心不下……还是……还是想见你一面。"

李青怡冷酷的眼神射向罗涛，语调更加冰冷："我们之间还有必要见面吗？还有什么好谈的。你赶紧走吧，祝你一路平安，再见！"说完这句话，李青怡转身向酒店里边走去。

罗涛快走两步追上李青怡，伸手拉住她的胳膊，只觉得李青怡 露的光滑的手臂好像冰块一样。罗涛颤声说："对不起，你不要恨我，我知道我错了，我伤害了你。现在我想通了，我不会在乎你的过去，我会爱你的儿子的，我会像阿努尔爱阿古丽那样爱你的，你跟我走吧！"

李青怡甩开罗涛的手，转身冷笑一声："我为什么要跟你走？你能给我什么？你能给我一千万美元吗？你能买得起价值百万的钻石项链吗？你能给我两亿美元的合同吗？你能给我 CEO 的职位吗？我现在什么都有了，我为什么要跟你走？你快走吧！赶紧离开这里，我再也不想见到你。"

罗涛被李青怡质问得目瞪口呆，他面红耳赤张口结舌，终于下决心说道："你知道吗？共和军就要打过来了，你留在这里太危险了，尤其是和铁姆在一起，更危险。明天和我一起走吧，不要生我的气了，原谅我吧！"

李青怡用鼻子哼了一声，冷笑着说："罗涛，你不要再自作多情了，你以为我真的爱过你吗？你以为我是和你赌气才从龙腾辞职加入巨华的吗？你以为我和铁姆在一起是为了报复你吗？太可笑了！还玩这种小孩子的把戏，想吓唬我吗？看来，不告诉你事实你是不会死心的。我就把一切告诉你，让你彻底死心吧。

"实话告诉你，我一开始就是巨华的人，在来龙腾之前，我已在巨华工作过两年了，加盟龙腾只是卧底而已。你以为就能那么巧我恰好和罗伯特坐同一个航班来科拉坦吗？所有这一切都是安排好的，你们培训部的黄楠也是我们巨华的人，整个项目我们早就策划好了。你以为尹新特意赶到科拉坦只是为了走个过场吗？你以为尹新去见总理克拉夫人只是为了捐点钱照张相片吗？你，还有罗伯特，都只不过是我们手中的一枚棋子而已，而基鲁克也只不过是个替死鬼。我从来没有爱过你，你只不过是一个有点利用价值的好色之徒，和罗伯特、侯赛因以及所有别的臭男人没有任何区别。利用完了之后，你就是一钱不值的傻瓜。不要再好笑地自作多情了，赶快滚吧！离开这个国家，别再愚蠢地纠缠我了，我们之间已经没有任何关系了。"说完，李青怡转身毅然地向酒店里边走去，没有再回头看一眼。

罗涛呆愣在那里，李青怡的话回响在他的耳边："我从来没有爱过你，你只不过是一个有点利用价值的好色之徒……我们已没有任何关系了。"他猛地冲出酒店大堂，钻进那辆天蓝色卡罗拉轿车里。不知不觉间，车开上了机场高速路，车里面音响还在放着那首《Angels》，罗涛只觉得眼前越来越模糊，是泪水模糊了他的双眼，他却还在一直用力地踩着油门，天蓝色的卡罗拉在高速路上疾驰，速度越来越快，好像要飞起来了，好像要飞上天，融入那一望无际的蓝天中。

后记

这本书稿写于五年前，写这个题材纯属偶然。当时，我工作的出版社准备出一套企业管理丛书，经人介绍找了位从西方名校 MBA 毕业的小 B 帮助校译把关。小 B 刚刚从一家很有名的高科技公司辞职，当时赋闲在家。他工作起来很认真，水平也很高，只是总是愁眉苦脸的，好像有什么心事似的。

后来有一天，小 B 约我出去吃饭，他问我们出版社对小说感不感兴趣，他说他刚从国外回来，在国外是为那家高科技公司开拓海外市场，有一段很惊险、残酷而又离奇的经历。他想把这段经历写出来，因为这段经历他憋在心里很难受，又不知向谁去诉说，也许写出来心里会好受些。我自然鼓励他写，这个题材很新颖，应该会很受读者欢迎的。

过了一段时间，小 B 又来找我，给我看了一段前言，就是本书稿前的那段前言。我看了看，觉得他的文笔还不错。可小 B 痛苦地说他写完这段前言后，就一个字也写不下去了。他忍受不了揭开伤疤的那种痛苦，他不想写了，但他会把他的经历讲给我听。小 B 花了很长时间才讲完他这段经历，中间有好几次他泪流满面，痛苦得讲不下去了。讲完之后，他说他感觉轻松多了，总算把憋在心里的事讲出来了。

这段经历实在是太有戏剧性了，是一个很好的小说题材，就这么放弃了实在是太可惜了。于是，我问他我可不可以用这段经历来写一部小说。他想了想，同意了。但他要求我写完之后要给他看看，而且一定要经他同意才能出版。

几个月后，我的书稿完成了。由于他的经历本身已经很离奇了，我没加一点虚构，只是如实地记录了下来，当然里面的人名、公司名和国家名都做了改动。这时，小 B 已经去了法国，去找他那位法国女朋友，就是书中的艾琳娜。我就把书稿的电子档发给远在异国他乡的小B。小B很快就给我打来电话，他说我写得很好，很真实，可他认为现在不能出版。我问他："既然你说写得好，为什么不能出版呢？"他解释说就因为写得好写得真实，而这里面又涉及了太多的敏感题材，很有可能惹出麻烦来，暂时先不要出版了。等以后时机成熟了再说吧。

我很不甘心，就争辩说里面人名、地名、公司名包括国家名都改了，而且我给我朋友看过，他们都猜不出来那个国家在哪里，应该不会有什么问题的。小B坚持说只要是熟悉这个行业的人一看就知道说的是哪个国家，哪个公司的事，甚至一下就会想到他的。还是放一放吧。等时机成熟了，他会跟我联系的。

这一等就是五年，这期间同类题材的小说出了好几本，都很受欢迎。可我眼看着手中这么好的书稿，却没法出版，觉得十分可惜。就在不久前，小B突然出现在我面前，风尘仆仆的他比五年前瘦了，也苍老了许多。他说他刚从"科拉坦"回来，特意来通知我那本书可以出版了，但有一个条件就是要把书的结尾改一改。

小B把一封信的复印件留给了我。他说这封信是他这次去"科拉坦"找到的，是"李青怡"写的一封信，是写给他的。

我惊奇地问："'李青怡'还和你有联系吗？她现在在哪里？在中国还是'科拉坦'？"小B满脸痛苦地说："'李青怡'和她的儿子在'科拉坦'已失踪好多年了，一直没有找到。""科拉坦"内战打了一年多，这期间他只听说李青怡和她儿子失踪了。内战结束后，他已经去了科拉坦三次，都没有找到"李青怡"。最后这一次在他原来的司机、现在的"科拉坦"内政部部长的帮助下，才在山上一处废弃的砖窑中发现了"李青怡"的一箱衣物。在箱子中小B找到了这封信。后来小B又在"科拉坦"寻找了一段时间，可还是没有找到"李青怡"和她的儿子，也不知他们是死是活。

小B说他当初不同意出版这本书实际上有两个原因。题材敏感是一个原因，如今这么多年过去了，这个行业已经发生了翻天覆地的变化，中国的公司早已过了原始积累的阶段，现在和西方大公司已经可以平起平坐了。他们也在反思早期的一些做法，而且这些公司早期的老员工大部分已经离开这个行业了，现在出版这本书应该不会有什么问题了。小B说他以前没有提到的另一个原因也是最主要的原因，是他实际上不希望书就这么结尾了。因为他不相信"李青怡"是一个坏人，而且他还有许多疑问没有解开，如今"李青怡"的信解释了一切。他希望我读一下这封信，然后把结尾修改一下，书就可以出版了。

我问了小 B 一个愚蠢的问题，“你还在爱着‘李青怡’吗？”小 B 没有直接回答，他只是说他还会再去“科拉坦”的，他一定要找到“李青怡”和她的儿子，他相信他们不会死的。他又说后来这几次去“科拉坦”，发生了很多惊险有趣的故事，他的许多“科拉坦”的老朋友也有新的故事，以后他会讲给我听的，也许我可以把他的经历再写一部续集。他最后加了一句，当然是等他找到“李青怡”之后。

小 B 走了以后，我仔细读了那封信，很是震惊和感动。可我决定还是保留五年前写的那个结尾，而把这封信一字未改地附在后面。

但愿“罗涛”能够在“科拉坦”找到“李青怡”！

安之龙　2007 年 7 月于北京

“李青怡”给小B的信

亲爱的B：

外面枪声响了一夜，我们已经被困在这个砖窑里几天了。食物已经没有了，儿子今天一天什么也没有吃，一直在哭着要吃的，刚刚哭累了睡着了。我现在坐在这里，看着儿子已显削瘦的小脸，又想起了你。这些天来，想的最多的就是你。我决定给你写一封信，虽然我知道这封信很难送到你手里，可我还是要写。我知道，再不写恐怕永远都不会有机会了。

我真后悔把儿子接到这里，可我实在是太想他了。我本来只想接他过来玩几天就送他回国的，可是他刚来没几天，战争就爆发了，我们被迫跟着铁姆东躲西藏，遭遇了很多凶险，这一次看来是逃不掉了。儿子真是好孩子，他一直很坚强，在我伤心的时候总是鼓励我。没事的时候，我给他讲过你的事，我说有位叔叔对妈妈很好，在战争爆发前特意来警告妈妈，要带妈妈走。现在想来，我自己虽然身不由己走不了，可我怎么也不该将儿子接过来。我应该相信你。

儿子很聪明也很敏感，他问我是不是也喜欢那位叔叔？那位叔叔可不可以当他的爸爸，他要带他的新爸爸去幼儿园给那些嘲笑他没有爸爸的小朋友看看。

我知道你可以当他的爸爸的。他是那么的懂事，又那么的聪明，你会喜欢他的。当你说你不在乎我的过去，不在乎我的不能生育时，我实际上很激动，可一切都太晚了。在我向你坦白的时候，你真的伤了我的心，我没想到你会是那样的反应。可后来仔细一想，你的反应也情有可原。毕竟，我是欺骗了你，而且，我知道你从小就没有父亲，所以你一直梦想着有自己的孩子，自己的亲骨肉。我知道你是真心爱我的，而我的坦白肯定对你的打击很大。

我知道需要多大的勇气和多深的爱才能让你在最后的时候跑来见我。知道了我的过去，知道了我的所作所为，你还是赶来救我，你是真心爱我的。我非常清楚你对我的爱，可我还是狠心地把你赶走，而这正因为我也真的爱你。

那天我对你说的绝情的话肯定伤害了你，可是我的心也在流血。我多想跟你一起走啊，跟一个真心相爱的人在一起，逃离这个地狱，逃离铁姆这个恶魔。可我不能啊！

那天向你坦白后，我去见了铁姆，和他达成了协议。我要留在科拉坦陪他两年，他会给我我所要的一切。可你知道吗？我这样做，也是为了你，为了救你的命。我们和罗伯特签的协议原件是铁姆派人搞到手的，他的手里握有铁证。克拉夫人早已对基鲁克大肆敛财不满，这次正好借机除掉他，而且这也是为了应对国内越来越不利的大选形势。牺牲掉基鲁克，把拉阿杜的投资换成支持阿里博士的列雷父子的投资，一来可以平缓民众对政府腐败的抨击，二来可以和如日中天的阿里结盟，这是他们暗地里策划好的。铁姆迷恋上了我，他也想利用这个机会得到我，这才约我去见面。而铁姆又是一个非常记仇的人，他一直记着上次在议会大厦我们和他见面时你对他的那番痛骂，这次他绝不会轻饶了你的。在和他见面的时候，他给我看了一张逮捕证，上面是你的名字，他已决定把你抓起来，罪名是行贿。这么大金额的行贿在这个国家肯定会被判绞刑的。为了救你，我和他达成了协议，我留下来陪他两年，他只是把龙腾列入黑名单，不会抓你。那天你来找我，我吓坏了，只想赶紧把你赶走，我怕铁姆再变卦。

我在巨华接受了一年的特殊训练，接受的一项最主要的训练就是怎么让男人迷恋上我，死心塌地的爱上我。我接受的这第一项训练确实让很多男人迷上了我，可我自己也不可救药地爱上了我的工作对象，这可是培训我的教练一再提醒我的大忌。

我是什么时候爱上你的呢？也许是在你抱着生病的我向医院狂奔的时候，也许是在你失去母亲悲伤痛苦的时候，也许是在第一次你去机场接我的时候。虽然我是巨华的人，可我的心却站到了龙腾的一边，站在了你的一边。我迫不得已给巨华提供过几次情报，包括你带列雷、塔鲁他们去中国访问的行程，投标保函等。可我从没有做过实质性的伤害龙腾和你的事。罗伯特迷恋上我之后，我的上司多次催促我做罗伯特的工作，让他放弃龙腾，和巨华合作，我都找各种借口拒绝了。后来，巨华迫不得已才去找铁姆合作。大项目的投标书我也一直找借口没有透露给他们，可他们能量很大，竟然拐弯抹角的把萨基德买通了。他们也一直让我提供龙腾和部长之间交易的证据，我一直说没有搞到，可没想到铁姆竟会派人将协议偷了出来。我真的希望龙腾能做成这个项目。可这一切都被毁了，被那一份失窃的协议毁了，被铁姆这个恶魔毁了。

我还记得我找工作面试时，巨华的招聘官问我的那个变态的问题。他问我如果公司需要我去为工作献身，我愿不愿意。刚刚经受爱情打击的我，当时十分坚定地回答，我愿意，只要给我足够的钱。也正是因为这个回答，他们才会选我来做这种特殊工作的。如果现在再让我回答这个问题，我会回答说："见你的鬼去吧！这个世界上还是有很多比钱重要的多的东西的。"

枪声又响起来了，儿子也被吵醒了，他又哭着喊饿。我告诉他，我在给他的新爸爸写信呢，新爸爸收到信就会带着他最爱吃的巧克力饼干来救他的。儿子咽了咽口水，脸上带着泪花张着小嘴笑了。

亲爱的B，我只能写到这里了，枪声越来越近了。

再见了！亲爱的阿努尔！

爱你的阿古丽